M. A. L. O.

MÍRAME A LOS OJOS

CRISTINA S. S.

M. A. L. O.

MÍRAME A LOS OJOS

revenga
ediciones

Número de registro: 1-12630315631 (United States Copyright Office Library of Congress)
ISBN: 9798875728655

Al autor de autores: contigo todo; sin ti, nada.
A mi otra mitad, mi amado y mi soporte, Richie.
A todos los que forman parte de mi vida
y han plagado mi escrito con sus vivencias. Les llevo.
Por último, a ti, fortuita pandemia,
pues del peligro nace también lo que nos salva.

Cuando miras largo tiempo a un abismo,
el abismo también mira dentro de ti.
Friedrich Wilhelm Nietzsche

RYAN

CAPÍTULO 1

Colorado Springs, CO. A mediados de primavera, 2018.

Una y cuarenta de la madrugada. A esa precisa hora estaré cruzando la puerta de salida. ¿Quieres apostar? Pon el cronómetro a correr, entonces. Diez minutos, ¡vamos! Algún que otro segundo antes o después. Eso te lo acepto. Es tolerable. Pero «tienes diez minutos, Ryan». Más que suficiente. Tres para terminar con estas dos torres de platos; dos minutos con cuarenta segundos para las tres cubetas de vasos y un minuto y medio para la bandeja de cubiertos. Dos para llevar los utensilios limpios a la cocina y cincuenta segundos para registrar tu hora de salida. *Diez minutos tienes, pendejo, y puedes largarte de aquí, por fin.*

Vamos, que tampoco es como que desprecie del todo este oficio. *¿Y tú le llamas oficio a esta mierda? Al parecer, ya te está gustando la miseria.* ¿Y por qué no habría de gustarme? Turnos de entre cinco y ocho horas de trabajo corrido, con la posibilidad de treinta minutos de descanso para comer algo, si es que el maldito gerente de turno se acuerda de fijar a dos lavaplatos en el itinerario. Y, a decir verdad, prefiero correr el turno por mi cuenta. Aunque eso signifique tener que atragantarme algún aperitivo impregnado de jabón, químicos quita grasa y, aparte, frío como dedo en bolsa de hielo.

Hablando claro, no tomé el trabajo porque esté dentro de la lista de récord Guinness de mejores puestos. El trabajo fuerte y las pendejadas de la gente me tienen sin cuidado. Hace mucho tiempo aprendí a lidiar con ambas, y a estas alturas tanto la una como la otra son parte de mi *curriculum vitae.*

El espacio es solitario y queda oculto. No estoy expuesto a todo el que viene y va, pues solo veo a los mismos pendejos todo el tiempo, quienes viven en la suya al igual que yo. Eso es lo que sí me atrae de esta mierda de trabajo: que no exigen papelería, pero sí fuerza física y rapidez, y ya de entrada, cuando ven ochenta y dos kilos contenidos en mis 196 cm, dan por sentado que no tendré problemas con el trabajo pesado.

«¡1:32 de la mañana!». Aparte de eso, las horas que paso aquí adentro no dejan espacio para embrollarme en otra cosa que no sea platos, agua, jabón y prisa. No tengo tiempo ni de intentar rascarme una bola desde que poncho al entrar hasta que salgo. Me ha tomado veintisiete años dominar el arte del escapismo —tanto mental como físico— y poder darme cuenta de que, mientras más ocupe mi mente en lo que esté haciendo al momento, más posibilidades tengo de acallar las malditas voces que siempre están revoloteando aquí dentro como manada de aves espantadas.

Además, siempre salgo tan jodidamente cansado que, al menos, me aseguro de no tener que invertir mucho esfuerzo en encontrar el sueño tan pronto caigo en la cama. Y no estoy diciendo que este trabajo me ayude a dormir, sino que me deja tan molido que llego sin fuerza alguna como para jugar al escondite con él: me encuentra rápido. La verdad es que no hay trabajo, pastillas, alcohol, ni drogas suficientes en el mundo como para lograr que Morfeo pueda dominarme por más de unas cuantas horas. Ya ni recuerdo lo que se siente al dormir más de tres o cuatro horas corridas, y si alguna vez lo hice, tiene que haber sido durante esos malditos primeros años de mi existencia.

1:36 a. m. Suelto a mis espaldas el nudo del delantal y lo engancho de la esquina del estante donde va a morir mi comida todo el tiempo. Se me olvidó añadirlo hace un rato a la lista de las cosas que sí me gustan del trabajo. Aunque sea un poco de puto estilo, carajo. Me hace lucir como alguien que se dispone a cortar cabezas y extremidades a son de sierra en mano.

Tan pronto salgo de mi guarida, me dirijo a la oficina del gerente y escucho la quisquillosa voz de una de las meseras. Esa a la que siempre ponen a cerrar tienda en los días donde se mueve el dinero, precisamente por eso, porque sabe venderse al cliente. Con voz de niña pequeña llegó suplicando que le hiciera un último favor con los platos que acababa de traer.

—Ya terminé. Límpialos tú —contesté siguiendo mi camino sin tan siquiera mirarla.

—¡Gracias!… Cabrón. —Y mi dedo al aire le dio la razón.

Llegué hasta la puerta de la oficina: un pequeño cubículo rectangular color verde presidio, atestado de mil mierdas, con paredes en *gypsum board* a las que les falta una remodelación crasa. Me asomé por la pequeña ventanilla que tiene la puerta y vi al gerente cuadrando caja con otra de las meseras, Sofía.

Esa sí que está bien buena para darle sin pedir permiso. Es alta y abusadora —casi igual de alta que yo— y tiene un cuerpo de tres pares de cojones. Con dos socos por muslos, de esos que te aprietan y te dejan sin respiración. Creo que juega voleibol colegial, porque la he escuchado varias veces comentando acerca de prácticas y torneos. La melena lacia, negro azabache, le llega hasta casi la cintura, y le queda sabrosa con su piel color café tostado. No hace falta ni saber el nombre para descifrar que es de ascendencia latina; las curvas en su cuerpo lo dicen clarito. Jamás vas a ver un culo como ese en una Beverly.

Es de esas que tira la piedra y esconde la mano. Las veces que ha llegado a mi área y me ha agarrado de frente, he podido observar que siempre coloca todo con calma, con este aire de «para mí no existes». Y si esa es la actitud que quiere tomar —la de darse importancia—, por mí se puede ir a la misma mierda. Yo no le ruego atención ni a la puta madre que me parió.

Pero más de una vez ha llegado preguntando por vasos limpios o cualquier otra mierda, y cuando se los entrego, siempre me responde con una mirada de esas que dicen más que mil palabras. Esas que terminan en encuentros rápidos en un rincón oscuro. Antes de que llegue mi último día en este trabajo, a esa india le va a tocar lo suyo. Eso está claro.

Acá entre tú y yo, admito que son ese tipo de miradas las que trato de mantener al margen. Aun usando gafas oscuras, me confieso incapaz de controlar el animal que hay dentro de mí buscando alguien a quien devorar. ¿No había mencionado que me permiten usar gafas oscuras mientras trabajo? Apúntalo en la lista de los pros. Ya voy para ocho semanas que llegué a Colorado y, hasta ahora, todo bajo control. Tampoco he visto alguna actividad inusual que levante sospechas, aunque no pienso correrme el riesgo de permanecer en un mismo lugar ni un segundo por encima de lo estipulado. Alguna vez escuché por ahí que el movimiento es vida. Siendo así, y mientras logro concretar los detalles finales para desaparecer de una buena vez, la opción más conveniente es seguir moviéndome y estar alerta… Siempre alerta.

Toqué a la puerta tres veces y ambos voltearon sus miradas. Me hicieron señas de que entrara a la oficina. ¡Negativo! Ya estoy loco por largarme al carajo y llegar a mi cuarto a darme un buen baño. Con un gesto rápido de dedos avisé de que ya había terminado y me dirigí hacia la computadora para ponchar salida. Seguido escuché la puerta abrirse con ese chillido típico de metal oxidado.

—¡Ryan!

¡Mierda! Me detengo y al voltear veo la cabeza de Virgil asomándose. Virgil, ¡qué nombre más pendejo! ¿Cómo carajo puede ponerse en actitud de mercenario frente a sus empleados con ese nombre? Aún me cuesta compaginar la imagen que hay en mi mente de lo que es un gerente con el perfil de este mamón. Siempre anda con cara de agobio, como si llevara un cojón de tiempo sin haber echado un polvo. No di un solo paso hacia él. Si me necesita, que llegue hasta acá. Se me acercó con su acostumbrado trote de paso fino y su voz de nariz tapada:

—Te pregunto, ¿crees que pudieras doblar turno mañana?

Ni siquiera reaccioné. ¡Vamos, Virgil, tienes que darme un poco más que eso si quieres una respuesta! Lo vi titubear.

—Entrarías a las once de la mañana. Tomas la hora de almuerzo de cuatro a cinco y luego un *break* a las diez de la noche.

—Esas son más de ocho horas de trabajo. —Mi voz cargaba sospecha mezclada con amenaza y lo puso a sudar frío.

—Y luego de las ocho horas cobras tiempo y medio, claro. Pero el domingo lo tendrías libre.

¡¿Todo el día aquí mañana?! Bueno, ¡qué carajos! No es como que tenga nada más interesante que hacer. Estas últimas ocho semanas han sido las más simples de mi patética historia, y aunque ya me tiene aborrecido tanto puñetero aburrimiento, de igual forma, este es el único camino a seguir.

—Ok, mañana a las once.

Salgo por la puerta trasera del restaurante pasando entre montañas de cajas de cartón, paletas vacías y tanques industriales de gas resguardados con cadenas. Iba tratando de obviar la jodida peste a marisco mezclado con vómito que sale del contenedor de basura —para colmo, mi camioneta está estacionada justo al lado— cuando me asestó en el centro del pecho una punzada de jactancia con sonido de alarma. Cronómetro vencido. Menos de diez minutos, ¿sí o no? ¡Bum!

Faltándome unos cuantos pasos para llegar al auto, escucho mi nombre resonar de nuevo… ¡Tiene que ser una puta broma! Me volví hacia la voz con una actitud perra, pero tan pronto giré, cuatro nudillos recios vinieron a parar al lado izquierdo de mi rostro, conectando entre quijada, pómulo y nariz. El trancazo casi me hizo tocar el piso con la frente y perder la noción del tiempo por un segundo.

Mis gafas salieron disparadas y, casi al instante, comencé a sentir un pequeño hilo líquido caliente bajando de mi nariz hasta alcanzarme los labios. Como puro reflejo, me limpié con los nudillos. Verme el puño embetunado en rojo y sentir ese sabor a metal salado surcándome los dientes hizo que todo el cansancio que me acosaba saliera huyendo; en su lugar comenzó a encenderse una llama de la que yo mismo intentaba huir. El corazón se me aceleró a mil pulsaciones por segundo, secuestrándome toda la sangre del cuerpo hasta el rostro y las orejas. Mi mano derecha tomó vida propia y comenzó a apretar con tanta fuerza que sentía las uñas enterrándoseme en la piel.

—¡Te voy a joder, cabrón! —grité mientras me levantaba. Antes de poder ver la cara del hijo de puta que se atrevió a pillarme desprevenido, alguien me agarró a mis espaldas, trabándome el brazo alrededor del cuello, y me lio la cabeza con una capucha de tela oscura que olía a violencia y mal aliento.

—¡Suéltame, pendejo! —balbuceé con el poco aire que pude sacar por mi boca. Crucé las manos por encima de mi cabeza para ver si podía agarrar aunque fuera algo de cabello y separármelo. Pero mientras más esfuerzo hacía, más se iba apoderando de mí una oscuridad que cerraba círculo en mi vista y me dejaba sin fuerzas. Lo último que sentí fueron mis rodillas desplomándose en el suelo…

CAPÍTULO 2

Afuera, total silencio y una penumbra espesa como brea... ¿Pero adentro? Adentro lo que me acribillaba era el escarceo de las voces maldiciendo en mi mente y haciéndome mil preguntas: ¿Cómo rayos dieron contigo? ¿En qué momento te descuidaste, pendejo? ¡De seguro fue alguien del restaurante!

Una puta inquisición tras otra, todas ellas enredadas en una telaraña de ira y sospechas. Tan fuerte me tenía enmarañado que la sentía penetrando por mis fosas nasales y me dificultaba respirar. Intenté rescatar algo de aire con mi cabeza aún cubierta pero lo que lograba inhalar era el mismo vapor que expulsaba... Al menos estaba vivo.

Aún sentía en la boca el sabor a sangre, y bullía dentro de mi pecho el deseo de estrangular a alguien. Ese mismo deseo fue el que me avisó de que me tenían atado a una silla de pies y manos con lo que parecían ser bridas de plástico; estas se hundían en mi carne igual que cuchillo caliente en mantequilla. Maniobré por soltar aunque solo fueran mis manos, *¡puta traba de madre!* Demasiado apretado. Tal cual si lo hubiera hecho yo mismo. ¡Tengo que hallar un modo, aunque me toque arrancarme la piel en lascas!

Vamos… un poco de juego entre las muñecas, solo eso necesito. ¡Es que las muy putas parecen estar unidas con imanes, carajo! Ahí, en el intento fallido por liberarme, escuché a alguien silbar en aviso. *¡Maldición, por supuesto que no te van a dejar solo! Usa la cabeza, pendejo.* Escucho pasos acercarse y el pulso se acelera dentro de mis venas. *Aguanta lo que venga, Ryan. Esto no es nuevo para ti.*

De un solo tirón retiraron la capucha de mi cabeza, y juro que tienen que haberse llevado un buen mechón de pelo junto con ella. Si fuerte fue el jalón, aún más lo fue el impacto de luz potente sobre mis párpados. Quería ver las caras de los cabrones que me tenían allí maniatado, pero el maldito brillo me quemaba la retina y eran mis párpados los que forcejaban por resguardar mi arma de guerra.

—¡Despertó Blancanieves! —escuché celebrar a uno para luego lanzarme a la cabeza un golpe a mano abierta.

La rabia amenazaba con consumir el poco raciocinio que me quedaba en el cerebro. Traté de enfocar, identificarlo. Lo que veía era una silueta sin rostro. A mi lado había un gran foco portátil tipo poste dándome directo a la cara; el causante de mi falta de visión. Esgrimí una mirada furtiva alrededor para ver si reconocía el lugar, y aunque no lograba discernir con claridad, el sitio me era familiar.

Un cajón gigantesco insertado por filas de columnas, con paredes despintadas, celosías de concreto al tope de las paredes y hedor a humedad y olvido. Debe de ser una fábrica en desuso en algún recoveco desconocido, donde solo el Diablo sabe llegar. Muchas veces —más de las que me causa placer admitir— era yo el que se encontraba en una escena como esta, siendo quien removía la capucha.

A unos dos metros frente a mí vislumbré una mesa blanca, de plástico y plegadiza, sobre la cual descansaban impacientes dos Glocks, una Beretta, una navaja, un celular y lo que parecía ser un cilindro de Sterno. Eso sí pude distinguirlo con total facilidad; hasta con los ojos cerrados, sin duda. Mi mente visualizó todos los posibles escenarios que podían resultar de aquello y, sin darme tiempo a prepararme, una corriente fría comenzó subirme por la espalda hasta llegarme a la nuca. *Piensa en algo, pendejo, o de aquí no sales hoy.*

—Llama al *boss* y dile que estamos listos —se escuchó retumbar a la distancia.

Ahí me percato de la presencia de otro individuo, recostado en una columna justo al filo de donde llegaba la luz. Tampoco pude descifrar su rostro, pero sí noté que llevaba gafas oscuras aun en medio de las sombras que le encubrían. Siento al pendejo a mi lado acercarse y mis manos intentaron por sí solas soltarse de nuevo. Arrimó su rostro al mío y al fin pude mirarle de frente. Llevaba gafas también, el pendejo. Estos dos saben con quién están lidiando y yo no tengo puta idea de quienes son ellos.

—Veamos si el puerco traicionero este aguanta presión… —se atrevió a decir a solo pulgadas de mi cara, y fue la oportunidad que vi de no abandonar la partida sin tan siquiera haber lanzado un golpe.

Logré fundir el *momentum* con la furia que me estaba consumiendo, embestí con mi cabeza su nariz y pude escuchar el apetitoso sonido de un tabique haciéndose pedazos junto al crujir de las gafas que llevaba puestas. El golpe fue lo bastante sólido como para hacerle retroceder, llevarse las manos a la cara y verlo soltar un poco de sangre también. *¡Saca cojones ahora!*

—¡Este maldito hijo de puta me rompió la nariz! —vociferó tirando las gafas a un lado y mirándose las manos teñidas de sangre.

—¡Pégame otra vez, pendejo, y te pego de verdad!

Si lograba tenerlo cerca de nuevo y cruzarme con sus ojos, tendría al menos una oportunidad de salir de allí con vida. Con la misma dosis de cólera que llevaba yo por dentro, el sujeto arremetió contra mí, propinándome dos golpes en el área del rostro donde ya había recibido castigo. Ya en ese punto mi cara adormecida parecía balón de fútbol americano. ¡Eso importaba una mierda! Lo importante era tenerlo de frente.

—¡Mírame a los ojos, cabrón! —le ordené entre golpes. Por un par de segundos sus ojos cayeron sobre los míos. Ya sentía lo que estaba a punto de suceder y al reptil dentro de mí comenzando a despertar cuando, de repente, el otro individuo se acercó blasfemando, lo haló por la camisa y nos separó. *¡Maldición!* Solo me hacía falta un segundo más.

—¡Ya tranquilízate, idiota! ¿O estás buscando jodernos a todos aquí? ¡Y límpiate la cara, Conrad está por llegar!

«Conrad». No cualquier cosa le hace salir de su madriguera. Para decidir llegar hasta aquí y ensuciarse las manos el dilema debe de haber trascendido de un mero negocio a lo más puramente personal. Se dirigieron a mí con voz de calma fingida:

—¿Y tú...? Espero que estés listo para dormir en la cama que tú mismo preparaste. Ahora sí que estás jodido.

No hay peor golpe que un derechazo de realidad. Esta situación la ideé yo mismo, y sabía que tarde o temprano me tocaría afrontar las consecuencias. Hice un último intento por reconocer las facciones del tipo este antes de que fuera a parar frente a la mesa y me diera la espalda.

Todavía sentía los nudillos del golpe anterior quemándome el rostro cuando escuché a lo lejos el estruendo de una puerta de hierro chirriando angustiada. Al cabo de unos segundos, emergieron *in crescendo* los pasos acelerados —pero imperturbables— de alguien que se acercaba. El indiscutible sonido rítmico del tacón en los lujosos zapatos de vestir del hombre más despiadado y ruin que haya conocido en toda mi repugnante existencia.

No cabe duda: a lo largo de mi vida he cometido muchos disparates. Cosas asquerosas en las que no dejo de pensar ni un solo segundo. Pero haberme involucrado con este personaje es algo por lo que merezco el supuesto infierno, en esta vida y en las próximas. Sin yo advertirlo, bajé el rostro tan pronto sentí su presencia en el lugar. Su voz hizo que se me erizara la piel entera. El tono condescendiente de su hablar por lo general advierte cólera encubierta a punto de reventar...

—Paciencia, persistencia y un poco de sudor: la combinación imbatible para el éxito. ¡Ryan Dypsyn! Finalmente, el hijo pródigo regresa a casa. No te voy a negar que he estado esperando este momento más que cualquier otra cosa —presumió.

Levanté el rostro en un intento de resguardar el poco orgullo que me quedaba y lo vi parado al lado de la mesa, quitándose su fina chaqueta negra de vestir y doblándola sin prisa alguna. La colocó sobre la mesa y se dirigió hacia mí como fiscal en discurso de cierre, mientras desabrochaba los botones dorados de sus mangas para enrollarlas, tal como lo haría un cirujano en preparación. Yo barajaba en mi cabeza cuál sería la próxima —y tal vez última— frase que le diría. Se colocó frente a mí diciendo:

—Me rompería el corazón pensar que tú no deseabas un caluroso reencuentro de igual forma.

Nada con qué rebatir me llegó a la mente, pero lo que sí sentía era mi garganta repleta de ese metal salado que llevaba probando desde antes de llegar aquí, y que ya me estaba ahogando. Carraspeé lo más que pude y dirigí el proyectil de sangre acumulada justo a sus brillantes zapatos. El efecto marmoleado del fluido deslizándose sobre el lustroso cuero negro me pareció la perfección entre tanta barbarie, y me provocó lanzar un resoplido de éxtasis... Con eso lo digo todo.

Conrad soltó una carcajada e hizo un movimiento de cabeza para indicarle al sujeto que coartó mi única movida de escape hace un rato que tomara acción. Ya en este punto, cuando presencias un filo de navaja siendo calentado al fuego, son muy pocos los que no comienzan a cantar como golondrinas. La sensación iguala al verte atado en el mismo medio de una vía de ferrocarril, siendo tú mismo quien sostiene la soga mientras escuchas el sonido del tren en la distancia. Quien tenga aunque sea un átomo de aprecio por su vida, buscará liberarse de la muerte inminente. Lo macabro de todo esto es que yo me cuento dentro de esos pocos que no se sueltan, sino que aprietan más fuerte aún. Y Conrad lo sabe.

—Haz lo que tengas que hacer —pronuncié sin gota de vacilación.

—Vean, caballeros… «Es más fácil encontrar hombres dispuestos a morir, que encontrar a los que están dispuestos a soportar dolor con paciencia». Así como este, con un buen par de cojones, ya no quedan muchos. —Le acercaron la navaja—. Lástima que no te sirvieron para darte cuenta de que no es lo mismo llamar al Diablo —se me pegó al rostro— que verlo venir.

¡En ese momento pude ver sus facciones claras! No eran como las recordaba. ¿Qué carajos…? ¡Sus ojos…! Sus ojos estrangulaban con la precisión de una boa. Su semblante era el mismo reflejo de mi rostro, pero ahogado en una expresión maquiavélica que me sobrecogió de terror. «¡¿Qué carajos estoy viendo?! ¿Quién es este parado frente a mí?». Me asió sin piedad por la cabeza y acercó el filo encandecido de la navaja hasta mi cara, penetrando por una esquina del ojo derecho. La navaja comenzó a hurgar dentro del orificio trinchando tejidos, músculos y venas; haciéndome retorcer de desesperación, mientras los escuchaba reír macabramente. Vociferé un grito aterrador que jamás había escuchado salir de mí y caí sentado de un golpe.

CAPÍTULO 3

Pataleé sin freno en mi afán de escapatoria, logrando así soltarme de lo que ataba mis piernas. Fue ahí que comencé a percibir más claridad y me fijé que lo que estaba entre mis pies era un pedazo de tela blanca. Una sábana... ¿Mis manos están sueltas también? ¿Dónde carajos estoy? Con el corazón corriendo desbocado y todavía jadeando, levanté el rostro y miré alrededor. ¿Estoy en la cama?. ¡Estoy en la cama, carajo!

Logré llevar las plantas de los pies al piso y pude sentir el recio cosquilleo de la alfombra fría, lo que me hizo salir del trance en el que me encontraba. Otra maldita pesadilla. Desnudo y bañado en sudor, al igual que la almohada y la ropa de cama. Ese era mi estatus. Aún me costaba creer que todo había sido un puto sueño. ¡Se sintió tan real! Más terminante que nunca. El dolor, la retribución, la impotencia.

Llevé las manos a mi cara y percibí cada órgano en su lugar. Nada inflamado ni extirpado. Del rostro pasé a la pobre excusa que llevo por cabello, que también estaba húmedo de conmoción. Cerré mis ojos en son de alivio, mas no sirvió de mucho. Al contrario, lo único que conseguí fue caer de nuevo en esa lúgubre fábrica y volver a escuchar carcajadas apiñadas una sobre la otra. Levanté la vista buscando un poco de calma, pero la muy maldita siempre me hace suplicar por migajas. Lo que me entregó a cambio fue una detonación inesperada a mis espaldas que me hizo saltar de la cama espantado. «Maldito camión de basura que se antoja de pasar a esta hora en la mañana. ¡Siento que estoy perdiendo la cabeza!».

—Cálmate, maldita sea, fue un sueño... Fue solo un sueño... —me susurraba a mí mismo una y otra vez, tratando de aplacar lo que ya estaba comenzando a sentir desencadenándose dentro. Mi corazón había decidido mudarse de ubicación y ahora lo sentía pulsando salvaje en mi garganta. Por más que intentaba respirar profundo, una presión enorme se me imponía sobre el pecho y no me lo permitía. Esto ya lo he vivido demasiadas veces. Sudoroso y desorientado, traté de dar pasos en línea recta hacia el baño escuchando el quejido de mis intestinos —que me hizo retorcer—, y el sonido acelerado de mi propia respiración —que me estaba sacando de quicio—.

Llegué hasta la puerta del baño —la muy puta se me atravesó de frente y de un empujón la hice quitárseme de en medio— y me apoyé sobre el lavamanos sabiendo que pronto saldrían fuera de mí residuos de alimento digerido y frustración. Las gotas de sudor bajaban imparables por mi frente y me nublaban la vista. Como pude, abrí el grifo, tomé agua entre mis manos y sumergí mi cabeza en ella, buscando sacudirme todo aquello que me estaba acorralando. El agua corrió por mi rostro, rebasó la fina capa de vellos que me cubre el mentón y bajó por mi cuello en escapatoria cuando me incorporé para verme al espejo.

Ahí, frente a mí, estaba ese mismo rostro que había visto mientras seguía atado en aquella silla. Esa misma mirada que me asegura que mi destino ya está dictaminado y que, tarde o temprano, vendrán a ejecutar sentencia sobre mí. Que por más que corra, por más que me esconda, nunca tendré manera de escapar de lo que me persigue, porque vive dentro de mi ser. Caer en cuenta de ello hizo que, por encima de la ansiedad que me abacoraba, se incendiara la furia colosal que me consume y me hace perder los estribos. ¡Tenía que descargar ese golpe que moría por lanzar! Mi puño derecho fue a parar iracundo a la imagen que se reflejaba en el espejo, el cual fue convertido en cristal desgranado. Varios trozos cayeron al piso, otros quedaron sostenidos apenas por el marco del botiquín.

Aún sentía la cabeza dándome vueltas y el ritmo cardiaco y de respiración no había aminorado en lo absoluto. El nudo en el estómago seguía queriendo exprimir fuera de mí lo que allí quedaba, acentuándose aún más al ver un pedazo de cristal todavía incrustado en la mano. La sangre corría por entre mis dedos, goteando sobre el lavabo. La acerqué temblorosa para removerlo, y al saborear la sensación mientras salía de entre la piel, llegó fulminante el recuerdo de cuán reconfortante podía ser terminar con este ataque de pánico de una buena vez.

Volví mi mirada hacia el frente y, con algo de vacilación y el corazón a mil, desprendí uno de los pedazos de cristal que estaban por caer. Un buen pedazo triangular. Suficiente como para poder sostenerlo firme en mi mano. Apreté mis ojos como pujando una vislumbre de alternativa. Ya habían pasado tres meses desde la última vez que me corté, y estaba comenzando a sentir que lo tenía bajo control. Pero buscando esa alternativa que nunca se asomó, lo que conseguí fue volver a ver el filo caliente de la navaja acercándose a mi rostro penetrándome el ojo.

¡A la verga! Sin pensarlo mucho más, pasé a prisa y con presión suficiente el pedazo de cristal justo en medio del antebrazo derecho, cruzando el rostro del arcángel que llevo tatuado ahí para custodiar viejas heridas. Un corte… Solo un corte fue suficiente para lograr que las visiones desaparecieran de mi cabeza al momento, mientras el arcángel lloraba lágrimas de sangre. Sin embargo, la ansiedad permanecía ahí; aún el dolor mental seguía estando por encima del que me producía la cortadura.

Una más, a unos centímetros de la primera. Al fin se asomaba el alivio. Con cada gota de sangre que salía de la abertura también salían las voces de mi cabeza, y el corazón regresaba poco a poco a su ritmo normal. *Ya comenzaste esto, Ryan, ¡termínalo de una vez! Sabes que un corte más te traerá el sosiego que tanto ansías.*

Sin titubear, acerqué la pieza una vez más, casi en el mismo lugar, y esta vez sí la sentí llegarme profundo. Esta era la señal de «detente» que buscaba, y la que se encargó de disipar los rastros de náuseas, mareo y turbación en mí. Me sentía suspendido en una nube, perdido en mi propia definición de nirvana, donde nada ni nadie puede alcanzarme, donde solo estoy yo.

El yo que tanto anhelo y que pocas veces viene a visitarme. Una versión de mí que vive sin remordimientos ni sentimientos de culpa constantes, uno que hasta ahora solo he podido encontrar cuando estoy sumergido en el dolor de mi carne. No voy a negar que tan pronto salga del éxtasis y vea la extensión de lo que he hecho, el remordimiento volverá a atacarme más fuerte que nunca. Con todo, este círculo vicioso es lo único que conozco y, peor aún, lo único que me funciona y me trae algo de sosiego.

Quedé por unos segundos contemplando en mi antebrazo el rostro trastocado de lo que pretende ser una figura de supremacía, ahora todo desfigurado y bañado en sangre. Levanté mi mirada y de igual forma me enfrenté a mi reflejo. Pedazos fragmentados de rostro, interpuestos unos sobre otros, dándome un aspecto para nada natural, sino el de una especie de invención humanoide que se asemeja más a engendro de la naturaleza que a un ser humano. Algo más parecido a mí…

Bienvenido a mi mundo.

CAPÍTULO 4

Telepatía, Conexión Psíquica, Clarividencia, Comunicación Extrasensorial. Escoge el que más te guste.

El campo de la parapsicología y la ciencia-ficción ha inventado mil términos para referirse a mi trastorno, y se ha encargado de otorgarle una estúpida cualidad espectacular que nada tiene que ver con lo que es en realidad. La mayoría de ustedes ve esto como algo fenomenal que podría convertirte en alguna especie de superhéroe u otra pendejada parecida. Si lo que tienen de referencia son personajes como J'onn J'onzz o el Profesor X, ¿qué más se puede esperar? Créeme, mi vida nunca ha tenido ni tendrá nada de *súper* y mucho menos de *héroe*... Todo lo contrario. Se podría catalogar muy fácil, como una maldita serie de eventos desafortunados.

Pero no los culpo. Bueno, voy a reformular esa oración. Mejor dicho, creo entenderlos. ¿Cómo no ha ser espectacular tener la habilidad de conocer los secretos más oscuros de una persona con una sola mirada? ¿Poder en solo segundos rebuscar en lo más recóndito del subconsciente humano, donde van a parar los eventos que el mismo cerebro ha resguardado bajo llave pero tú naciste con el puto llavero en tus manos? ¿O ser capaz de convencer a cualquiera de hacer lo que sea con un simple contacto visual?

El problema estriba en que cada porción de oscuridad ajena a la que me he sumergido se me ha ido sumando al alma, consumiendo todo hasta hacer que la luz desaparezca por completo de mí. Todo lo que he visto, lo que me he lanzado a curiosear, cada puerta que he tenido la satisfacción de abrir cual ladrón experimentado, ha terminado convirtiéndose en un enorme y letal potaje psíquico que tengo que tragarme, me guste o no. Lo «fantástico» de esta habilidad termina cuando ya no sabes distinguir cuando las vivencias son tuyas o solo fueron usurpadas. O entre tu propia desgracia y la extraña, pues no sabes cuál te sienta peor.

Lo depravado de toda esta mierda es que tampoco puedes parar el hábito de hacerlo, pues te llama cual insecto a la lumbre. Solo alguien como yo, quien ha tenido que pugnar con esta realidad desde que tiene uso de razón, puede garantizar cuánta basura presenta Hollywood al respecto. No tienes una maldita idea de cuán perturbador, a la vez que adictivo y seductor, puede llegar a ser este «don» para quien lo experimenta en carne propia.

¡¿Superhéroe?! Me causa risa, casi bordando la repugnancia, el que quieran disfrazar mi condición con ese título, pues esa no es la expresión que ustedes usan en realidad, sino que se parece algo más a «fenómeno», «aberración», «monstruo». Esas sí son las palabras que he escuchado desde niño para referirse a mí. Como hacen con todo lo demás, prefieren crear una farsa y ridiculizar lo que no consideran normal y así sentirse menos mediocres ante lo desconocido.

Te diré lo que sí es «normal» en sus mentes. Normal es hacer que alguien se gane tu confianza y no dejarle saber que lo único que estás buscando es la oportunidad de apuñalarlo por la espalda, ¿cierto? O qué tal cuando le dices a un niño que todo va a estar bien, cuando en realidad lo que estás pensando es que el muchacho es un desquiciado que no va a lograr ser nadie en la vida. Eso sí es normal, ¿no? ¡Mejor aún, fingir estar enamorado de una persona cuando, en verdad, sus sentimientos te valen mierda! Supongo que eso sí cae dentro de sus torcidos estándares de sensatez.

Yo podré estar padeciendo de cuanto puto trastorno de personalidad describa el maldito DSM que usan en psicología, pero de lo que nunca he sufrido es del cabrón síndrome de hipocresía crasa en la que vive la gran mayoría de ustedes.

—Pocos ven lo que somos, pero todos ven lo que aparentamos.

Al fin y al cabo, es su legítimo derecho poder mantener sus verdaderas intenciones en privado, ¿no es así? Por algo no nacen todos con la capacidad de ver más allá de lo que les queda de frente, convirtiéndome a mí en una anomalía. Tal parece que en el diseño original del ser humano están incrustados el engaño y la falsedad como distintivos de la raza. Si resultara que el hombre es el maldito producto final de la creación, ¿qué carajo se podría esperar de quien la creó, entonces? Por salvaguardar lo poco que me queda de cordura, me inclino a pensar que somos mero desperdicio cósmico que hoy está y mañana desaparece. Ningunas de esas mierdas de tener un propósito divino me caben en la cabeza. Nuestro destino estaría bien jodido si resultara que existe un ser con la mente tan torcida como para crear este desmadre que se llama humanidad.

Y pues, siendo el caso de que yo no encajo de ninguna manera dentro de la norma, me parece que solo tengo un par de manos sobre la mesa: terminar con mi vida de una buena vez para no seguir estando fuera de lugar, o vivirla sin que me importe nada ni nadie más que yo, y así asemejarme un poco más al resto. La primera opción ya la he intentado un par de veces y no he tenido éxito. ¡Tal parece que a mí hasta la misma muerte me evade, coño! Tan sencillo que se les hace a otros dejar de existir sin tan siquiera quererlo, y yo, que lo he deseado y buscado desde que tengo uso de razón, aún sigo vivo.

Así que ahora llevo ocho largas y tediosas semanas intentando la segunda opción. Tratando de aparentar normalidad y calma, cuando por dentro los inquilinos en mi cabeza están gritando, maldiciendo y sospechando veinticuatro-siete. Intentando pasar desapercibido entre lo común y corriente y luchando yo solo contra mi propio instinto cada maldito día.

Y no es como que no haya rebuscado hasta el cansancio la manera de romper con esta conducta, pero cada vez que intento buscar un remedio para escapar de mi realidad termino cayendo en alguna mierda masoquista peor que la anterior: de mero vandalismo escolar a violentas peleas callejeras. Desde inundarme el torrente sanguíneo de alcohol y cuanto químico nuevo crean en algún laboratorio hasta cubrirme el cuerpo con cortaduras, intentar terminar con mi insustancial existencia y, por último, ponerla al servicio de la maldita Corporación.

¡Malditos cabrones de mierda! ¡Maldito Conrad Cavanaugh! Lo único que hizo fue hacerme creer que tenía una familia con quien contar para usarme en su maldito beneficio.

—¡A ver qué carajos te vas a hacer ahora sin tu puto polígrafo, hijo de puta!

Mi larga lista de malas decisiones está inscrita con tinta permanente en casi todo mi cuerpo y con sangre en la totalidad de mi alma, si es que aún tengo una. ¡Pero juro por mi puta madre que encontraré espacio en ambos para registrar el día en que logre joderle la vida al cabrón de Conrad y hacerlo pagar por cada una de las que ha hecho!

Y mientras ese día se acerca, hago lo que puedo por no volverme loco y fluir con la corriente. Vivir un día a la vez —si se le puede llamar así— y mantenerme al pendiente. Cuando hay una oferta de ocho dígitos como precio por tu cabeza, tienes que aprender a dormir con los ojos abiertos y acostumbrarte a las madrigueras. Pero ya me estoy hastiando de toda esta vida insípida. ¡Qué cojones, ni yo mismo me entiendo! Lo único que tengo claro es que ya estoy más que cansado de esconderme, de evadir, de siempre estar aislado. Harto y decepcionado de no lograr encontrar reposo dentro la normalidad. De no poder hacer callar el constante parloteo en mis pensamientos; ese que se apodera de mí y me hace ir en contra de todo lo que en verdad he querido siempre.

¿Cómo se puede pretender vivir con decenas de voces internas monitoreando y juzgando cada maldita cosa que dices o haces a cada segundo? ¿Cómo lograr a su vez sentirte invisible e inexistente en el mundo exterior? Sentirme solo ha sido el único factor constante en la ecuación de mi vida y, aunque con el tiempo he aprendido a ver la soledad como mi mejor compañera, todo se ha vuelto ya una monotonía. En esa inmundicia es en la que he vivido acorralado desde que tengo uso de razón, y ya, en verdad, estoy hastiado de todo.

Sin embargo, cada vez que me encuentro al borde del precipicio, sintiendo que lo que quiero es darme por vencido, vuelve a asomarse ese sentimiento extraño dentro de mí que me dice que no me quite. Ese otro inquilino con voz de niño ingenuo e ilusionado que repica instándome a que aguante un poco más.

Extraño esa voz. Extraño su inocencia, su tono tranquilo, su sentido de justicia. Me aterroriza pensar que los demás le hayan hecho daño, o peor aún, que hayan decidido deshacerse de él, pues ya hace mucho que no le escucho. Es solo un niño indefenso. Solo me queda un vago recuerdo de su timbre y de lo bien que me hacía sentir al escucharle decir que confiaba en mí, que esperara un poco más.

Si reapareciera, le preguntaría qué rayos es lo que debo esperar. ¿Por qué? ¿Para qué? ¿Por quién? ¿Acaso no he buscado ya suficiente? ¿No me han herido ya bastante? *¿Qué carajos es lo que andas buscando, Ryan?* ¡Por alguna razón decidí abandonar la vida que llevaba y hacerle la guerra al mismo Satanás! *¿Y tú le crees cuando te dice que hay esperanza todavía, pendejo? No hay final feliz para ti, recuérdalo.*

Día y noche, sin descanso. Preguntas de las que aún no veo ni tan siquiera un viso de respuesta. Lo único que me resta es huir. Seguir en escapada hasta que me encuentre de frente con la solución o con la muerte.

Hoy es mi último día aquí en Colorado Springs. Ya la decisión está tomada. Y me encabrono conmigo mismo al pensar que todo fue a causa de un mal sueño. Ahora bien, esta no fue una pesadilla común y corriente. Esta se sintió real… demasiado, diría yo. Hasta cierto punto, lo veo como un tipo de advertencia a la que sería estúpido por mi parte no prestar atención. Si me toca morir a manos de Conrad Cavanaugh, que venga con todo entonces, que voy a estar listo para él. ¡Pero no me voy a ofrecer en bandeja de plata tampoco! Va a tener que mover cielo y tierra para dar conmigo.

Hoy sigo mi camino, y aunque tengo cada detalle calculado a la perfección no sé qué carajos esperar de todo esto. Lo único que sé es que, antes de irme de aquí, tengo un asunto pendiente por resolver en el trabajo.

MIA

CAPÍTULO 5

Pasadena, California. Abril, 2018.

Se nota intranquila. Incómoda. Y me atrevo a conjeturar que hasta avergonzada de estar aquí. Arrimada a un costado del amplio sofá de gamuza color adobe oscuro que queda solo a unos cuantos pasos frente a mí. Se la ha pasado girando su cabeza alrededor con cierta desgana, pero escrutando cual sombra sigilosa cada rincón, cada esquina y cada detalle en la habitación.

Lo noto aún por las rendijas de mi vista periférica, no desaprovecha ninguna ocasión para tantear por esas señales que suelen pasar inadvertidas. Mientras ella busca la manera de aclimatarse a su primera sesión de terapia psicológica, yo ando echándole una mirada a mi libreta de anotaciones y colocando en mi mente puntos clave:

- Natalie Davis
- 18 años
- Padres divorciados
- Posibles síntomas de depresión

—Saludos, Natalie. Un placer conocerte. —Su mirada se escurrió desde el jarrón de cristal a su lado y arribó precipitada sobre mí.

—Hola. —Muy bien. Al menos respondió.

El nivel de nerviosismo en su tímido saludo se leyó clarísimo. Igual de apocada fue la sonrisa con que intentó acompañarlo, que no duró un segundo, para luego volver a su expresión de cervatillo asustado. Una larga y un tanto descuidada cabellera rubia-cobriza cubre sus hombros. Lleva puesto un pantalón de mezclilla oscura que le queda holgado, camiseta azul marino y, por encima, un chaquetón gris con la cremallera abierta. Interesante por demás, siendo que estamos en plena primavera. De hecho, Pasadena amaneció hoy más cálido de lo usual.

¡Y esos ojazos! Me recuerdan la silueta de un pez cirujano azul. Tienen esa misma forma amplia y redonda que termina puntiaguda y, para colmo, llevan una gran esfera color añil en el centro. ¡Unos ojos hermosos! Una lástima que carguen tanta tristeza y desánimo en ellos. Esas bolsas de inflamación bajo sus párpados gritan insomnio a viva voz. Dan la impresión de que, de un segundo a otro, estallarán en lágrimas.

—Me llamo Mia Annesly y, antes de cualquier cosa, quiero que sepas que todo lo que hablemos aquí es estrictamente confidencial. Permanece entre tú y yo. Nada de lo que sientas expresar está prohibido; nada será criticado ni reprochado. Lo único que buscamos es hablar y escuchar. Así que no temas ser tan abierta y sincera como quieras acerca de lo que piensas o lo que sientes. ¡Ah! Y no soy yo la única que puede hacer preguntas. Lo que quieras saber, lo puedes preguntar en confianza. ¿Vale?

Otro lánguido sonido salió de ella en forma de «Ok». Su mirada dudaba entre permanecer sobre mí o desviarse hacia sus pulgares, que se perseguían cual gato y ratón sobre sus muslos trotones.

—Tienes libertad para relajarte, querida. Lo único que haremos es conversar. ¿Hay algo en particular que te esté inquietando?

—No, nada en particular. —Soltó una risilla encogida—. Es que es mi primera vez en una oficina de estas.

Una oficina *de estas*. Sin lugar a dudas, debe estar cuestionando la lucidez de su estado mental solo por el hecho de que la hayan referido a evaluación con una psicóloga.

Y para colmo, yo ando vestida hoy con pinta de Sra. Tronchatoro dispuesta a hacer cabezas rodar. De negro lúgubre, ¡guácala! El vestido me llega un tanto más abajo de la rodilla, pero no es su talla lo que me incordia. Es la bendita manga larga y el cuello alto, tipo Antón Ego. ¡Pero, pues! Esto fue lo que encontré en el último momento. Lo irónico es que, sin duda alguna, esta será la única vez que lo use. En mi armario no hay nada remotamente parecido a esto. Cosas que aún estoy tratando de superar, qué puedo decir. Por eso, aunque quisiera tirarlo a la basura tan pronto llegue al apartamento, pienso mantenerlo en el armario como instrumento de medición de progreso.

La realidad es que cuando me dispongo a enfrentarme a una primera sesión terapéutica prefiero mil veces venir tan relajada como siempre suelo andar. Una primera impresión de familiaridad ayuda a alivianar todo el asunto. Pero hoy no me quedó otra que salir directa de mi presentación. Y no cualquier presentación… *¡La presentación!* Mi tesis doctoral. Solo Dios sabe cuántas trasnoches y lágrimas me ha costado todo este proceso… ¡y al fin se dio! Ahora lo que toca es esperar por la aprobación y dar lo mejor por ayudar a esta jovencita.

—Bueno, qué tal si, solo por hoy, ponemos a un lado lo que sea que hayamos escuchado acerca de ver a un psicólogo, ¿sí? Solo vamos a dialogar. Además… dejé las pinzas de *electroshock* en mi apartamento.

Sus grandes ojos azules brincaron perplejos al escuchar esa última línea. Al mirarme, me vio sonriendo y cayó en cuenta de que solo trataba de hacerla reír. Algo que no funciona igual con todo el mundo, dicho sea de paso. En esta ocasión, mi sonrisa la infectó y fue el toque perfecto para hacer que el resto de la sesión fluyera formidable.

Dentro de lo que hablamos, pude captar que el motivo de su falta de ánimo, el insomnio y su pobre desempeño en la universidad venía a causa de la separación de sus padres. Ellos decidieron esperar justo a cuando ella se mudó a su apartamento en la universidad para hacer oficial su divorcio y, en consecuencia, lo estaba interpretando todo de una manera errónea. Había decidido, inconscientemente, sabotear su carrera universitaria para poder regresar a casa y hacer que sus padres resolvieran permanecer juntos.

Reía como mecanismo de defensa cuando usaba los términos *culpable*, *indigna* y *desconsiderada* para referirse a ella y a su conducta. Lo que me deja claro que siente un profundo remordimiento por cómo está actuando, pero a la misma vez, es la única manera que cree tener para lidiar con la ruptura familiar. «Querida Natalie, si tan solo supieras cuánto entiendo tu situación».

A mí me tomó solo esta primera sesión poder llegar a la raíz del problema. A ella le tomará unas cuantas visitas más caer en cuenta. La experiencia me lo dice. Y es que, la idea nunca será intentar convencerla de su circunstancia, sino que ella misma se convenza y decida hacer algo al respecto. Todo cambio comienza con una decisión.

Luego de unos efímeros cuarenta y cinco minutos de sesión, nos preparábamos para dar por terminada nuestra consulta. ¡Ya me veo llegando a mi apartamento y tirándome en la cama! Ella era mi última evaluación del día aquí en el campus, y hoy no trabajo en la tarde, ¡amén! Andábamos de camino a la puerta, ya intercambiando despedidas y semblantes más serenos. Justo cuando mi mano iba rumbo a la perilla, se volteó hacia mí y la escuché indagar:

—Disculpe que le pregunte, pero… ¿usted es la chica de los vídeos? ¿La de YouTube? —La pregunta aún me sigue tomando por sorpresa con todo y que la escucho a menudo. Esta vez fui yo quien contestó solo con una risilla timidona.

—La reconocí de inmediato cuando dijo «querida». Mi mamá la sigue.

—¿Y tú no sigues a Dra. Mia? —le reclamé con rostro de falsa injuria. Ambas reímos.

—He visto algunos de sus vídeos, son muy buenos, pero pensaba que era mayor. No lo tome a mal. Es que en persona se ve mucho más joven… y es una doctora de verdad.

—Pues, me alegra que te guste el contenido. Y como tu doctora, te aconsejo darle a ese botón de «Seguir» tan pronto salgas de aquí.

—Lo haré, gracias.

—¡Ah! Y no te confundas. Aunque sé que a tus envidiables dieciocho, veinticinco parecen acercarse a la vejez, sí soy bastante joven para ser doctora.

—Exacto. Debió aprovechar muy bien el tiempo. Algo que yo no estoy haciendo.

Se volvió a asomar en su semblante un indicio de vergüenza que me estremeció hasta el tuétano. Me conmovió porque fue como ver a la antigua Mia, la de hace unos cuantos años atrás, parada frente a mí. Percibí la divina oportunidad de declarar las mismas palabras que me salvaron cuando me hundía en mi propio abismo. No dudé ni un segundo en asir dicha oportunidad.

—No te diluyas en lo que piensas que estás haciendo mal. Enfócate en poder hacer lo correcto, un día a la vez.

***

Tirada al borde de mi cama, piernas en lazo y cabello húmedo al aire. Algún libro que me haga divagar lejos, alumbrándome desde lo alto el rostro cual foco de escenario, y permitir que la luz lánguida de las velas reclame algo de territorio en mi alcoba. Escuchar al fondo la voz divina de Lauren Daigle, y no ponerle peros a mi atención si quiere fluir entre ella y el aroma a incienso de uva cabernet que se pasea por todo el apartamento.

¡Este es mi lugar! Solo mío. Mi alcázar. Donde ahora transito a bordo de un tren de carga ganadera, camino a un campo de concentración junto a Lale Sokolov, *El tatuador de Auschwitz*. Me lleva enganchada, presenciando junto a él cómo se atreve el amor a hacerse paso ante la inhumana realidad nazi. Era la próxima lectura de ocio que tenía en agenda sobre las pilas de libros junto a la cama. ¡Lo bien que me han funcionado las torrecitas maltrechas estas! Ni falta me hizo tener que conseguir otra mesa.

Aunque acomodar la lamparita que me regaló tía Audrey era la excusa perfecta para comprarla. ¡Está hermosísima! Singular. Los rayos de luz mosaica que la atraviesan impregnan de arcoíris todo alrededor. Se hace duro despegarle la mirada. ¡Me encanta! Nada mejor que recibir un regalo de alguien que tomó su tiempo en sopesar tus detalles. Entre la lámpara, las velas, la música y el deseo de no hacer más que mirar al techo y ver el abanico girar, me estoy tardando mucho más de lo habitual en navegar las páginas del libro.

Y como un zarpazo sigiloso me hizo girar los ojos el continuo sonido de notificaciones del celular. Allá lo tengo, ¡lejos!, al borde de la ventana. Perspicaz y fastidioso. Me hizo salir de mi divagar mental, avisándome de un mensaje recibido. ¡No voy a contestar nada! De seguro es algo que hará reventar la burbuja de tranquilidad en la que estoy flotando ahora mismo. Algún recordatorio, evento en agenda o reunión pautada debe venir anunciando dicho sonido. Mejor lo verifico mañana en la mañana y aprovecho estas dos horitas que me quedan antes de que me empiece a agarrar el sueño.

O tal vez te vendría mejor prepararte un té de manzanilla y miel, ¿qué crees? Apenas lo pensé, y el singular sabor dulce y amargo del brebaje me asaltó la memoria.

—Ok, vamos a levantarnos, entonces. Pero ¡ve del cuarto a la cocina y regresa! Olvídate de parar en el celular para nada. Lo que sea puede esperar hasta mañana.

Mientras la aromática bolsita de té se da un baño de tina dentro de mi gran taza azul turquesa, yo aprovecho para ir regando a «mis compañeras de cocina», mis mimadas suculentas. ¡Están por todos lados! De todos los colores y formas. Y, aunque suelo alardear de que poseo un jardín interior repleto de ellas, creo que lo más acertado sería decir que son ellas quienes me poseen a mí. Cierro los ojos por un instante, mientras la melodía de la canción que suena desde la computadora sale sola de mis labios, y sigo, envase por envase, vertiéndoles vida líquida y cantando. Casi como si estuviera dedicándoles la canción. O dedicándomela a mí. A lo que cada una de ellas representa y al arduo proceso que ha sido y seguirá siendo mantenerme en paz.

¡¿Y por qué no deja de sonar el bendito celular?! En el pequeño rato que llevo aquí conversando con mis plantitas he escuchado el quisquilloso repicar como en cuatro ocasiones, ¡aun por encima de la música! Cómo quisiera apagarlo, ¡y ya!

¿Y cuál es el problema, Mia? Ve y apágalo, entonces. ¡Claro, es lo que debería hacer! Pero ya me ha pasado más de una vez que se me olvida volver a encenderlo antes de irme a dormir y luego no escucho la alarma en la mañana. *Y tampoco acabas de ir a comprar un bendito reloj despertador…* ¿Sabes qué? Hoy me arriesgaré. Igual, mañana no tengo compromiso temprano. Mañana lo que necesito es descansar.

Fui al cuarto y tomé el celular en la mano, tratando de no enfocarme en las pequeñas burbujitas sobre cada aplicación y las múltiples notificaciones al tope de la pantalla, cuando me percato de que tengo varios mensajes de tía Audrey.

Un murmullo apenas distinguible de una conversación en la acera frente al edificio hizo gravitar mi mirada a través de la ventana. Era una pareja que iba caminando con su hija. La niña —como de unos nueve años— iba entre ambos, tomándoles de la mano, dialogando.

Aunque no podía discernir lo que hablaban, quise imaginar que venían relatando las escenas que más habían disfrutado de alguna película que acababan de ver. El padre diría que no sabía cuál era su escena favorita. Mamá e hija se reirían, haciéndole recordar que pasó toda la película dormido. En ese momento, no eran las luces de los faroles los que alumbraban la acera, sino sus rostros resplandecientes por la alegría de pasar una noche en familia… juntos. Tan fuerte fue el resplandor, que me llegó al corazón y me hizo retirar la mirada de la ventana para volcarla de nuevo al celular.

Bueno, tal vez puedo echarle un ojo al mensaje y luego mañana la llamo o escribo. Han pasado ya varias semanas desde la última vez que hablamos. La extraño un mundo.

¡Hola, cucubanilla! ¿Cómo te va?
Hace mucho no hablamos, mi amor.

Sé que tienes que estar superajorada con todo,
pero no dejes de comunicarte.

Me llamas.

¡Cucubanilla! Creo que nunca me zafaré de ese apodo. Mi corazón se saltó un latido justo ahí. Ok, le voy a contestar ahora. Solo un corto mensaje para que sepa que la leí y que mañana la llamaré. Es cierto que ya hace como cuatro semanas que no hablamos —lo cual pienso que no es tantísimo tiempo, tampoco— pero siempre trato de enviar, aunque sea, un texto y mantenernos al tanto.

Mirando por encima, sin detenerme mucho, veo unas cuantas notificaciones de Twitter y comentarios que aún siguen llegando de mi última transmisión en vivo por Instagram. Me encanta la buena energía que me transmiten —¡no todos!—, pero ya hace como siete días me cansé de intentar sacar tiempo para seguir leyendo y contestando. También están los mil mensajes en el chat del trabajo y los otros tantos de Camille, que nunca fallan.

Salta a mi vista, surfeando sobre olas de anuncios y propagandas, el nombre de la Dra. Sommers en uno de los tantos correos electrónicos. Mi consejera, mi dosis de realidad… mi doctora y, ahora también, mi colega. Imagino la razón de este correo. Llevo ya tres veces corridas en que he cancelado cita con ella y debe estar preguntándose por qué. Yo estaría igual. «¿Estará bien o habrá recaído?».

Veronica Sommers 23 abril, 2018, 2:30 p. m. (hace 1 día)

Para mí

¡Saludos, Mia!

Espero te encuentres bien. La última vez que tuve la oportunidad de verte, me comentaste sobre la presentación de la tesis doctoral para la que estabas preparándote. Aunque estoy segura de que tiene que haber sido un éxito total, no te niego que muero por saber todos los detalles. Siendo así, en vez de llegar a la oficina, ¿qué tal si compartimos brunch en algún sitio sencillo y casual? Pon tú la fecha y el lugar, y yo haré los arreglos, ¿qué te parece? Espero por tu respuesta.

¡Caramba, eso suena de maravillas! Y el día perfecto hubiera sido mañana. El chasco es enviarle un mensaje a las diez y media de la noche coordinando para la mañana siguiente… Tal vez puedo verificar en la agenda cuál es mi próxima mañana libre.

¡No, Mia! Si comienzas por ahí, vas a terminar yéndote a la cama a las tantas de la madrugada y con mil cosas dándote vueltas en la cabeza. ¡Mañana lo haces!

Lo que sí puedo hacer es borrar todos estos correos electrónicos de promoción que no sirven más que para tomarme espacio en la memoria. ¡Tanta cosa! Seminarios, conferencias, cupones de descuento, venta de productos, uno tras otro, tras otro… Un momento, ¿y este correo de SET?

El encontronazo me enderezó la espalda de un golpe. Me llamó la atención que no comenzara con título de artículo. Lo abrí.

SET Regional, Inc. 21 abril, 2018, 12:23pm (hace 3 días)

Para mí

Deseamos informarle de que su idea fue nominada para participar en uno de nuestros eventos regionales de SET. (Esto debe ser un error. Yo no he sometido nada con ellos). Nuestro equipo evaluador ha decidido brindarle la oportunidad de presentar su discurso en la próxima actividad regional de SET California (¡¿Cómo?!), el día sábado 26 de mayo de 2018 en el Banquet Hall de Santa Clarita. (¡Pero si esto es dentro de un mes!). Esperamos poder tenerle con nosotros, junto a otros excelentes portadores de grandes historias dignas de compartir.

Al final de este mensaje encontrará un enlace para confirmar su participación y recibir más información al respecto. (¿Confirmar mi qué? ¿De dónde salió esto?). De no recibir contestación en los próximos siete días luego de enviado (¡¿Y cuándo fue que lo enviaron?! Hace tres días, ¡ok!), daremos por sentado que no contaremos con su participación.

Un corrientazo frío me recorrió el cuerpo, agudizándose entre los dedos, mientras intentaba sostener el celular para que no se me cayera de las manos. El corazón decidió acelerar su pulso y la mente enganchó los guantes en su intento por pasar una noche de descanso.

¿De dónde apareció esto? ¿Cómo saben acerca de lo que hago? Yo no he solicitado participar en ninguno de sus eventos. Esto tiene que ser una equivocación, estoy segura. Pero ¿viniendo de una organización tan reconocida como SET? ¡Difícil!

Y así sin más, caí redondita en ese carrusel que me hace dar vueltas como un trompo cuando mi cerebro hace más preguntas de las que puedo contestar. Volví a leer el mensaje. Me fijé con esmero en el nombre de quien lo enviaba, en el destinatario y la fecha de envío… como queriendo probarme a mí misma de que era una confusión.

Pero no, ¡todo seguía igual! La organización mundialmente reconocida por sus congresos y charlas anuales, donde han participado figuras como Elon Musk y Bill Gates, me estaba invitando a mí a ser parte de su evento aquí en California a poco más de un mes.

Ok, pero… Y si no es un error, ¿qué vas a hacer, Mia? ¿Vas a confirmar tu participación? Tan sencillo como apretar un botón y tendré la oportunidad de cumplir un sueño de años, en unas cuantas semanas. ¡En unas cuantas semanas, querida!

—¡¿Qué vas a hacer, Mia?! —me grité esta vez, tratando de poner en cintura mis pensamientos.

La canción que sonaba hace un rato ya había terminado y ahora taladraba un bendito anuncio publicitario a todo volumen que no me dejaba pensar con claridad. Volví a colocar el celular a orillas de la ventana, intentando actuar como si nada extraordinario estuviera pasando, y fui a acallar la voz rechinante que hablaba mil palabras por minuto sobre los efectos secundarios de un medicamento.

—¡El té, Mia! Bébete el té. —Me redirigí hacia la agenda original para la noche, tratando de no comenzar a levantar mi euforia a toda prisa y por todo lo alto, como siempre hago. Estoy segura de que una oportunidad así no llega por sí sola. Tiene que haber un proceso, llenar una aplicación o hacer una audición, ¡qué sé yo! Algo que yo no he hecho.

La gran taza azul turquesa aún estaba caliente y el líquido ámbar que reposaba en ella tocó mis labios, reconfortándome al momento. Bajé el primer trago con ojos cerrados, respirando al son de segundos que contaba pausados en mi mente. Un segundo sorbo *1, 2, 3…* hasta cinco, seguido de una prolongada exhalación. Abrí los ojos y me fijé en las orejas de conejo del bonsái que tengo sobre una esquina de la barra. Recordé todas las veces en que creí que no lograría hacer que creciera. Había escuchado sobre lo meticuloso que es el proceso y, aunque me encantan, nunca me atreví a comenzarlo.

Sin embargo, este bonsái yo no lo busqué. Llegó impuesto por la Dra. Sommers, quien me lo regaló. En un principio me hacía sentir que requería demasiado de mi tiempo y concentración en su cuidado, y que, seguramente, el resultado final sería un total fracaso. Pero el tiempo fue pasando y mi hermoso cacto fue tomando fuerza y carácter… Él crecía y yo también. Ahora puedo decir que, de todos mis diminutos arbustos, este es el que tiene más de mí en él.

Ok, ok… Ya voy entendiendo.

¡Qué manera tan extraordinaria tienes para hablarme, Dios!

Coloqué la taza sobre la barra y me encarrilé hacia el borde de la ventana, al fondo de mi cuarto. Esta pudiera ser una de las mejores experiencias de toda mi vida. ¡No tengo ni idea de cómo llegó a mis manos, pero no la voy a dejar pasar! Me niego a permitirle a la ansiedad que me siga robando. Si lo hago, sería como haber dejado morir a Bunny desde un principio. ¡No lo hice en ese momento, no lo haré tampoco ahora!

CAPÍTULO 6

Sábado, 26 de mayo de 2018. Banquet Hall, Santa Clarita.

Intentaba por enésima vez echar un ojo a las notas que había organizado con viñetas en unas cuantas tarjetas color verde lima. Digo «intentaba» porque comenzaba leyendo y terminaba con la vista dando vueltas alrededor del surtido de cuentas en mis brazaletes. Aparte de que es misión casi imposible discernir palabras, mucho menos oraciones, cuando las manos te tiemblan sin parar. Tenía las tarjetas sobre mi regazo, ya todas apretujadas entre mis dedos. No sé por qué insistía tanto en seguir releyendo aquellas notas. No hay manera alguna en que pueda olvidar lo que en ellas llevo escritas, así pasaran mil vidas sobre mí.

Pero leerlas y volver a leerlas… y volver a leerlas, me ayuda a achacarle a la memorización —y no a las memorias— el no poder olvidar ni un solo detalle. Aún más, me permite asegurarme de cuáles son aquellos detalles inmencionables. ¡Hay tantas cosas que se pueden escapar del alma cuando entregas tus vivencias a alguien más! Las palabras tienen poder para imprimir imágenes tan fuertes en el pensamiento que llegan a construirnos por dentro; de igual forma, logran incendiarlo todo y hacerlo cenizas si no se mesuran. Por eso, cada vez que he tenido la oportunidad de dirigirme a un grupo de personas y contar mi historia, me siento inmensamente pequeña. Es difícil, casi rayando lo imposible, encontrar las palabras correctas, adecuadas o suficientes como para poder, en unos cuantos minutos, plasmar el alma.

Volví mis ojos una vez más hacia las tarjetas. *«Tu vida es una carta escrita que todos pueden leer»*. Tercer punto de la cuarta tarjeta. Nunca, ni aun en mis sueños más alocados, pensé que esa frase se haría realidad de una manera tan literal. Tanto así que, sentada a mi lado en la sala de espera tras bastidores, tengo como fiel seguidora y mejor amiga a la bella Camille, que no se cansa de leer la misma carta en donde sea que me inviten a presentar. De hecho, gracias a ella es que estoy aquí hoy. ¿La manera incógnita en que surgió esta oportunidad? Sucede que fue ella quien solicitó y me postuló.

Volteé para mirarla y me recibió con ojos abiertos y una sonrisa de oreja a oreja, frotando sus manos como si estuviera a punto de abrir regalos en mañana de Navidad.

—¿Lista? —me preguntó. El rayo de luz que se reflejaba en sus grandes ojos color miel, refugiados por sus pestañas de abanico, provocaba que fueran la facción más sobresaliente de su rostro. No me había percatado de que llevaba aguantando la respiración por un rato hasta ese momento, cuando le respondí soltando una bocanada de aire.

—Ni tan siquiera cerca de estarlo.

—¡Vamos, ¿cómo no?! Sé que lo vas a hacer excelente, como siempre.

—Que así sea. Y gracias, también, por acompañarme…

—¡De nuevo! —dijimos ambas al unísono. La ocurrencia nos arrancó unas cuantas carcajadas constreñidas.

—No hay nada que agradecer. Tú no sabes lo orgullosa que me siento cada vez que escucho una de tus charlas. Es un honor poder acompañarte.

Solté mis estropeadas tarjetas y la abracé. ¡Realmente aprecio su compañía! Camille es una chica superespecial. Siempre tan atenta y dispuesta a ayudar en lo que sea, a quien sea. Admiro lo «fajona» que es y cómo ha sabido valerse por sí sola desde chica. El hierro con hierro se afila, y hay amigos que llegan sin buscarlos y se convierten más que en amigos, en hermanos.

—Para serte sincera, ¿sabes qué es lo único que me está rondando la mente en este momento? —Me preguntó «¿qué?» con el ceño fruncido y las cejas levantadas—. Los bizcochillos de limón y jengibre de Pretty Flower.

—¡*OMG*! ¡Tan ricos! —Su voz sonó más a suspiro que a otra cosa, pues ambas andábamos susurrando cual conversatorio en medio de funeral, y ni idea de por qué. El salón de espera bullía entre los oradores y sus asistentes, rezando cada uno sus discursos como en misa de domingo.

—Definitivamente tenemos que pasar por allá cuando salgamos.

—Suena a un excelente plan. Oye, hablando de plan, ¿qué tal si hacemos un directo en Instagram ahora mismo? Faltan quince minutos para tu participación; podemos lanzar un corto anuncio primero. Algo que ponga a la gente al pendiente, ¿qué crees?

Una extraña sensación que, sin embargo, es común en mí, hizo aparición. Como si fuera un tipo de luz roja intermitente. ¿Por qué? ¿Qué es lo que me produce vacilación? ¿Miedo a estar tan conectada a las masas que termine desconectándome de quien soy en realidad? Podría ser. Hace total sentido. Y es que la franqueza que emana de una mirada directa a los ojos no hay plataforma cibernética que la pueda reproducir. Me asusta perder eso en el proceso.

¡Bah! Ahora no es el momento ni el lugar para autoanalizarme. Ahora debo concentrarme en lo que vine a hacer, ¡brillar! Entré a la plataforma social, transmití por unos cuantos minutos e invité a las trescientas veinticinco personas que se conectaron a que estuvieran pendientes. Al cabo de unos diez o doce minutos vinieron a buscarme. El corazón comenzó a golpearme contra el pecho y mil palabras se arrojaron tumultuosas en mi cabeza. El traje blanco de tejido tipo túnica que llevaba puesto me quedaba decentemente holgado. Con todo y eso, sentía como si llevara puesto un asfixiante corsé del siglo XVI. *Solo respira profundo, Mia, y enfócate.* ¡Manos a la obra!

***

—¿Señorita Annesly?

La voz se asomó como un zumbido ahogado y fue agarrando presencia hasta sacarme del estado absorto en que me encontraba, haciendo que mis pestañas brincotearan despabiladas. Una figura masculina, muy esbelta, apareció frente a mí; lo hizo rodeada por la típica oscuridad que impera a los lados de un escenario. Portaba unos grandes audífonos y una carpeta portapapeles; un corte estilizado en su cabello y una gran energía salía de su muy bien vestido cuerpo.

—Esté preparada para entrar a tarima en sesenta segundos.

—Lo estoy.

Lo dije con tal convicción que hizo dispersar de mí la enorme fusión de sensaciones que me atravesaban. En un instante desaparecieron los nervios, la incertidumbre, los remordimientos. Aunque aún permanecía mi pequeñez mezclada con agradecimiento mientras el corazón palpitaba a mil latidos por segundo. Ese «Lo estoy» lo sentí salir desde mis entrañas. Casi como si me hubieran instado a decirlo. Como si no hubiera venido de mí del todo, sino de *algo* —más bien, de *alguien*— que intentaba convencerme de que en verdad lo estaba.

Di unos cuantos pasos hasta el punto de espera marcado con una X hecha con cinta adhesiva; me situaba tras uno de los bastidores de madera al lado derecho del proscenio. Desde ahí, a escondidas, podía percibir la gran energía que emanaba desde el público hacia lo más profundo del estrado, como olas de electricidad. Olas invisibles cargadas de emociones, ansias y demandas que te llegan hasta el tuétano del alma. Esa entidad invisible, pero a la vez muy palpable, es la que provoca que el mecanismo ancestral de defensa que hay incrustado en cada célula de mi cuerpo interprete que debo salir huyendo a toda prisa. Sin embargo, la razón y las experiencias pasadas entran en juego y me hacen caer en cuenta de que mi vida no corre mayor peligro que el de ser transformada. ¡Algo a lo que le tememos tanto!

Diviso tres enormes letras rojas —SET— levantadas al fondo del escenario, y a su lado, en letras blancas más pequeñas, el nombre de la ciudad sede del evento. Hay una gran alfombra circular, también roja, sobre el piso en tabloncillo al centro, desde donde se supone que debo dar mi discurso. *¡Trata de recordarlo durante los próximos dieciocho minutos, Mia!*

Un poco más a la izquierda veo una gran mesa rectangular de madera con tope en plástico negro. De esas que uno encuentra en un típico salón de ciencias de secundaria. Sobre ella, los pocos artículos que traje para mi presentación. Nunca necesito de tanto para llevar mi mensaje, pero este ámbito lo amerita.

Cerré mis ojos una vez más.

El favor camina con quien se atreve. Dios, esta oportunidad me la has dado tú.

Sesenta segundos llegaron a su fin. Mi nombre se mencionó a través de las bocinas, retumbándome en el pecho. Cuando volví a abrirlos, ya estaba en medio de la tarima.

Me encontraba envuelta en una marejada de aplausos y emociones que recorría mis huesos, mi alma y mi espíritu entero. Una sensación difícil de explicar, hay que vivirla. La fuerza arrolladora que sentía abalanzándose sobre mí desde el auditorio era cónsona al intenso golpe de luz que caía sobre mis ojos, proveniente de los perseguidores dirigidos al escenario.

Sin embargo, lo que más me impresionaba era la dificultad para discernir rostros; solo veía largas filas de siluetas oscuras. El estar parada justo al centro de una plataforma elevada te hace sentir singular y vulnerable, casi en soledad. A la vez, hay una carga muy tangible de pasiones, suspiros y lágrimas en gestación, y te asaltan cada poro de la piel, haciéndote recordar todo lo contrario: no estás sola, sino que tienes en frente un mar de ojos y todos están puestos sobre ti. Tragué seria saliva.

El parloteo de palmadas en *decrescendo* se extiende apenas por un segundo, pero es tiempo suficiente como para poder inhalar tan profundo como pueda… y exhalar. Permite en mi mente la transmisión en directo de un *collage* armado por cada decisión, cada rostro familiar, momentos de catarsis y conversaciones cruciales que se interponen y entrelazan unos con otros, siendo la suma de ellos lo que me llevó a posicionarme justo donde me encuentro.

La misma presión y precisión que hay que aplicar para sacar intacto el corcho de una botella de vino, así justo me llega ese instante en que me toca decir la primera palabra. Romper el silencio luego del último aplauso con un primer enunciado hace que escuche en mi mente el sonido semiagudo que emite la acorchada pieza al ser expulsada. Y ya luego de retirada, ¿qué queda, sino servir lo que hay dentro? La preocupación por romper el hielo pasa al olvido y en su lugar comienza a fluir un río caudaloso que debo dejar correr, pues sé que no fui hecha para callar. Tan pronto terminan los aplausos, es hora de volar.

—Buenas noches tengan todos. Es un privilegio enorme para mí estar aquí frente a ustedes, en tan prestigiosa plataforma, junto a tan impresionante grupo de personas. Tanto es así que se me hace muy difícil poder describirlo con palabras.

Me sobrecogió el sonido amplio de mi voz saliendo por el sofisticado sistema de altavoces que resonaba llenando todo el lugar. Solté un leve suspiro que me aseguraba que ya no había marcha atrás.

—Como bien han dicho, mi nombre es Mia Annesly, y no, no soy la niña que sale en *Mi nombre es Sam*. —Escuchar unas cuantas carcajadas al principio siempre me trae sensación de alivio—. Lo digo de antemano para evitarles el momento embarazoso de venir a pedirme un autógrafo.

Mientras lo decía, mi cara agarró esa expresión de bochorno y risa que te asalta cuando saludas a alguien por equivocación. Las carcajadas aumentaron un poco más. La audiencia no es tan inconmovible como imaginaba, ¡qué bien!

—Soy solo una chica regular de veinticinco años de edad, estudiante postgraduada y ya con varios miles de dólares de deuda universitaria sobre los hombros. Pero ese tema es para otro conversatorio muy diferente al que tendremos hoy. Les confieso que no me molesta para nada que me confundan con Lucy… así se llama la niña de esa inspiradora película. De hecho, cuánto hubiera querido yo, a esa edad, poseer algunos de los atributos de ese personaje: seguridad, lealtad, valentía… Cualidades sumamente importantes para cada ser humano, pero que a muchos nos toma bastante tiempo, a veces toda nuestra vida, poder desarrollar.

Hice un leve intento de mover de posición el micrófono diadema que me habían colocado, pero recordé que me advirtieron de no hacerlo. Así que disimulé el movimiento extraño de mi mano para acomodarme parte del cabello que me caía sobre la frente. Continúo.

—La realidad es que no todos llegamos a ellas de la misma manera. ¿Por qué? Porque todos tenemos un bagaje diferente, un trasfondo peculiar… Unos elementos únicos en nuestra historia. Hoy trataré de compactar y compartir con ustedes, en unos escasos —miré uno de los monitores frente a mí donde me llevaban el tiempo— dieciséis minutos y medio, un poco de lo que es mi historia, con la esperanza de que podamos ampliar un tanto más nuestro entendimiento acerca de lo que en verdad nos hace crecer como seres humanos.

Fui moviéndome a paso lento hacia la mesa rectangular que portaba mis elementos de utilería mientras continuaba hablando. Por cierto, si la persona que me los facilitó me llega a escuchar refiriéndome a ellos como *utilería*, me saca de su lista de amistades.

—No recuerdo haber pasado mucho trabajo para entender o completar una tarea cuando era niña. Al contrario, eran más las veces en que lograba deducir lo que tenía que hacer con poca o ninguna explicación. Aprendí a leer y escribir mucho antes de llegar a la escuela. Me encantaba envolverme en conversaciones con personas mayores y, aunque sí hubo momentos donde me enviaban fuera de la habitación, la mayoría de las veces todos parecían estar asombrados por mi capacidad para entender y aportar al tema con tan poca edad.

Estoy hablando de unos cuatro a cinco años. Mis pasatiempos favoritos eran, ¡y aún lo son!, leer, escribir y aprender cosas nuevas. Mis padres siempre fueron muy proactivos en darle rienda suelta a mis deseos de conocer más. Nunca me limitaron ni permitieron que me encajonaran en un cierto estándar de lo que se suponía que estudiara una niña de mi edad.

Mi padre se educó en Medicina pediátrica, y mi madre, como generalista. De más está decir que de ellos fue que aprendí a tener hambre de conocimiento. Verán, mis padres crecieron en ciudades muy diferentes, se formaron en distintos entornos y vinieron a conocerse en medio de un viaje misionero a la India. Durante ese viaje, el primero de muchos por venir, encontraron juntamente la pasión por ayudar al menesteroso… y la pasión del uno por el otro.

Unas cuantas carcajadas volvieron a resonar cuando mis párpados titilaron cual mariposas enamoradas. Ya había llegado frente a la gran mesa rectangular. Agarré un par de guantes azules de vinilo y comencé a colocármelos. De nuevo, sin mucha prisa.

—Para abonar la formación de mi carácter, dado que mis padres solían estar fuera del país varias veces al año, hubo períodos intermitentes de mi niñez en los que viví junto a mis abuelos paternos. Ellos me inculcaron una buena cuota de dulzura y empatía, mezcladas con integridad y entereza. Mi abuela fue maestra por años, y mi abuelo, teniente retirado de la Marina de los Estados Unidos. Ustedes hagan los empates como mejor les parezca. —Esta vez fui yo quien dejó escapar una corta carcajada—. Mi entorno mientras crecía siempre fue uno, gracias a Dios, repleto de amor. Por mucho tiempo fui la consentida de la familia. Para ese entonces, era la única nieta de mis abuelos. ¿Saben que hay veces en que los padres no encuentran a alguien de la familia que se ofrezca a cuidarle los muchachos porque son secuaces del demonio y nadie los soporta? ¡Pues en mi familia pasaba todo lo contrario! Peleaban entre sí por el turno para cuidarme. «Es que ella es tan buena... Es una niña muy dulce... Bien amorosa... No da qué hacer...». Frases como esas eran las que siempre escuchaba circular.

Ya había maniobrado el ponerme los guantes de manera fluida y sin desgarres. *¡Dios sabe cuánto lo practiqué en casa!* Frente a mí, en medio de la mesa, había un envase redondo de madera, mediano en tamaño, con tapa y un pequeño agujero por donde salía el mango de una cuchara sopera. Le acompañaban un vaso de precipitado en cristal de 150 ml, una botella con gotero del mismo material y unas gafas de seguridad. Un extractor de gases portátil yacía en una esquina.

—Voy a aventurarme a preguntarles algo, y espero con todas mis fuerzas que contesten lo correcto porque, si no, tendré que inventármelas para darle sentido a lo próximo que viene. Van a contestar lo primero que le llegue a la mente al conteo rápido de tres, ¿entendimos? —Un voluminoso «sí» se escuchó al unísono en respuesta y me hizo agarrar un gesto de sorpresa difícil de disimular—. *¡Muy bien, están despiertos! ¿Listos?* —Les di un segundo de pausa psicológica—. Mencionen algo dulce. ¡Uno, dos y tres!

Simultáneo con el retumbar de voces lanzando su respuesta hacia mí, tomé yo el envase redondo de madera y lo presenté, girando su etiqueta hacia el público. «Azúcar». Era lo que leía la etiqueta y lo que toda la audiencia contestó a una. ¡Funcionó! Unos aplausos moderados se produjeron orgánicamente. Supongo que todos estábamos igual de aliviados de que hubiera resultado.

—Azúcar. Hoy día la encontramos, prácticamente, en todo lo que se compra en un supermercado. ¡Ojo! Su consumo desmedido también provoca daños a la salud, pero ese tampoco es nuestro tema en este momento. Como les iba diciendo, la percepción que los adultos tenían de mí durante mi infancia era la de una niña muy buena, superbrillante, respetuosa… Una niña bien dulce.

En ese punto, vertí una cucharada rebosante de azúcar en el vaso de precipitado.

—En los recitales que presentaban los niños de la iglesia donde asistía con mi familia, siempre me ponían frente al grupo y con micrófono en mano, porque era la más pequeña en estatura y mi voz era muy suave, ¡y dulce!

Otra cucharada llena fue a parar al recipiente.

—Recuerdo la primera vez que llamaron a mis padres de la escuela para una reunión con la maestra. Había tenido un «incidente» con uno de mis compañeros de primer grado. Estábamos sentados ambos junto a otra compañerita tomando la merienda y el chico agarró unas gomitas de dulce de la lonchera de la niña sin permiso. Ella le pidió que se las devolviese e, incluso, trató de quitárselas, pero el niño la evadía y comenzó a comérselas. Realmente no recuerdo qué fue lo que me pasó por la mente en ese momento para actuar como lo hice, pero nunca olvido la cara de asombro del niño cuando le tiré por encima el jugo que me estaba bebiendo. Luego tomé el empaque con lo que quedaba de las gomitas y se lo devolví a la niña. Y me quedé como si nada.

Una carcajada de mujer se escuchó estrepitosa por encima del sonido de risas entre la gente.

—En la reunión con mis padres, la maestra parecía estar más a favor de lo que había hecho que en contra, pero tenía que seguir el protocolo. Por cierto, la maestra nunca me castigó por el suceso. «Es que ella es una niña tan dulce» —otra cucharada de azúcar—. «Ella es bien buena» —y otra—, «por eso no la castigué, porque ella no es de portarse así» —una cucharada más—. Dejo aclarado que mis padres sí me castigaron con dos semanas en las que no pude ir a visitar a mis abuelos. Yo amaba estar con ellos, especialmente con abuelo Frank.

El envase ya se había llenado casi hasta la mitad con azúcar; justo la porción necesaria. Coloqué la cuchara dentro de su contenedor y tomé las gafas de seguridad en mis manos. Volví a mirar de reojo los números frente a mí con los once minutos y medio que me quedaban para terminar. *Vas en tiempo, Mia, pero no te confíes. Mantén el plan.*

—Mi Abu contaba las mejores historias y siempre terminaban con un chiste o algún comentario gracioso, por más seria que fuera la anécdota. De él recibí siempre los más efectivos consejos, muchos de los que me han guiado hasta el día de hoy.

»A raíz de aquella ocurrencia con el jugo y las gomitas, comenzó un proceso donde fueron evaluadas mis capacidades cognitivas y sociales, y del cual se dedujo que debía ser acelerada de grado. Así que, cuando terminé mi primer grado, con seis añitos acabados de cumplir, di un salto hasta tercero, con algunas visitas esporádicas al cuarto grado cuando tenía tiempo libre. Para mí fue la mejor noticia que me hubieran podido dar. El mero hecho de pensar en todas las cosas nuevas y complejas que iba a aprender me llenaba de ilusión. Pero esa ilusión fue poco a poco siendo quebrantada con una nueva realidad.

Me puse las gafas y tomé el frasco de cristal con gotero. Dentro había una sustancia que, aunque peligrosa, no me fue para nada difícil de conseguir. Bien dice el adagio: «favor con favor se paga». Aparentemente, presentarle una amiga a otro amigo es comparable a recibir un pequeño frasco con ácido sulfúrico de su parte.

—Resulta que a mis nuevos compañeros no les vino a bien tener una «bebé» en el salón con la que no querían juntarse. No ayudaba para nada el hecho de que la maestra me utilizara como muletilla para recriminarle al grupo porque no había terminado la tarea cuando la más pequeña ya lo había hecho. Los niños suelen ser muy crueles y directos. Las palabras que ahora escuchaba circular para referirse a mí eran «creída», «sabelotodo», «marisabidilla», entre otros sobrenombres un poco más creativos.

Con mucha cautela, fui dejando caer una gota tras otra de ácido sulfúrico sobre el azúcar mientras mencionaba cada uno de los apelativos con los que solían molestarme. La misma fue adquiriendo un tenue color marrón acaramelado en los lugares donde hacía contacto con el ácido.

—Claro está, eran niños y no entendían muy bien lo que estaba sucediendo… pero yo también lo era, y en ese entonces tampoco podía entender por qué me trataban así. Mi abuelo siempre encontraba la manera de hacerme ver todo lo que me pasaba en la escuela como una prueba que me haría más resistente. Él era mi torre fuerte, mi confidente y mi mejor amigo. Todas las tardes recibía su llamada preguntándome cómo me había ido en la escuela y me contaba qué hacer para contrarrestar lo malo que me había sucedido. Su sabia exhortación me guio durante ese escabroso proceso de mi tercer y cuarto grado… justo hasta el día antes de fallecer.

Unos cuantos murmullos de pena flotaron en la superficie. En ese instante, vertí un poco del ácido directo del frasco sobre el azúcar.

—Literalmente, fue hablar y reír junto a él un día para, al siguiente, enterarme de que había sufrido un ataque fulminante al corazón mientras dormía. Sesenta y un años tenía cuando falleció, y yo, apenas ocho. Es interesante cómo dos personas con tanta diferencia de edad podían compenetrarse tan bien. Lo que me ha hecho llegar a la conclusión de que la buena interacción entre los seres humanos no viene tanto por compartir las mismas experiencias, sino por el deseo de quererse escuchar y entender.

Su pérdida me dolió muchísimo y, aunque lo lloré por muchos días, aún seguía siendo la niña capaz de razonar lo que había sucedido como algo normal. Aún seguía siendo la niña «dulce y cariñosa» a lo que todos estaban acostumbrados.

Miré otro de los monitores a orillas del escenario que me mostraba lo que el público estaba viendo, proyectado en una gran pantalla tras de mí. La imagen presentaba de cerca la reacción química del ácido sobre el azúcar. Gran cantidad de ella aún permanecía de su color blanco intacto.

—Luego de la pérdida de mi querido abuelo, mis padres decidieron envolverme un poco más en sus gestiones humanitarias, imagino que fue su método de intervención familiar ante el duelo. Al menos dos o tres veces al año viajaba junto a ellos a diferentes partes del mundo donde la asistencia médica era muy necesaria, pero escasa. Me ayudó muchísimo para abrir mi entendimiento y ver que la realidad de otras personas era mucho más difícil que la mía. Me enamoré de las misiones. Cada vez que regresaba de una de ellas, me pesaba tener que volver al salón de clases. Una, porque la dinámica de exclusión entre mis pares seguía igual de presente. Y otra, la de mayor peso, era que realmente sentía que aprendía mucho más en cada una de esas salidas que lo que aprendía en la escuela.

»Aprendí solidaridad, humanidad, desprendimiento. A vivir con menos para poder darle a aquellos que no tenían nada. Aprendí a ponerme en los zapatos de alguien más y tratar de ver el mundo desde su perspectiva. También aprendí a conocer la mirada triste de mi mamá cuando ya no había nada más por hacer y el apretón de manos fuerte de mi padre que le brindaba aliento. ¿Qué mejores cosas para aprender a los nueve años?

»Muchas veces discutía con ellos porque no quería regresar a la escuela. Para cuando había llegado al séptimo grado, con unos diez u once años, mi nivel de retraimiento social en el ámbito escolar se había acentuado y había comenzado a desarrollar una tenue actitud de reto a la autoridad. Yo quería ser educada en casa para no tener que escuchar a la maestra explicar el mismo concepto una y otra vez. También tendría la oportunidad de acompañar a mis padres siempre en todas sus aventuras y no solo algunas veces. Sin embargo, mi familia entera siempre ha sido muy defensora de la educación formal, así que no asistir a la escuela no era una opción.

Tomé una corta pausa y respiré.

—Un día, mis padres fueron al que era mi cuarto en casa de mi abuela para despedirse de mí antes de salir nuevamente de viaje. Llevaba toda la semana molesta con ambos porque habían decidido no llevarme en esa ocasión. Por más actitud de enfado que mostraba, no parecía hacerles cambiar de opinión. No entendía qué tenía de diferente ese viaje como para no querer llevarme.

»Recuerdo que entraron a la alcoba y se sentaron uno a cada lado de la cama. Yo permanecía inmóvil, mirando las páginas de un libro que no estaba ni siquiera leyendo, pues el coraje no me dejaba. Los escuché explicarme de nuevo por qué no podía ir con ellos, pero sus palabras me sonaban huecas. ¿Por qué tenía que entender su punto de vista cuando ellos no querían entender el mío? En mi mente, lo único que daba vueltas era encontrar la manera de convencerlos. Incluso tenía un pequeño bulto ya hecho, escondido en el armario, con la esperanza de un cambio repentino. Se acercaron a mí, me besaron y me dijeron «te amamos».

»¿Qué hago? ¿Qué digo? ¡Tiene que ser algo contundente! «¡Yo los odio!» Esas fueron las palabras que salieron de mi boca. Claras y tajantes. Con una actitud desafiante que nunca nadie había visto en mí, mucho menos ellos. Quería que pensaran que era cierto. Tal vez eso los haría reaccionar. Pero no fue así. Mi mamá salió del cuarto a toda prisa y mi papá se quedó observándome fijo por unos segundos. «Nos vemos en unos días, cucubanilla», fueron sus palabras. Nunca imaginé que esas serían las últimas palabras que le escucharía decir. Ese mismo día, a las 7:45 p. m., el avión comercial en el que iban rumbo a Colombia se estrelló unos minutos antes de aterrizar.

El auditorio entero se saturó con expresiones de asombro al ver proyectada la imagen del aparatoso accidente, que fue portada en varios periódicos del país en esa época.

He aprendido a compartir esta parte de mi vida sin dejarme sobrecoger por el llanto. Hoy, tuve que batallar con el fuerte nudo que se apoderó de mi garganta y me dejó sin habla. Fue tanta la energía que se catapultó sobre mí desde el público, que me estremeció. Bajé mi rostro un momento, respiré profundo y recordé el propósito real de esta plenaria.

—Cien personas murieron de las ciento sesenta y cuatro que iban a bordo, entre ellos mi mamá y mi papá. Todo lo que era mi vida se vino abajo ese día.

Acerqué el ácido sulfúrico al envase de azúcar y terminé por derramar la cantidad que restaba de un golpe. Esta vez, la totalidad del azúcar quedó empapada y sumergida. Nada quedó intacto. Por unos segundos, la unión de ambos elementos aparentaba no sufrir cambio drástico alguno. Sin embargo, sí estaba ocurriendo algo en el interior del vaso de precipitado, y estaba a punto de manifestarse.

—Mi familia entera se volcó sobre mí: mi abuela, mis tíos y amigos cercanos a la familia. Cada uno, dentro de su propio dolor, hizo lo suyo por hacerme sentir que todo iba a estar bien, que no estaba sola... Pero la realidad era que sí lo estaba. Había quedado huérfana a mis once años y la última conversación que había tenido con mis padres había sido para decirles que los odiaba. Nadie más supo ese detalle hasta varios años más tarde.

»Un año entero transcurrió para hacerme salir del estado de *shock* en el que me encontraba y que me hacía aparentar que no me había afectado demasiado la muerte de mis padres.

Mientras estas palabras salían por mis labios, la reacción química que aguardaba silente en el frasco de cristal comenzó a presentarse. Todo lo que solía ser blanco y dulce dentro de aquel recipiente se tornó negro absoluto. Se podía observar cómo la cantidad de materia fue aumentando en volumen, bullendo con burbujas de vapor que salían desde su interior. Esa era mi señal para retirarme de la mesa hacia la alfombra circular. De repente, el humo se hizo más espeso y abundante, el cual era atraído por el extractor de gases. Una gran masa oscura y porosa comenzó a reptar cual serpiente quemada por el fuego buscando escapatoria.

—Un año entero antes de que, finalmente, se comenzaran a manifestar en mí los efectos devastadores de la burla, la desgracia y las expectativas impuestas sobre una niña de solo once años de edad. Mi octavo grado se desarrolló sin eventualidad mayor aparente. Pero mi carácter, mi comportamiento y todo el sistema de valores en el que había estado cimentada desde mi niñez dio un cambio drástico tan pronto entré a noveno grado, extendiéndose por un turbulento período que duró desde mis trece años hasta los dieciséis.

»Fue como si una reacción química exotérmica hubiera estado cuajándose en mi interior por mucho tiempo, y había llegado el momento de liberar toda esa energía. Sin embargo, en vez de desatar luz o calor, lo que estaba manifestándose era todo el dolor, la ira y la culpa que llevaba por dentro. Mi desempeño académico comenzó a decaer estrepitosamente. Mis tempranas manifestaciones de reto a la autoridad desencadenaron en un trastorno oposicional desafiante severo. Estaba enojada e irritable por todo y con todos, perdía la calma a la mínima provocación. Insultaba a mis maestros, desobedecía a mis mayores, iniciaba peleas en la escuela y me la pasaba más en la oficina del director que en el salón de clases.

»A mis catorce años caí en el mundo del alcohol y las drogas. Caí fuerte. Lo que sea que estuviera en la calle, yo lo probaba. No le decía que no a nada que me ofrecieran, y si se atrevían sugerirme que no lo hiciera, más me empeñaba en hacerlo. Me escapaba de la escuela para estar con «amistades» mucho mayores que yo. No tengo ni idea de cómo logré aprobar ese año escolar. Imagino que aún inspiraba un poco de pena en mis maestros.

»Muchas veces llegué a casa de mi abuela escoltada por la policía. En un principio intentaba no llegar drogada, pero ya luego estaba tan sumida en los vicios que ni advertía la aflicción en el rostro de mi familia al hacerlo. En ocasiones ni tan siquiera recordaba cómo ni cuándo me habían llevado hasta mi cama.

La calcinada masa de aspecto reptil que salía del envase había tomado una forma tétrica. Se había erigido cual tótem funesto ante los ojos de todos los presentes, que no necesitaban ya de la imagen proyectada para ver lo que estaba ocurriendo. Quedó tendida sobre la mesa cuando su propio peso la obligó a ir curveándose poco a poco, mientras seguía reproduciéndose. Parecía no tener fin.

—El Gran Libro dice que nuestra vida es una carta escrita que todos pueden leer. En ese justo momento de mi vida, muchos me leían —aun de lejos— y sin pensarlo dos veces ponían etiquetas sobre mí: «esa muchacha está mal de la mente», «lo que busca es llamar la atención», «es un caso perdido». ¿Cuántas veces se han empeñado en poner etiquetas erróneas sobre ti sin saber con exactitud lo que cargas en tu interior? ¿Cuántos se han sentido alguna vez atrapados en un patrón de conducta, aunque muy adentro saben no es lo que anhelan, pero no encuentran cómo salir de ahí? Así me sentía yo. Andaba pidiendo ayuda a gritos.

»Afortunadamente, aunque yo sentía que todo había acabado para mí, la familia con la que aún contaba nunca se dio por vencida conmigo. Cada uno se propuso —con mucha paciencia, fe, bondad y, sobre todo, mucho amor— hacerme recobrar, poco a poco, el espíritu de lucha que me habían inculcado mis padres desde pequeña.

»Cuando yo insultaba, ellos me recordaban mis fortalezas. Cuando hería, ellos me consolaban. En vez de reproches, recibía abrazos. En vez de vergüenza, aceptación. Me demostraban, una y otra vez, aun viéndome caer día a día en el más profundo de los abismos, que no me dejarían. Que no se rendirían conmigo porque su amor hacia mí no estaba condicionado a lo bueno o malo que pudiera hacer.

»Ese amor incondicional, literalmente, fue a rescatarme en el momento en que más hundida estuve en la podredumbre y me sacó de las mismas garras de la muerte. La vida se había empeñado en deshidratar mi alma y convertirme en algo diferente a lo que había sido desde pequeña.

Me acerqué de nuevo a la mesa con cuidado. Ya apenas salía humo de allí, pero sí expedía un calor intenso.

—Igual que la intromisión del ácido se ocupó de exprimir todo el hidrógeno y el oxígeno de esta sustancia dulce, así mismo muchas personas pasan su existencia carente de sentido, de valía, de amor propio a causa de circunstancias que los han ahogado. Pero ¿saben qué?, y aquí sí les va el mensaje de esta plenaria: no hay reactivo más potente y que provoque mayores resultados que el amor.

»Podemos crear mil y un programas de ayuda psicológica, inventar nuevas estrategias de intervención temprana, seguir fabricando medicamento tras medicamento, pero nada de eso tendrá un efecto contundente en el ser humano si está carente de amor. ¿Alguien conoce qué es lo que queda del azúcar luego de haberle extraído todo el hidrógeno y el oxígeno?

Unas cuantas voces tímidas se escucharon a los lejos contestando: «carbono».

—Exactamente. Lo que vemos aquí sobre la mesa con esta forma tan vil y menospreciable, no es otra cosa que carbono puro. La misma sustancia fundamental para la creación de la vida, sin la cual no podría desarrollarse algo tan único y primordial como lo es el ADN. La misma sustancia que, sometida a grandes presiones y cantidades extremas de calor, produce esto…

Se proyectó en la pantalla un hermoso y deslumbrante diamante. Miré el tiempo restante en el monitor: cuarenta y cinco segundos, *¡gracias, Dios!* Volví a la alfombra roja y retiré las gafas de seguridad y los guantes de vinilo mientras daba mi argumento final.

—Queda en nuestras manos desconcertarnos y entrar en el estado ruin y desagradable al que puede llegar un ser humano a causa de la desgracia, o decidir aplicar una fuerza mayor, como el amor, para hacer que salga a la luz algo singular, resistente, pero también hermoso. Como el diamante. Yo soy prueba viviente de personas que decidieron por la segunda opción.

»Gracias a ese amor insistente que me fue impartido pude salir del estado deplorable en que me encontraba y darle un nuevo comienzo a mi vida. Hoy estoy aquí, en este tan prestigioso foro, parada frente a ustedes como doctora en Psicología clínica, con solo veinticinco años de edad y un metro cincuenta de estatura.

Mi voz aún sigue siendo suave y dulce, pero ahora suena con la categórica evidencia de que hay tres cosas que serán permanentes para siempre: la fe, la esperanza y el amor; aunque siempre la más contundente y eficaz será el amor —señalé hacia la mesa—. Bueno, y también el ácido sulfúrico. Muchas gracias.

Hubo dos segundos de silencio total. Suficientes para suspirar de agradecimiento y guardar mi corazón. Guardarlo del torrente de aplausos que siguen a esos dos segundos de silencio y que se extienden junto con vítores y un océano de siluetas puestas en pie por varios minutos. Esos minutos son cruciales para cualquiera que no desee caer en la trampa seductora de la vanagloria.

«Esto nunca se ha tratado de ti, Mia. Nunca lo olvides», me repito una y otra vez mientras voy de regreso tras bastidores con mi mano al pecho, agradecida.

***

Ya en el vestíbulo —un amplísimo y moderno espacio con hermosas columnas en azul y dorado, y puertas de cristal a su alrededor— Camille y yo buscábamos hacernos paso entre la multitud que aún seguía congregada, rumeando cada discurso que había presenciado. Disertando, analizando, intercambiando razones. Es ahí donde me gusta oscilar. Escuchando lo intrincado del alma humana desplegar sus opiniones ante una misma situación.

—Mia, ¿ya viste toda la gente que se conectó a la transmisión? ¡Casi tres mil personas!

El comentario de Camille me detuvo en mi trayectoria tanto o más que el empujón que recibí de su parte cuando enganchó su brazo con el mío y plantó su Galaxy casi en mi cara. Iba leyéndome comentarios escritos durante la transmisión y yo andaba rastreando el área, elevando mi mirada que apenas sube un poco por encima de mi tímida estatura, para tratar de encontrar entre el gentío un buen punto de reunión en donde intercambiar ideas.

—Hay muchas personas que te siguen, Mia. ¡Tienes que responderle a la gente! Los comentarios están a otro nivel. Escucha este: «Verdaderamente eres tan hermosa por dentro como le eres por fuera». Ay, ¡qué *cute*, ¿no?! Y así como este hay muchísimos…

—Guau, qué bien. —Las palabras me salieron solas como por mero reflejo, pues mi mirada aún seguía efusiva merodeando por el salón.

En medio de una marejada de cuerpos, carteles del evento, mesas con libros y productos para la venta, logré divisar, muy al fondo, detrás del mostrador más suntuoso y concurrido, al último orador de la actividad. Dr. Michael J. Robertson: psicólogo, catedrático y escritor. Me pareció magnífico ver que estuviera aún presente compartiendo con meros mortales como nosotros, y no hubiera optado por salir a escondidas por alguna puerta trasera para evitar el contacto con el público que vino a verle y escucharle.

¡Él sí es de renombre y no es para menos! La manera tan genial que usa para esbozar los temas más profundos acerca del comportamiento humano es lo que ha hecho que la gente se enamore de él. ¡Tengo que llegar hasta su mesa! Sabe Dios y nunca tenga otra oportunidad de coincidir en un mismo lugar.

—Permiso, tú eres la chica que habló en la actividad, ¿cierto? —me abordó de repente una dama de rostro amigable. Su semblante portaba evidencias de tener ya varias décadas en su bagaje, pero ostentaba una sonrisa simpática que la hacía lucir más joven.

—Sí, soy yo. Un placer. —Le extendí mi mano y ella abrió sus brazos.

—Disculpa el atrevimiento, pero ¿tú me permites darte un abrazo? —Mientras las palabras salían de su boca, unas cuantas lágrimas comenzaron a formarse en sus ojos. Me conmovió al instante.

—¡Claro que sí, ¿cómo no?! Ojalá y todos fuéramos más atrevidos de esta forma.

—Eres una joven hermosa y valiente.

Dimos fin al pequeño momento de avenencia entre ambas y la pude ver con su cara húmeda de lo que, según ella misma confesó, eran lágrimas de alegría y no de tristeza.

—Discúlpame… —dijo secándose el rostro y dejando escapar una carcajada—. Tenía que venir a decírtelo. Todas las charlas estuvieron excelentes, pero la tuya me tocó de manera especial y muy personal.

—¡Cuánto me alegro! Mi único propósito es dejar saber que no estamos solos en este caminar, aunque a veces así lo parezca. Y que se puede salir hacia adelante. Nada más.

—Eso es así. Sabes, ahora mismo me han dado la oportunidad de dirigir un pequeño grupo de ayuda comunitaria para jovencitas. Chicas con diferentes trasfondos y experiencias, y me encantaría tenerte como recurso para nuestra actividad de apoyo este próximo mes… O cuando sea que tengas disponible.

—Con mucho gusto; sería un honor para mí.

El corazón me dio un salto solo de imaginarme ante otra oportunidad en la que poder aportar mi granito de arena. Aunque no niego que en este preciso momento me llama más la atención llegar hasta aquella concurrida mesa en la que puse mi mirada hace un rato. Volví a echar una ojeada y la cantidad de personas reunidas allí se había duplicado. Ya ni podía discernir la silueta del orador entre ellas. Lancé mi mano hacia Camille…

—Hazme un favor. ¿Podrías darle mi información de contacto a…? —Esperé por su nombre.

—Hernández, Victoria Hernández —respondió con rostro abierto al percatarse que aún no se había presentado.

Camille le extendió la mano y expresó su gusto en conocerla.

—¿Son hermanas ustedes dos? —preguntó mientras aún se estrechaban. ¡Esa pregunta nunca falla! La realidad es que el parecido entre ambas es impresionante. El parecido físico, desde luego. Camille comenzó a reír de una manera que a mis oídos sonó gastada. Han sido tantas las veces que nos han preguntado lo mismo que ya el chiste pasó de moda entre nosotras.

—No, no somos hermanas de sangre, pero sí del destino. Camille, déjale mi número y dirección de correo electrónico, por favor. Me puede contactar a través de las redes, también. Ella le va a dar toda la información. Y disculpe que salga así a la prisa, pero necesito ir hasta…

—¡Para nada, niña! Al contrario, gracias por ser tan amable y brindarme de tu tiempo.

—¿Necesitas ir a dónde?

El tono aprensivo en la voz de Camille se percibió disonante al resto de la plática. Entiendo su preocupación. Al fin y al cabo, ella anda de pasajera. Pero me irritó un tanto tener que explicarle a dónde me dirigía como resultado de su actitud matizada de demanda. Además, no es como que me voy a ir y dejarla.

—No te preocupes, vengo enseguida. Un placer conocerla, Sra. Hernández. Espero comunicarnos pronto.

Navegando entre un sinfín de cuerpos, estilos, conversaciones y miradas, logré acercarme bastante hasta donde quería, pero aún necesitaba ver cómo hacerle para llegar hasta el mismo frente de la mesa. Tal vez no tendré una gran estatura como para simplemente ondear mi brazo desde lejos y llamar la atención. No obstante, lo corto de mi estructura me facilita deslizarme cual cría de roedor escurridizo —sin hacer mucha fuerza— a través de cualquier brecha que encuentre entre un hombro y otro. Por momentos pareciera que tanto zigzagueo entre la multitud lo que hace es alejarme de mi destino, pero la realidad es que no todo el tiempo se llega a la meta de forma directa… a veces hay que buscarle la vuelta.

¡Y al fin llegué! El doctor estaba en plena disertación acerca de cómo hacer para superar el caos dentro de ti. Pude escuchar de cerca su voz de timbre agudo que casi raya en sollozos. Su hablar fluye de forma rápida y dinámica por momentos, y en otros instantes, pausa en silencios que le llevan a meditar más profundo en lo articulado. O, tal vez, lo hace para darle la oportunidad a quien le oye.

Su porte es uno que, aun vistiendo traje y corbata, te inspira confianza. Tal cual si estuvieras escuchando a tu padre aconsejarte. Su figura es alta y delgada. Su cara ostenta una muy bien cuidada barba blanca que aporta aún más al distintivo de sabiduría con el que carga. Lo escuché hablar por unos cortos minutos, en los cuales siempre mantuvo su mirada fija al piso, blandiendo sus largas manos frente a él, como si estuviera disertando más con su propia conciencia que con el público presente:

—A cada uno nos toca… de manera deliberada… derrocar la anarquía que impera en la mera posibilidad y establecernos en lo real de un equilibrio habitable. Tienes que pararte firme, con hombros erguidos, y acoger el abrumador compromiso que es vivir… ¡pero hacerlo con ojos bien abiertos! —impartía hacia el grupo.

Al emitir esa última línea levantó su mirada y sus ojos se toparon con los míos. Hizo una pausa y percibí como si todas las miradas hubieran caído sobre mí de nuevo. Me sentí otra vez en aquella tarima de la que me había bajado un rato atrás.

—Y qué mejor manera de corroborar este reglamento de vida que a través de lo compartido por esta joven —dijo señalándome.

El corazón se me detuvo justo ahí. ¿En serio estaba hablando sobre mí? ¿No eran suposiciones mías la repentina atención, entonces? Podía escuchar rasguños de comentarios asintiendo a lo que el renombrado doctor, escritor del *best-seller* del momento, acababa de pronunciar sobre mí. Quería comenzar a gritar como adolescente en concierto de música *pop*, pero luego recordé que me vendría bien guardar un poco de compostura al respecto y se me pasó.

Él volvió a obviar el hecho de que había decenas de personas allí frente a él y se dirigió a mí de forma directa, extendiéndome la mano, la cual yo recibí.

—Tengo que felicitarte por tu arrojo. Hoy, cada uno de los que estamos aquí podemos decir que hemos crecido un poco más solo al escucharte.

—Muchas gracias por esas palabras, Dr. Robertson. Significan mucho para mí.

—Soy de los que piensa que cuando una persona posee algo poderoso para comunicar y decide no hacerlo, le es igual a estar mintiendo. Sé que tú tienes algo que decir y, más que nada, algo que la gente anhela escuchar. Me gustaría poder ayudarte en tu encomienda para comunicarlo.

¡¿Cómo?! ¡Es imposible que me esté sucediendo esto! Si en realidad está diciendo lo que creo que está diciendo, esta no es una puerta abierta, ¡es un tremendo pórtico levantado en columnas!

De la misma forma en que yo referí a la Sra. Hernández con Camille, me refirieron a mí con quien estaba a cargo de su agenda. Tomaron mi información de contacto, hablé con parte de su equipo y hasta me llevé uno de sus libros, ¡autografiado! Seguía sin poder creer que algo así me acabara de pasar. Una enorme sonrisa imposible de borrar se había apoderado de mi rostro. Mis anhelos cabalgaban monte arriba sobre ese inesperado golpe de bendición con el que me encontré sin tan siquiera sospecharlo. Pero aún seguía viendo la luz roja intermitente en el umbral de mi alma y no sabía por qué. Cada encargo que ha venido tocando a mi puerta lo atesoro como algo de inmenso valor. Incluso el que acababa de recibir por parte de Camille:

Pretty Flower cierra en una hora.

CAPÍTULO 7

Una semana más tarde.

—¡Y la manera en que fuiste combinando la reacción química del experimento con la temática en tu mensaje quedó impecable! No, mi vida, lo que hiciste fue bárbaro. ¡Felicidades, nuevamente!

—Gracias, en verdad. Tus palabras significan mucho para mí; son un verdadero halago. Te confieso que hasta yo misma quedé sorprendida de lo bien que engranó todo. No tengo duda de que fue Dios quien puso esa oportunidad en mi camino y me guio en el proceso.

No pude evitar fijarme en la pizca de desdén que flotó en su semblante. Esa mueca que suele percudirle el rostro a quien no le otorga validez a intervención divina alguna, pero intenta ser cordial con quien sí lo hace. Sentí deseos de darle cuerda a la ocurrencia. Sería la primera vez que abordaría este tema de una manera tan personal con la Dra. Sommers. Sin embargo, esta es nuestra primera tertulia desligada del ámbito doctora-paciente y prefiero no embarcarme en temas en los que sé que diferimos. Ya habrá un sinfín de ocasiones para eso. Retomo la conversación, entonces.

—Me he sentado varias veces a ver el vídeo y, cada vez que lo hago, me llegan las mismas mariposas al estómago, como si estuviera allí de nuevo. ¿Sabes cuánto tiempo tuve para ensamblarlo todo? ¡Poco más de veinte días!

—¡No te creo! Mis estudiantes tienen seis meses para armar un trabajo sencillo de Psicometría, y si vieras las barrabasadas que se atreven presentar. Yo no sé qué le pasa por la cabeza a los muchachos hoy día… ¡Y eso es mucho decir viniendo de alguien que se gana la vida tratando de descifrar precisamente eso! —Ambas reímos.

¿Había mencionado que la Dra. Sommers también es catedrática en la Universidad de Santa Bárbara? En verdad, no sé cómo le hace para maniobrar con éxito todas las facetas de su vida. Solo espero yo poder tener esa misma virtud y no volverme loca en el intento.

Cada una aprovechó la instancia para darle un sorbo a las tazas repletas de infusión mañanera. Los momentos de conversación entre ambas siempre fluyen tan espontáneos que rara vez nos damos cuenta de cuán rápido se nos pasa el tiempo. Muy fácil podría ocurrir que las bebidas perdieron su rica temperatura. Y eso sería admisible en cualquier otro lugar, menos aquí en Earth Café. ¡Este lugar es exquisito! El edificio entero tiene un estilo muy *vintage,* con paredes en coloridos azulejos, arcos y vigas pesadas. Siempre hay mesas llenas de gente por todos lados: en el interior, en el patio trasero y en la acera, que es donde estamos nosotras. Es un rincón encantador, y hoy, hasta el clima se ha confabulado para crear una mañana perfecta de primavera californiana.

Cuando el mesero trajo los tazones estuve un rato contemplando el hermoso diseño de cisne sobre la verde espuma en mi té antes de tomarle una foto. Sus diferentes tonalidades de verde y blanco engranan a la perfección con el aroma a *matcha* y crema que emana. «Incluso si en el agua sucia, mantente limpio como un cisne blanco». #ámate #DraMia #earthcafé… ¡Compartido!

—Pero, no entiendo… —irrumpió la doctora apenas terminó de bajar su sorbo—. ¿Ellos te avisaron con tan poca antelación? Me parece un tanto abrupto, rayando lo incivilizado, ¿no crees?

—Te digo que todo se dio de forma muy extraña. Para colmo, apareció justo en los días en que estaba en la etapa final de mi tesis y no fue hasta que culminé con toda la papelería y demás que pude enfocarme en lo de la presentación. Si uso el término «caóticas» para referirme a esas semanas, no le estaría haciendo justicia. Estresante, a la décima potencia. ¡Peeeero! —la voz me fue agarrando una melodía que anunciaba sorpresa— como resultado, puedo decir que he logrado realizar dos de mis más grandes sueños: haber estado parada en la tarima de SET… ¡Y estar sentada frente a ti, oficialmente, como doctora colega!

Mis grandes y redondos ojos saltaron pícaros desde el tazón hasta su rostro iluminado de orgullo al escuchar la noticia. Las costosas pulseras de oro que llevaba en su delgado brazo tonificado por el yoga, resonaron de entusiasmo al chocarnos las manos. Mis pulseras de cuencas y pajilla apenas se dejaron sentir.

—¡Eso, poderosa! Muy bien merecido, mi niña. A decir verdad, nunca dudé de que defenderías tu tesis como una leona. Y déjame decirte, apenas estás raspando la superficie de tu potencial. Hay muchas habilidades silenciadas en ti que aún no te has atrevido a explorar. —Colocó la taza sobre la mesa mientras arqueaba sus cejas con una expresión un tanto pretenciosa que acentuó las marcas de la edad sobre su frente—. ¡Cuéntame! ¿Cómo fue la reacción ante el tema?

—Si supieras que, mientras disertaba, tenía la preocupación de que el panel no le estuviera encontrando pertinencia al argumento porque no me estaban haciendo pregunta alguna. Y yo fui enteramente preparada para justificar los puntos más debatibles, pero no hizo falta.

—No, no, no. Cuando te hacen muchas preguntas, es cuando debes preocuparte. Por lo general, el panel evaluativo ya tiene la decisión tomada desde que sometes tu tesis al foro. El que te presentes allí es, más bien, una formalidad. ¿Y cuál fue la temática que sondeaste?

—*Factores psicosociales relevantes en pacientes bajo tratamiento por conductas adictivas.* Ese fue mi título.

—Inteligente… y un tanto audaz, diría yo. Utilizar tu bagaje personal para desarrollar una investigación tiende a albergar demasiada subjetividad si no se maneja correctamente. Pero sé que lo tienes que haber observado con un lente muy ecuánime. ¡Me hubiera encantado estar allí!

—Para ponerme a sudar, ¿cierto?

—¡Sabes que sí!

Nuestras carcajadas se hicieron escuchar, aportando aún más al bullicio que también es parte de una mañana perfecta de primavera californiana. ¡Sobre todo, la de ella! Siempre la he encontrado disonante y excéntrica para su porte ultra *chic*.

Brincó en su asiento como cuando el recuerdo te aguijonea por la espalda, alcanzó su bolso Givenchy en cuero gris claro y rebuscó en su interior. Mi mirada se desvió hasta uno de los meseros que venía hacia el área con platos para entregar y ansié que fueran los nuestros. ¡Pues qué más, que ya siento el hambre tocándome a la puerta!

Ella seguía buscando en su bolso, mascullando sonidos que sonaban a regaño. Ya había sacado de él una sarta de bártulos, entre ellos, un libro que me llamó la atención por su portada verdinegra y sombría. Su título me intrigó aún más: *La psicología de la creencia paranormal.*

¿La doctora anda husmeando por esas áreas? Increíble. Aunque la puedo imaginar disertando y debatiendo sobre un tema tan irresoluto como lo es la actividad paranormal —solo por el gusto de debatir—, nunca pensé que sería algo en lo que invertiría tiempo o interés.

—¡Aquí está, carajo! —¡Otra incongruencia! Las groserías—. Ok, ambas sabemos que acabas de pasar por unas semanas «caóticas», como bien dijiste. Celebrar el éxito está más que merecido, ¿no? Y como salir a disfrutar hasta la madrugada en una barra abierta de algún club no está dentro de tus parámetros, aquí tienes lo que más se le acerca.

Me extendió un delicado sobre color dorado con un hermoso diseño tipo *feng shui* en una esquina y un nombre que leía Spa del Mar en la otra. Le lancé una mirada avergonzada y ella me respondió con otra reconfortante que me invitó a descubrir lo que había dentro. Tal vez un masaje corporal o algún tipo de facial con alguna técnica de moda… ¡O medio día de separación y régimen de belleza!

—¡Guau! —La impresión salió de mí enredada en un suspiro, mientras trataba de leer todo lo que incluía ese certificado de regalo. ¡Esto tiene que haberle costado una fortuna! No hay duda que ella la tiene, pero ¿que decidiera invertirlo en mí? Guau… Dirigí mi mirada a ella e intenté decir otro vocablo diferente. Ella me interceptó.

—Y no pienses ni por un segundo que no te lo mereces. Recuerda esto: no todo el tiempo, pero la mayoría de las veces, cosas buenas vienen como resultado de un buen esfuerzo. Ahora, para recibir cosas excelentes… —me guiñó un ojo— hay que trabajar con excelencia. ¡Disfrútalo!

—Gracias, doctora. ¡Claro que lo haré!

—Y, por favor, elimina ya el término *doctora*… «Veronica» de ahora en adelante, ¿entendido?

***

La comida había llegado al fin a nuestra mesa y yo no sabía si me fascinaba más mi plato o el de la doctora. ¡Perdón, el de Veronica! La mesa rebosaba de pan integral, salmón ahumado, huevos escalfados, aguacate, queso… ¡Todo se veía fenomenal! Otra fotito más, pero esta va para Camille. Eso me garantizará una visita compulsoria con ella.

Al enviar la foto, leo un mensaje llegado: «Te pusieron en turno hoy a las 3 p. m.».

—¡Aj!

—¿Todo bien? —En ese momento me percaté de que el sonido de fastidio había salido de mi mente al exterior.

—Sí, todo bien, disculpa. Es que me avisaron para ir a trabajar hoy. Se supone que es mi día libre.

—Sencillo, diles que no puedes.

—Tú me conoces bien… Sabes que nunca haría eso.

—Y creo que tú también me conoces muy bien a mí y sabes que no voy a dejar de decirte que debes superar ese deseo obsesivo de complacer a todos. Hay momentos en que es necesario decir que no, Mia. Y te lo estoy diciendo no solo como doctora, sino como mujer. Por cierto, ¿has pensado en que sería apropiado ir soltando ese trabajo en la librería? Imagino que la manera vertiginosa en que se está desarrollando tu nombre en las redes te exige mucho tiempo. Tarde o temprano vas a tener que desprenderte de algo.

¡Golpe duro de verdad! Yo *amo* ese lugar. No tanto lo que hago, sino el lugar en sí; mis compañeros de trabajo, el ambiente. Estar rodeada de libros siempre será un lugar de serenidad para mí y me da tristeza pensar en tener que despedirme de él. Porque sé que me acaban de enfrentar con lo que lleva rondando mi mente ya hace varios meses. Es cierto, tarde o temprano tendré que decirle adiós a esa etapa de mi vida.

—Lo sé. Ya es hora de cerrar ese capítulo. Debería aprovechar hoy para dar notificación con dos semanas de antelación. —¿Y si piensan que lo hago como encono por haberme puesto a trabajar en mi día libre?—. Veré si tengo la oportunidad para hablar con la gerencia.

—Mmm… Recuerda que cuanto más claro tengas lo que quieres y lo que tienes que hacer para lograrlo, más fácil te será superar la postergación de las decisiones.

—¡Tráguese ese sapo! —dijimos una sobre la otra, haciendo el mismo movimiento de mano. ¡Cuántas veces he usado las citas de ese libro con mis clientes y aún necesitan usarlas conmigo! Hoy hablaré con mi supervisora, ¡sin falta!

—De hecho, ¿cómo vas a comenzar tu consultoría? ¿Has evaluado diferentes opciones aparte de lo que haces en línea? Sabes que, si deseas unirte a alguna red de profesionales, que sería lo más indicado mientras vas agarrando experiencia, tengo un sinfín de excelentes recursos que te aceptarían sin pensarlo dos veces… si vas con mi recomendación, claro está.

—Sí, ya tengo varias ofertas sobre la mesa. También he tenido muy buena práctica de consultoría en la misma universidad. Buenos casos con muy buen potencial de mejoría. Creo que, con todo esto que había estado pasando en las últimas semanas, tenía ese asunto puesto en pausa. Pero, definitivamente, es algo que tengo que decidir ya.

Ok, me confieso. La realidad es que no me he movido a buscar para nada con quién adherirme. Mi pensamiento se inclina más a comenzar, poco a poco, con mi propio kiosquito. Las subscripciones en las redes van moviéndose muy bien. Si lo sigo trabajando como va, en menos de un año podré abrir mi propia consultoría. Me convence mucho más la idea de poder tener un lugar propio; aunque sea una oficina ambulante, pero mía. Donde pueda ser yo con cada uno de… Espera un momento, ¿ese que está parado en la esquina no es Dylan? —mi cabeza giró y mis ojos gatunos se avisparon—. ¡Claro que lo es! ¡Al fin doy contigo! *Llega hasta allá, Mia, ¡vamos!*

—Disculpa, Veronica, dame un segundo… —Y, de una, me levanté como un resorte para ir hasta la esquina de la intercesión frente a nosotras. Creo que hasta la dejé con la palabra en la boca, ¡pero ella entenderá!

—¡Dylan! —A unos cuantos metros de distancia, comencé a llamarlo—. ¡Dylan! —Pero no me escuchaba. Aceleré el paso cuando vi madurarse la esfera verde del semáforo que pretendía abrirles paso a los peatones, luego de casi tirar al piso de un tropezón a uno de los meseros en el camino. ¡Rayos, creo que no llegaré a tiempo!—. ¡Dylan! —La figura de un hombrecillo andante se iluminó en el receptáculo. Justo antes de que diera el primer paso para cruzar logré agarrarlo y detenerlo.

Me encontré con su rostro bañado en confusión que, al igual que el semáforo, luego maduró a vergüenza al reconocerme. Rostro de mirada encubierta por gafas y oídos ensordecidos por un par de audífonos. ¡Y yo perdiendo mi garganta a gritos! Su aspecto de adolescente rebelde sin causa se ha ido por las nubes desde la última vez que lo vi. Sin embargo, su carita de niño perdido sigue igual.

—¿Qué fue, doctora? —El bochorno mascullado en su pregunta me hizo recrear en la mente lo que acababa de pasar y, la verdad, debo haber lucido como toda una acosadora tóxica en persecución.

—Perdona si te espanté. Te estaba llamando, pero… —Me señalé el oído y él quitó sus audífonos—. Es que te vi desde lejos y no pude dejarte pasar. ¿Cómo ha seguido todo? —El inesperado cardio mañanero me estaba pasando factura, ¡y cómo! Aproveché para apaciguar la fatiga mientras le escuchaba concretar una respuesta de ánimo y lengua pesados.

—Todo bien… todo bien. Usted sabe, en el día a día… tratando de mejorar.

—Me ha extrañado mucho que dejaras de ir a tus terapias. No porque se haya terminado tu compromiso ante el juez significa que tienes que dejar de ir. Lo sabes, ¿cierto?

—Sí, sí, lo sé. Hablar con usted me vino bien. Ya estoy mucho mejor. Hasta tengo trabajo nuevo en una pizzería por aquí cerca y, pues… ¿cómo le digo? El horario me conflige con las terapias y eso.

Su acento sonó tan convincente como excusa de estudiante reprobado.

—Ya estás mejor, entonces… Jum. ¿Me permites ver tus ojos?

Titubeó un tanto, pero lo hizo. ¡Y ahí estaba la verdad, tan clara como la mañana! Marmoleada entre capilares rojos y párpados adormecidos, mientras la apatía pulseaba con la agonía por tomar la batuta en su mente.

—Recuerda que yo no estoy para recriminarte nada. Caray, ya hay muchos otros que hacen ese trabajo, ¿o no? Pero nunca está de más tener alguien que nos escuche y nos entienda. A veces lo que necesitamos es otro par de ojos que vea a través de los nuestros. Y para ese trabajo, sí estoy disponible.

—Lo sé… pero créame… estoy bien. Ya yo encontré lo mío. —Echó un vistazo atrás hacia la transitada avenida—. Y no me va a pasar lo mismo de nuevo. Cuídese, Dra. Mia. —Antes de que pudiera emitir respuesta, aprovechó una brecha entre cúmulos de autos y cruzó aprisa.

Ahí quedé por un momento, petrificada, viéndolo alejarse de la realidad para dejarse arropar por la suya. No me quedó de otra que regresar por el mismo camino, esta vez, sintiéndome derrotada. Cuando llegué a la mesa, Veronica picoteaba en su plato y no movió ni una sola pestaña cuando me senté. Un minuto de silencio incómodo se presenció entre ambas.

—Veronica… Sé que este encantador desayuno podría echarse a perder si comenzamos a hablar de cosas «del trabajo», pero debo aprovechar cada minuto que te tenga frente a mí.

—Dispara.

—Es acerca de un caso que tuve que manejar en la universidad un tiempo atrás.

—Que sigues manejando, diría yo, a juzgar por el despliegue de hace un momento. Cuéntame.

—Este muchacho… tiene diecisiete años, mostraba conducta antisocial y delincuencia, y lo refirieron a terapia psicológica luego de haber salido de la juvenil. Estuvo yendo a terapia junto con sus padres, pero nunca logramos ver un cambio positivo en su actitud.

Todo lo contrario, cuando salió de encarcelamiento, la conducta se hizo aún más hostil y rebelde.

—Mmm… ¿Y la relación con sus padres? ¿Qué observaste al respecto?

—Todo indicaba que la situación familiar siempre fue estable. Era una buena familia. Los padres sí declararon que el chico tenía sus dificultades en la escuela. Te lo comento… porque siempre sentí que se pudo haber hecho algo más. No sé, como si no hubiéramos levantado todas las piedras con ese caso.

Supe que se disponía a soltarme algo de sabiduría cuando colocó los cubiertos sobre el plato y se acercó a mí. Codos sobre la mesa y rostro sobre sus manos entrelazadas.

—Escucha, Mia, como psicóloga lo primero que debes tener bien claro antes de iniciar cualquier relación terapéutica es que el individuo posea la capacidad y, sobre todo, la disponibilidad para un cambio. Va a haber muchas ocasiones donde la persona, simplemente, no quiere o no puede hacerlo. Y habrá momentos también, créeme, donde las cuestiones éticas no nos permitirán pasar a más. Ten eso siempre presente.

»Ahora, tú tienes que estar enteramente segura de que has agotado todos los recursos y has considerado todas las posibilidades de ajuste en la persona antes de dimitir. Nunca olvides que, aunque demos esa impresión, nosotros no lo sabemos todo. Consulta, mi amor. Indaga, asesórate con colegas que tengan más experiencia. Solo así podrás estar segura de que hiciste todo lo que estaba a tu alcance… y podrás dormir bien en las noches.

Esas palabras me dieron tan fuerte en el pecho que me llevaron de un golpe al espaldar de la silla. Estoy casi segura de que el diagnóstico de Dylan pudo haber sido mucho más minucioso si se hubiera tenido más tiempo… o experiencia. De seguro, Veronica tiene que haberse visto abacorada por la indubitable expresión de demanda en mi semblante. Me preguntó:

—¿Llegaron a remitir al paciente a un neurólogo? —Mi atención se irguió al escucharla—. Sin un examen neurológico completo que revele posibles lesiones cerebrales ocultas, la terapia por sí sola logra muy poco.

Se apretujó de nuevo el silencio aquel.

—Por la cara de aturdimiento que traes, sospecho que no exploraron esa alternativa. —Suspiró—. No le des más pensamiento del necesario, Mia. Recuerda que somos solo humanos y vamos aprendiendo poco a poco.

—Cierto es. ¿Cómo es posible que no hayamos explorado algún tipo de factor neurológico? Eso le hubiera dado un giro diferente al tratamiento, tienes razón.

¡Cómo rayos no pensaste en eso antes, Mia! ¡Mil cosas me pasan por la mente ahora!

—Vuelvo y te repito, no le des más pensamiento del necesario. Tómalo como experiencia adquirida. Bueno, y ya que me has hecho entrar en consultoría contigo, supongo que debo facturarte por el servicio, ¿no crees?

¡Válgame, qué manera tan sagaz de cortarle al tema! Luego lo retomo. Aunque sea por mi cuenta en medio de cojines y aroma a incienso.

—Creo es que justo y necesario… —le contesté, ambas sonreímos— e imagino que no tiene nada que ver con dinero.

—¡Lo sabes tú, querida! Sabes que soy una zorra a cambio de información ¿Hay alguien con quien estés saliendo en este momento? Solo pregunto porque, si no lo estás, me encantaría presentarte al hijo de una colega. Desde que lo vi por primera vez… bueno, lo primero que pensé fue en haberlo conocido yo, siendo al menos veinte años más joven. Pero luego se me ocurrió que sería formidable que tú lo conocieras. ¿Qué dices?

¡Ay no, fatal! Pensando estoy en que necesito dejar cosas para hacer espacio en mi vida. ¿Voy a agarrar una complicación más? Sería como desvestir a un santo para vestir otro. ¡O peor! La situación de la librería, al menos, ya me es conocida. Entrar en todo este juego de conocerse, que si llamadas, que si por qué no me contesta, que si ya vamos por X cantidad de citas. ¡No estoy para eso ahora!

—Rayos, Veronica… Para serte sincera, no creo que tenga tiempo como para enfocarme en eso. Digo, no me malinterpretes, amo el hecho de que hayas pensando en mí, ¡después de ti, claro! —Volví a sonreír cuando me tiró el gesto de «¡obvio!»—. Pero, en verdad, es una puerta que no quiero abrir en este momento.

—¡Tengo fotos!

¿Ella escuchó algo de lo que le dije? Además, ¿en qué momento fue que agarró su celular? ¡Fue casi como acto de magia! No, Veronica, no quiero ver las fotos. Guárdalas porque no me interesa… ¡¡Oh, guau!! ¡¿Ese es?! Nada como imaginaba a un «hijo de una colega». ¡Parece modelo de revista!

—Guapísimo, ¿verdad? Y no es solo que sea bello… ¡Es que es inteligente y dueño de su propio negocio! Tiene 30 años y, hasta donde sé —¡algo me dice que debe saber bastante!—, no está viendo a nadie al momento. ¡Mia, anímate!

—Se ve muy bien; y suena como si el paquete lo tuviera todo incluido. Gracias… Pero no, gracias.

—Ok, no quieres. No te insisto más, entonces. Si tú estás usando la excusa de «no tengo tiempo ahora» para protegerte, pues muy bien, haga como usted quiera. Pero sabes qué, al menos conmigo, vas a tener que esbozar una mejor excusa que esa. A ver, solo contéstame esto, ¿cuándo fue la última vez que sí tuviste tiempo?

Verla hacer las comillas en el aire con sus dedos me sacó de concentración de lo que iba a contestarle sobre dar excusas fatulas.

—Bueno, ¿pero no fuiste tú misma quien me dijo hace un rato que tenía que organizar mis prioridades y demás? Es lo que estoy tratando de hacer.

—Eso no fue lo que te pregunté. Tú dices que ahora no tienes tiempo para «eso», lo cual, en primera instancia, no hace sentido, porque estás queriendo cruzar el puente antes de llegar al río. Estás defendiendo tu falta de tiempo para una relación cuando lo único que te estoy ofreciendo es la posibilidad de una llamada telefónica.

Pero, bueno, vámonos por tu versión, entonces. Vuelvo y te pregunto, ¿cuándo fue la última vez que sí tuviste tiempo?

¡Ok, sí! Tiene razón. He estado cerrada por completo a todo el asunto de tener una nueva relación sentimental desde ya hace mucho. Tres años y tres meses, para ser exacta. Eso no significa que lo haya descartado por completo. Solo que ahora no. No puedo permitirme un desacierto más. Se me hace mucho más fácil enfocarme en controlar mis perturbaciones estando por mi cuenta, que teniendo a alguien a mi lado a quien debo explicarle por qué se me hace tan difícil controlarlo.

¡Encuentro que no es justo, pues! No es justo para la otra persona, que ni se imagina la catástrofe que carga esa chica que acaba de conocer y que aparenta tener todo bajo control. Que no tenga una idea de qué hacer o decir para no incomodar y desencadenar mi ansiedad por algo tan sencillo como un roce involuntario, y termine sintiéndose inútil por no comprender qué me sucede.

No es justo para mí, que soy quien carga en su espalda con dicha catástrofe, mientras cruzo el interminable trecho de la recuperación. Nunca será justo quedar defraudada cada vez que conozco a alguien que solo está buscando de mí lo único que no puedo darle.

Mi querida Veronica, sé que dirás que necesito autoexponerme, que no puedo huir de las actividades reforzantes si quiero recuperarme del todo. Yo también conozco la teoría de tapa a tapa. Sin embargo, una cosa es lo que dice el texto y otra muy diferente es llevarlo a la aplicación. Sentirlo en tu piel, en cada nervio que te corre por el cuerpo. En tu corazón, que está tratando de no quedar más herido en el proceso.

La doctora volvió a poner sus codos sobre la mesa luego de esperar un buen rato por una respuesta que nunca salió de mis labios. Esta vez, una de sus manos tomó la mía y la apretó con fuerza.

—Mia, sabes que nunca, nunca en la vida te diría algo que no sea para verte crecer y desarrollarte al máximo. Aunque te duela y te molestes conmigo. Escúchame bien, mi querida: si te empeñas en no compartir tu lucha, lo que terminarás compartiendo será tu derrota.

CAPÍTULO 8

—Dios mío, por favor, no me dejes morir. ¡Por favor, te lo ruego! No quiero morir así…

Las palabras se iban escurriendo a duras penas por mis labios entre rasguños de aliento infestado de terror. Desde mis entrañas. Donde borbotaban como fuego voraz que encandecía mi alma, buscando evaporarla. Por más que intentaba parar de sacudirme, una fuerza abrumadora me constreñía. Me acorralaba. Me hacía sentir indefensa, inútil. Mi instinto farfullaba: *Respira, Mia… Respira y ecualiza. ¡Vamos!*

Pretendía, con cada respiro a medias, desentenderme de las ansias por destrozarlo todo y maldecir cual desquiciada. Blasfemar hasta librarme de mi vergüenza, o esta reventará en mil pedazos. ¡Cómo hacerlo, si el garfio que me asía por el cuello atajaba el aire en mis pulmones! Al suelo hubiera caído de no haber estado recostada del muro.

Con mis manos conjurando soporte en mis rodillas —toda encorvada y raquítica— levanté la mirada y fue entonces cuando, entre una espesa niebla de sudor que me cubría el rostro, vi aquella silueta de frente. Distorsionada, en una especie de cámara lenta surrealista, dándome instrucciones sordas. «¿Qué rayos intenta decirme? ¡Qué no ve que me estoy muriendo, carajo! Oh, Dios... Esto de nuevo, no... ¡Ayúdame!».

La lúgubre entidad, fría y siniestra, se abalanzó sobre mí y colocó sus heladas pezuñas en mi espalda.

—¡Quítame las manos de encima, maldita sea! —vociferé endemoniada, sacudiéndome de su asqueroso manoseo indeseado. Sentí nauseas al mero contacto.

—¡Está bien, no te toco! Pero dime cómo te ayudo, Mia. ¡¿Qué te sucede?!

¿Y esa voz? Aunque sonaba bizarra, albergaba un matiz de recelo que reconocía. Entonces la vi. Era ella, Camille, quien persistía en socorrerme sin tener una maldita idea de qué rayos era lo que me estaba ocurriendo. Y es que le había tocado presenciar de manera inconcebible, del modo más bajo y humillante, lo que no me había atrevido a confesarle nunca: que la ruin doctorcita a la que tanto admira no es otra cosa que un lío enmarañado de neurosis amortiguada.

Volví a elevar mi vista al cielo, de donde pretendía recibir auxilio para salir viva de todo aquello y, al parecer, allí arriba no advertían mi semblante apesadumbrado, mi boca seca y jadeante reclamando:

—¿Por qué me dejaste caer de nuevo?

Ese porqué nunca llegó. Ese porqué es un enigma. Ahora, ¿el cómo? Ese sí lo tengo muy claro...

***

Veinticinco minutos antes.

—Muy bien. Ahora daremos paso a la sesión de preguntas y respuestas. Si alguien tiene alguna consulta o desea compartir su anécdota con la Dra. Mia, tendremos este espacio de quince minutos para que puedan hacerlo.

Y de esa forma dieron comienzo a la parte final de mi visita a la Fundación Chicas Valerosas, delegación de Pasadena. La señora Hernández, quien se encontraba muy primorosa sentada a mi lado, fue bastante insistente durante estas últimas semanas, procurando un lugar en mi agenda para este evento; así logró que pudiera estar hoy junto a ella y cincuenta adolescentes que forman parte de la fundación.

Como de costumbre, se requirió un par de minutos para que la primera valiente decidiera levantarse y llegar hasta el micrófono ubicado en el pasillo central. También como de costumbre, detrás le siguieron quienes agarraron la valentía de esa primera atrevida y, ya luego, quince minutos no dieron abasto. Varias veces noté a Camille desde su esquina optando por pausar lo que grababa en el celular.

En medio de la extensa fila que ya se había formado para tomar turno al micrófono, sobresalía la figura delgada de una jovencita de extremidades largas y labios pintados de negro. Sus manos, que descansaban dentro de los bolsillos de su chaqueta de mezclilla, parecían tocar la percusión al ritmo de alguna melodía que sonaba en su mente. La mitad de su rostro estaba oculto por mechones de pelo oscuro veteados de rosa intenso, y por momentos quedaba todo al descubierto cuando lo retiraba dándole un girón casi espasmódico a su cabeza. Me intrigaba solo con verla allí parada, con su mirada vagando en la inmensidad de sus abismos. Ansiosa me tenía, esperando por que terminaran su relato las chicas que tenían la palabra antes que ella.

Su turno llegó. A diferencia de las demás que dejaron el micrófono anclado en el soporte, ella lo retiró, acercándolo a su rostro de ojos profundos y renegridos.

—Buenos días, doctora. Gracias por estar con nosotras hoy solo para hablarnos de usted. Debe sentirse muy bien tener a tantas personas que te quieran escuchar. —El fastidio en su mirada delataba la intención de ser incisiva—. Solo tengo una pregunta: ¿hay alguna manera de dejar de pensar en la muerte?

Tan contundente como la misma muerte fue el silencio que se asomó en el salón al lanzar su pregunta al aire. Aunque mantuve mi mirada fija sobre ella, por la periferia atisbé a Camille cambiando el ángulo de la toma desde la chica hasta mí. Sin mucha pretensión, le propuse:

—Todos, en una u otra medida, nos encontramos reflexionando sobre ello por momentos. La muerte es un tema desconocido que nos intriga demasiado, pero el asunto primordial es cómo percibes dicho evento y cómo afecta a tu vida este comportamiento. ¿Qué sientes tú cuando piensas la muerte?

Sus ojos se perdieron en el infinito y su boca plasmó un picudo gesto de puchero mientras meditaba su respuesta. Luego retumbó siniestro en los altoparlantes:

—Vacío. Un vacío enorme que no sé cómo explicar, pero me hace sentir que solo podré llenarlo cuando me encuentre con ella. ¿Por qué, doctora?

El tronido que soltó ese primer vocablo, *vacío*, le dio tal vuelco a mi corazón que lo puso a latir a descompás. Toda la audiencia pareció congelarse en el tiempo aguardando a que mi mente produjera una respuesta. *Contesta con calma, Mia, y piensa bien lo que dices.*

—Hay muchos panoramas que podrían darle explicación a la fascinación por la muerte. Pudiera ser parte de un proceso de duelo incompleto, o al igual, ser indicativo de algo más complejo, digamos, algún grado de trastorno de ansiedad. La manera correcta de intervención dependerá de conocer cuál…

—¡Yo debería estar muerta! —despepitó sobre mí. Su semblante: rígido, inanimado—. Quien habla con usted ahora mismo es un cadáver. Un simple saco de huesos que lo que hace es deambular… como quien perdió el autobús de camino a donde le tocaba llegar. Dígame, doctora —comenzó con una extraña y oscura sonrisa—, ¿conoce ese sentimiento?

¡Que si conozco ese sentimiento, me dice! Aquí hay un trauma palpable y no le interesa para nada esconderlo. Indaguemos un poco más. Abrí mi boca para contestar, pero no fueron palabras lo que lo que se agolpó en mi garganta, ¡sino una caterva de tosidos incontrolable! Uno tras otro, sin parar, hasta dejarme sin aliento. La falta de oxígeno comenzaba a desesperarme. *Tranquilízate, Mia. Toma aire despacio y ya está.* Entre carraspeos y respiros entrecortados solté el micrófono en mi falda y alargué la mano hacia la botella de agua que había colocado en el suelo. Lágrimas surcaban mis mejillas. *Por Dios, ¡qué desastre!* Di uno que otro resoplido de alivio a la vez que secaba mis ojos, cuando una pálida mano se arrimó, erizándome la piel.

—¿Te encuentras bien? —susurró la Sra. Hernández, acercando una servilleta. Le contesté un «sí» que sonó a lamento de criatura agonizante. Di un último ajuste a mi garganta antes de llevar el micrófono a mis labios.

—Les pido disculpas. —Aún me costaba articular—. Todo está bien. Yo, en mi afán por ser multifuncional, llego a olvidar por completo que no se puede respirar y tragar a la vez.

Puede que haya sido de pura vergüenza, pero las chicas rieron; la Sra. Hernández, no tanto. Para mí fue un buen respiro. Al fijarme en el pasillo central, otra sonrisa me aguardaba en el rostro de aquella joven al micrófono. La misma mueca oscura, pero que ahora lucía un tanto bufonesca, y me trajo al pensamiento la contestación a su pregunta.

—Creo entender lo que estás queriendo decir. Estoy segura de que lo que has vivido ha sido suficientemente abrumador como para dejar marcas profundas. Y sí —carraspeé una vez más—, por experiencia te puedo decir que cualquier trauma tiene una mayor posibilidad de ser superado si se atiende con un profesional.

—O sea, ¿que puedo hablarlo aquí con usted? ¿Ahora?

—Creo que sería mejor hacerlo en un entorno más privado. Con mucho gusto podemos establecer una…

—Por supuesto. Prefiere descartarme y olvidarse de mí. Darme por muerta, como lo hace todo el mundo. Como lo hicieron mis violadores hace un año y medio atrás…

Oh, guau… Solo hace año y medio. Debe encontrarse en la parte más cruda del proceso. Esto se está complicando. Quería seguirla escuchando. Sin embargo, me preocupaba que la severidad de lo que estaba compartiendo resultara un detonante para alguna de las chicas en la audiencia. Ya podía sentir algo de impaciencia por parte de la Sra. Hernández a mi lado. La sentía yo también en mi nuca, que ardía en llamas. Aun así, no quise detenerla.

—Dígame, doctora, ¿cómo se supone que deba seguir viviendo si ya estoy en deuda con la muerte y, para colmo, todos actúan como si no existiera? Porque, la verdad, a nadie le interesa tener que lidiar con una desgracia como la mía. Nadie quiere escucharme contar cómo fui drogada, maniatada y ultrajada por tres individuos que invadieron, hasta el cansancio, cada orificio de mi cuerpo. Aún puedo sentir sus asquerosos dedos hurgándome la piel y encrespándose en mi cuello. El olor a tequila mezclado con colonia lo palpo en mi boca todavía, y el sabor al tubo plástico del respirador al que estuve conectada por tres semanas me persigue día y noche. Dos costillas fracturadas, tabique destrozado, hematomas en el setenta por ciento de mi cuerpo —pausó en suspiro—, y fueron tan inútiles que no pudieron completar el trabajo. En vez de terminar conmigo, decidieron dejarme medio muerta en un callejón que, al día de hoy, sigue tan oscuro como la madrugada en que me encontraron allí tirada.

La Sra. Hernández la interceptó en medio de su descarga.

—Entendemos que es difícil. Estamos de tu lado. Sin embargo, necesitamos mantener un espacio seguro para cada una de las presentes…

¿Acaso eso la detuvo? ¡En lo absoluto! La niña ni se inmutó. Describió con explícito detalle cada acto grotesco y humillante que aquellos cobardes asquerosos infligieron sobre ella. Mostró sus muñecas cercenadas por la desolación, en búsqueda de lo que creía era su única escapatoria. Y mientras gemía, la brasa ardiente en mis orejas crecía violenta. Se propagaba por mi espalda con cada una de sus crudas confesiones. Aun con todo eso, fue la tosca insinuación de la Sra. Hernández la que se me abalanzó como una pesada roca en medio del estómago, haciéndome retorcer. «Entendemos que es difícil». Llamarlo *difícil* raya casi en el insulto. ¿Y por qué no la quiere dejar hablar? ¡Si lo que busca es alguien que la escuche! Tenía que decir algo o reventaría allí mismo.

—Con mucho respeto, Sra. Hernández, creo que debemos permitirle a la joven que comparta su experiencia, si así lo desea.

—Claro que sí, pero también me corresponde velar por el bienestar emocional de todas las demás con respecto a lo que se comparte…

—¿Ya ve, doctora? Nadie quiere escucharme. Mi mera existencia es dañina para los demás. —Lloriqueó con ojos secos, pero inundados de abandono—. Yo no le incumbo a nadie.

—¡No! No digas eso, por favor. —El micrófono en mis manos comenzó a trepidar de lado a lado sin control. Dirigía, cual metrónomo satírico, el murmullo embarazoso que emergía desde la audiencia. Me aturdía. Me cortaba la respiración. Y ahí, en medio del zumbido ensordecedor de mis palpitaciones, fue que caí en cuenta. ¡Ataque de pánico en desarrollo!

No puede ser, Dios mío. ¿Esto de nuevo? Todo me daba vueltas y mi estómago me lo hacía saber sin compasión. En medio del torbellino apareció el semblante estupefacto de Camille que, a la distancia y con su cámara todavía acosándome, me preguntaba qué rayos era lo que me estaba ocurriendo. ¿Por qué ahora? ¡Maldición! ¡Si lo tengo bajo control!

De repente, un silencio absoluto. Uno rotundo y absorbente. Ese que surge de encontrarte trepada en la tarima de una ansiedad ingobernable. Me recordaba lo débil que soy y me hacía sentir miserable. Todas me observaban con un engrudo de lástima y perplejidad embadurnado en sus rostros: las niñas, la Sra. Hernández…

Camille. *No permitas que te vean así, Mia. Esta no eres tú. ¡Tienes que salir de aquí!*

Y en un último intento de aferrarme a la cordura, mis ojos aguados cayeron intensos sobre los de Camille; luchando, a toda costa, por mantener el agarre. ¡Ambas lo hacíamos, carajo! Hasta que el terror logró imponerse y, con una mueca de espanto, caí al vacío.

Salí desbocada de allí. El micrófono cayó estrepitoso al suelo y un chillido largo y potente le siguió detrás, haciéndome creer que estallaría. Aire. ¡Necesito aire! ¿Dónde demonios está la puerta?

La abrí de un empujón y caí sumergida en un sol de mediodía que me dejó ciega. Di uno que otro paso apresurado, siendo mi guía el muro adyacente. Las bocanadas de aire apenas me dieron para unas cuántas zancadas antes de que mi espalda azotara contra una esquina. Ya no sentía mi cuerpo. Mi alma no estaba allí. ¡Maldita sea! Una sensación horrible que te hace ajena a tu propio pellejo. Te convence de que ya estás muerta y te provoca maldecir a la muerte por ello. A lo lejos la oía llamarme por mi nombre.

—Dios mío, por favor, no me dejes morir. ¡Por favor, te lo ruego! No quiero morir así…

Unos pasos se acercaron violentos, aterrándome de pies a cabeza. Apreté mis párpados y volví a intentarlo.

Respira, Mia… Respira y ecualiza. ¡Vamos!

¡Pero no hacía puta diferencia! Me atosigaba un murmullo lóbrego que no me dejaba escuchar mis propias palabras. *Abre tus ojos. ¿Qué ves?* ¡Maldito siseo de mierda! ¡Déjame en paz! Un espíritu iracundo y destructor me apabullaba. Ya era seguro que me desplomaría. Mis manos se abalanzaron sobre mis rodillas, buscando amortiguar la caída, y justo ahí pude ver la entidad de frente, balbuceando incoherencias. ¿Qué rayos intenta decirme? ¡Qué no ve que me estoy muriendo, carajo! Oh, Dios… Esto de nuevo, no… ¡Ayúdame!

La presencia tenebrosa gozaba de atormentarme agujereando mi espalda con sus garras de hielo.

—¡Quítame las manos de encima, maldita sea! —grité hecha una fiera, con el pavor atosigándome las entrañas.

—¡Está bien, no te toco! Pero dime cómo te ayudo, Mia. ¡¿Qué te sucede?!

¡Sucede que me estoy volviendo loca! ¡Que ni yo misma me reconozco porque no soy más que un rotundo fraude, no ves! Respira, Mia… Respira y ecualiza. Sabía que tenía que seguir repitiéndolo aun cuando se me revolcaban las vísceras solo de pensarlo. Aun cuando tenía la lengua pegada como brea al paladar. Solo respira y ecualiza. Una vez más. Y otra maldita vez. ¿Por qué se empeña en regresar y hacer de mi vida un infierno? ¿Acaso no me has quitado ya suficiente? ¡Contéstame!

—¿Por qué me dejaste caer de nuevo?

—¿Por qué dices eso? Yo solo estoy tratando de ayudarte. Pero no sé qué rayos te sucede, Mia. ¡Voy a llamar a Emergencias, pero ya!

—¡No, no, no! —La empuñé con fuerza—. Solo necesito respirar… —un golpe nauseabundo me cortó—. No llames. Lo que necesito es aire.

—Lo que necesitas es asistencia médica.

—¡Dije que no, carajo! —El empuñe arreció al punto de escucharla quejarse. Me horroricé de mí misma y la solté—. Oh, Dios… Solo ayúdame a respirar, por favor. No llames a nadie.

—¡Ok, ok! Respira conmigo entonces, Mia, vamos. —La vi caer de rodillas frente a mí queriendo dar con mis ojos—. Inhala con calma, corazón, y exhala. Estoy aquí contigo. Respira.

***

Siete horas, cuatro brebajes ansiolíticos, dos siestas fugaces y un mar de lágrimas después, nos encontramos una frente a la otra todavía. Entre cojines y velas, confesiones, abrazos, disculpas… en lo recóndito de mi recámara. Mi lugar de sosiego, mi escondite.

Aquí he desnudado parte de mi alma y me obligué a sincerarme. No solo con Camille, sino conmigo misma. Me tocó desvelar mi realidad de la manera más profana, pues aquello que pensaba que ya había superado, así sin más, regresó y reclamó su territorio tal cual le plació. Como si de nada valieran todas las terapias, medicamentos y encierros hospitalarios a los que me he sometido. Como si no sirviera para nada tanto conocimiento, tanto maldito diploma.

Aunque mañana despertaré sintiendo aún los estragos del paso de un ciclón, sé que me obligaré a verlo todo distinto. Ya la marea habrá regresado a su nivel. Yo volveré a las tarimas, subiré un nuevo vídeo y levantaré mi cabeza en alto.

Eso será mañana. ¿Pero hoy? Hoy me siento como pura mierda. Vencida y despojada de mí. Sola. Sin nadie que sea capaz de verme adentro y no salir corriendo espantado. Sus dedos surcando mis cabellos lo que me transmiten es lástima colmada de estribillos huecos. «Eres fuerte. Todo estará bien. Tú puedes». ¡Cómo lo detesto! Me repugna percibir ese desaire que le causa a los demás presenciar lo peor de mí.

¿Será que mi único propósito es remendar a otros, mientras yo permanezco quebrada? ¿Habrá redención para mí? Mi espíritu y mi conciencia me aseguran que sí. *¡Sí, la hay!* Entonces, ¿por qué se empeña mi cuerpo en gritarme lo contrario?

El tumulto de incertidumbre mezclado con las infusiones de valeriana y tilo ya me intoxican por dentro. Mis párpados se van haciendo pesados. Se me va adormeciendo el alma y, la verdad, hoy ya no lucharé más por llevarle la contraria.

RYAN

CAPÍTULO 9

Fue un jueves lluvioso de principios de marzo. Recuerdo con claridad que llovía porque era mi semana de vacaciones escolares y me la tuve que pasar encerrado en la casa por culpa de la lluvia. Insólito a la décima potencia, pues Austin no tiende a ser húmedo hasta pasada la primavera. Pero ese año —y solo durante esa maldita semana— lluvia y nubes negras fueron la orden del día. Por alguna extraña razón, también tengo claro en mi mente que era jueves, aunque nada en particular lo hacía distinguirse de un lunes o domingo cualquiera.

Odié cada segundo de esa puta semana. Detestaba no tener más opción que estar allí enclaustrado. Se supone que un mocoso de diez años lo que desea es estar jugando en la calle, organizando carreras clandestinas en bici con sus amigos y decidiendo a quién del grupo le tocaría llevarse a casa la revista pornográfica esa semana. Imagino yo, no sé… Para la mayoría de los muchachos de mi edad en el vecindario de Barton Hills, una semana libre de la escuela significaba pasar horas nadando en las frías aguas de Barton Springs. En ese tiempo yo no era muy fanático de congelarme el trasero a quince grados, mucho menos de derretirme el cerebro con la idiotez de mis pares. Una sola vez me bastó para decidir que no era mi tipo de diversión.

De lo que sí disfrutaba era de pasarme el día devorando libros, tirado en alguna esquina de la librería HPB, uno de mis pocos lugares favoritos. Increíble, ¿no? El gusto por la lectura me llegó desde pequeño, casi de forma obligada. Fueron demasiados los recreos que desde chico me hicieron pasar solo dentro del salón de clases porque los demás niños «se ponían ansiosos» con mi presencia. Al parecer era necesario proveerles un espacio seguro de juego a todos, menos a mí.

A mí me tocaba pasar el tiempo libre con dos hojas de papel en blanco, unos cuantos crayones partidos y nada más. ¿Por qué los maestros asumen que a un niño siempre le gusta colorear? A mí nunca me gustó. No tenía la paciencia suficiente, supongo. Puede que el hecho de que me obligaran a hacerlo, cuando lo que quería era estar afuera como todos los demás, me hiciera tomarle aversión. El primer libro que tomé en mis manos fue por simple rebeldía al papel y el crayón. Lo hice con la pura intención de que, si a la fastidiosa maestra le daba por asomarse, me viera haciendo otra cosa distinta a lo que me dijo que hiciera. Sin yo advertirlo, el asunto de la lectura, los personajes, la trama, los desenlaces, todo me fue gustando cada vez más, logrando que olvidara la diversión en el patio. Descubrí una manera más de escapar.

Si no andaba perdido entre libros, lo estaba bosque adentro, curioseando río abajo entre la vegetación y los senderos escondidos de la vereda Gus Fruh. No había mejor recreo que recorrer los pequeños caminos entre los árboles. Desviarme de la ruta común para aventurarme entre la maleza transmitía un combinado de miedo y diversión. Me mantenía alerta de no alejarme tanto como para no encontrar el camino de regreso y, a la vez, me entusiasmaba imaginar que en pocas horas encontraría algo similar a un refugio para los incivilizados como yo. Un fantástico lugar donde me recibirían como si hubieran estado esperando por mí toda su vida y donde podría, simplemente, ser uno más. Pertenecer.

No había duda en mi cabeza de que, si por alguna jugada del destino eso me llegaba a pasar, por lo único que regresaría a mi casa sería para buscar a mi madre, agarrar su guitarra y traerlos conmigo de regreso. Nada ni nadie me interesaba más en el mundo entero. En ese entonces yo era su pequeño defensor a capa y espada, y ella era el mío. Solo en ella encontraba refugio. Aún la veía como aliada, como protectora. Como mamá. No como amenaza, como pasaba con el resto del mundo. Compartíamos un mismo sentimiento de abandono que nos unía. Con lo mejor de su habilidad trataba de hacerme sentir que siempre habría un lugar para mí junto a ella. Aun viendo cómo año tras año se entregaba un poco más a los brazos del alcohol, en los suyos siempre había espacio para mí también. En ese entonces. Justo hasta ese jueves lluvioso de principios de marzo.

Mamá ha estado encerrada en su cuarto más que de costumbre. ¿Qué le pasará? Ni siquiera la he visto comer, aunque sé que lo ha hecho porque siempre encuentro platos sucios en el fregadero en la mañana y no son los míos. De esos me encargo yo.

¿Será porque no ha parado de llover? ¿Y si entro en su mente para ver por qué está tan triste? Creo que podría intentarlo... No, mejor no. De seguro mi cara de bobo va a hacer que se dé cuenta y me castigará como la última vez o peor. ¡¿Habré sido yo que hice algo que le molestó?! No puede ser, yo no he salido ni al balcón.

—¡Nooo! ¿Otra vez? —¡Ya es la séptima vez que tengo que empezar de nuevo la misma misión del bendito juego! Y todo por no estar pendiente.

Me eché para atrás y giré mi cuello como *pretzel* de feria para espiar desde el sofá y ver si la puerta de su cuarto se abría por casualidad. Esperé y esperé, pero no hubo movimiento. Al menos pudiera ir y tocarle a la puerta.

¿Y si su estúpido novio está ahí también? Estoy casi seguro de que no. Ese no ha vuelto a darse la vuelta por la casa hace ya una semana. Apuesto que es por su culpa que está así. ¡No soporto al imbécil de Blake! Desde el primer día me dio mala espina. Siempre llega aquí como creyéndose dueño de todo y queriendo que uno haga lo que él dice, solo porque sí. Odio cómo le habla a mamá y odio aún más que ella se quede callada.

Si yo me atreviera a hablarle como él le habla, ya no me sobrarían dientes. ¿Por qué a él sí se lo permite? Él no tiene buenas intenciones, lo sé. Y no es solo una corazonada, ¡es que lo sé! Mil veces me ha dicho mamá que no me quiere metiéndome en lo que no me importa, que tengo que respetar la privacidad de los demás, que controle mis malos impulsos, bla, bla, bla… Pero si un idiota que me cae como purgante está entrando en mi casa, ¡¿por qué no puedo averiguar cuáles son sus intenciones?!

El domingo pasado llegó aquí tarde, eran casi las nueve de la noche. Cada vez que lo veo está con la misma ropa: la gastada camiseta de uniforme, pantalones de mezclilla y botas color mostaza. Y siempre con esa actitud de «aquí llegué yo y me tienen que atender». Piensa que porque es alto y con músculos puede hacer lo que le dé la gana, solo por poner cara de matón.

Cuando llegó yo estaba aquí mismo, donde estoy sentado ahora, haciendo lo mismo: en medio del sofá, frente al televisor y control en mano. Ni me molesté en mover la vista de la pantalla cuando entró. ¿Para qué? Ya su sucio porte lo he visto montones de veces y, además, estaba por completar el último tramo de la misión tres, la que llevaba semana y media tratando de pasar.

—Bueno, ¿aquí en esta casa no saludan a quien llega? —vociferó en un tonito odioso, de seguro buscando que mi mamá escuchara. Imbécil.

Cosas como esas son las que me hacen odiarlo. Desde que apareció en el panorama lo único que ha intentado es ponerme en contra de ella. Siempre buscando hacerme quedar como el malo de la película. Aunque hubiera querido decirle dos o tres cosas, preferí ignorarlo y no perder de vista al robot supertanque que tenía en pantalla casi a punto de aniquilar.

¡Entonces, en ese preciso momento, viene el tipo ese y se para justo entre el televisor y yo, bloqueándome toda la pantalla!

—¡Quítate, que no veo! —grité frenético, esquivándolo de lado a lado, tratando de divisar la imagen en el televisor para luego escuchar el silbido de aviso de haber perdido la contienda.

Un segundo y la cólera comenzó a encenderse dentro de mí, haciendo que mis orejas ardieran en fuego. ¡Lo hizo a propósito, lo sé! No me importó que se diera cuenta de lo rabioso que estaba y tiré el control sobre la mesa de centro que, desde ahí, rebotó y fue a parar al suelo. Quería levantarme y hacerle frente, pero hice todo lo contrario: clavé mi espalda al sofá y me crucé de brazos; mi cabeza estaba a punto de explotar. ¿Y qué hacía él? Me miraba con esa sonrisa estúpida y de embuste que me saca por el techo. Como si no fuera suficiente, en ese preciso instante, mamá venía caminando por el pasillo y me agarró justo en mi explosión de cólera.

—¡Ey, ¿cuál es tu problema?! —me lanzó en regaño. A mis oídos sonó como «no me hagas pasar vergüenzas», y supe que la situación no me iba a favorecer. Se acercó hasta el sofá, quedando a mis espaldas y apoyó sus manos a cada lado de mis hombros, buscando mi mirada. No me atreví. Temía que se diera cuenta del ardor que ya me salía por los ojos.

—¿Qué te pasa? —me reclamó.

—Parece que el muchacho es un mal perdedor. Tómalo con calma, chico. Tu madre te compra todo con mucho sacrificio.

¡Qué maldito embustero! ¿Por qué no le dijo que fue por su culpa? Siempre logra salirse con la suya y quedar como el que más se preocupa. Aparte de eso, mi mamá me lanzó un manotazo al coco, ordenándome que recogiera el control. Volví a lucir como el perdedor y sin tener manera de justificarme… O tal vez sí la tenía.

Hice lo que me pidió, pero mientras iba de camino, lo miré fijo a los ojos para que supiera que aquello no se iba a quedar así. Él comenzó a caminar hacia mamá con esa sonrisa burlona en su cara, la cual me hizo fraguar en serio qué podía hacer para deshacernos de esa basura. Le dio un beso, le pidió que le trajera una cerveza y que lo esperara en la ducha. ¡Guácala! Me dio asco solo de imaginarlos dándose un beso, pero mucho peor fue pensar en a qué se refería con eso de esperarlo en la ducha. ¿Cómo podía ella aguantarlo? ¡Yo no puedo! No quería volver a verlo aquí, no quería que siguiera cerca de nosotros ni que fuera a la ducha con ella. ¡No lo quería! Lo que sí quería era que se fuera lejos y no regresara nunca más. Que se olvidara de nosotros. Que no volviera a aparecerse con su estúpido uniforme de trabajo a sacarme de quicio.

No conforme con lo ridículo que me hizo quedar, tan pronto mamá se fue, se me acercó por detrás, botella en mano, como vaquero observando a un potro salvaje dentro de un corral, y me dijo:

—Te falta mucho por llegar aquí, pendejito. Observa y aprende.

Justo terminando su maldita línea, una energía que no había sentido hasta ese día se me disparó como relámpago desde la nuca, por dentro de la cabeza y hasta llegarme a los ojos. Por más que hubiera querido aguantarme —¡y no lo quería para nada!—, la fuerza que sentía detrás de mis pupilas andaba buscando un blanco al que apuntar el dardo del coraje que me quería hacer explotar la cabeza.

Sus ojos estaban justo en mi trayectoria, bien cerquita de mí, y por primera vez en mi vida noté que lo que estaba a punto de hacer era por pura furia. Sentí el momento en que nuestras miradas encajaron como si hubiera dado con los números exactos de un candado de combinación y, al momento, me vi otra vez flotando en su cabeza. Esa vez no fui buscando nada, sino que quería deshacerme de la erupción que estaba por estallarme adentro.

Como si un meteorito hubiera aterrizado entre los dos, ¡así fue el impacto! Ambos caímos de golpe al piso: él fue a parar, cerveza en mano incluida, a las patas de una de las sillas de comedor tras él; yo quedé entre el sofá y la mesa de centro, golpeándome el costado derecho con el mero filo. Perdí la respiración por un momento, ¡de seguro me rompí unas cuantas costillas! Con todo, traté de incorporarme lo más rápido que pude. ¡No podía creer lo que acababa de pasar! Toda la furia que había sentido, de la nada, se transformó en miedo y asombro. Sabía que había hecho algo fuera de lo normal, algo malo y prohibido. ¿Qué le iba a decir a mamá si salía en ese momento?

Me levanté sintiendo como si me faltara un lado del cuerpo y, aun con dolor, fui hasta donde Blake —que aún estaba tirado en el suelo intentando levantarse con una mano puesta sobre la cabeza y la camiseta empapada en cerveza—. Me paré a su lado y pregunté a hurtadillas si estaba bien, pero no hice más que acercarme cuando me apartó de un empujón con cara de haber visto un fantasma.

—¡Aléjate de mí, demonio! —lloriqueó con un tono ahogado en espanto. ¡Ahora sí que estaba frito! De seguro iría a darle la queja a mamá. ¿Cómo hacer para zafarme de esto? Para mi sorpresa, tan pronto se levantó, se dirigió cojeando hasta la entrada aún con la mano puesta en la cabeza y salió de la casa sin tan siquiera cerrar la puerta tras él.

¿Se fue? ¿En serio logré hacer que se largara solo con mirarlo? ¡Eso nunca lo había hecho antes! Una tremenda dosis de satisfacción me pinchó el cerebro.

¡No, Ryan, lo que hiciste no estuvo bien!, me decía a mí mismo queriendo no alegrarme por lo sucedido. Necesitaba tiempo para analizar lo que acababa de ocurrir. Tiempo que no tenía. Lo que sí me tocaba, aparte de ignorar el cagado dolor en mi costado, era aparentar como que nada había pasado, por si ella salía. Fui corriendo hasta la puerta para cerrarla y el sentimiento de satisfacción y victoria me volvió a agarrar por el centro del pecho cuando lo vi arrancar a toda prisa en su auto. Me di un microsegundo para autoproclamarme ganador de la pelea; herido, pero triunfante. Luego me apresuré a limpiar la escena del crimen antes de que

todo se echara a perder. Llevé la botella de cerveza al cesto de la basura, agarré un puñado de servilletas, sequé la alfombra lo más que pude y acomodé las patas de las sillas del comedor sobre la huella impresa. Me viví la película creyéndome espía del Gobierno, tratando de no dejar rastros. Quise regresar al cesto de la basura para deshacerme del último pedazo de evidencia que tenía en mis manos, y en ese preciso instante escuché la puerta del baño abrirse. ¡Ya no tenía tiempo!

Zampé el manojo de servilletas húmedas de cerveza en el bolsillo del pantalón y me deslicé hasta la mesa de centro en la sala. Tenía que dar la impresión de que nada fuera de lo normal estaba sucediendo. Agarré el control y enrollé con calma el cable, como siempre hago cuando ya no pienso jugar más. ¡El corazón me empezó a galopar a mil millas por minuto! Había una gran probabilidad de que me agarraran en mi movida. No sé si todas las madres sean igual a la mía, pero a esta no le hace falta ninguna habilidad sobrenatural para saber que me traigo algo entre manos.

Apareció por el pasillo con su pelo enrollado en la toalla, llegó hasta la puerta corrediza que lleva del comedor hacia el patio trasero y encendió las luces para echar un vistazo.

—¿Dónde está Blake? —preguntó con rostro extraño—. ¿No sabes dónde se metió?

Traté de sonar lo más normal que pude sin que se notara en mi voz el dolor espantoso que sentía, el cual ya me llegaba hasta la rodilla. Esa contestación sería la diferencia entre la vida y la muerte para mí.

—Salió. —Sencillo y rápido.

—¡¿Salió?!

No se la escuchaba muy convencida que digamos. Yo seguía acomodando el cable una y otra vez. Ya me estaba empezando a ver sospechoso. Fue hasta la puerta de entrada.

—¿Y no dijo a dónde?

Una encogida de hombros fue lo que encontré para contestarle y, al parecer, funcionó, pues suspendió el interrogatorio y regresó a su habitación murmurando algo que no entendí. Creo que estoy a salvo… por ahora. La verdad es que todo este suceso podía explotarme en la cara de repente, pero ahora la bola estaba en mi cancha y me lo iba a saborear más que si hubiera pasado la bendita misión del videojuego.

***

De hecho, llevo ya cinco días disfrutándome la victoria, pues ese no ha vuelto a aparecer por aquí ni en pintura. Aunque sé que no debí haberlo hecho «porque un niño normal no hace esas cosas y me puedo meter en problemas si alguien se diera cuenta», no niego que fue una descarga de adrenalina genial que me gustaría volver a probar. Aunque me cueste otra herida en donde sea.

Lo que no logro sacarme del pecho es la corazonada de que el motivo por el que mamá ha estado tan distante tiene que ver con lo que pasó con Blake. Por eso me estoy pensando tanto lo de ir y tocarle a la puerta. Si al menos no hubiera tenido que estar confinado en la casa todos estos días, tal vez ya el asunto hubiera pasado al olvido en mi mente. Para mi miseria, no me ha quedado de otra que verla, mejor dicho, no verla y no sentirla junto a mí.

¡Ay, ya deja las bobadas! Solo ve y toca a la puerta a ver qué pasa.

Traía las manos empapadas con un sudor frío y caliente que se escurría hasta el control, ya todo resbaloso entre mis dedos. Esta no era. Si encima voy a dañar lo poco que tengo para distraerme, ¡en verdad sí que soy un idiota! Sequé mis manos y el control con la camiseta que llevaba puesta, y el sudor quedó marcado en ella como evidencia.

Me adentré en el pasillo y parecía estar reviviendo la escena cuando Del iba de camino a la oficina de Paul en *La milla verde*. Sentía el mismo miedo que cuando lo leí por primera vez y, para colmo, el eco de la lluvia que no paraba de caer era el efecto de sonido perfecto. Estaba seguro de que, tan pronto abriera la puerta, el «suceso» saldría a la luz. Ya una vez la tenga de frente, si la voz en mi cabeza tiene razón, se me va a hacer muy difícil no decirle la verdad, porque no me gusta mentirle —y porque ella siempre lo descifra todo—.

Llegué a solo dos pasos de la puerta y deseé poder dar marcha atrás al tiempo y haberme evitado todo el problema con Blake; si solo lo hubiera saludado ese día cuando entró. O, a lo mejor, un poco más atrás, antes de que mamá lo conociera, para poder advertirle. Todavía mejor, mucho más atrás, antes de que mi papá desapareciera y así ella no tendría que estar aguantando novios que no sirven para nada. Qué pena que no sea esa la habilidad que tengo. Sin embargo, la mía fue la que me metió en este lío en primer lugar. Pues ni modo.

Frente a la puerta, volví a secar mis manos —que estaban aún más ensopadas que hacía un minuto atrás—.

—Todo va a estar bien. Es mamá. Ella va a entender. —Me di ánimo necesario para aventurarme a dar dos toquecillos.

CAPÍTULO 10

—¿Qué fue?

Aun estando al otro lado de la puerta pude darme cuenta del cansancio en su voz. Un fastidio disimulado con paciencia que me inspiró a insistir.

—¿Puedo entrar? —pregunté con ese tonito chillón que me sale no sé de dónde cada vez que le ruego por algo, y que a ella tanto le irrita. Lo peor es que a mí también me enfada, pero llega sin pensarlo. Tal vez por eso tardó lo que me pareció una eternidad en contestarme.

—Por supuesto, mi amor. Entra.

Ok. Abrí la puerta con mucha cautela, con la intención de seguir acumulando puntos al sentimiento de aprobación que venía de su parte. Una vez dentro tuve que esperar a que mis pupilas se acostumbraran a la oscuridad. Lo que sí me llegó veloz a la nariz fue el intenso aroma a incienso de pachulí que inundaba todo el cuarto.

En una semana común, las espesas cortinas hacen su parte por bloquear la claridad del sol de la tarde. Ahora bien, con hoy, ya van cuatro días de cielos nublados y las cortinas cerradas hacen que la oscuridad en la habitación sea mortal. Apenas pude distinguirla sentada al borde la cama, de espaldas a la puerta, con su mirada perdida hacia la ventana que queda al fondo de la habitación. Me dieron deseos de ir corriendo a abrazarla, pero ya suficiente había sido con mi vocecita de hace un rato como para añadirle más sospecha a mi comportamiento.

Así que decidí quedarme en el umbral de la puerta y, de una vez, encender las luces. ¡Mucho más rápida que la luz fue su súplica de que no lo hiciera! ¡Las volví a apagar deprisa! Entendí muy bien por qué no quería. Si hay algo que sirve para ponerme de mal humor es que me encienda la luz del cuarto en las mañanas cuando más agarrado tengo el sueño. Admito que esta hubiera sido la oportunidad perfecta para desquitarme de todas las dormidas que me ha interrumpido; sin embargo, el bocado llegó en el peor momento.

Obvio que su reacción de repudio no fue hacia mí. Aun sabiéndolo, no pude evitar que me agarrara de nuevo la inseguridad que me hacía seguir clavado en la entrada. Ya mis ojos empezaban a ver un poco más claro gracias a la luz que entraba desde el pasillo. Me reconfortó cuando la vi buscar mi rostro y pedirme con un gesto cálido que entrara. ¡Ok, mamá!

—¿Estás bien? —le pregunté tan pronto llegué a su lado con el tonito agudo que volvió a aparecer. ¿Qué me pasa?

Un pequeño ronquido dulce salió de sus labios.

—Sí, corazón, estoy bien.

Me invitó a sentarme a su lado y lo hice. ¿Por qué con su boca me dice que está bien y con su cara me cuenta otra cosa? Sus ojos hinchados y rojos gritaban que llevaba ya varios días de no «estar bien», y ni me atrevo a pensar qué me encontraría si fuera un poco más dentro de ellos.

—¿Estás segura? Porque te ves triste.

Su mirada cansada comenzó a llenarse de lágrimas a la vez que acariciaba mi rostro. Me derrito cada vez que hace eso. Siento como si tuviera el superpoder de arrancar de mí todo lo que me da miedo solo con ver su carita pálida de ángel. El azul de sus ojos brillaba más detrás de la humedad que los cubría, y al intentar reír, las lágrimas se cayeron de sus ojos.

—Es cierto, estoy triste. Pero eso no significa que no esté bien.

¿Qué? No me hizo sentido lo que acaba de decir. No se puede estar triste y bien a la vez. De camino a preguntarle cómo era eso posible, me dijo:

—Son cosas que cuando llegues a adulto vas a entender —concretó secándose las lágrimas que ya habían rebasado sus pecas y se unían en la barbilla. Sacó de en medio de su cara unos cuantos mechones rubios, que se supone estuvieran unidos a la despeinada cola de caballo en lo alto de su cabeza, los llevó tras sus orejas y suspiró.

Me molestó que prefiriera resolverlo todo con esa frase de «cuando llegues a adulto». Si estoy preguntando es porque quiero saber ahora, no cuando llegue a adulto. Me vi tentado a dejarlo todo ahí. No me gusta cuando me habla como si fuera un ignorante que no puede entender las cosas. Yo diría que muchas veces las entiendo mejor que los adultos que se complican la vida solo porque prefieren no decir la verdad. Hice el intento de levantarme, pero lo disfracé bastante bien con un meneo que me hizo quedar más cerca de ella. Me fijé en que en el piso, recostadas al lado de la cama, había tres botellas de vino vacías y una cuarta a medio tomar. Sentí el corazón arrugárseme dentro del pecho sin saber muy bien por qué. De lo que sí estaba seguro era de que ya no aguantaba más el cargo de conciencia.

—Yo entiendo bien, mamá. Es por culpa de Blake, ¿no es así? ¿Te dijo algo que te hizo sentir mal? ¿Algo de mí?

Sus cejas se hundieron, haciendo que su rostro cambiara de momento a extrañeza y una mirada de sospecha le asomó por un instante.

—No, Ryan, no me ha dicho nada de ti. —Volvió a mirar las cortinas—. De hecho, no me ha dicho nada de nada. Prefirió enviar un maldito mensaje de texto. Así de poco pensaba de mí.

¡En eso tiene toda la razón! Él no pensaba nada bueno de ella. Lo único que yo hice fue ayudar a que lo pudiera entender. La confianza empezó a crecerme adentro trayéndome algo de alivio. Pero poco me duró cuando volví a ver las lágrimas cruzar su rostro y escuché su voz ahogada.

—Y no, aún no entiendes lo que es vivir una desilusión tras otra. Sentir que no eres suficiente como para hacer que alguien decida quedarse a tu lado. No lo sabes aún… pero algún día lo sabrás.

El corazón se me quería salir del pecho. ¡Ahora sí que me sentía pésimo! Ella piensa que él no ha regresado por su culpa. Como si hubiera sido ella quien hizo algo malo. ¡No es así! En todo caso es culpa mía y de él, pero más de él. Yo lo único que quería era protegerla, como ella lo hace conmigo. ¿Quién más lo va a hacer, si no tenemos a nadie? ¡Tenía que decirle la verdad, ya! Prefiero que me castigue el tiempo que sea a que siga llorando por ese estúpido que no vale la pena.

—¡No, mamá, eres tú la que no entiendes! ¡No es por culpa tuya que él no está! Todo es culpa mía. —Creí que en ese momento me gritaría o me pegaría, pero se giró hacia mí de nuevo con su carita mojada y tomó la mía entre sus manos.

—No te culpes, mi amor. Tú no tienes nada que ver con esto. Lo sabes, ¿verdad?

—Sí tengo que ver. —Tragué hondo—. Fui yo quien hizo que se fuera ese día.

Un largo silencio se colocó en medio de los dos. Tan largo que pensé no acabaría.

Ella dejó su mirada fija sobre mí, como procesando lo que acaba de escuchar. La voz en mi cabeza comenzó a susurrarme que había cometido un gravísimo error, que me iba a arrepentir de lo que había hecho, e hizo que se me escapara un tímido «lo siento mucho» que no sé si fue dirigido a ella o a mí mismo.

Sus ojos comenzaron a moverse de un lado a otro como si estuviera perdida en sus propios pensamientos. Me di cuenta de cuándo fue que en verdad entendió lo que le estaba tratando de decir cuando apartó sus manos de mi rostro. La desilusión la fue agarrando y, un instante después, sentí que me agarraba a mí también.

—¿Qué es lo que estás tratando de decirme, Ryan?

Mira lo que acabas de hacer. Ella es la única que te quiere y tú la tratas así. Eres malo. ¡No, ya cállate! Nunca imaginé que pasaría de esa forma. ¡Ella debe saber!

—No fue mi intención hacerlo, mamá… O tal vez sí, un poco…

—¡¿Qué es lo que me estás diciendo, Ryan?! —gritó, alejándose de mí. Busqué poder hablarle sin que el nudo en la garganta me hiciera llorar. Respiré profundo.

—El domingo, cuando vino, me hizo enojar mucho… y cuando lo miré, algo pasó… Algo que nunca me había pasado. ¡Fue la primera vez, te lo juro! Yo solo le dije que no quería que regresara y creo que por eso no ha vuelto.

Aunque sus ojos estaban sobre mí, su mirada parecía estar en el espacio.

—Le dijiste que se fuera… ¿cómo? —Su sonido pausado me llenó de miedo. La sentí diferente, como si me odiara. *Claro que te odia. Igual que todo el mundo. Eso es lo que te mereces—.* ¡¿Cómo se lo dijiste?! —El grito me hizo callar por dentro y, con voz temblorosa, tuve que contestar.

—Se lo dije con la mente. Perdóname, mamá.

Un silencio aterrador volvió a acomodarse en la habitación. Intenté agarrarle la mano, pero la apartó de mí como si una brasa ardiente la hubiera tocado. Ahora sí estoy en problemas.

—Sé que merezco que me castigues por desobedecerte, pero solo quiero que sepas…

—Sal de mi cuarto.

Nunca le había escuchado ese tono tan profundo al hablar.

—Mamá, no lo voy a volver a hacer, te lo prometo. —Me acerqué para abrazarla y saltó disparada de la cama.

—¡Sal de mi cuarto, ahora! ¿Cómo te atreviste? Después de todo lo que he hecho por ti. Todo lo que he tenido que sacrificar, lo que he tenido que aguantar, los insultos, el rechazo… ¿Y así es como me pagas?

¿Por qué me está hablando así? Los dos hemos pasado por lo mismo, juntos. Ella sabe que yo nunca haría nada por lastimarla. Al contrario, por la única que soy capaz de meterme en problemas es por ella.

—Mamá, es que tú no sabes lo que hay en la mente de Blake. Él no quiere nada bueno… —Me detuvo el golpe de una cachetada que me calentó todo el rostro y me llenó de vergüenza.

—¿Y qué carajos sabes tú de lo que es bueno para mí? ¿Quién te crees que eres para decidir por mí? ¿Tú escuchas las palabras que están saliendo de tu boca? Ninguna persona normal anda por ahí diciendo que puede leer los pensamientos de nadie. Eres solo un estúpido niño engreído que se cree especial porque no puede controlar el trastorno que lleva en la mente. ¡Yo ya no puedo más! ¡Ya es suficiente!

Era la primera vez que la escuchaba hablarme como lo hacen los demás, con asco y desapego. Aunque sus palabras me dolían mucho más que la bofetada que acababa de recibir, sé que me las merecía y no me quedaba de otra que tragármelas. Ya no quería seguir intentando defenderme si eso significaba que me hablase así. Aunque ya no dije nada más, ella no encontraba cómo parar de gritar y seguía dando vueltas, desesperada, haciéndome desesperar a mí con ella.

—¿Qué es lo que pretendes? ¿Qué me quede sola toda la vida corriendo contigo de un lado para otro? ¡Eso es lo que quieres, cierto! Arruinarme la existencia como lo hizo tu padre.

Ya no quiero seguir escuchando nada más. ¡No quiero! Su voz comenzó a retumbar en mi cabeza. Se sentía como si alguien estuviera tocando tambores dentro de ella. Me tapé los oídos para no saber nada de lo que me estaba diciendo, pero con todo y eso, aún podía escucharla insultándome, maldiciendo a mi padre y echándonos la culpa de todo. No quiero que me compare con él. Yo no soy así. ¿Por qué no se calla ya? ¡Esta no es mi mamá!

Salí corriendo de aquel cuarto y me escabullí a toda prisa por el pasillo hasta llegar al mío. Cerré la puerta de un cantazo y le puse seguro para que no se le ocurriera entrar y hacerme seguir escuchando a esa señora… a esa extraña que apareció de la nada para humillarme. La sentí llegar frente a mi puerta y me deslicé bajo la cama rogando con todas mis fuerzas que no pudiera entrar, que se quedara afuera. Lo pedí con lágrimas en mis ojos y el corazón roto. ¿A dónde fue a parar mi mamá? Ella siempre me protege. Ella siempre me defiende.

—Quiero a mi mamá… Quiero a mi mamá… —Lo seguí repitiendo hasta que ya no escuché nada más al otro lado de la puerta.

***

Un gran rato había pasado ya. No sé cuánto tiempo llevaba escondido bajo la cama, pero debió ser mucho, pues las lágrimas en mi cara ya estaban secas y cuarteadas. Aún no me atrevía a salir de allí, muchísimo menos fuera del cuarto. Lo mejor sería quedarme un poco más. O, tal vez, toda la vida. Hace unos minutos la escuché salir en su auto a toda prisa y la imaginé escapando justo como lo hizo Blake. No quiero salir de aquí hasta que no regrese mi mamá, la de verdad.

El corazón se me volvió a hacer una pasa al recordar que el único culpable de que me tratara como lo hizo era yo. Solo por no ser lo bastante fuerte como para dominarme a mí mismo; por no poder controlar mi trastorno, como ella dice. Cuando regrese, tengo que encontrar la manera de decirle que no pienso volver a hacerlo nunca más en la vida. No si eso me va a costar echármela de enemiga. Solo espero que al regresar me diga que entiende por qué hice lo que hice. Que se dio cuenta de que tenía razón acerca de su novio y que me perdona. Poder olvidarnos de todo esto y seguir con nuestras vidas.

Estuve un buen tiempo practicando en mi mente lo que le iba a decir tan pronto llegara. Lo repetí una y otra vez hasta que mis ojos comenzaron a sentirse pesados.

***

El sonido del auto estacionándose en la marquesina me hizo despertar de un salto. ¿Cuántas horas llevo aquí debajo? Las suficientes como para que me diera trabajo escurrirme fuera de mi escondite. Fui deprisa hasta la ventana y corrí la cortina un poco, asomando un solo ojo para espiar si en verdad era mamá quien estaba llegando.

Ya era de noche. Aún llovía. El corazón me dio un brinco de alivio al saber que había decidido regresar y quedarse conmigo en vez de con Blake. Junto con mi corazón también saltó mi estómago con un sonido doloroso al verla bajar con ella una bolsa de supermercado. ¡Comida, por fin! Pero antes de comer tengo que decirle lo que estuve pensando todo este tiempo.

Salí del cuarto y la vi cruzar hasta el comedor calada por la lluvia y con un aspecto no muy agradable. ¡Cómo no se va a ver estropeada si salió hace mucho rato de aquí molesta conmigo! Me llegó otra vez el impulso que sentí cuando entré a su habitación de ir corriendo a darle un abrazo, y esta vez no quise aguantarme. ¡Había llegado a casa! ¡Ya no estaba solo! Corrí y me abalancé sobre ella, abrazándola con todas mis fuerzas.

—¡Perdóname, mamá! Perdóname, perdóname, perdóname… —Después de todo lo que estuve ensayando por horas bajo mi cama, las únicas palabras que pudieron salir de mi corazón fueron esas. Eso era lo único que quería de ella, lo único que le estaba pidiendo con mis manos entrelazadas en su cintura.

Tan fuerte como fue mi abrazo, igual fue el olor a alcohol impregnado en su aliento que me hizo revolcar el estómago de nuevo. Más fuerte aún se sintieron sus manos al tomar mis brazos para desenrollarlos de su cuerpo.

—Aléjate de mí. No quiero que te me acerques, malnacido. —Y me apartó para sacar de la bolsa de compras dos botellas de vino que la acompañaron hasta su cuarto.

***

Sus palabras me cortaron más profundo que cualquier navaja. Tan profundo que, con el pasar de los años, la herida se fue haciendo más honda, hasta crear un gran abismo entre ambos, ya imposible de subsanar. Ridículamente, intenté por algún tiempo más hacer que las cosas funcionaran, pero llegó el punto en que dejó de importarme un carajo si lo hacían o no.

Solo pude aguantarle el abuso y su maldita actitud de desprecio y rencor por seis años más, luego de ese jueves lluvioso de principios de marzo, cuando finalmente me hastié. Nos hastiamos ambos de tener que seguir viviendo bajo el mismo techo. Puedo precisar con exactitud ese momento como el día en que llegó el resto de mis inquilinos para hacer residencia en mi cabeza.

También fue el día que me abrió los ojos para ver la cruda realidad: nadie, absolutamente nadie, permanecerá a tu lado para siempre. Por más que digan amarte, por mucho que intenten aparentar un interés genuino, el interés solo durará hasta que se sientan bajo amenaza o les decepciones.

Ese día entendí también que las mujeres dicen más con lo que callan que con lo que hablan. Pueden llenarse la boca nombrando las cualidades del hombre perfecto, pero rechazan al que las quiere de veras por vivir detrás del cabrón que no las quiere para un carajo. Experiencia de más tengo para validar mi punto, comenzando con el masoquismo craso de la que me trajo a este jodido mundo. Ahora mismo estoy a unos cuántos metros de distancia de probar mi teoría una vez más. ¿Quieres verlo?

CAPÍTULO 11

Puedo contar con una sola mano, y me sobran dedos, las veces que he cruzado la puerta principal del restaurante en los dos meses que llevo aquí. Una lástima, en verdad, porque la vibra acá al frente no es la pesadez frenética de mi quirófano de tres metros cuadrados.

El sitio no está para nada mal. De hecho, la ciudad entera no está nada mal. Cada rincón de Colorado Springs te estruja en la cara lo exquisito que sería vivir. Es una lástima que mi estado actual no diga «viviendo la vida» sino, «evadiendo la muerte».

¡Carajo, hasta puede que termine por extrañar el mundano ambiente del Jake Quill's! Tal vez sea la tímida iluminación naranja y rojo ladrillo sobre el tapizado lo que me pone bellaco, casi seguro. O, tal vez, la madera oscura en los muebles... los escaparates repletos de licores, los uniformes que apestan a parrillada y cerveza de barril que cuelgan de las paredes. Pudiera ser el corral de música irlandesa en el centro que te envuelve en su arrebato, pinta va y pinta viene. La penumbra en cada mesa... la ilusión de soledad. ¡Alguna pendejada de esas! Algo oscila en este lugar que me llama.

¡Mierda, Ryan, bájale ya! ¿Cuál es tu erección con el lugar?

¡Ninguna! Lo tengo bajo control. Precisamente porque me cautiva demasiado es que el siguiente paso lógico es alejarme tan rápido y lejos como sea posible. *El plan, no olvides el plan.* Emigrar un poco más cerca de la costa y ver cómo le hago para alzar vuelo desde ahí.

Es domingo en la tarde. Se escucha música en pleno apogeo y el lugar está abarrotado. Esto puede tanto funcionar a mi favor como también puede complicar mis planes de una forma interesante. De lo que sí estoy seguro es de que de aquí no salgo sin llevarme lo que vine a buscar.

***

—¡Hola! Bienvenido a Jake… Oh.

¿Sorprendida, atónita, perpleja o, del todo, pasmada? Si fuera a escribir un libro sobre mí, ¿cuál sería el grado correcto para describir la expresión de su cara al verme entrar? Con tanta reacción repetida, ya a estas alturas debería tenerlo bastante claro en mi mente, ¿o no?

Lo irónico es que tampoco tengo puta idea de por qué, ¡carajo! Si se dijera que aún traigo el estilo de hace unos meses atrás… Cuando llevaba el rostro forrado en cuatro pulgadas de barba y mil aretes. Ahí era bastante obvio que no buscaba pasar desapercibido en ningún lugar. Fuera quien fuera, debía pensarlo dos y hasta tres veces antes de querer ponerse guapo y, ¡si se atrevía!, que no olvidara el semblante de quien le descojonó la vida por intentarlo.

Sin embargo, ahora mismo, más cara de pendejo no puedo traer. Cero actitudes, cero todo. Lo que me deja con este puto rostro de chiquillo tejano difícil de disimular. Me veo al espejo y no entiendo qué es lo que provoca tanta impresión. Mi aspecto diario, ¡oye, mi vida entera!, se reduce a una sola palabra: ocultar. Manga larga para ocultar tatuajes, gorros para ocultar huecos, gafas para artimañas y cortes para la pena. Luciendo siempre como un jodido pordiosero, ¡putos andrajos! Ya sabes, tratando de fusionarme y toda esa mierda.

Digo, no me malinterpretes. Yo no me quejo en lo absoluto de la ambición de las féminas. *Dame las gracias, pendejo. Por cuenta tuya no sería.* ¡Un hombre tiene que comer! Y para mí, la comida siempre ha estado al alcance de mi mano, lista y caliente… con barba o sin ella. Pero me encabrona tener que asumir este disfraz ordinario y no ver gran diferencia en el resultado. Puse todo mi empeño en sonar insípido y no contestarle con la misma coquetería con la que me atacó de entrada.

—Hey, Ryan. Bienvenido al otro lado del restaurante. ¿Y ese milagro?

Resulta muy difícil cuando notas que su expresión cambia de un segundo a otro y sus labios toman esa forma redondeada que invita a probar. ¿Que se me hace difícil no seguirle el jueguito de la provocación y ver hasta dónde me deja llegar? ¡Obvio! La hipocresía nunca ha sido ficha en mi tablero. Ahora, si algo he aprendido a estas alturas es que a las pelirrojas de ojos claros hay que manejarlas con cautela, como la rareza que son, y no vine hoy con esos cascos. *Exacto, no es carne blanca lo que nos apetece.*

—Hola, Megan.

—Ummm… Me pregunto cómo es que sabes mi nombre. —Curioseó ladeándose con ojos entornados, como hacen las niñitas. Esa reacción me encendió.

Llevé mi dedo índice justo al tope de su seno derecho, donde traía puesto el broche con su nombre y me encargué de que pudiera sentirme rozarla solo un poco al hacerlo… Lo dije: iba a ser muy difícil no caer en el jueguito.

Su mirada siguió mi mano y, al caer en cuenta de mi contestación, una sonrisa de vergüenza le asaltó el rostro antes de volver a enfrentarse con el mío. Fue interesante ver cómo sus mejillas agarraron un color más intenso que el de su cabello. Si fue por sentirse torpe o por sentir mi roce, no sabría decirlo.

—Claro. Qué pregunta tan estúpida, ¿no? ¿Quieres una mesa?

—No, chula. Vengo de paso.

Aproveché y lancé una mirada rápida por el salón.

—¿Sofía trabaja hoy?

—¿Sofía? —Sus ojos se enfriaron—. Creo que ya llegó. Debe de estar atrás preparándose para el cambio de turno. ¿Por qué preguntas? —Su atención fue a parar al paquete de menús apilados en el encasillado frente a ella.

¿Por qué carajos las mujeres no saben esconder la envidia? No pueden evitar leerse claritas. Siempre hay algo que las delata cuando están rabiosas de celos. Las reacciones van desde la colérica que te agarra a golpes hasta un sutil movimiento de cejas, pero siempre reaccionan. El «toma y dame» fue rico mientras duró. Ahora lo que tengo de frente es un témpano de hielo.

—Necesito hablarle algo. ¿Podrías decirle que venga? —Aún tenía su mirada clavada sobre la carta de vinos y no percibió cuando mis labios llegaron a su oído para susurrarle—: Luego me dices cómo quieres que te devuelva el favor.

¡Bingo! Un poco de calor fue suficiente para quebrar el hielo y devolverle el rubor a sus mejillas.

—Voy a estar afuera. —Y toqué madera.

***

Pasan cinco minutos y sigo esperando, masticando en la mente cuál debe ser la estrategia correcta a utilizar cuando la vea llegar con su aire de comemierda a la décima potencia. ¡Porque es seguro que va a llegar hasta aquí! Ninguna mujer pone tanto empeño en seducir y luego ignorar, si no es porque está queriendo crear un interés. *Todas las mujeres tienen su truco. Encuéntralo.* Todas ocultan un lado retorcido y débil. Ella no es la excepción. Lo que hay es que saber descifrar qué botones apretar y el momento adecuado para hacerlo.

Total, la que más puesto se da siempre termina cayendo igual o peor.

Exacto. Ese el motivo que me tiene parado en esta esquina ya hace seis minutos: tener que escucharla decir «no, no, no» hasta dar con la forma de hacerla gritar «sí, sí, sí». Y aparte, ese cuerpo cabrón que me tiene con ganas. Ese que acaba de asomarse por la puerta ahora mismo…

¡Diablo! Verla me hizo recordar por qué es que estoy tan encaprichado con ella. No es solo que tiene más curvas que una pista de Fórmula 1, es que la maldita tiene su carita de modelo también. Y ese disimulado toque oriental en sus ojos negros, una nariz perfecta y unos labios… ¡Ay, mi madre! Los labios son caso aparte. Una boca grande de labios gruesos es suficiente para ponerme la mente a correr por días y hacerme olvidar un poco las mil pendejadas en las que siempre estoy pensando.

Hasta cierto punto puedo entender por qué se da tanto puesto. Cualquier hembra que se vea como se ve ella debe tener una lista larga de tipos haciendo malabares por llamar su atención. Puede darse el lujo de ignorar a quien quiera. El problema de las mujeres que están trepadas en esa nube es que olvidan que también hay cabrones que saben muy bien lo que tienen que hacer y decir para llevarlas a la cama e incluirlas en su propia lista larga.

—Disculpa, ¿tú necesitabas decirme algo? —Fue su manera liviana de hacer el acercamiento mientras aún permanecía en la entrada, sosteniendo la puerta.

—Si tienes chance, sí.

—No, realmente no lo tengo. Me falta poco para entrar a trabajar.

Ahí soltó el primer «no». ¿Qué tal si le tomamos el tiempo?

—Bueno, ¿qué haces aquí, entonces? Regrésate. —Marqué un tono más indiferente de lo que soné con Megan y esta vez no fue nada difícil. ¡Al carajo los ruegos! Si lo que quiere es que le suplique, está peor de la mente que yo.

Se me quedó mirando fijo por un segundo para luego voltear los ojos como niña malcriada, soltar la puerta y acercarse. ¡Qué boba! Si en verdad no tuviera interés, le era tan sencillo como volver adentro y ya. Y hablando claro, tampoco está dentro de mis planes obligarla a hacer un carajo, si es que no quiere. Pero si todavía está aquí, frente a mí, es porque la intriga le está picando también.

—Puedes, al menos, ser rápido.

—Yo puedo ir tan rápido como tú quieras, bebé, pero tienes que bajarle dos a la actitud de engreída que traes, porque no te está funcionando.

—¡¿Discúlpame?!

Eso la hizo quedarse sin palabras, con rostro de «qué carajos pasó aquí». Miró a todos lados para asegurarse de que nadie más hubiera escuchado y me rebatió:

—Yo no tengo ninguna actitud engreída. —Segundo «no» anotado.

—¿No? O sea, que es común para ti poner cara de hastío cuando alguien te quiere hablar.

En su pose de brazos cruzados se le notaba que estaba perdida, buscando cómo colocarse por encima de la situación otra vez. Tuvo su momento de respiro al alejarse de mí cuando pasó entre nosotros un grupo de personas que venía entrando al restaurante, pero tan pronto se despejó la vía, la noté echando un ojo hacia dentro del establecimiento.

¿Qué hace? ¿Decidiendo si debe dejarnos con la palabra en la boca?

Para nada. Buscó acercarse un poco más.

—Ok, admito que no salí con la mejor actitud. Estoy por comenzar el turno y no tengo mucho tiempo, es todo.

Busqué mi celular y verifiqué la hora.

—Todavía tienes veinte minutos en el reloj, relájate. ¿Qué tal si lo intentamos desde arriba otra vez? Mucho gusto, me llamo Ryan. Y luego tú dices… —Una de dos, cariño: me sigues la máquina o te quedas en la tuya. Ahora soy yo quien comienza a desesperarse.

—Sofía. Mucho gusto.

—Ves, eso no fue tan difícil, ¿o sí?

Muy bien, ¡buena chica! Volvió a servirse de esa mirada de gata que saca a pasear cuando le da la gana y que me reta a sacar la mía también para medir fuerzas. Su boca —a la que no he perdido de vista ni un momento desde que llegó frente a mí— se entreabrió para contestarme justo cuando otro tumulto salía del restaurante. ¡Si quieres que esto fluya necesitamos salir de esta esquina, ya!

A solo un metro de distancia, entre hombros y celajes intermitentes, la vi morderse los labios, tal vez sin darse cuenta de lo que estaba haciendo y, mucho menos, de lo que estaba causando en mí. Ahora quien volteaba los ojos cual niño engreído era yo. Me le acerqué tan pronto se abrió el espacio y la dirigí con mi mano tanteando el punto más bajo de su espalda. Justo donde se empieza a pronunciar su curvatura, exquisita con todo y ropa puesta, ¡carajo! Paramos en el barandal que acorrala las mesas frente al negocio y ahí mismo aproveché para acorralarla también.

—¿Qué ibas a decir? —ataqué estando cara a cara. La tenía tan cerca que podía percibir un dulce aroma a chocolate en su perfume, el cual me hizo fantasear con el sabor de su piel morena—. Habla claro, Sofía. Yo no soy ningún pendejo, créeme, y tú no lo eres tampoco.

—Tienes razón, no lo soy. Es solo que… No creo…

Toda la fachada de mujer difícil que llevaba semanas levantando, se le fue al piso en un segundo de tenerme de frente. Ella quiere que algo ocurra. Lo dilatado de sus pupilas y la urgencia con la que mueve el pecho al respirar me lo aseguran. No la voy a dejar zafarse de la situación hasta que sea ella quien me lo pida. Ya me cansé de escucharla decir que no.

—Dime qué es lo que quieres.

Silencio total.

¡Yo sé qué es lo que quiere, coño, pero las palabras no le salen de la boca! Solo uno que otro gemido salpicado de vacilación, tratando de esbozar una frase. ¡Qué pendeja! Averigua qué carajos le pasa. La verdad, ya me está sacando de quicio tanta indecisión. ¡Necesito saber qué rayos le cruza por la mente!

La sangre comenzó a fluirme a toda prisa hasta sentirla bombeando en mi garganta. No es solo el que esta es la única adicción de la que no logro librarme. No por la nota cabrona que me provoca verme sumergido en lo más oscuro y privado del pensamiento ajeno. Es que, para colmo, no hay nada más erótico que hurgar en la cabeza de una mujer excitada. Imagina sentarte a ver una tanda exclusiva de porno sin que ella se dé por enterada de que es la protagonista. A la hora de dar rienda suelta a la fantasía, no hay mucha diferencia entre lo que nos pasa por la cabeza a nosotros con lo que ellas maquinan.

Pero andar fisgoneando en privado es una cosa, y tirarme a esta maroma frente al local con decenas de personas alrededor, lo eleva a otro nivel de satisfacción. ¡Esta era la complicación que me estaba sospechando, y me la voy a disfrutar completita!

—Ok, nos vamos a mi modo, entonces. Mírame a los ojos, Sofía.

No hice más que retirar las gafas y las ansias me hicieron encontrar conexión al instante, seguido de la sensación de estar suspendido en el aire. ¿La reacción de ella? ¡Clásica! Ese calificativo sí lo he tenido claro siempre: es puro y rotundo hechizo. Embelesamiento al nivel de quijada al piso y ojos perplejos.

Entonces, si a la codicia por clavar mi mirada en su alma le añades la cualidad hipnótica que ya traen incrustados de fábrica mis ojos, ¿en verdad me puedes culpar por no querer soltar el vicio? ¿Lo mejor? Que ya esta no es la maniobra chapucera de hace dieciséis años atrás. Esto ya es mi profesión y no me siento para nada arrogante diciendo que soy un maldito hijo de puta haciendo lo que hago.

¿Cómo describir con precisión lo que experimento estando aquí adentro? Se me hace difícil detallarlo con meras palabras. Igual que tomar una foto y darte cuenta de que no hace justicia para nada a lo que ves en persona. Aun así, si tuviera que usar una sola palabra para hacerlo, sería «colores». El despliegue cromático es lo que me indica dónde ocurre lo interesante.

Aunque no son solo colores, también es oscuridad. Bastante oscuridad mire a donde mire, y esa también me llama. A veces, mucho más. Son imágenes, algunas claras y precisas; otras, apenas perceptibles. Sonidos, gritos, aromas. Tristeza, placer, soledad.

Entrar en la mente de Sofía fue toparme con una tormenta eléctrica pulsando desenfrenada al unísono con su ritmo cardíaco. Esta nenita está a punto de caramelo y ya no hay manera en que me lo pueda negar. ¡Vamos a echar la bola a correr!

—Voy a hacer esto bien fácil para ti, cariño. Tú a mí no me gustas, tú me encantas… completa. Ese cuerpo tuyo me tiene obsesionado pensando en todo lo que quiero hacerte.

Un estallido de luminosidad me envolvió, cegándome por un instante, para luego sumergirme en una nube de sensualidad que comenzó a cosquillearme de forma peligrosa. Tanto fue así, que tuve que desconectarme antes de que saltara a simple vista lo que me estaba ocurriendo. Tomé un segundo para respirar. Suficiente para recobrar el control, pero no para dárselo a ella. Dirigí mi mirada a los mechones de cabello negro azabache tras sus orejas que caían justo hasta donde debían estar los pezones en sus senos y el deseo se me asomó en la voz.

—Pero tú lo que quieres es perder el tiempo con juegos, ¿o no? Dime, ¿es eso lo que quieres? ¿O deseas lo mismo que yo? Es un simple sí o no.

Un tímido movimiento de cabeza fue su modo de confirmarme lo que ya yo había visto. En este punto, ya no me bastan solo miradas y gestos.

—Dilo. Quiero escucharte decir que sí quieres.

Se le escapó de los labios un tenue «sí», junto a una mirada de desafío que me conectó a ella otra vez y al delirio que llevaba por dentro. Al que llevaba yo también luego de haber escuchado ese primer «sí» y verme más cerca de la meta. Me arrimé tanto como pude, sin perderla de vista.

—Claro que quieres, Sofía. De eso estoy seguro. Tan seguro como de que hallaría humedad en ti si te tocara. En cambio, tú no tendrías ni que tocarme para darte cuenta de que te deseo ahora mismo. —El suspiro que le escuché soltar me volvió loco y ya no pude evitar que mi cuerpo me traicionara y me hiciera quedar en evidencia, bastante notable.

Sus orientales ojos negros se escaparon de los míos y me fueron recorriendo cuerpo abajo hasta toparse con aquello que le acababa de confesar. Una sonrisa discreta fusionada de impresión, antojo y hasta un poco de jactancia, le asaltó.

—¿Ahora? Eso suena… fascinante. El problema es que yo no puedo salir de aquí ahora mismo.

—¿Y quién ha dicho que hay que salir de aquí? —Dejé que lo analizara.

—¡¿Estás sugiriendo que lo hagamos en el trabajo?! —Frunció el ceño y, dentro de ella, un momentáneo rayo color azul oscuro hizo aparición.

—¿Por qué no? Eso sí sería… ¿cuál fue la palabra? Fascinante. El único y verdadero problema sería que no te atrevieras.

No lo pensé dos veces y decidí seguirle el rastro a la pista en tono índigo, la causante del bloqueo repentino, para averiguar lo que en verdad la tenía inquieta. La gama de tonalidades que de entrada se percibía como una gran telaraña tornasolada alrededor de mí, fue cambiando su estado intangible y tomando forma de imágenes y recuerdos a medida que avanzaba sobre ellas. Varios sucesos comenzaron a pasarme por el lado.

—Ese cuerpo tuyo me tiene obsesionado pensando en todo lo que quiero hacerte.

(¿Y este de qué recoveco salió? No le basta con ser ridículamente guapo, ¿también piensa mirarme con ese par de ojazos? ¡Claro que le dejaría hacer conmigo lo que quiera!).

—¿No? O sea, que es común para ti poner cara de hastío cuando alguien te quiere hablar.

(Ok, Sofía, tranquilízate y piensa bien lo que dices… ¡Mierda, para colmo tengo a la estúpida de Megan pendiente a todo! Vamos, búscale la vuelta…).

—Sofía, el bombón lavaplatos anda preguntando por ti.

—¿Cuál bombón? ¿Ryan?

—Ese mismo. Está esperándote afuera.

—¿Tú me estás hablando en serio?

—Tiene algo que decirte, supuestamente. Ten cuidado, Sofía. Ese chico tiene escrita la palabra «problema» en la frente.

El proyectil azul me dirigió un poco más adentro…

Acomoda su larga cabellera negra una y otra vez, mirándose en el espejo de la visera del auto. Se asegura de que cada mechón esté colocado correctamente y luego vuelve a despeinarlos.

—Mi cabello no está cooperando conmigo hoy. No… definitivamente, no me quiere.

—Tu cabello está perfecto, Sofía, como siempre. Y qué importa si él no te quiere. Yo sí te quiero.

—Ay, ¡tan adorable! —Lleva su mirada a quien le habla desde el asiento del conductor—. Yo también te quiero, mi amor. Pero es que tú me ves con otros ojos. —Vuelve a mirarse en el espejo para intentarlo una vez más. Sacó un delgado frasco de su delantal y aplicó una delicada capa de brillo sobre sus labios, los cuales apretó y luego redondeó.

—¿Y tú quieres que te miren otros ojos? —le cuestionó.

Cierra la visera y se voltea de frente a quien le reclama.

—Para nada, cariño. ¿Acaso no puede una chica querer verse bien? —Se le acerca y toca su frente con la de él—. Además, me excita cuando te pones celosito. —Y lo sella con un beso.

—Ajá... Ten cuidado. No me hagas tener que venir a darme de puños con alguien. ¿Como a qué hora te recojo?

—No sé. Todo depende de cómo se mueva el turno. Yo te llamo cuando esté por salir.

Ahora me hacía sentido la actitud de darse puesto y el indicio de aprensión azul que le rondaba la cabeza. ¡La sinvergüenza tiene jevo y está buscando calentarse en otro lado! ¡Vaya, qué interesante! O a esta le falta malicia como para saber con quién no meterse o no es la primera vez que lo hace. Ya, a estas alturas, está bien jodida; este banquete me lo voy a dar, sí o sí. Si a ella no le importa un carajo el novio pendejo que tiene, ¿adivina qué?

—¿Cuál es tu miedo, Sofía? ¿Hay algún novio maniático en el ambiente?

El espacio entre sus cejas se le estrechó con mi pregunta. Hubiera sido casi imperceptible si no llego a saber la respuesta.

—No hay novio alguno del que preocuparse —soltó sin gota de titubeo.

¡Qué clase de joyita! Definitivamente, esta *no* es la primera vez que lo hace. ¿O será él quien tiene un enchule brutal, pero para ella es solo un resuelve? ¿Por qué le remuerde, entonces?

¡Mierda, Ryan! ¿No puedes dejarlo de mano y correr con el plan? ¡No, no puedes! Tengo que averiguar cuál es el asunto con el tipejo este y ver qué encuentro que pueda utilizar a mi favor. Solo necesito unos segundos para curiosear un poco más.

El resplandor de la portátil que descansaba frente a ellos sobre las cobijas se hacía paso en la oscura habitación, iluminando de blanco sus rostros y haciendo que sus siluetas se demarcaran en la pared tras la cama en donde estaban acurrucados. Ella, resguardada por el brazo de él que bordeaba sus hombros. Él, con su cabeza recostada en la de ella. Ambos envueltos en una expresión de serenidad envidiable, solo por disfrutar de una película juntos. De repente, el semblante de ella despertó. El bol que se suponía debía estar lleno de palomitas de maíz, estaba ya por terminarse.

—¡Joshua! ¿Cómo es posible que esto esté casi vacío y la película está apenas comenzando? Yo recién lo he probado.

—Es que tú eres muy lenta, mi amor... —La calma con una sonrisa— pero eso que queda es para ti.

—¿Y qué es lo queda? ¡Casi nada!

—Tan pronto lo termines, voy y te hago otro. —Sigiloso, la observa tomar los bocados que restaban.

—Deberías ir ahora, porque ya lo que queda son las... ¿qué rayos?

El mandato fue interrumpido por la imagen de un pequeño objeto plateado al fondo del envase. Sus dedos escarbaron entre las semillas, logrando rescatar de allí lo que parecía ser una llave.

—¿Qué hace una llave aquí adentro? —Se incorpora para verle al rostro—. ¿Josh? —Junto a su nombre volvió a aparecer el matiz azul que me llevó hasta allí.

—Es una copia de la llave del apartamento. Ya llevamos casi un año viendo películas juntos, ¿qué tal si hacemos de esta noche algo permanente?

El cuarto entero empezó a tornarse cerúleo, incluyendo la luz que les golpeaba el rostro. El recelo que la arropó podía saborearlo en mi boca.

—Guau... Me estás pidiendo que vivamos juntos. ¿Estás seguro? Ese es un paso bastante... formal.

—Nunca he estado tan seguro de algo en mi vida como lo estoy ahora. Me fascina compartir mi cama contigo y despertar junto a ti. Tanto, que ya no quiero que sea solo algunas veces, sino siempre y solo contigo. ¿Qué dices?

Le tomó unos segundos poder contestar.

—A mí también me fascina estar contigo y disfruto el tiempo que pasamos juntos…

Pero no quiere el compromiso. No quiere verse atada y que luego aparezca algo mejor, ¿eso es? Claro, si se lo está diciendo con cada gesto, con la vacilación en su voz, pero el tipo está tan envuelto que no ve lo que está a simple vista. No se da cuenta de que ella no está para él como él para ella. Que tarde o temprano se dará duro contra la pared de la realidad.

—Supongo que podemos intentarlo. No se escucha para nada mal eso de despertar juntos siempre… Y solo contigo.

¡Vete al carajo! ¡Nunca deja de sorprenderme! Esta mujer tiene la soga tirada al cuello con alguien y está aquí, feliz de la vida, bellaqueando conmigo y cantándose como soltera. Vuelvo y digo, hablan más con lo que callan que con lo que dicen. Retomo el ataque.

—Si no hay nadie de quién preocuparse, ¿qué te detiene entonces? Por mí, puedes relajarte. Yo no soy de los que se enamoran. Aunque puede que tú sí seas de esas que dicen y dicen, pero no hacen.

«Yo no soy de los que se enamoran». Primera vez que uso esa frase tratando de llevarme una mujer. Por lo general, es una completamente opuesta la que hace el trabajo. Bravo por la Sofía que logró sacar un indicio de verdad acerca de mí. *Pero no te acostumbres, pendejo. Tu verdad apesta.* Solo por eso creo que no la olvidaré.

Me soltó una discreta carcajada y su vista se apartó por un momento, pegando su pecho al mío para echar un ojo tras de mí y examinar lo que ocurría alrededor. Y así, con la mirada puesta por encima de mis hombros, fue deslizando su mano justo a la velocidad correcta como para lograr que el cosquilleo regresara y me llegara un poco más abajo de donde ella decidió frenar y hacerme perder la cabeza.

—¿Sabes qué me detiene? No entender por qué rayos no paras de hablar ya y me muestras qué es lo que me quieres hacer.

No pude evitar que una mueca con tufo a sonrisa me asaltara el rostro.

—Ahora estamos hablando, bebé. ¿Por qué no me esperas en el baño y resolvemos esto de una buena vez?

Me volvió a lanzar su mirada mortal para luego comenzar a alejarse. No la dejé ir sin antes tomarla fuerte de la mano, la cual descansaba unos centímetros por debajo de mi obligo, y hacerle la advertencia:

—Si quieres evadir a Megan, te recomiendo el baño de varones.

Eso debe contar como un segundo «sí», ¿o no? ¡Claro que sí! Al menos es un «sí» más genuino que el que le dio al pendejo que vive con ella.

«Solo contigo…». ¡Qué frase tan pendeja! Se escucha patética hasta en el pensamiento; mucho más cuando se dice desde la hipocresía. «Solo contigo», hasta que encuentre algo que le llame más la atención o que le ofrezca algo más conveniente. Aunque tenga que joder al que sea en el proceso. Aunque le toque recibir con un beso falso a quien la viene a recoger, teniendo aún mi sabor en su boca.

¡Olvida la maldita frase ya, Ryan! Te lo estoy advirtiendo. ¿Qué te incumbe a ti el drama entre esos dos?

¡Me importa una divina puñeta lo que la tipa haga o deje de hacer! No es la primera ni será la última a la que agarre queriendo guillarse de rápida y furiosa con más de uno a la vez. Y, hablando claro, no es a mí a quien le afecta el que sea tan golosa. ¡Al contrario!

Pero acepto que fue la maldita frasecita esa la que me sacó de concentración. Me hizo bajar de donde estaba. Si de algo me sirvió fue para reducir revoluciones y no tener que pasearme por todo el restaurante con varias pulgadas de protuberancia en los pantalones. ¡Sin duda, eso sería algo que Megan no pasaría por alto!

Volví a ojear el celular. Diez minutos para las cinco. Apretado, pero manejable. ¡Vamo' allá!

CAPÍTULO 12

Tan pronto entré al baño, lo que me recibió de golpe fue la música que salía a todo volumen por los altavoces. Nunca entendí por qué la hacían sonar tan alto, hasta justo ahora que le encuentro cualidad útil para disimular otros rumores.

Hago notar que la fragancia a orín rancio que, por lo general, inunda un baño de varones no es tan punzante aquí como en otras cloacas. Sin duda, esa hubiera sido una buena excusa en las manos de Sofía para cancelar todo el asunto. Había dos individuos posteados frente a los urinales descargando quince pintas de cerveza luego de haberse tomado dos, a diferencia de la fila kilométrica que había frente al baño de mujeres. Me la imaginé con su cara de «por aquí voy yo», pasando entre todas esas miradas de juicio femenino, y entrando al de varones como dueña de todo. Me imaginé a mí mismo, también, frente a uno de esos urinales, viendo semejante mujerona entrar y sentir envidia del que vendría a darse el gusto. ¡La ironía en todo esto no tiene precio!

Me moví por el área tratando de dar con unos zapatos negros de uniforme tras alguna puerta, pero todos los cubículos aparentaban estar vacíos. ¿En dónde carajo está? ¡No puede ser que haya cambiado de opinión de un minuto a otro después de hablar tanta mierda! Si tengo que salir de aquí para verla regodeándose por el salón, por mi madre que la voy a dejar en ridículo de forma viral para que lo piense dos veces la próxima vez que quiera ir calentando huevos.

Ve donde ella e indúcela.

¡Negativo! En eso sí que no pienso volver a caer.

Ella dijo que sí, tú lo sabes.

¡No! Se supone que debía estar aquí, si en realidad quería. ¡No quiero nada por la fuerza, quiero que me lo dé! ¡Y ya, haz silencio!

Estaba por salir de allí justo cuando el individuo del último urinal se sacudió, subió cremallera y, sin mirarme o decir palabra, me apuntó hacia el baño de impedidos para seguir de camino al lavabo. ¡Este tipo merece un premio! De seguro tiene que ser él quien anda muriéndose de envidia por verla entrar. ¿Viste, cabrón? Así es como nos tiramos la toalla entre hombres, sin hacer mucha bulla y querer formar un caos de todo.

Eres un pendejo.

Llegué frente a la puerta, presentando mis zapatillas deportivas por debajo, y di tres toques. Me llegó como saeta el día en que la vi en la oficina con Virgil y la ojeada altanera que me dio al asomarme por la ventanilla. Si digo que no me puso bellaco pensar que eso fue hace dos días atrás y ahora la tengo a una puerta de distancia, dispuesta a darme lo que quiero en un baño público, estaría faltando a la verdad. ¡Solo pensarlo me encendió bien cabrón!

La puerta se abrió casi como por arte de magia. La corta barra de metal que la aseguraba desde adentro se corrió suave y silenciosa, y, al terminar, se espació sola como movida por gravedad. No se percibía a nadie al otro lado. Entré y la encontré recostada en la pared, escondida tras la puerta, con su cara de coqueta en todo su apogeo. Nos miramos por unos segundos, sus ojos buscando los míos con ansia, y los míos adormecidos imaginando su silueta bajo la ropa.

—¿Entonces? —me lanzó el reto.

—Entonces… ¿Qué tal si me dejas verte entera? Desnúdate.

¡Sí, fue una orden! Así mismo es que la quiero tener. Como la llevo imaginando desde que estábamos frente al negocio. De esa forma me aseguro de tener algún recuerdo a mano para luego.

Me hizo esperar, tal vez creyendo que era una broma lo que le acababa de decir, y el fastidio se me escapó en un soplido.

—El tiempo corre, bebé, y ten por seguro que yo no lo voy a hacer por ti.

Y así, sin quitarme los ojos de encima, cada pieza de ropa fue dejando su cuerpo, provocando que una parte del mío despertara de nuevo. ¡Puñeta, esta mujer es perfección! Está balanceada por todos lados: senos redondos, la cinturita pegada por el cardio y un cálculo exacto de cadera y muslo que guarda el delicioso pulido del bikini al centro. Me acerqué y el pulso se me acopló al compás frenético que llevaba la música. Fue aquel aroma a chocolate lo que me arrastró como abeja al panal. Retiré un mechón que le cubría el cuello y mis labios llegaron hasta él, un poco por debajo de su oreja —de donde aparentaba salir la fragancia que me tenía desquiciado— y desde allí, mis dedos bordearon su costado hasta encontrar refugio en la curva de sus senos. Un ligero pellizco de pezón bastó para escucharla soltar el primer gemido y hacer que la cabeza me diera vueltas pensando en todo lo que pudiera hacerla gritar. Para empezar, ocuparme de que me sintiera —duro— y notara que era ella quien me traía así.

—Tú me vuelves loco, Sofía —le susurré con mi boca aún sobre su cuello y sin saber cómo despegarme—. ¿Te pasa igual… o soy solo yo?

Mi mano, la que aún saboreaba la hinchazón en sus senos, tomó la iniciativa de ir recorriendo con calma su abdomen y parar justo en donde ella lo había hecho conmigo. ¿Verdad que enciende, perra? Mas yo no quedé ahí. Yo seguí mi rumbo, rebasando el diseño depilado sobre esa V infernal que te eleva al cielo, y me hice paso entre sus labios, encontrando la cálida y jugosa respuesta a mi pregunta… exquisitamente jugosa. Juro que la sangre que me quedaba en el cerebro tuvo que haberse agolpado toda en la parte de mí que presionaba contra su pelvis, al comando de un segundo gemido que logré arrancarle.

—No tienes idea de todo lo que te haría sentir si tuviéramos más de unos cuantos minutos —le dejé saber mientras mis dedos comenzaban a girar sin mucha prisa—, pero tendrás que conformarte con una muestra. Mírame a los ojos.

Cuándo rozar, cuándo apretar, cuán rápido o suave hacerlo. Todo eso y más me lo dice el temperamento que presentan los colores dentro de ella. Me guían y me dejan saber qué es lo que la vuelve loca. Si quiere que la toque justo ahí, o prefiere un roce indirecto. Solo con atravesar la línea de sus ojos tengo a mano un mapa claro de cómo hacerla venir en cuestión de segundos.

Pero esa vía rápida no es la que más transito. Esa no es mi preferencia en lo absoluto. Lo que sí me saboreo, paso a paso, es llevarla al borde del delirio. Discernir ese momento preciso en que está por llegar al orgasmo y retirar el estímulo justo antes de que lo haga. Hacerle perder la cabeza, una y otra vez. Que tenga que suplicar. Escucharla sollozar por encontrar alivio me hace sentir su dueño y señor, y no hay una experiencia más religiosa que esa.

Sin embargo, ahora mismo no hay tiempo para retardar un carajo. Así que más vale sacar provecho del resplandor rojizo que atraviesa su mirada de una buena vez. Si me aventuro a sentir la calidez dentro de ella, ajoramos un poco más el asunto.

¡Y me lo confirmó un tercer gemido junto a otro rayo rojo escarlata! ¡Carajo, ¿por qué esto se tiene que sentir tan rico?! Las pulsaciones le aumentaron. Podía palparlo, ¡literalmente! Ya estaba hecho para ella y no me afectó que desprendiera sus ojos de mí, jadeando cabeza atrás, vencida por el placer. Con las uñas clavadas tan fuerte en mi cabeza que traspasaban el gorro de lana que llevaba puesto.

¿No me afectó, dije? ¡Putas mentiras! Su mirada fuera de mi alcance me hizo codiciar el estallido abrumador de éxtasis que debía estar apoderándose de ella y quería saborearlo también. La agarré fuerte por la nuca, llevando su rostro a enfrentarme, y la obligué a salir del trance en el que estaba.

—No te me quites que no hemos terminado aún. ¿Cómo estuvo eso?

—Como nada que haya sentido antes, ¡carajo! Primera vez que hago algo así en un baño de varones, lo juro. Solo contigo.

«Solo contigo…».

¿Cuál es su empeño con la maldita frase? Ese puto «solo contigo» volvió a estremecer la superficie de mi cerebro como réplica de sismo. Yo no necesito que me valide un carajo. No lo necesito de ella ni de nadie.

¿En serio vas a regresar al tema, pendejo? ¿Ahora? Concéntrate en el banquete que tienes de frente y termina lo que empezaste.

Mi estado de lujuria se tornó desconfiado de una. Ella lo notó.

—¿Qué sucede? ¿No me crees? —Se me acercó con la intención de revertir el súbito cambio de ánimo con un maldito beso y mi cabeza saltó lejos.

—Nada personal, pero no tengo por qué creerte una mierda. Yo no te conozco y tú a mí, menos. Los besos ahórratelos para otro.

—Como gustes. Pero no es justo que tú me hayas tocado tan delicioso y yo no pueda hacer lo mismo.

Así tan sencillo me hizo obviar el agravio. Sus manos rebuscaron por debajo de la camiseta blanca que cubría el ojal del pantalón y no tardó nada en desabrocharlo y deslizar una mano. El hormigueo acalorado que me cruzó desde ahí por toda la espalda me hizo regalarle mi primer gemido. Lo agarró sin miedo, sin caricias a medias ni rodeos. Justo como me vuela los sesos que lo hagan. Sin darle largas al asunto, fue a parar de cuclillas al piso y tomó las riendas de la situación frente a ella sin piedad. Era justo ahí donde quería sentir sus labios. Ahí era el único sitio donde tenía permiso para hacerlo. El único donde tenía probabilidad de envolverme.

—Puñeta, Sofía… —Segundo quejido que exprimió de mí al sentir el calor de su boca cubriéndome entero. No podía darme el lujo de observarla haciendo lo suyo por medio segundo siquiera sin percibir la urgencia queriendo explotarle en la cara. ¡Lo estaba haciendo como toda una maldita profesional, con experiencia y sin titubeos! ¿A dónde fue a parar la actitud engreída de esta muchachita, carajo?

Y la muy farsante queriendo hacerte creer que esto es solo contigo. Ya te tiene en sus garras, ¿no?

El corazón me dio una sacudida bárbara cuando escuché esa voz susurrarme. Ese timbre abismal y siniestro siempre tiene la capacidad de hacerme ignorar el buen juicio. Me estremeció hasta el tuétano que decidiera aparecerse justo en este momento. Vamos, no voy a dejar que me domine. Ahora no.

Zarandeé el sobresalto y llevé mi mano y atención a la partidura de cabello azabache que yacía frente a mí, en el ir y venir de aquellos labios gruesos. El panorama que trataba de eludir hacía un minuto atrás era, ahora, mi ancla para permanecer cuerdo. Refugiarme en el placer era mi soporte.

Eres un maldito ciego si no ves cómo te está manipulando. ¿Le vas a permitir que se salga con la suya?

Volvió a taladrarme aún más fuerte en el tímpano su ronquido. Tan fuerte que me hizo perder el balance. ¡Maldición! ¿Qué carajos quieres?

No te hagas el imbécil. ¿Acaso ya olvidaste?

La situación comenzaba a salirse de control cuando ya no podía discernir si las palpitaciones que me tenían el pecho a reventar eran por tenerla a ella pegada o por pura ansiedad.

¡Debo terminar con esto ya!

La tomé fuerte por debajo del hombro, y de un solo tirón, la hice levantar. Hubiera sido más rápido permitir unos segundos más de verla trabajándome, pero el apetito por sentirme dentro de ella me estaba consumiendo igual o más que la voz del inquilino.

Rebusqué un sobrecillo azul que tenía reservado en uno de los bolsillos laterales de mi pantalón, mientras trataba de suprimir el movimiento tembloroso en mis manos. Por un minúsculo momento, el dios Eros se apiadó de mí cuando ella misma me arrebató el paquetillo y se encargó del asunto. Tres segundos: uno, para hacerla girar; dos, para pegarla a la pared; tres, para penetrarla sin vacilación y con ímpetu violento.

Oírla maldecir de placer me desquició; aún más lo hizo la humedad ardiente con la que me recibió. Fui sobre ella con toda la impaciencia que me estaba consumiendo. Mi cabeza partida en dos con la noción de que un minuto más allí era tiempo suficiente para que la voz me descompusiera. ¡Concéntrate, cabrón! Unas cuantas caladas más…

«Solo contigo».

¡Ja! Tal vez tú hayas decidido olvidarlo, pero yo no. Yo nunca olvido.

¿Solo contigo?

¿Recuerdas su cara, Ryan? ¡Recuérdala! Recuerda el momento en que te jodió la vida. No olvides la hipocresía en sus labios.

¡Solo contigo!

No olvides cómo te hirió, cómo te humilló, cómo decidió ignorarte como mierda. ¡No lo olvides, cabrón, y jódela tú a ella antes de que te lo hagan de nuevo!

¡Y el monstruo hizo aparición! Aquel demonio que pululaba enredado en la traición y decepción del pasado con la herida aún en carne viva y que me hizo perder por completo las fuerzas con las que intentaba sujetarlo. Su bramido entrelazó los brazos alrededor de mí con una fortaleza maléfica que me lanzó de golpe al asiento trasero de mi conciencia para ponerse él al volante. Podía verlo por el retrovisor sonriendo con una mueca macabra, dispuesto a hacerme presenciar el desmadre que era capaz de provocar, incendiado por pura furia y coraje.

¡Cuántas veces he intentado convencerle de tenerlo todo bajo control! Cuanto más lo intento, más parece incitarlo al caos. ¿Qué más puedo hacer? Solo hacer silencio y dejarlo causar estragos para luego salir huyendo como un cobarde. Se adueñó de mí, convirtiéndome en su títere, y me obligó a subyugarla, prensada contra la pared, coartada y amordazada. La embestida con la que estaba yendo sobre ella pasó de ser fogosa a tornarse feroz e implacable; desligada de cualquier emoción que no fuera venganza. Sus sordos gritos de dolor se escabullían entre mis dedos y avivaban el placer de aquel que me poseía, consiguiendo solo inflamarlo hasta hacerme venir virulento. Despojado. Humillado. ¡Maldito placer que me asfixia!

Estáticos los tres, resguardándonos de un tornado de respiraciones sofocadas, intentábamos digerir aquella catástrofe. Justo entonces es cuando el muy maldito decide desaparecer y hacerme enfrentar solo la pesadez sombría de verla con su rostro bañado en pánico. Mi boca sellada cual sepulcro. ¿Qué podía decirle? ¿Acaso entendería si le dijera que no fui yo quien la ultrajó? ¿Que el intruso dentro de mí nos había violentado a ambos?

Sus labios tampoco decían nada, pero su semblante reclamaba una respuesta de mi parte. Ni siquiera pude acudir a mi instinto natural de ir por su mirada. ¿Para qué? Si la mía estaba llena de condena al recordar que había jurado no volver a descender tan oscuro, traicionándome a mí mismo. ¡Maldita nube negra que me estrangula al punto de querer terminar con mi vida! Todavía lo sentía. A él. Asomándose cual pervertido por las ventanas de mi alma; acusándome por lo que él mismo me había empujado a hacer. Luchando con la vergüenza, tomé la ropa tirada a sus pies y se la entregué en una ridícula farsa de disculpas. Ella respondió con un desprecio que, por vez primera desde que la conocí, se sintió real. Aquí ya no hay nada más qué hacer. La situación se me había salido de las manos por más que intenté mantener la calma. ¡Es de esto, carajo, de lo que trato de huir! Sabiendo que no hay lugar tan remoto en el mundo como para hacerme escapar de mi propia puta demencia.

Salí de allí con la mirada soterrada, naufragando en mi propia cobardía, y pasé por alto el hecho de que volvería a toparme con la pelirroja y sus cuestionamientos a la salida. No me dio oportunidad ni a seguir de largo para arremeter en mi contra.

—Quiero que sepas que tomé en serio eso de devolver el favor. ¿Qué tal si intercambiamos números y así le vamos dando forma?

Me cedió un papel con sus dígitos y, al extender mi mano, se asomaron rastros de la ansiedad que aún bogaba en mis venas. Volteé el papel, tomé un bolígrafo que traía enganchado ella al cuello de su camisa y escribí tan rápido como pude.

—Entrégale esto a Virgil. —Papel y bolígrafo cayeron de golpe sobre el mueble y salí de allí deseando no haber entrado nunca. Solo dos palabras saltaban a la vista en aquel pedazo de papel: «Renuncio. Ryan».

¡Al carajo Colorado Springs!

MIA

CAPÍTULO 13

Librería Grooman's.

—¿Estás segura de que puedes ir sola?

Con esta, ya era la quinta vez que preguntaba.

—Sí, Camille. Si no lo estuviera, ni siquiera te pregunto. Solo te obligo, ¡y ya! —Intenté solaparle una sonrisa. Ella me la devolvió con muy poco agrado.

—Vamos, deja de preocuparte tanto. ¿Dónde podría estar más segura que con mi familia?

—Bueno, sí… Lo que me tiene intranquila es el camino de aquí hasta Santa Bárbara. ¿Y si te agarra otro ataque de pánico mientras conduces?

—¡Shhh! Baja la voz.

—Además, ¿no se supone que mañana toca grabar contenido para la página? Tú sabes que no puedes hacerlo sin mi ayuda. No sé… Sigo insistiendo en que debería ir contigo.

—Y yo vuelvo y te repito que no es necesario. Lo tengo todo bajo control. Tampoco es que vaya a desaparecer de las redes por tomarme unos cuantos días. Solo necesito una corta pausa para autoevaluarme, es todo.

Su semblante permaneció estático —como si nada le hubiera dicho— mientras colocaba los libros del estante de Ciencias Políticas. Hacía rato que la apatía en sus pupilas me había revelado la verdad sobre su enfado. Y tampoco es que ella sea de las que saben cómo evitarlo, por más que se empeñe.

—Relájate, todo estará bien. Me ayuda mucho más verte tranquila. —Sus ojos gritaron «¡sí, lo sé!»—. Por cierto, necesito un gran favor tuyo, ¿crees que pudieras comunicarte de nuevo con la Sra. Hernández? Quisiera conversar con ella acerca de aquella chica de la conferencia.

Tardó unos cuántos segundos para relegar su fingida indiferencia y luego aceptó. Aunque con semblante mustio. Sé que desea conocer a mi familia ya desde hace mucho, y aunque puede que le preocupe mi travesía de regreso a casa, creo que lo que en verdad le sulfura es que no la haya incluido en el viaje.

Muy a nuestro pesar, el encuentro no podrá ser en esta ocasión. Ahora necesito espacio. Tiempo a solas para reencontrarme conmigo misma. No quiero ocupar fuerzas teniendo que velar por nadie más que no sea yo. *¿No será un tanto egoísta de tu parte, Mia?* Bueno, ¿y qué si lo es? *El egoísmo no es otra cosa que supervivencia básica.* ¡Rayos, la voz de mi conciencia sonó a Veronica Sommers!

Ni modo, el cruce tendrá que ser en otro momento. Por ahora solo nos tocó abrazarnos y retardar la acogida como si fueran mucho más de cinco días los que estaremos sin vernos. Me pidió que la llamara tan pronto llegara a Santa Bárbara, tarea que no me dio la oportunidad de cumplir, pues se ocupó de llamarme unas tres veces durante la hora y media que duró el trayecto. ¡Pajitas que le caen a la leche!

***

Es increíble cómo aquello que en un pasado me causaba hastío, al madurar, me ha desatado una nostalgia terrible. Mirando atrás, parece haber sido ayer. ¡Y ya van casi diez años! *¿Tan rápido se te han* *pasado diez años, querida?* Una década me ha transcurrido por encima desde aquella temporada oscura. Mi peor momento. Días en que odiaba tener que transitar por estas angostas calles de impecable asfalto. Sus veredas, atiborradas por muros de arbustos que clausuran cada residencia como un mundillo aparte. Detestaba la ruta mañanera para ir a la escuela. Los diseños de estilo español antiguo en las casas me parecían absurdos, y hasta el olor del pavimento caliente, mojado por alguna llovizna, me causaba asco.

Para entonces deseaba con todas mis fuerzas largarme de aquí. Sin embargo, ahora al llegar, me pareció no haber visto casas más hermosas en todo el camino. Recorrer la ruta que tomaba cada mañana para ir al colegio hizo que se humedecieran mis ojos y, al bajar el cristal, el aroma del ambiente provocó un cosquilleo rico en mi estómago. ¡Qué ironía, ¿no?!

¿Sabes qué es más irónico aún? Que solo van dos años desde que salí de aquí hacia Pasadena en busca de un doctorado, y esos dos años son los que siento como dos eternidades y un día más. ¡Por supuesto que pude haber tomado unos días para venir a casa! Pero hay pasos que solo se aprenden a dar cuando no tienes a alguien sosteniéndote la mano en todo momento, cual si aún fueras una chiquilla haciendo pininos.

Mientras venía de camino traía la mente corriendo a toda prisa, y ahora, ya frente a mi casa, he colgado un gran letrero imaginario que lee «No molestar». Quedé en total silencio —todavía dentro del auto estacionado en la cochera— como queriendo recibir, solo para mí y nadie más, el impacto que implica regresar al nido. Me tomé un buen rato para digerirlo y, a la vez, guardar en el carrete una captura mental de cada elemento en la fachada del que fue mi hogar mucho antes de que mis padres fallecieran.

¡Tiene un diseño tan inconfundible para mí! Uno que refleja, con hartura, tanto el carácter conservador de abuelo Frank como el acogedor estilo hogareño de Mami Margie. El entramado, la entrada principal y el muro contiguo que resguarda toda la propiedad son de recia arquitectura colonial californiana, contrapuesto a sus aceras bordeadas en piedras, el colorido follaje en los exteriores y, sobre todo, la decoración interior del hogar que son tipo *cottage* campestre. ¡Una combinación exquisita!

—Muy bien, Mia. Ya estás en casa. Es hora de salir del auto.

No hice más que poner un pie en el empedrado y me atracó el melodioso canturreo de Mami quien venía cruzando la puerta principal a mi encuentro…

—¡Mi chiquita hermosa! —Solo eso logró decir antes de que las lágrimas hicieran aparición. Tanto las suyas como las mías. El abrazo en que nos fundimos fue tan fuerte que las exprimía de mis ojos. ¡Llevábamos esperándolo por tanto tiempo!

«Mi chiquita hermosa». Esa descripción no vale nada estando frente a Mami. ¡Ella sí que es hermosa! Carga ese tipo de guapura que llega por años ungidos de sabiduría, modelada por un espíritu inquebrantable. Setenta y dos años de vivencias: unas muy placenteras; otras muy muy amargas. Todas ellas responsables de su cabellera gris, la cual desistió de teñir hace mucho tiempo y que lleva trenzada alrededor de su cabeza cual corona radiante. Sus pómulos ya se ven caídos, pero la sonrisa eterna que siempre lleva en el rostro los obliga a levantarse, acentuando más sus líneas de expresión. Sus ojos, ahondados por los años, son pozos de discernimiento y las arrugas en su frente atestiguan cuánto le ha costado mantenerla en alto. ¡Belleza en su máxima expresión!

Disfrutamos tanto ese abrazo en medio del llanto. *¿Cómo dejaste pasar todo este tiempo, Mia? ¿En qué rayos estabas pensando?*

—Te amo, Mami. Perdona mi lejanía.

—Pero, chiquita Mia, ¿por qué te disculpas? Esta es tu casa, aquí no hay reproche ninguno. —Tomó mi rostro entre sus manos, llevó mi frente a tocarse con la suya y, con su mirada clavada en mí, respiró profundo. Como lo ha hecho siempre. Como siempre me ha serenado—. Ven, te he estado esperando.

Dejé para luego mis bultos en la cajuela del auto y nos adentramos a casa. En mi mente daba gracias a Dios una y otra vez.

Al cruzar el umbral, lancé una mirada hacia lo alto del techado y recorrí con añoranza sus plafones de madera bañada en blanco. Ellos son los mayores culpables del estilo de cabaña campestre de este aposento. También lo es el piso en tabloncillo oscuro que huele a café tostado, y sus muebles: piezas antiguas que recuerdo con el corazón henchido y otras tantas que, aunque nuevas para mí, siento conocerlas de antes.

Enganchadas de los brazos recorrimos la sala, toda iluminada por el sol del atardecer que se colaba por las amplias vidrieras de la pared contigua, y aproveché para deslizar mis dedos como brocha de pintor sobre el aterciopelado revestimiento color maní de los sofás. La tersa sensación me recordó a las noches que pasé hundida en ellos antes de que mi abuelo me llevara entre sus brazos a mi cama. Mi querido Abu. Te extraño tanto.

En medio de la cocina —un espacio abierto a mano izquierda de la sala— prevalece la gran mesa blanca tipo isla que siempre ha sido escenario de un florero en mimbre rebosante de frescas margaritas amarillas. Hoy, justo al lado, dos tazas de té humeante nos esperaban. Nos sentamos a orillas, taza en mano, y dialogamos. Recobramos, tan instantáneo como se esparce una gota carmesí sobre el agua, todo el tiempo que había dejado escapar entre ambas, queriendo y sin querer. Anhelando distancia, reprochándome al propiciarla. Después de darnos unos largos sorbos de confidencias y relatos, fui a buscar mis cosas al auto y me encaminé hacia la que solía ser mi recámara… O que aún lo es. Todavía vacilo entre ambas realidades.

Subí las escaleras tratando de identificar cuáles eran los peldaños que me saltaba cuando subía y bajaba por ellos a toda prisa compitiendo con tía Audrey. Advirtiendo cada escalón, relegando cuanto más podía mis pasos. Quería disfrutar de cada segundo en antelación al frenesí que me esperaba tras la puerta de mi alcoba. Iba imaginando toparme con otra realidad al reabrir esa puerta, aunque sabía a ciencia cierta que no sería así. Llegué frente a ella y el alma entera se me congeló. Temía que al llevar la mano al pomo se sintiera tan frío como me sentía yo por dentro. *No pasa nada, Mia. Ya lo superaste. Solo respira.* Giré la manija y me adentré.

Oh, guau… ¿A dónde se fue el tiempo? Aquí todo sigue intacto.

Las paredes con el mismo empapelado color mugre. Mi cama sigue en la misma esquina, frente a la única ventana que motea la habitación con unos pocos rayos de sol escurridos entre el follaje. Todavía confortada con el edredón blanco tejido por mamá y mil cojines hartos de remiendos. Dios, no recordaba que fueran tantos.

Junto a la cama están las tablillas abarrotadas de libros. La última de ellas alcanza el techo y bordea toda la habitación. Una serpiente de libros que no sigue orden ni lógica alguna más allá de mi propio capricho. Por secciones, aparenta estar organizada… lúcida. Otros tramos son un revoltijo de libros apiñados unos sobre otros sin coherencia. Lo que sí tienen en común es que todos ellos han sido engullidos, algunos más de una vez.

Los paquetes trabados a mi espalda agarraron un peso insoportable. Solo me adentré lo suficiente como para poder tirarlos a orillas de la cama y respirar. En esa misma orilla, rechazada y humillada, se escondía aún bajo la cama una caja llena de cortes de revistas, muestras de tela, tarjetas de proveedores y un calendario que en su portada lleva inscrito: Agenda de la novia 2014. *¿Cómo es que no te deshiciste de eso, Mia? Ni pienses en mirar adentro.*

Seguí de largo. Llegué hasta mi escritorio, un trasto de madera estilo setentero que también carga unos cuantos libros más, aparte de una lámpara de metal que se sale de contexto, un mini tiestito —hogar de un cactus resiliente— y una pálida taza amarilla que lee «Bendecida». Una guitarra española —que, muy probablemente, esté necesitando cuerdas nuevas— yacía ansiosa de recuperar su propósito al lado del mueble. Puede que la lleve de regreso conmigo a Pasadena y veo si allí rescata su identidad.

El mismo instinto que me advirtió de no indagar en aquel cajón de la esquina, ahora me exigía rebuscar en mi escritorio. *¿Aún te* *quedan ansias de melancolía?* Aquí solo hay una ristra de lápices, bolígrafos y aroma colegial. Solo eso. *¿Solo eso? ¿Estás segura?* Al fondo del primer cajón, dentro de una cajita rectangular de plástico transparente, descansa mi mayor *memento*: una pulsera blanca y ancha que muestra mis datos personales bajo la etiqueta de «paciente». La mejilla derecha me dio un respingo al toparme con aquello y mis ojos volvieron a inundarse cuando leí la inscripción al reverso de la cajita: «No te diluyas en lo que piensas que estás haciendo mal. Enfócate en poder hacer lo correcto, un día a la vez».

Hasta ahí llegaron mis fuerzas. Tanto yo como la cajita de antaño caímos rendidas sobre la cama, la una sobre la otra, llenándonos y desfalleciendo al mismo tiempo entre suspiros y oraciones.

CAPÍTULO 14

Abre tus ojos… ¿Qué ves?

Ahí estaba de nuevo. Así como le escuché insistente toda la noche.

No todo es lo que parece. Abre tus ojos.

Tan agobiante y recurrente como contracción de parto. Un ínfimo riachuelo que se hacía cada vez más caudaloso e inundaba toda caverna oculta en mis entrañas. No paraba de repetir: «abre tus ojos». Una y otra vez.

Abre tus ojos.

Esa voz. No sabía a peligro, pero se me presentó emburujada en una mantilla de rito que la tornaba misteriosa, retumbando tan profunda como la misma eternidad. *Abre tus ojos. Mira más allá.* Rugiendo hasta erizarme el alma.

¡ABRE TUS OJOS!

Mis párpados se atirantaron casi a reventar, solo para enfrentarme a un murallón de fuego que pretendía calcinarme viva, pero que se esfumó aprisa. En su lugar, levitando entre la niebla espesa, apareció un inmenso candelabro de bronce antiguo que amenazaba con desplomarse a mi menor descuido. Le seguí despacio con obstinación y mirada tiesas hasta verlo detenerse sobre mí.

El aparato escudriñaba mi cuerpo, preguntándose si sería capaz de resistir tal peso, pero yo, muy a pesar de mis pavores, tuve que ripostarle «aquí estoy». Hinqué mi vista sobre él, inmutable, husmeando cual sabueso en busca de alguna pista. Solo un mínimo indicio que me dejara descifrarlo. Me fijé en sus intenciones, en sus detalles. Abriendo fuerte mis ojos, aún le escuchaba ordenarme.

Mira más allá.

—Tres, cuatro, cinco brazos en la base inferior. Uno, dos… tres brazos superiores.

De fachada recia. Magnético por naturaleza. Volví a examinar sus tramos retorcidos.

—Cinco brazos en la base inferior. Tres brazos superiores. No todo es lo que parece.

¡Y di con el lugar donde me encontraba!

Ya sabes dónde estás, Mia. Solo respira. Todo está en orden.

Esa lámpara —que no flotaba en el vacío, sino que colgaba del techo— ha sido infinidad de veces mi artilugio de anclaje. Siempre me hace recordar a *La bella y la bestia,* y la reconozco de un único lugar: la oficina de Veronica Sommers.

Tan pronto mis conjeturas se apaciguaron, me senté. ¡De qué me vale seguir tirada en este sofá! La gran columna refulgente de hacía un instante atrás ahora ardía a mis espaldas y chorreaba por encima de mis hombros encorvados por los residuos de la conmoción. Tal claridad no provenía de ninguna fuente sobrenatural, sino de la soleada mañana que se escurría por el ancho ventanal tras de mí.

Enderecé mi cuerpo e inhalé, más que nada, para sacudirme de la pesada colcha de ineptitud que me arropaba. Aun teniendo claro que son meras ráfagas de un temporal ya transcurrido, cuando llegan, siempre me hacen sentir como si recién me encontrara en el ojo de la tormenta. *Todo está bien. Lo tienes bajo control.* El cuento de nunca acabar.

De nuevo un suspiro, ahora para regodear mi vista alrededor de este santuario bañado en gris musgo, más largo que ancho y alto como rascacielos. Su apariencia ataviada en grises, marrones y verdes da la impresión de estar encerrado en un terrario de lujo creado para observar alimañas desérticas. Diseñado para auscultar especímenes como yo que de la nada escuchan voces familiarmente irreconocibles. Un friolento corrientazo se me escurrió por la espina dorsal al recordarla y me hizo levantar. *Vamos, Mia, sacúdete del golpe ya.*

Sé que le dije a la secretaria de turno —Mari algo— que iba a recostarme mientras Veronica llegaba, pero necesito volcar mi atención en lo que sea, y ya el candelabro oscilante cumplió su cometido, ¡y cómo!

¿Ahora qué? ¿Cuál es la respuesta más obvia? ¡Libros! Cualquiera de entre los cientos y cientos que atestan los anaqueles frente a mí. Nunca ha dejado de impresionarme. ¿Por qué no logro que mi barullo de libros luzca así? Se levantan hasta lo alto del techo, de un extremo a otro de la oficina, como zócalo de altiplano veteado en minerales. Una enorme fortaleza de textos a la que solo se trepa con la ayuda de la escalera rodante que descansa en una esquina. Tiene por costumbre vocear cual gigante ostentando su poderío y yo, vez tras vez, decido enfrentarme a él con mi mirada desafiándole.

Sí… estos que espían desde la más alta repisa —ni recuerdo en qué momento trepé por la escalera—. Estos son los que cautivan mi interés. Exudan una complejidad arrinconada que me atrapa. Se me agitan las aguas solo de pasear mi mirada sobre sus lomos.

Título tras título; autor tras autor. Busco algo que me estremezca y me rescate de mi zozobra. *¿Es real la realidad?* Leído. *Una mente inquieta.* Lo leería otra vez.

La psicología de la creencia paranormal.

Avistar de nuevo su portada verdinegra y sombría hizo que el cuero se me pusiera de gallina. El mismo sofocón que me agarró aquel día en Earth Café cuando Veronica lo sacó de su bolso. ¡Aquí llegué!

Como frenética lectora, me robó el habla ver sus páginas intactas, pulcras y relucientes. Con ese brillo virginal que apetece devorarlo. Ahora, como terca analista…

—¿Por qué razón te ponen tan lejos si aún no te han leído? —Me creí muy Patrick Swayze: «¡Nadie pone a Baby en un rincón!»—. Algún motivo te tiene tan distante.

Infiltré mis ojos entre sus líneas en busca de conocer algo de su secreto; como queriendo añadirle la guinda al pastel. Y entre pasada y pasada, intentando colarse desapercibida, encontré una sola hoja escrita, y en ella, una sola frase subrayada:

Varios autores han argumentado que las creencias paranormales surgen fundamentalmente de predisposiciones innatas.

El estómago se me arrugó. Creencia paranormal, predisposición innata y Veronica Sommers en un mismo bocado me causó reflujo cognitivo, y lo inusitado de la frase le servía de mechero. Ahora, lo que me propagó el incendio fue lo escrito a mano justo al lado:

Varios autores han argumentado que las creencias paranormales surgen fundamentalmente de predisposiciones innatas.

¿Será ese su caso?

¡ABRE TUS OJOS!

Las páginas comenzaron a brincar en mis manos, ardiendo hasta derretirme los dedos. ¡ABRE TUS OJOS! El mismo rugir que me ahuyentó del sofá me golpeó fuerte el corazón, arrastrando de regreso ese enigma que me ondea cual péndulo entre la ficción y la certeza. ¿Por qué me sigues esgrimiendo? ¡¿Qué es lo que quieres de mí?!

—¡Maldita sea! —resonó a lo lejos, haciéndome tambalear en la escalera. Veronica, quien recién llegaba, maldecía el tráfico por haberle retrasado la mañana, y lo próximo que diría al verme sería «¿Estabas husmeando en mi oficina?». ¡Claro que no! Se supone que solo me recostaría un rato… y eso es lo que hacía, ¡punto!

La extraña conexión que se batía entre ese texto y yo había pasado ya de ser mera coincidencia. ¡No podía dejarlo ahí! Lo pinché bajo mi camisola y bajé la escalera en competencia con mi respiración —¡mierda!, ni recuerdo cómo le hice para no caer desde lo alto—. Llegué deprisa hasta el sofá, que me esperaba con brazos abiertos y sonrisa guasona, y me lancé sobre él. Antes de poder recostarme, ya Veronica trasteaba con la perilla de la puerta.

—Estoy llegando a la oficina ahora mismo. Al parecer, hoy todo Santa Bárbara salió a la calle a la misma hora.

La habitación se había convertido en tiovivo de feria en mi cabeza. Entre giros y luces la vi entrar, cerrar la puerta tras ella y dirigirse hacia su escritorio, al extremo contrario a donde me encontraba. Venía ofuscada en una llamada telefónica y yo saqué ventaja de cada segundo de su despiste para intentar bajarme del infernal carrusel de nervios y seguirla con la mirada.

—Entiendo la preocupación. Si ya está presentando síntomas, es hora de monitorear el asunto de cerca… y con extremo cuidado, sobre todo. —Tiró el bolso sobre el escritorio—. No se preocupe, esto lo estamos trabajando entre todos. Le mantendré al tanto de lo que observe. Gracias por ponerme en sobre aviso.

No sabía cómo hacerle saber de mi presencia allí, pero mientras más esperara, peor me iría.

—¡Ejem!

—¡Ay, carajo! —El móvil brincó de entre sus manos, cayó sobre el escritorio y luego al piso. Creí haber carraspeado con serenidad. Sin duda, no fue así. La cara de espanto que plasmó, juro nunca haberla visto antes. Era otra mujer, frágil, asustadiza y nueva para mí. Su presencia duró lo que dura un parpadear, pues la Veronica usual arremetió sin demoras.

—Sabes que mis servicios fúnebres hubieran sido parte de los honorarios de esta consulta —dijo mientras recogía el móvil del suelo—. ¡Qué susto el que me has dado! No esperaba que estuvieras aquí ya. De hecho, no esperaba que hubiese nadie aquí... —aclaró con ojos altivos.

Mi rostro atolondrado quedó en la misma mueca de pasmo por más de lo que hubiera catalogado como normal. De nariz hacia abajo gritaba «¡sorpresa!» y hacia arriba «¡lo siento!». Todo matizado de un color perturbación que aún me susurraba «¡abre tus ojos!».

—¿Hace rato que llegaste? —preguntó mirándome directamente.

Un momento... ¿Hace rato que llegué? ¡No tengo idea! Se ha sentido como una eternidad, pero no pudo haber sido tanto tiempo. Si mi mente no logra dar con una respuesta coherente, ¿cómo rayos espera que le dé una? Mi ego no lograba abrirse paso entre el enorme pedazo de hielo que me figuraba como mandíbula, luchando por emitir algún sonido.

Lo que sí se abrió paso fue la susodicha secretaria novata que entró a la habitación deprisa e interrumpió el vergonzoso silencio, justificando el atolladero y sudando frío...

—Yo le llamé a su móvil, doctora, para ponerla al tanto de que su primera cita había llegado y necesitaba recostarse. Pero no la localicé, así que le dejé varios mensajes. Ella lleva apenas cinco minutos aquí. ¡Mil disculpas, Dra. Sommers!

—Jum... —Ahora era el semblante de Veronica el congelado—. Hazme el favor de cerrar la puerta, Mary Anna. Conversamos luego al respecto.

La muchacha salió con la vergüenza a rastras, y yo, con el corazón dividido en dos: un lado cabizbajo por ponerla en tal coyuntura; el otro, satisfecho de haber dado con la dichosa contestación que Veronica esperaba.

—La chica actuó de buena fe, Veronica. Dale un chance. Moriría de culpa si sale perjudicada a causa mía.

—Actuar de buena fe no es excusa para la incompetencia y ambas lo sabemos. Para colmo, por la pinta que traes, tampoco creo haya ayudado mucho.

—Auch… —Todavía me fastidian sus pellizcos. Incluso con los años que llevo maniobrando su carácter puro y duro. La pobre Mary apenas rasga la superficie—. Me sacrifico y lo afronto en pro del equipo, entonces.

—Y así tan rápido llegamos a la mera raíz de tu facha de perturbación. Siempre afrontando más de lo que te corresponde.

—¿Y acaso se asusta el muerto del degollado?

Sin inmutarse un ápice, agarró su libreta de anotaciones, unos cuantos pañuelos de esos que se asoman desde una cajita y acercó su talle fiscalizador hasta el sillón frente a mí.

—Sí, pero es el degollado quien está ocupando el sofá de mi oficina con el rostro empapado en sudor. —Me extendió el puñado de pañuelos—. Hablemos, querida.

Antes de que llegara a tomar asiento, la atajé.

—¿Podrías conseguirme un poco de agua, por favor? La garganta me lo pide a gritos.

Y era cierto. No fue hasta que tomé uno de los pañuelos de su mano que me percaté del exceso de humedad en mi cara y la escasez de la misma en mi tráquea. Necesitaba hidratarme. Tanto o más como necesitaba que Veronica fuera de vuelta a su escritorio a requerir una botella de agua y así aprovechar para escabullir hasta mi bolso el libro que ya hacía rato me tenía el torso en carne viva. Fui cuidadosa en devolver cada pliegue a su posición original. ¡Yo sé de qué poste me rasco!

—¿Cuántos días llevas sin poder dormir? —me bombardeó tan pronto vino de regreso.

—Supongo que los suficientes como para que puedas notarlo. Mi fecha de expiración para transigir el insomnio fue la defensa de la tesis.

—Y esa fecha la has postergado en tu agenda varias veces ya, ¿no es cierto?

—De la tesis a la presentación en SET… y de ahí hasta hoy.

¡Cómo! ¿Casi dos meses atrás, Mia? Bueno, tampoco han sido dos meses enteros sin dormir, más bien un tanto de dificultad para agarrar el sueño. Insomnio como tal, a duras penas un par de días. Tres, contando anoche. Yo aquí haciendo malabarismos para convencerme de lo liviano de la situación y el rasguñar de un fino bolígrafo platinado sobre la hoja de una libreta me zamarreaba la consciencia, contendiendo conmigo.

—¿Y a qué atribuyes este despunte?

Qué pregunta tan redundante, doctora. ¿En qué aporta señalar lo obvio, carajo? La botella de agua partícipe de mi complot arribó en escena en ese preciso minuto; perfecto para poder cuajar mi línea de pensamiento y tomar la delantera en este intercambio. Agradecí con ceño encogido y di varios sorbos con suficiente parsimonia antes de contestar.

—Siendo que tú conoces muy bien a qué se atribuye, debo asumir que la pregunta busca medir mi grado de auto percepción.

—De nuevo, no afrontes más de lo que te corresponde. Esta sesión será mucho más productiva si inviertes tu energía analizando tu conducta, no la mía.

—Porque es mi conducta la que hay que ir «monitoreando de cerca» a toda costa, por supuesto.

—Tanto a tu familia como a mí nos atañe tu bienestar y, como dije, esto lo estamos trabajando entre todos, tú incluida. Formamos parte del mismo equipo.

¡Maldición! Su fija mirada de hierro desnudó mi evidente actitud de gato boca arriba. *Contrólate, Mia, o terminarás por darle más peso a sus sospechas.* Acallé mis rodillas que abrían y cerraban cual acordeón enfurecido, y me recompuse. *Solo relájate y habla… e intenta ignorar por ahora el cuchicheo que se escabulle desde tu bolso.*

—Discúlpame, Veronica. Es correcto, nos toca marcar el encasillado de «síntomas de insomnio presentes». —Llevé a mis labios otro sorbo que esta vez me supo amargo—. Diagnosis superficial: estrés por exceso de trabajo. Mi ciclo de descanso estaba fluyendo con normalidad justo hasta dos semanas previas a la defensa. Tú mejor que nadie sabes de las pilas de libros, ensayos, formularios y las tazas incontables de café.

Busqué con ahínco entre sus facciones algún indicativo de censura por mi recurrencia a la infame cafeína. Nada encontré. Solo me escuchaba atenta, cuasi recostada en su sillón de gamuza italiana, con piernas cruzadas y táctica recta. Sobre el tabloncillo posaba de lado uno de sus tacones de punta dorada y suela brillante, que reflejaba haber tocado piso, a lo mucho, un par de veces.

—Diría que es de esperar. El estrés académico puede traer consigo una carga considerable de ansiedad cuando se está de frente al estímulo. Debería experimentarse un restablecimiento una vez se culmina con el evento. ¿Cuál es tu diagnosis a profundidad?

—En realidad, andaba esperando que fueras tú quien la formularas por mí.

—¡Vaya! Hacía tiempo que no recibía una primicia como esta. Uno nunca deja de aprender, ¿no es así? Me pasó hace poco, cuando fui a recoger mi auto al taller del concesionario. Nada grave con lo que pudieran desangrar mi cuenta bancaria —cruzó sus dedos—, solo un chequeo de rutina. Pero, déjame decirte, este lugar donde lo llevo no es un negocio cualquiera. Allí cada cliente tiene un dependiente asignado que te conoce por tu nombre, trabaja con tu horario y tus demandas, casi como si estuvieras en un restaurante de motores y neumáticos cinco estrellas. ¡Con propina incluida y todo! Mi mesero de autos me conoce lo suficiente como para no atajarme el día detallando lo que se trabajó en el vehículo. Le tomó una sola vez de quedarse hablando al aire para inferir cuál sería nuestro tipo de relación.

¡Ja! La sinceridad puede ser humilde, pero no servil. La muy taimada logró robarme una risilla.

—Resulta que esta última vez no fue mi empleado asignado quien me recibió, sino alguien nuevo que desconocía las debidas precauciones. Y aunque sé que ya me imaginas removiendo mis gafas y despotricando con rotunda calma, en esa ocasión no lo hice. ¿Sabes por qué?

—Porque el empleado era increíblemente guapo.

—¡Pero por supuesto! Ponderar ese espécimen frente a mí me estimuló a escuchar y a aprender como nunca antes. El chico me dio toda una explicación detallada de cómo la temperatura externa y el volumen afectaban la presión en los neumáticos. Y, a su vez, cómo eso originaba otras complicaciones si no se atendía a tiempo.

¿Tú me estás hablando en serio? ¡Qué dichosa habilidad la de esta mujer, madre mía! Me sirvió el trago entero y todavía me raspaba el gaznate cuando me interceptó.

—Aunque no terminó ahí. Él fue más allá y me ilustró cuán importante era para la entera funcionalidad del auto que sus neumáticos mantuvieran una presión adecuada y de forma continua, pues en el instante en que la pierden se desencadena una debacle automotriz que puede ocasionar un accidente fatal.

Y pausó. Yo pausé igual. Lo hice para embucharme una bocanada de franqueza antes de hundirme en el asqueroso pantano de mi historia y que me engullera el efecto purgador de encontrarse cara a cara con uno mismo, sin filtros ni máscaras; pero también para vislumbrar a través del ventanal a mis espaldas lo níveo del cielo que ahora moteaba unas cuantas nubes cenizas sobre el llano del poblado El Presidio. El sol aún brillaba fuerte. Parecía no claudicar ante el acoso de los nubarrones que lo asediaban, porque sabe muy bien que, aunque las inclemencias vayan y vengan, él será el único que permanezca inconmovible. Ese resplandor fue el que provocó que una lágrima me rodara mejilla abajo.

—¿Cuál es tu diagnosis a profundidad, Mia? —preguntó esta vez con una sazón distinta que me convenció a responder de frente con ojos cristalinos.

—Que estoy hecha de goma. Yo soy ese neumático disfuncional, capaz de causar la muerte.

Por entre los vidrios rotos noté su fija mirada de hierro soslayar y abrirle paso a la ternura, para que cargara en brazos con su amonestación. Como solía hacerlo mi madre.

—No, querida, ese es el punto. No lo eres. Y como no lo eres, no tienes por qué subordinarte a las presiones o permitirle al caos que te gobierne. Mantén en orden aquello que sí puedes controlar; y lo que se ha desordenado, corrígelo… pero no temas ser vulnerable. Necesitar ayuda no es un pecado.

Toda mi armadura cayó destrozada al suelo. Tuve que soltar. Ya las fuerzas no me daban para sostenerla sobre mis hombros, aunque fuera lo único que me estuviera protegiendo de la misma muerte. Quedé desguarecida. Fragmentada. Quedé, simplemente, yo.

—Solo quiero sentirme entera de una buena vez, Veronica. ¿Acaso nunca será suficiente? O, tal vez, eso sea justo lo que merezco. No sentirlo nunca. Ya son años los que llevo escuchando mi relato, una vez tras otra. Me lo he contado tanto que ya me creía inmune. Me creía a salvo. Hasta hace una semana atrás, cuando me lo estrujaron rancio y maloliente en plena cara. De boca de una chiquilla nomás. Y ahí estaba yo, imaginándome apta para brindarle algún tipo de esperanza cuando ahora estoy aquí, ¡una puta semana después!, sin poder dormir, escuchando voces… ahogada en la misma mierda de la que no soy capaz de salir a flote. ¿Supiste que Oliver se casó finalmente? ¿Sabes con quién? —¡Cuánto detesto saber con quién!—. Y yo intento, Veronica, convencerme de que terminarlo todo fue la mejor decisión. Y lo fue, ¡pero no para *mí*! Lo fue para él, que logró zafarse de este desastre justo a tiempo. Tal como debía ser.

Oliver. Hasta pensarlo me asfixia. Un siglo llevaba, con espada en mano y brío mercenario, prohibiéndole a ese nombre cruzar el portal de mis labios. Desterrando por completo su imagen de mi mente. Y solo un día de estar de regreso en Santa Bárbara bastó para echarme al suelo toda esa faena. *¡Mantenlo a raya o mueres, Mia! Olvida su nombre, olvida su historia, lo que echaste a perder. Las mismas* *agallas que mostraste para troncharlo todo, más te vale que las saques ahora y arranques de raíz cualquier cogollo. Empezando por la maldita caja que aún guardas bajo la cama. ¿Para qué demonios la quieres ahí?*

Para recordar.

¿Recordar qué? ¿Tres años de mi vida perdidos en un limbo interminable? Aparentando que la relación era un cuento de hadas cuando ambos conocíamos que no había cómo demonios hacerle para que la lunática incontrolable que vive dentro de mí no se metiera en medio a fastidiarlo todo. ¿Hacerse marido de una mujer intocable? ¿Quién demonios, en su sano juicio, entraría en un convenio tan miserable como ese? ¡A la mierda con todo eso! ¡A la mierda con todos! Eso no lo necesito en mi vida. ¡Lo que necesito es aire!

Respira, Mia. Inhala con calma y ecualiza, vamos.

¡Qué jodido mantra ineludible! Aunque no pueda. Aunque no quiera, lo hago. De modo automático y sin dudar o cuestionarlo. Aprendido y practicado una maldita eternidad de veces. Lo hago, aunque lo que ansíe sea clavar mis uñas en el puto sofá y partirlo en mil pedazos conmigo adentro. Lo hago para ver si así me deshago de las náuseas que me provoca saberme tan débil, tan inútil. Lo hago y, respiro a respiro, escucho el silbido del vapor pitando a través de la válvula de mis heridas.

—Controla tu respiración y cuando te sientas preparada para continuar, solo di: «lista».

Ojalá fuera así de fácil. ¿Y si confieso que nunca me he sentido preparada antes de decirlo? Que solo me ocupo de alejarme lo necesario como para que la maldita sombra de muerte que me persigue no me escuche susurrarlo. Me refugio tras la imagen de mi yo, que me observa desde lejos viéndome perder el control, luciendo extraviada, y desde ahí me arriesgo a reintentar una nueva partida. Así, con cada soplo, me voy acercando despacio —a ella; a mí misma—, la miro directo a los ojos y le propongo ser yo quien lo diga en su lugar…

—Lista.

—¿Lista para qué?

—Para continuar.

—Para continuar, Mia. No para comenzar de cero. Esa etapa ya la conquistaste, y el camino que has recorrido no ha sido en vano. Tienes dos cimientos frente a ti: uno, aquello que has perdido, y otro, lo que has ganado. Ambos son innegables. Ambos son tuyos. Ahora tú decides sobre cuál apoyarte. No olvides que enfrentar dolor es algo inevitable; vivir en sufrimiento es totalmente opcional.

—Como la muerte, que también es inevitable. Lo opcional es ser causante de ella.

—Todo ser humano comete errores. A cada momento. Desde los más livianos hasta los de carácter fatal, y todos acarrean sus propias consecuencias. Tú has sabido afrontar los tuyos con mucha valentía. Te has hecho responsable por ti misma, frente a tu familia, aun frente a la ley. Lo sigues haciendo, ¿o no? ¡Esa es la actitud correcta! Perpetuar la culpa no te añade nada, solo te resta.

—Y ya de eso he tenido bastante.

—Bastante.

Mi congoja aún brotaba desde mis absurdos, arrumando abrojos de ironía, y la gruesa banda elástica que me ceñía la cabeza aún estaba ahí, aunque aflojaba de poco en poco. Lo justo como para dejarme rumiar aquello que conozco por experiencia: que, a fin de cuentas, no es en el mero *desear* donde encuentro sanidad, sino que es el *hacer* lo que me mueve hacia adelante. No es anhelar mantenerme libre de los malditos medicamentos, sino tomar la receta de manos de mi psiquiatra y usarlos como esa balsa flotadora que te embarca sobre un río embravecido. Tampoco me es suficiente fingirlo hasta lograrlo. Debo asegurarme de que sea real si no quiero ir de regreso al encierro. No es dar la impresión de que ya no escucho ese temible «Abre tus ojos», sino hacer todo lo que está a mi alcance para abrirlos fuerte de una buena vez y lograr verme distinta.

Lo que no haré será devolver el dichoso libro a su lugar.

CAPÍTULO 15

«Los hallazgos de la investigación apuntan a que [...] la creencia paranormal no es tanto un síntoma, sino una posible solución a conflictos psicológicos».

La psicología de la creencia paranormal,

página 59, segundo párrafo.

No sé si reír o llorar.

Reír por lograr entender que lo que me aflige no es nada fuera de este mundo. Nada sobrenatural. Sino algo tan propio de la existencia del ser humano como para que haya vastos estudios que reafirmen mi inclinación natural, consciente o inconsciente, por encontrarle una solución a todo.

Llorar, pues mi constante lucha por dar con tal solución me devuelve al abismo de mi insalvable «conflicto psicológico», tallado en mí como con fierro quemador que arde al rojo vivo.

Reír al toparme con lo absurdo de mi comportamiento psicótico, que me hace oír donde no hay sonido y leer donde hay palabras. ¿Cómo no reír? Si una mísera pastilla de apenas dos miligramos logró borrar la maldita frase «Abre tus ojos» de mi cabeza y de la página donde había jurado verla escrita. Simplemente desapareció.

Llorar por cuánto me tocará ir con la vergüenza a rastras y sintiéndome pequeñísima, incompetente, a devolverle el libro a mi psiquiatra y aceptar la bajeza de haberlo hurtado de su oficina. Lamentar todavía más el saber que ya era algo que ella esperaba de mí y no le sorprenda en lo absoluto.

Río y lloro porque, aunque lo que anhelaba encontrar dentro de sus páginas —así tan esclarecedor y deslumbrante— no resultó ser lo que creía, lo que sí hallé terminó siéndolo aún más. Tal vez ha sido esa única oración la que me ha servido de placebo para calmar mi malograda paranoia y no el medicamento en sí.

«La creencia paranormal no es tanto un síntoma, sino una posible solución a conflictos psicológicos». Solo eso y nada más.

Ningún don especial, ninguna predisposición innata. Solo un ser humano, simple y llanamente. Quebrado y remendado a medias, tratando de encontrarle significado al caos. Así como lo hacían Lale Sokolov y su amada Gita de cara a lo más ruin y menospreciable de la vida en Auschwitz, un trágico recordatorio de la espantosa capacidad que tiene el hombre para la barbarie.

Y aunque es indudable la posibilidad de que nunca logre encontrarlo para mí misma, puede que mi verdadero don sea ayudar a que otros sí lo hagan. Otros como Camille, como los cientos y cientos que me escriben diariamente en las plataformas que llevo días sin tocar y que, ahora más que nunca, debo retomar.

Reenfócate, Mia, eso es lo que necesitas. Si me concentro en ayudar al prójimo, mis propias carencias serán suplidas, lo sé. Tan sencillo como eso. Mañana me levantaré temprano, disfrutaré el mejor de los desayunos junto a mi familia y me despediré de ellos nuevamente para retomar mi vida. Con el favor de Dios, estoy segura de que algo va suceder. Algo tiene que suceder. Nada paranormal ni extravagante. ¿Por qué tendría que serlo? ¿Acaso este saco de huesos y células no es lo suficientemente complejo?

Por ahora, no hay mayor llamado para mí que no sea seguir adelante y no volver atrás. Un día a la vez, un caso a la vez, una mirada a la vez.

Solo eso y nada más.

CAPÍTULO 16

De regreso en Pasadena.

No sé ni para qué rayos guardo la servilleta en el bolsillo si voy a llevarla de nuevo a mi cara unos segundos después. Busco evitar que las lágrimas sigan brotando, pero me es imposible no volver a sentirlas resbalando mejilla abajo apenas las seco. Y sí, reconozco que he tomado más tiempo de lo habitual acomodando y reacomodando los artículos sobre el estante. Me tardo, porque mientras trato de organizar los pisapapeles, las libretillas, las agendas o crear una estiba de libros, la vista se me sigue nublando de nostalgia y tengo que volver a empezar. Me tardo, porque no quiero tener que seguir dando vueltas por cada pasillo de la librería, alrededor de cada tablillero, entre cada pequeño rincón de lectura, y que mis compañeros me vean llorando. ¡Peor aún, que me vean los clientes!

Porque no quiero que corra a la ligera mi último día en Grooman's. Por eso me tardo.

No entiendo por qué estoy tan melancólica hoy si todo ha ido cayendo en su lugar en estas pasadas semanas. Entregar mi carta de renuncia no fue dilema alguno. Al contrario, ni siquiera había pensado en ello. Pero hoy no hice más que entrar por esas puertas y toparme con cada rostro, cada anaquel, cada recuerdo, y no he parado de llorar. ¡No hace sentido! Tampoco es como que no regresaré aquí nunca más o no podré volver a ver a mis compañeros. Vivo a cuatro minutos de aquí, puedo venir cuando se me antoje.

Ese es el razonamiento que he estado usando para ver si dejo de lloriquear. Evidentemente, no ha funcionado. Siendo así, me va mejor quedarme en esta esquina, «haciendo que hago», y ver si la congoja se me apacigua poco a poco.

—¡¿Con que aquí te andabas escondiendo?! —Unos tiernos brazos se acercaron sorpresivos tras de mí y se enrollaron alrededor de los míos—. ¿Qué llevas haciendo tanto rato acá atrás? ¿No me digas que estás huyendo de nosotros?

La sonrisa rebosante de Camille me agarró de frente.

—¿Huyendo de qué? ¿De que me vean con esta cara de mapache rostizado?

Mi pálido rostro se torna tan caricaturesco cuando evito los deseos de llorar que parezco personaje de animé: dos sombras rojizas alrededor de los ojos y un parche rosa sobre la nariz.

—Ay, amiga, en esta ocasión tengo que darte la razón. Tienes que hacer algo con tu cara, ¡pero ya! Tengo el número de un excelente cirujano plástico que te puede ayudar.

—¡Qué payasa eres! —Agarré del anaquel uno de los espejillos que portaba un diminuto gatito mirándose en él y lo usé para verificar cuánto tiempo aparentaba haber estado el mapache al horno. ¡Oh Dios, qué desastre!

—¿No tienes una servilleta a mano? La que tengo está de exprimir.

—Sí, tengo una aquí sin usar.

Volví a secar mis ojos y nariz. Arreglé también un poco mi cabellera para ver si acaparaba más atención que mi moteado rostro.

—Estás bien así, chica. ¡Tú eres bella! Además, todos estamos en las mismas.

—No todos. Tú te ves muy puestecita.

Entrelazó su brazo con el mío como siempre hace.

—Eso es porque mi tiempo de llanto y resignación fue ya hace como una semana y media atrás. ¡Pero hoy no! Hoy es día de formar la fiesta en grande.

Nos fuimos dirigiendo poco a poco hacia la entrada, de camino al área de la cafetería.

—Ay, Camille, en verdad no tengo ánimo de más drama. Ya mis glándulas lagrimales no dan para un suceso más.

—Pues creo que vas a tener que perdonarme por esto, cariño.

Mis ojos se hundieron ante al comentario, siendo interceptados por un gesto de Camille que decía clarito «¡ni modo!».

—¡SORPRESA! —El grito estalló por todo el local y me hizo brincar en mis zapatos.

¡Y volvieron a abrirse las compuertas! Todos mis compañeros y hasta uno que otro cliente habitual se habían congregado en la cafetería con carteles que leían un sinfín de mensajes de apoyo y despedida. ¿Por qué se empeñan en recordarme lo bien que me hace sentir estar aquí en el mero día en que me toca irme? Hasta cierto punto tiene algo de sadismo envuelto. Y también otro tanto de hipocresía. Poco a poco se allegan para abrazarme y dar sus felicitaciones por mi nuevo título en Medicina. Se acercan aquellos que vienen con genuina complacencia, orgullosos de mi desempeño —tal vez, más que yo—; igual se arriman los que vienen solo por compromiso o por aparentar. Son los menos, pero siempre hay. Yo recibo todos los abrazos, solo algunos atesoro.

—No podíamos dejarte ir sin que supieras lo mucho que te vamos a extrañar y lo orgullosos que estamos de ti. —La voz de Camille se escuchó por encima del círculo de apapachos a mi alrededor.

Como si hubieran estado ensayándolo por semanas, el círculo se abrió y pude verla en medio. Sonriente como siempre, con un matiz cristalino en sus ojos; y en sus manos, un fabuloso bizcocho rosado claro bañado en oro, que cargaba un diminuto diploma y birrete en una esquina. Llevaba una inscripción en su base: «No tengas miedo de renunciar a lo bueno para ir por lo grandioso». ¡Qué divinamente oportuno! Tuve que abrazarla, maniobrando ambas para no echar a perder la obra de arte en sus manos.

—¡Felicidades! —lloriqueó.

—¿Y no decías que ya habías llorado suficiente? —le susurré al oído aún abrazadas.

Con una corta carcajada envuelta en llanto me ripostó:

—Sabes que soy una gran mentirosa. Te quiero mucho.

Minnie, la gerente de turno, irrumpió en nuestro abrazo con una enorme sonrisa e intenciones de ir despejando el lugar.

—Lleva el bizcocho a la nevera, Camille. Que Mia decida cómo hacer con él. —Camille asintió—. Sabes que te deseo todo el éxito del mundo. Te lo tienes más que merecido, no solo por esforzada y dedicada, sino por la gran calidad de ser humano que eres. Lo único que te pido es que no te olvides de nosotros, los pobres, cuando llegues a la cima, ¿ok? —Me sonrió, frotando sus manos sobre mis hombros para luego retomar su aura de mando—. ¡Muy bien, gente, gracias por compartir! Ahora, regresen a sus lugares que el día no se ha acabado.

Como hormigas revolcadas de su hormiguero, cada uno fue pasando por mi lado en respuesta al mandato. Algunos salían a toda prisa. Imagino que pensaban «¡al fin!». Pero otros me miraban con ojos sonrientes al pasar. Tan sonrientes que me estaban causando algo de intriga. En especial, cuando escuché a un compañero decirme: «Continuamos a la noche».

¿Continuamos qué a la noche? Hoy por la noche lo que voy a hacer es comerme, al menos, la mitad de este bizcocho yo sola.

—Nos vemos luego —alguien más volvió a decir.

¡¿Cómo?! Ya por delatarme de que no tenía idea de a qué se referían, volví a sentir a Camille a mis espaldas…

—¡*Síp*! Seguimos esto, de ocho en adelante, en Gaggers. ¿No te lo había mencionado?

Y así como si nada, siguió su camino, no sin antes lanzarme una guiñada maquiavélica.

No había arresto en mí para preguntarle por qué había hecho planes sin consultarme primero. Puedo escucharla refutando que no sería una fiesta sorpresa si lo hubiera hecho, y tendría razón. Aunque esto no es tanto una «fiesta sorpresa» sino, más bien, un secuestro a mano armada.

Igual creo que me convendría ir, despejarme un rato y llevar el bizcocho para que le den muerte entre todos, en vez de dejarlo en casa y terminar por comerlo entero por mi cuenta. Lo cual es cien por ciento probable. Lo nefasto es que, ahora que nos dispersaron, me toca regresar *allá*, donde llevaba minutos largos regodeándome en mi pena.

A diferencia de lo que dijo Minnie Mouse —así llamamos a la gerente entre la plebe—, hoy realmente no hay mucho que hacer. La librería está vacía y, si sigue así, de seguro envíen a uno que otro a casa temprano. Así que, si no quiero correrme el riesgo de parecer innecesaria y que me toque irme antes de tiempo, es mejor que me ponga a hacer algo.

¡Ya sé! Puedo preparar el área para la lectura dramatizada que tenemos mañana… O que *tienen* mañana… *¡Ay, no comiences por ahí a llorar otra vez! Solo enfócate en hacer tu trabajo. Es más, concéntrate en subir las escaleras y llegar al segundo piso.*

***

¡Y qué revoltijo espantoso es este! Yo me pregunto: si el local te ofrece el beneficio de sentarte con todas las comodidades para que leas un buen libro, ¿no puedes, al menos, llevarlo de regreso al lugar de donde lo tomaste? ¡Válgame!

Veamos… me parece que todos son del área preescolar, lo que implica que fueron los padres los maleducados. Área preescolar: último pasillo a la izquierda. Muy probable, por lo lejos que queda el corredor es que optan por dejarlos allá tirados. Pero, si es la misma distancia de cuando lo fueron a buscar, por qué no pueden regre… ¡Aaaah! ¡Dios, qué susto! Mi corazón se saltó dos latidos. Pensé que no había clientes acá arriba, y me encuentro con un señor sentado en el piso, al fondo de la hilera. ¡Tuve el grito al filo de la lengua!

Quedé petrificada observándole. Una pierna estirada y la otra doblada usándola como atril denota un estado de confianza precavida. Aunque se ve muy abstraído. Tan ensimismado en la lectura que ni se ha percatado de mi presencia aquí.

¿*El tatuador de Auschwitz*? ¡Mira qué bien! Al menos sabe escoger sus libros —y acabo de recordar que aún no lo he terminado—. Tan buenos espacios para la lectura que hay abajo y tener que estar aquí solo… ¿Por qué venir al área de niños?

Quise dejar sentir mi presencia con uno de mis «sutiles» carraspeos, pero ni se inmutó. O sea, que sí sabe que estoy aquí y ha decidido ignorarme. Con mi más servicial acento, le dije:

—Disculpe, caballero. Puedo sugerirle varios lugares más apropiados para la lectura en el primer piso. En confianza puede bajar y…

—No, gracias. —Me cortó con un oscuro ronquido insípido y sin tan siquiera mover de enfrente el libro para verme. *Muy bien, sé un poco más directa entonces, Mia.*

—La situación es que, ocupar parte del pasillo para leer, no está permitido. Está bloqueando el paso libre.

—Claro. Ya se han tropezado conmigo varias personas por lo concurrido que está.

¡¿Y este qué se cree?! No sé si me irrita más lo sarcástico de su comentario o que siga con el libro plantado frente a su cara. ¡Escogió muy mal día para trastear con mis emociones!

—Está bloqueando *mi* paso porque tengo que colocar unos libros justo en la parte donde está sentado. ¿Sería tan amable de dejarme pasar? —Con un tono no muy amable lo dije, lo admito, pero logró resultados. Movió el libro y me miró.

¡Ah, qué bien! No es un «señor», o sea, no es mayor, quiero decir. Es un chico con doble suficiencia: suficientemente guapo como para mirarlo dos veces; suficientemente arrogante como para decidir no hacerlo.

—Rayos, está bien. No es necesario que llores, me muevo ahora.

¡Mas no lo hizo! Se quedó en la misma posición. Me tomó unos segundos caer en cuenta de lo que me acababa de decir. ¡Por Dios, mi cara de tomate en ciernes! *Vaya manera de perder postura, Mia.*

—El aspecto de mi cara nada tiene que ver contigo.

—Pues, qué alivio, en verdad. No me gustaría ser yo quien pusiera lágrimas en una cara tan linda como la tuya.

Guapo, arrogante y baboso. ¡Qué combinación! De seguro ha de estar creyéndose que ya me enamoró. Estar sola con un perfecto extraño en la parte más remota de la tienda está muy lejos de ser mi situación favorita, y ya comienza a desesperarme. *¡Corta por la raíz!*

—La colección de libros *Hostigamiento para dummies* está abajo en el segundo pasillo. ¿Supongo que conoces sobre esa sección?

—¡Diablos! ¿Y yo qué hice? ¿Ya no puede uno decirle a una mujer que es bonita sin que lo tilden de pervertido?

Se levantó con una actitud de amenaza que me estremeció. ¡Es casi tan alto como el estante! Fue acercándose y el pulso echó galope por mis venas trayendo aquel grito de regreso al borde de mis labios. Puso de un golpe el libro al tope del anaquel, y a un segundo de abrir mi boca en auxilio, me pasó de largo no sin antes reclamarme:

—¡Excelente servicio al cliente!

¡Por Dios, ¿qué rayos te sucede, Mia? ¡Tranquilízate! Solo respira hondo y ecualiza. Vamos, que no ha pasado nada. Respiro y ecualizo. No era más que un cliente queriendo leer solo en una esquina de la librería. Respiro y ecualizo…

Un cliente que, de seguro, irá a quejarse por lo absurdo de mi comportamiento, no solo con la gerencia, sino en cuanta plataforma social exista para hacerse viral en cuestión de minutos. *¡No dejes que se vaya!* Rescatando unas cuantas bocanadas de aire, logré levantar la voz y hacerle detener en su camino. Me acerqué —solo un poco— para no tener que seguir vociferando.

—Lo siento, tienes razón. No hubo motivos para decir lo que dije. Estuvo fuera de lugar y te pido disculpas.

El enmarcado de sus labios se arqueó casi imperceptible bajo sus gafas oscuras a la vez que llevaba sus manos a los bolsillos.

—No hay problema... Al menos conmigo. —Con un toque de vacilación que hacía contraste con su rostro inmutable, me preguntó—: ¿Y tú estás bien?

—Lo estoy. Mil disculpas, nuevamente. Son solo... cuestiones. —Cuestiones que él no entendería porque, aún a estas alturas, a mí me cuesta lágrimas hacerlo.

—Entiendo... Todos tenemos nuestras «cuestiones». —Pausó—. Pero te dejo saber que voy a tener que ir a hablar con un supervisor para averiguar tu nombre si es que te pones de nuevo a la defensiva cuando te lo pregunte ahora.

¡Otra vez fuera de base! Tiene que haberse notado en mi opaca sonrisa sospechosa. Lo analicé, todavía sintiendo el corazón a mil. Una gran parte de mi cerebro aún sigue en estado de alerta máxima. Sin embargo, la otra parte me susurra: *estás queriendo cruzar el puente antes de llegar al río.* Él solo quiere saber mi nombre. Y yo, a estas alturas, muero de intriga por saber el suyo.

—Mia... Me llamo Mia —exhalé.

—Mucho gusto, Mia. —Sacó una mano del bolsillo y me la ofreció—. Ryan.

EL OJO

CAPÍTULO 17

Residencia de Frank y Margaret Annesley.
Santa Bárbara, California. Día del Veterano. Año 2000.

50, 51, 52, 53… Apretó cuanto pudo su pálido rostro de pasita arrugada. Ya la presión sanguínea le golpeaba en la garganta al ritmo de un tambor, avisándole de que necesitaba aire muy, pero que muy pronto. Aunque todavía no. No hasta que llegara a sesenta y cinco. Esa era la meta: cinco segundos más que la vez anterior.

57, 58, 59… Cada siguiente número le aumentaba el volumen al *pum pum* en medio del pecho y a los manojos de burbujas que se le escurrían de los labios como gotas de lluvia que regresan al cielo. 64, 65… y se impulsó jubilosa hasta la superficie sin abrir los ojos. Ya a sus tiernos siete años, tenía requetegrabado en su disco duro cuánto pataleo necesitaba para emerger de lo profundo. Ella saliendo y el oxígeno entrando como potro salvaje a sus pulmones. Triunfante, retiró la cortina dorada de cabello que se le esparramó sobre el rostro, y buscó ecualizar con su mirada puesta en la pequeña cascada artificial al fondo.

—¡Al fin saliste a flote, cucubanilla!

Otro segundo más de sobresalto, seguido de alivio y grata alegría. La voz salerosa de Audrey le llegó a sus espaldas, enredada en picardía, viajando sobre las alas del aroma cítrico y dulzón de su perfume favorito. Se retardó para girarse sobre el agua, pues iba seleccionando en su carrete de capturas mentales cuál sería el atuendo con que la vería frente a ella. ¿Pelo recogido? Jamás. ¿Colores chillones? Tal vez. ¿Pantalón corto? ¡De seguro!

—Siempre saldré a flote —le confirmó sonriente mientras tanteaba en su paladar el sabor químico del agua.

Le parecía estar viendo un ángel envuelto en gloria y esplendor. Tan refulgente que debía entrecerrar sus párpados para que sus retinas no palidecieran. Aquella epifanía resultaba de los blanquecinos rayos del sol mañanero que golpeaban desde atrás la figura flacucha de su tía, una jovencilla de apenas doce años, quien la observaba desde lo alto a orillas de la piscina.

Llevaba su pelo castaño suelto —*¡check!*—, alborotado como siempre por encima de sus hombros. Sobre su cuerpo de modelo en desarrollo llevaba puesta una camiseta blanca y holgada que parecía gasa de hospital, y que caía sobre unos pantalones también blancos que le llegaban justo al filo de su entrepierna —*¡check!*—. Lucía colores vivos, sí, pero solo en sus mil pulseras de plástico y en el decorado de sus sandalias playeras. ¿Contará eso como un acierto? Mejor dejarlo en dos de tres.

—¿Cuánto tiempo llevas vagabundeando en la piscina?

—¡Qué sé yo! Como media hora. Desde que llegué a las nueve, ¿qué hora es?

—¡Mia Alejandra —siempre le inventaba un segundo nombre—, van a ser las once de la mañana! Te toca salir de ahí ya, ¡secarte primero!, y luego darme un abrazo. Así que, andando.

¿Por qué le sorprendía? Todos en la familia sabían que ese era su lugar favorito en casa de sus abuelos. No como Audrey, que prefería estar la mañana entera tirada en la cama roncando. Eso sí, un pasatiempo favorito de ambas era chacharear hasta más no poder. ¡Fuera del agua, pues!

***

Rojo, azul y blanco por todos lados: en los manteles, los envases, en las bandejas de entremeses, colgando de las ramas en espirales. Música de Frankie Valli and The Four Seasons que llegaba desde la sala hasta el patio trasero como un son tenue. En un rincón había una mesa con fotos del abuelo Frank y su brigada, que capturaban momentos de ocio en las barracas o soldados ansiosos por regresar a casa. Posaban junto a niños que no tenían idea de lo que esos jovencillos de uniforme hacían allí, y mejor les iba no sabiendo. También había una cajilla repleta de *memorabilia*; medallas, insignias, una cantimplora de cuero y varios botones cobrizos. El aroma a pino fresco difuso entre el olor a carne ahumada inundaba, no solo el patio trasero, sino toda la zona, pues en muchas propiedades aledañas también aprovechaban la ocasión para encender sus barbacoas. Aquel chachareo matutino suscitado entre dos chiquillas a orillas de una alberca se había convertido en una reunión familiar a todo dar. Eran las seis de la tarde y la casa vibraba en algarabía, reencuentros y agasajos.

Todos los retoños de la familia Annesley estaban allí. Todos.

William, quien era doce años mayor que Audrey —y siempre estilizaba a la perfección las deliciosas canas que heredó desde temprano—, se encargaba del asado junto a Wilfredo, «el boricua que le robó el alma». Ambos ejercían la abogacía y, aunque sus padres conocían de la relación, no sería hasta luego de fallecido Frank que darían el paso de irse a vivir juntos.

Como respuesta a la más ferviente oración de Mami Margie, también había llegado al junte familiar Daniel. Treinta años, con un metro noventa y tres centímetros de altura. Era el más alto. Bueno, no. Mathew, su hermano gemelo —y papá de Mia— era el de mayor talla. La diferencia era de apenas un centímetro, pero esa inherente actitud de caudillo que identificaba a Daniel provocaba una ilusión de prominencia que él sabía muy bien cómo capitalizar. Solo ese centímetro los distinguía. En todo lo demás eran dos gotas de agua, como, por ejemplo, en el terso oscuro de las ondas del cabello y en su sonrisa de labios tímidos. Ambos tenían los ojos encapuchados —como Margie— y eran de frente ancha y nariz perfilada —como Frank—. «Mis dos modelitos», solía decirles su madre. No faltaron las anécdotas repetidas esa noche sobre cómo fraguaban mil y una maneras de confundir a Mia cuando apenas era una parvulita, preguntándole cuál de los dos era papá. El fin del chiste fue que, aun con mil y un malabares, nunca lo lograron. Lo que sí consiguieron fue que esa fortísima semejanza que les unía, adherida a una gran cuota de amor y juramento, fuera el lazo que ligara las almas de Mia y su tío Daniel para siempre.

Los gemelos también compartían una cierta cualidad en su rostro; como una inocencia en su mirada que los hacía verse más aniñados que sus otros dos hermanos. Sin embargo, esa «inocencia» apenas se ajustaba al semblante porque, adentro, el genio les era sagaz y calculador. Daniel mucho más que el papá de Mia. Para él, Mathew —quien nació tan solo tres minutos antes— siempre fue un maestro a quien emular; lo imitaba en todo, los hábitos de estudio, la poca pretensión al vestir, su apetencia por el complot.

Por eso al principio no le cabía en la cabeza por qué rayos su hermano había elegido dedicarse a las insípidas misiones humanitarias en vez convertirse en agentes del gobierno como habían fraguado desde niños. ¡Si siempre lo tuvieron calculado! Comenzarían la universidad, pasarían al ejército y luego aplicarían a la Agencia. Todo iba perfecto hasta que llegaron a segundo año y a Mathew le dio con enamorarse. El bendito espíritu filantrópico le llegó boyante desde un par de senos. ¿De dónde más si no, carajo? Le costaba creer que le hubiera nacido así porque sí, luego de tanta estrategia concebida. Todo eso y más llegó a socavarle el pensamiento, e incluso algo de la relación estrecha que tenían también sufrió derrumbe… hasta que la conoció.

La excepcional Helena. Verla por primera vez fue como mirar el sol de frente, nunca lo olvidará. Un tesoro como ningún otro. ¿Cómo no dejarlo todo por ella? No podía culpar a su hermano por parar en seco y redirigir su vida tras esa mujer. Sin ápice de duda, él hubiera hecho lo mismo de haber tenido la buena fortuna de conocerla primero.

En cambio, otro era el cantar; contemplarla perdidamente enamorada de su clon le evocaba encanto y mezquina envidia por partes iguales. ¡Primero muerto! Con más razón, y en nombre del honor fraternal, los planes de entregar su vida al servicio del Gobierno debían avanzar. Salir de allí. Estar lejos. Ya antes de los treinta cargaba en las costillas con un bachillerato en Ingeniería Química de la Caltech, cuatro años en la Marina y cinco como analista de amenazas de contrainteligencia para la CIA. Un cotizado polizonte del Estado con amplio acceso que apenas se dejaba ver por los suyos en ocasiones de rigor —como la de un 11 de noviembre—. Dios sabía que eran esos los momentos en que más difícil y, a la vez imperioso, se le hacía emplear confidencialidad. Según el libreto que ensayaba, *a priori*, su puesto constaba de un mero papeleo que sonaba mucho más fascinante de lo que era. Según la comidilla familiar —y el acento extranjero que se le escapaba de vez en cuando— debía ser muchísimo más riesgoso de lo que aparentaba.

Aunque las más chicas de la familia desenmarañaran todo a solas en medio de sus confidencias, ese tipo de habladuría trataba de evitarse frente ellas. Mucho más disfrutando todos juntos y alegres en la terraza posterior: un primoroso pabellón construido en pérgolas de madera, recubierto con pasifloras, que situaba contiguo a la piscina. Todavía restaban dos horas enteras para que asomara el crepúsculo y quedara iluminada por guirnaldas de bombillas colgantes, ¡un lugar de memorias bellas! A la derecha de la terraza, una pequeña cancha de baloncesto en desuso era el espacio para una caseta que Mami Margie usaba como invernadero. Enormes árboles de tronco ancho se ocupaban de marcar frontera entre la porción arreglada del patio y el área boscosa de la comunidad de San Roque. Tenían hecho un apretado círculo de sillas alrededor de una mesa que llevaba por corona un jarrón de mojito, y charlaban como si el tiempo no hubiera pasado nunca.

—Lo mucho que llovió ese día, ¡cómo olvidar! —Una algazara melancólica testificó que, de hecho, nadie olvidaba la tarde de nupcias entre Mathew y Helena, y el diluvio universal que se aventó ese febrero del 91 del que Mami Margie hacía memoria—.Aun así, casi nadando, todos llegaron a la ceremonia. Contra viento y marea, ¿no?

—Contra viento y marea —reafirmó Helena echándole una mirada traviesa a Mathew—. Fue como un preámbulo de lo que nos esperaba al unirnos.

—¡Y bien que sí! Ese antojo que tienen de dormir en suelo de tierra por plena convicción, no lo digiere todo el mundo. De hecho, ¿cómo sigue todo eso? —indagaba William, quien resentía no estar al día con la familia tanto como quisiera.

Mathew ripostó.

—Todo va viento en popa, para seguir con la misma línea marítima —dijo provocando un puñado de risas—. Siendo sinceros, ha sido mucho más de lo que esperábamos. En este último viaje alcanzamos un poblado de casi treinta mil personas y, con todo, quedó mucho por hacer. Hay demasiada necesidad.

—Gracias a Dios, también hay buenas almas que siguen enviando sus donaciones mes tras mes. Pero no ha sido fácil; solos no podríamos.

—Solos no están. Lo que sí están es en peligro. La situación con las guerrillas en el área está lejos de resolverse y esos sicarios sospechan de cualquier visita extranjera.

—Frank… —el aviso de Margie a velar por los oídos de las menores que, aunque absortas en el cuidado de sus mascotas electrónicas, solían prestar atención únicamente cuando percibían controversia.

—Lo digo a modo de consejo, mis hijos. La maldad no necesita razones, le basta con un pretexto.

—¿Johann Wolfgang? ¡Exquisito, teniente! —salpicó William con garbo italiano.

—Créame, papá, es algo con lo que no pestañeamos. Tenemos ojos en el lugar que coordinan nuestra entrada y salida siempre. Cuando hay que esperar, se espera. Lo que no podemos hacer es dejar de cumplir con nuestra misión.

—Para que triunfe el mal, solo es necesario que los buenos no hagan nada, ¿no es así?

Aunque fingió no escucharlo, Helena no perdió ripio del resoplo de Daniel como respuesta a su comentario. El pasar de los años y la distancia necesaria entre ambos poco había abonado a la encrucijada, ya que no ha habido un solo momento en que no haya interceptado de él un aire de sospecha. Desconfiando de cada palabra, de cada gesto. *El ladrón juzga por su condición.* Tal vez él crea que hace un excelente trabajo encubriendo su verdad, o hasta puede que sí lo logre, pero no con ella.

Helena conoce del recelo y la apetencia reprimida. De la forma en que la mira cuando piensa que nadie le ve y de su verdadera identidad clandestina. De ese «saber y no saber», «creer y no confiar» que le despierta una llama indecente que detesta, por la forma en que lo cautiva. *El ladrón juzga por su condición.* Solo Mia y Mathew son su razón de vivir. ¡Punto final! No hay peligro que no enfrentaría por mantenerles a salvo. Daniel lo sabe. Y lo que la desarma es que, sin importar qué, dónde, cómo ni cuándo, él haría igual de ser necesario. Porque carga con el mismo temple admirable y divino de su hermano.

—Así mismo —intervino Margie—. No saben cuán orgullosa me siento del trabajo que realizan. Todos ustedes.

—Cada uno ha sabido elegir su propio camino y, lo que hacen, lo hacen con dedicación. Su madre y yo somos muy afortunados de tenerles como hijos.

—Venga, papá, que al parecer ya se te están subiendo los mojitos. O puede que sea a mí.

—Cuándo no —picoteó Audrey con la mirada aún clavada en su *Tamagotchi.*

—Cállese usted o la meto al corral. —Serse inoportunos ya era uso y costumbre entre William y ella—. Definitivamente, es digno de admirar. No solo por la ayuda que brindan, sino por el peligro que corren al hacerlo. A diferencia de ti, Daniel, que lo que haces es redactar memos y firmar papeles, ¿cierto? —apuntó llevándose un sorbo de mojito a los labios. ¡Vamos, alguien tenía que tomar el toro por los cuernos!

Las pupilas de Mia se agrandaron y fueron a parar sobre su tío. En un santiamén, una tensión espesa se impregnó entre ojeadas y especulaciones añejas. *No dirá nada. Veamos cómo responde.*

El grave ronquido de su poco hablar fue el cortafrío que removió de un porrazo la tirantez que flotaba en el ambiente.

—Lo que sucede, querido hermano, es que a mí no me alcanza la valentía que tienes tú para redactar testamentos y firmar declaraciones juradas. ¡Tú sí que eres un héroe!

El buche de mojito que intentaba tragar le brotó de la boca como rociadora de césped, e inflamó las carcajadas de la pandilla aún más. Quien más reía era el abuelo Frank que, por encima de todo, estimaba el humor como mejor arma de guerra. William se levantó, quijada y camisa mojadas, y besó puños con Daniel dos sillas más abajo mientras su novio le alcanzaba una servilleta con cara de «tú te lo buscaste».

—Le concedo esta victoria, caballero.

—Créeme, yo sé que las personas de carácter simple son difíciles de entender. El ser humano es más propenso a llenar los espacios vacíos con una fantasía que con la pura verdad.

—¿Y cuál es esa verdad? —disparó Helena mirándole fijo desde la silla opuesta a él y examinando la manera experta en que dominaba la expresión de sus facciones al hablar. Sereno y quieto, como lago profundo. Aunque por dentro estuviera maldiciendo las ganas soberbias de presionarle su arma en la sien y, en un minuto, hacerla confesar frente a su hermano lo que él mismo no había tenido las agallas de musitar en diez años. Por eso se atrevía ella a instigarlo con la imprudencia de un niño bribón frente a león enjaulado; porque sabían ambos que mil sospechas y cero pruebas equivalían a incompetencia. Su astucia lo hundió en la silla y le ganó una sonrisa ladeada por haber conseguido ponerlo a pensar.

—Si un árbol cae en un bosque y nadie está cerca para oírlo, ¿hace algún sonido?

—No —rebatió Mia de golpe. Él, quien echaba de menos el diálogo inteligente con su sobrina más que cualquier otra cosa, le contestó con una guiñada que encantó a más de uno.

Apostando por que se le escapara otra batida de ojos, su cuñado le atajó:

—Las ondas sonoras solo se convierten en sonido a través del oído del receptor. Si no hay nadie para escucharlo, pues…

—La pregunta tiene su atractivo, piénsalo. Te lleva a poner bajo la lupa el vínculo dudoso que hay entre lo que sucede afuera y lo que nos pasa por la cabeza.

—Como ocurre en la ilusión de la escalera de Penrose. —Su antiguo compañero de útero hacía rato sabía por dónde venía su lógica—. La mente te convence de que algo es real, cuando en verdad no lo es.

—O viceversa, te asegura que jamás podría serlo —replicó Daniel forzando su mirada a permanecer inerme sobre su hermano—. Todo lo que nos corre aquí adentro es personal y muy subjetivo.

—Engañoso es el corazón más que todas las cosas.

—Y perverso, mamá. Esa parte del versículo es clave. Como dijo el teniente, la maldad no necesita razones. Solo basta un puñado de estímulos y nuestro cerebro se encargará de crear la historia que más le convenga. Una ficción útil. Como la de creer que soy algún tipo de James Bond, cuando la realidad es otra muy diferente. —Entonces arrojó su mirada sobre ella—. Mi vida no es más que horas largas de observación y alejamiento; muy poca acción.

—O sea, ¿que tengo que devolver el esmoquin negro con lazo que te ordené para tu cumpleaños?

—No te preocupes, Will. Averigua si te lo cambian a tamaño de niño y lo usas tú.

Con un ademán de manos, y en medio de otra sarta de risas, le volvió a recalcar a su hermanito menor que con él no tenía forma de ganar, ratificándolo con un choque de palmas con Mathew y una ojeada furtiva que causó algo de comezón a la vecina del lado.

—James Bond o no, tu labor es crucial. Confieso que tenerlos a todos aquí hoy es mi mayor condecoración. —Al oírlo, Mami Margie asió del brazo a Daniel—. Esas medallas allí en la mesa tienen un valor incalculable, porque llevan el nombre de cada uno de ustedes inscrito con sudor y lágrimas. Momentos difíciles no han faltado en esta familia, ustedes lo saben. Y por aquello de que seguimos bajo un mismo sol, de seguro nos tocará vivir unos cuantos más. —Sus ojos azul intenso se volvieron cristalinos sobre los de su esposa—. Aprovechen este momento. Mírense bien. Esos rostros alrededor son los que darán sentido a sus noches más oscuras, se lo aseguro. No lo tomen nunca por sentado.

Una vez más, el clima descendió a menos cero y congeló suspiros y miradas que levantaron un minuto de silencio en tributo hacia el patriarca de la familia y sus palabras. Todo pasó a un segundo plano. Las sospechas, el sarcasmo, las bromas. Ahora todos, desde el mayor hasta el más chico, se habían transportado a aquella infancia donde la corrección nunca escaseaba y el amor brotaba sin limitaciones. Donde la risa señalaba el fin de un argumento, mas dejaba la mesa siempre abierta para un próximo debate. Así, tal cual, lo hizo notar.

—El tiempo en familia es inestimable, porque te inspira a persistir cuando ya nada más lo logra. Pocas cosas se le asemejan. Muy pocas. Ahora... dentro de ellas, al menos para mí, se encuentra eso.

Cual si hubiera sido coreografía ensayada, todos giraron la cabeza al mismo tiempo tras el ángulo distante a donde apuntaba el dedo del abuelo Frank a lo alto de una rama entre los pinos.

¡Imposible!

CAPÍTULO 18

—¿Todavía sigue ahí?!

El tren que los acarreaba por el valle del pasado les había reservado una parada más.

—¿Cuántos años van?

—¡No intenten sacar cuenta, por favor!

—Audrey no estaba ni en pensamientos.

—¡Eeey!

—20 de enero de 1985. Antes de que comenzara el Supertazón.

—Arriba, Cuarenta y nueves.

¡Ninguno se lo esperaba! Caer de regreso a las excursiones de adiestramiento en cacería. A las noches alrededor de una buena fogata, la cual cada uno sabía cómo encender desde chiquillo. De vuelta al tiempo en que todos vivían bajo un mismo techo, y Mami Margie aprendía a maniobrar como toda una experta el aluvión de testosterona que circulaba en la familia.

El teniente Frank Annesly, un caballero de tesón y galanura perdurables, nunca fue individuo de olvidar fechas, nombres o caras. Tampoco de pasar por alto detalle alguno. Se levantó de un solo movimiento firme y fue a pellizcarle la nariz a Audrey.

—Tú estuviste en nuestro pensamiento mucho antes que todos ellos, princesa. —Luego salió fuera del círculo, pasando de largo el invernadero, de camino al inmenso pino antiguo. Emblema de lucha y recompensa.

Allí, pendiendo de uno de sus espigados brazos, como a seis metros de altura, se encontraba aún la preciada copa del último duelo. Literalmente, una copa, de acero inoxidable y cuerpo angosto y alargado, amarrada boca abajo con hilo de cáñamo doble. Un bastión de sana competencia entre jovenzuelos que, lejos de separarles, les unía más.

Daniel fue quien primero se levantó. Le siguieron William y Mathew marcando las mismas pisadas tras su padre, en pos de aquella visión que había agarrado ahora un valor diferente. Uno más inocente y, a la vez, más venerado. Las zapatillas deportivas, entradas a parques o aquel electrónico que pudieron haber obtenido nunca fueron el premio. La verdadera recompensa era escuchar ese *¡tin!* de haber conquistado otra marca, otro nivel. Haber prevalecido. Era de esperar que, al verse todos de nuevo a la sombra de aquel arbusto, mirando hacia lo alto, volvieran a sentir el cosquilleo del desafío correteando por sus venas. Un «no creo que ninguno pueda llegarle» fue chispa suficiente.

—¡Vamos a ver qué hacen! —le propuso Mia a su tía-casi-hermana con la dopamina saltándole por los poros.

—De aquí desde las sillas se ve muy bien y no hay hormigas al acecho. Cuánto lo siento.

—¡Qué pesada eres! —Como la injuria no provocó reacción alguna, acudió a su madre—. Ma, ¿puedo ir con Abu?

—Quieres saber qué se traen entre manos, ¿no es así? Yo también. ¡Venga!

Cruzaron la cancha tomadas de la mano y, con paso precavido, se pasearon entre la fresca hierba recién podada hasta dar con el caucus donde aún dilucidaban los parámetros de aquel posible encuentro…

—¿Fue ahí donde siempre estuvo? La recuerdo más cerca.

—Solo se cambia la copa de lugar atinándole, tú lo sabes.

—Lleva quince años ahí colgada esperando por ustedes.

—Y venga todo lo que se ha cruzado en el camino.

Otro silencio incómodo se asomó ligero.

—¿Cuál es el plan, entonces?

—Que no hay manera de que salgan de aquí hoy sin que toquen esa copa.

—¡Perfecto! Voy buscando la escalera.

—Oye, pero no es tan difícil.

—¿Piensan quedarse mirando al cielo toda la tarde, chicos? —Tan pronto arribaron al junte, Mia soltó a mamá y fue a parar al lado de su Abu. Detrás de ellas llegó Wilfredo.

—¿Qué están tramando ahora?

—Se supone que debemos dispararle a esa copa y, quien la haga sonar… ¿recibe un premio?

—¿Hay premio, teniente?

—Yo ni siquiera pregunto. Mi chance de ganar es más bajo que duende en cuclillas.

—Ya Will se está quitando.

—Jamás. Pero no olvidemos que este, con todo y su vida de poca acción, tiene entrenamiento extra y nos lleva ventaja.

—Él lo dice como si antes sí hubiera tenido posibilidades.

—Soñar no cuesta nada.

—¡Que mucha vuelta le están dando, caray! Hay premio, ¿sí o no?

—Por supuesto que lo hay. Es lo más costoso que ha habido hasta el momento, y hasta algo de congoja siento de pensar en entregarlo. Pero en esto participan todos o no participa ninguno… y jamás se enterarán de lo que era si nadie lo logra.

Nada más con el testigo. Aquel asunto había que resolverlo, ¡ya! La pequeña Mia, anclada junto al abuelo en medio del revoltijo, observaba con cautela las caras de cada uno —el diálogo añadido entre cada gesto y ademán— y los entendía a perfección. ¿Cómo decirle que no al Abu? Hasta ella misma vislumbraba el objeto en aquella rama y, con tal de llenarle de orgullo, se creía capaz de lograrlo. Claro está, en medio del fogueo, sus ovaciones serían siempre para el mejor, ¡su papá! ¿Pero su esmero y diligencia? Eso era todo para el abuelo.

Antes de que el teniente enviara a pedir por ella, ya Mami Margie venía cargando con el estuche que guardaba a Lucinda, la pistola de CO_2 y perdigones. ¡Como si no lo conociera! Él le agradeció su encantadora habilidad para leerle el pensamiento con una buena nalgada, abrió el estuche y esperó a que Mia le indicara el orden correcto de ensamblaje. Tal y como siempre hacían.

Al mismo tiempo, Helena se apresuraba a buscar por el suelo las tres ramillas que dictarían el turno al bate de cada hermano, y coqueteaba entre un matojo y otro con la ocurrencia de añadir una cuarta para ella, solo por saborearse el claro desenlace. *Que tus ojos digan lo que tu boca calla, Helena.* Este brete era exclusivo de ellos. Así que la rama más corta le cayó a William, la mediana a Mathew y el último en apuntar al blanco sería Daniel. Cada uno tendría dos oportunidades para atinar.

—Bueno, al menos así no me quedo sin intentarlo —suspiró William llevando la mira frente a sus ojos. Los nervios y la dejadez en la práctica provocaron que su primer turno fuera fallido.

—¡Vamos, Will! Lo último que se pierde es la esperanza. Énfasis en «lo último».

—Aún no cantes victoria.

William era apenas un mocoso de nueve años la última vez que habían estado en esa pugna. Su padre y hermanos habían hecho muy buen trabajo enseñándole a dominar no solo el tiro al blanco, sino también las víboras que intentaban distraerle con mil comentarios. Volvió a colocar la pistola en posición y su atención sobre la copa. Haló el gatillo y... *¡chas!* ¡Al margen de un centímetro!

—*Strike,* ¡tirándole!

—Lo hiciste muy bien, cariño.

—Estás cambiando la atención de la mira al blanco. Te pasó ambas veces.

—Pero llegué bastante cerca. Eran tres intentos, ¿no?

—Negativo. Retírate con dignidad —declaró Mathew pidiéndole el arma—. Observa y aprende, «cariño». —Pulla que le puso la boca de lado a Wilfredo y los ojos en blanco a Helena.

—¿Aún te quedará algo? —le hincó Daniel.

—Tú como que olvidaste quién cargó con el premio la última vez.

—Quince años es mucho tiempo.

—¡Ya, por Dios, acaba y tira!

—Voy a ti, papá.

Mathew se plantó con una certeza de tres pares de cojones dispuesto a reclamar para sí aquel premio, fuera cual fuera. ¡Cómo no, si las tres mujeres de su vida le estaban viendo! Y aunque sí era cierto que tres lustros suponían un largo recorrido, las aptitudes que le habían inculcado las seguía llevando tan claras en su mente como si hubiera sido ayer. Su agarre era el correcto, la mira estaba fija y no le temblaba el pulso. ¡Demonios, cuánto lo extrañaba! Había olvidado lo vivo que le hacía sentir el combate uno a uno y cuán duro le enviciaba esa infusión de adrenalina en la sangre. Prefirió saborearse un rato más el momento de verse pistola en mano marcando su objetivo sin titubeos. Dulce delirio tirar del gatillo. *¡Pum!*

—¡Ay, no!

—¿Observa y aprende qué? ¿A hacer el ridículo? ¡Ja, ja, ja, ja!

Fue el desengaño a bordo del sollozo de su chiquilla lo que le sacudió el aturdimiento. «¿Qué carajos pasó aquí?», se cuestionaron los gemelos al unísono. Ambos podían jurar que escucharían el repicar agudo tras ese disparo y resultó ser que ni cerca estuvo. *No es tan difícil, Mathew, ¿qué pasa?* Son diez segundos, máximo. *Fijas puntería, ¡y disparas!* ¡Él lo sabe! Que lo hubiera olvidado era un total absurdo. ¿Qué fue? ¿Le agarró el frío olímpico? A cualquiera le puede suceder.

—Nada como un poco de suspenso para aumentar el drama —se defendió.

—Antes de la caída va la altivez de espíritu.

—¡Uf! Siento a Dios hablando en este lugar.

Y detrás, la marejada de carcajadas que le abonó un poco más de presión.

—Tu padre sigue siendo el mejor, mi vida. —le aseguró Helena a su retoño.

—Que procure no fallar esta vez —advirtió Daniel.

Mathew elevó la Smith & Wesson en dirección a la copa, no sin antes lanzarle un atisbo connotado a su gemelo, quien le porfió, con un dedo, cuánto le restaba para reivindicarse. Al levantar su mirada, los demás lo hicieron con él. Todos los ojos estaban puestos sobre el cáliz de la victoria aguardando por el desenlace. Todos, excepto un par.

Los de Helena.

Aquellos faroles permanecieron sobre su amado sin pestañear ni una sola vez. Incisivos, formidables. Con un escalofriante fulgor en sus pupilas colmadas de misticismo, maestras doblegando al más recio.

¿Y quién la escrutaba con malicia a la distancia?

Así como la mira de Helena insistía sobre su cometido, igual lo hacía Daniel sobre el suyo, confirmándole todas sus malditas sospechas. ¡Es que era más que evidente! La observaba y no le entraba en el cerebro cómo carajos su hermano no era capaz de darse cuenta. O cómo él mismo no había sido capaz de reconocerlo hasta ahora. ¿Así de cautivo? ¿Andando ciego todos estos años?

El tintinar de la copa tampoco se escuchó luego del segundo disparo, ¡fíjate, qué sorpresa! Fugitivos entre el barullo, las quejas y coletillas socarronas que no se hicieron esperar, los ojos de Helena posaron templados sobre los de Daniel, que ardían de insidia. Solo un segundo de verse directo bastó. Sin caretas ni tapujos. Advirtiéndose el uno al otro: «Yo sé que sabes, ¿y qué vas a hacer al respecto?», para luego retomar la tertulia como si aquí no ha pasado nada.

—Creo que ya es factible decir que nos partieron el trasero —terminó por admitir Mathew, yendo de camino a ceder el gatillo y a recoger un beso de consolación que se interpuso entre aquellas miradas clandestinas.

—Esto no se ha acabo aún.

—Por amor a Dios, ¡denle el premio de una vez y ya! Hay un balde de mojito muerto de la risa esperando por nosotros.

—Todos o ninguno. Eso fue lo estipulado.

—Déjenlo que tire, hombre. Ha de estar reventando por callarnos la boca.

¿Qué otra cosa le tocaba hacer, sino reír con los demás? Fluir con la guasa del momento, aprovechar para alivianar la situación y así repensar su próxima movida.

—¿De dónde viene tanto odio? Yo apenas he hablado.

—Lo que es igual no es ventaja.

—Ese es el meollo, que la condición no es igual para todos.

—¿Cuál es la queja, entonces? ¿Que estoy abusando? Lo menos que busco es dejar esa impresión hoy luego de tanto tiempo sin verlos —dijo aprovechando a todo tren su carita de nene bueno.

—Para nada, mi cielo. Solo están bromeando.

—Sí, sí, yo sé. Pero de la abundancia del corazón habla la boca, ¿no? Lo que están insinuando es que no es victoria si no es legítima. Nada más cierto que eso. Según apuntó el teniente, los tres hermanos tenemos que ir al turno. Pero nada se habló acerca de usar sustitutos. —Echa un vistazo alrededor y fija su mirada sobre ella—. Propongo un bateador emergente… bateadora, mejor dicho.

¿Hasta dónde lo iba a llevar? ¿No podía dejarlo en un par de ojeadas febriles y ya? ¡Poniendo en juego la armonía de la familia solo por salir ganando, imbécil! Si se atrevía a tirarla a los leones, le haría probar quién era ella de la manera más vergonzosa. Daniel comenzó a acercársele y el corazón se le quería salir. Presta para la pelea, le atrapó un sofocón violento al verle continuar su rumbo hacia Frank, entregarle el arma y agacharse a su lado.

—¿Me ayudas en este aprieto, preciosa?

El semblante de Mia se colmó de fascinación frente al dulzor de su pedido. Miró a sus padres en busca de asesoramiento y, por primera vez en su vida, se aturdió al toparse con mensajes opuestos centelleando en sus facciones. Papá a duras penas contenía su euforia con una mueca risueña que apostaba todo por ella. En cambio, mamá lucía extraña; riendo con sus ojos, pero con la boca entumecida. Algo no le cuadraba. Entonces, acudió al Abu.

«¡Llegó el momento, jovencilla!». Se lo gritó fuerte y claro solo con medio rictus y un meneo de quijada. ¡De acuerdo! Al regresar su atención al frente, su porte le cambió de una. Ojitos de gata mañosa y miel en su sonrisa. Con un aire de conquistadora —no de damisela— que empuñó a su tío por los cachetes y le desgajó un apretón de comisura deliciosamente genuino al escucharle regatear:

—Si lo hago, ¿quién se quedaría con el premio?

¡Se alborotó de nuevo el gallinero! Daniel esperó a que cesara el cacareo para señalarle hacia el pino y contestarle:

—Quien hale el gatillo y la ponga a sonar.

—No te sientas obligada a hacerlo, mi amor. Si no quieres, no hay problema.

—¿Y esa te parece cara de sentirse obligada? ¡Claro que quiere hacerlo!

—¿Quién va a tirar? ¿Mia? —llegó Audrey al escape atraída por la revuelta.

—Te juro que si llega a atinarle me entierro vivo.

—Pero si ella apenas puede sostener el arma.

—No pesa tanto. Se siente como un juguete.

Nadie en el conjunto pasó por alto los ojos saltones de Helena a causa del continuo refutar de Mathew. Y quien primero lo oteó fue Mia.

—Pero no lo es, y verlo así es irresponsable. Mia lo sabe muy bien —aclaró Frank—. Entiendo tu preocupación, Helena. Si no estás de acuerdo, no se ejecuta. Ahora, te aseguro que la chica tiene la maña.

—No es que me moleste. Es que… —Agarró a notar la pesquisa que Daniel le tenía encima. ¿Usando a su hija como señuelo?

¡Qué miserable! El muy desgraciado logró hundirle el dedo en la llaga. Debía reponerse. Recuperar terreno. Sosegó sus facciones y sus ascuas e indagó:

—¿Ella lo ha intentado anteriormente?

—¡Pues claro! —se le zafó a Audrey. Esta vez, los ojos que saltaron fueron los de Mia. Y quien primero lo oteó fue Daniel.

—Una que otra vez. La iniciativa siempre ha salido de ella, yo solo la educo.

—¡Quién mejor para hacerlo, Frank! No tengo problemas con eso; no me malinterpreten. Lo que me extraña es que no me lo haya dicho antes. —Le recordó con un vistazo cuánto la amaba—. Ahora, si Abu dice que tienes la maña, me desvivo por verte intentarlo. —Y su bella sonrisa se ganó a la audiencia de nuevo.

¡Maldita mojigata astuta! Daniel no pensaba darle ni un puto respiro.

—No creo que lo haya hecho a propósito. Ocultar la verdad no es algo que mamá te haya enseñado, ¿cierto? —Mia usó la cabeza y negó—. Pues demuéstrale entonces lo que sí has aprendido, bella. Enfócate en el sujeto y proponte dirigir el balín hasta esa copa. Voy a ti, vamos.

Mia probó otra intentona de consulta y, en esta, parecía haber consenso parental. Bueno, tal vez no tanto como consenso, pero, al menos, un solo mensaje: el de su padre aguzándole a prestar oído a lo que le acababan de decir. Helena, por otro lado, todavía le era inteligible.

¿Cuántas veces no había escuchado a Mami Margie mencionar que la mayoría no siempre tenía la razón? ¿Sería este uno de esos casos? No estaba del todo segura. Más que nada porque su albedrío se inclinaba hacia el pedido de dicha mayoría, ¡acertarle a la bendita copa! Ahora bien, con todo y su expresión de alegado respaldo, la minoría persuasiva —código para «mamá»— le infundía un gran remordimiento, porque la había pillado con las manos en la masa. ¿Cuál era la verdad? Pues que su poca transparencia no había sido un mero despiste y, ¡por encima!, acababa de alardear frente a toda su familia de que ella nunca ocultaba nada.

¡Pero ya daba lo mismo! El pastel había sido encontrado, ¿qué podía hacer? No era como si, por retirarse del desafío, fuera a librarse del jalón de orejas que de seguro le esperaba en casa. Recogió la pistola de manos del Abu, quien llevaba una eternidad con el brazo extendido ofreciéndosela, y se posicionó. *«Demuéstrale lo que sí has aprendido»*, retumbó en su cabeza. ¡Esa era la salida! Quizá, si ponía todo su mejor empeño y resultaba ser la vencedora, conseguiría enorgullecer también a su madre. Empinó sus delgadas muñecas, tiró de la piececita y *¡crac!* ¡Tumulto desatado!

OK… ¿Por qué tanto griterío si tampoco le dio? Los demás habían errado al blanco igual y lo que recibieron fue poco menos de abucheos. ¿Por qué a ella la loaban tanto?

Cierto era, el proyectil no había llegado a su destino… sino que aterrizó con tal fuerza sobre el cordón del que pendía que partió uno de sus repliegues, dejando la copa colgando de un hilo. ¡Con toda la doble insinuación!

De haberse hecho materia la acuarela de impresiones que afloraron —así como por alguna técnica holográfica— el lienzo luciría igual que potaje de arcoíris gigantesco. A Helena le cobijaba una espesa túnica púrpura que se desplazaba suave como borrasca en medio del cielo azul de Mathew. El intenso rojo sólido de Daniel se elevaba como muro de ciudad fortificada alrededor de Mia, quien de lejos se avistaba cual monolito esculpido en piedra ámbar.

—El favor camina con quien se atreve —profirió el teniente, sonando a buque de guerra en medio de mar cerúleo—. Luego me cuentan, caballeros, lo que se siente al ser superados por una chiquilla.

Notar al Abu dar por sentada su victoria le hizo creer, sin duda alguna, que así sería. La llevó a recordar sus brazos arroparla y acomodar los de ella alineados al cien con el cañón. «Piensa en tu arma como una extensión de ti misma», podía oírle con intensa claridad. «Empuña firme, apunta y, cuando te sientas segura… solo déjala ir».

El cielo se volvió oscuro de repente. Ya en esta ocasión la tribu entera lucía capturada por algún rayo láser alienígena que los congeló, quijadas al aire, turulatos al pendiente de aquel segundo intento que apremiaba más que el primero.

—¡Tú puedes, cucubanilla! —se escuchó a lo lejos. Achicó sus párpados, enfilándolos por entre las angostas ranuritas, y todo alrededor desapareció. Solo estaban ella, la copa en lo alto y una avenida fluorescente que las conectaba a ambas. «Proponte dirigir el balín hasta esa copa». Y así lo hizo.

¡TIN! ¡Plaf! Su contrincante de acero salió chillando al ser desgajada y zampada entre la maleza. *¿Lo logré? ¡Lo logré!*

¡Se desencadenó otra algarabía! Aquel monolito azafrán estalló en luz cegadora, apoderándose de todo y todos. ¡Desaparecieron las rencillas; las contiendas se esfumaron! La familia plena había quedado atrapada en un limbo de sentimentalismo imposible de evadir. Por un santificado instante ya no hubo más que un solo matiz que les abrumó de satisfacción y sonrisas de oreja a oreja.

Daniel avanzó a asegurar el arma al ver a Mathew correr hacia su niña y levantarla en brazos, ostentando su plumaje de pavo real como quien se sabe coautor de una obra maestra. Colaborador legítimo junto con ella. La Centinela. ¿Acaso hay artista que no cele su creación con uñas y dientes? Así pudiera ser que la pincelada naranja que alguno cree ser la ideal en la composición desate la ira de quien ha establecido como esencial un rasgo amoratado. Pero igual, ¿no son, ambos, productos de un primario corazón escarlata que ama con pasión? Al fin y a la postre, todo regresaba al principio; al color del propio cristal por donde el mundo se mira. Fue ahí, en plena conmoción y con un lente más claro, que volvieron a cruzarse brevemente aquellas miradas clandestinas, con la furia puesta en pausa y la indulgencia a cuestas, si bien aun temiendo jugarlo todo.

—Millas y millas de crudo torrencial. O derritiéndote bajo un sol asfixiante. De pie, de rodillas, sumergido entre el fango. Maloliente, exhausto hasta el tuétano y sin previsión de descanso alguno por largos días. —El teniente Frank D. Annesley se disponía a revelar el tan codiciado galardón—. Sin olvidar el continuo acecho de quienes cargaban como única misión el descubrirte insuficiente para estar entre ellos… mucho menos salir de allí con vida. —Metió la mano al bolsillo y sacó dos chapones militares de brillante argénteo, valiosas con valor mayúsculo, que leían en su fachada «francotirador experto».

Aun poseyendo las suyas propias desde hace mucho, Daniel no salía de su asombro al caer en cuenta de lo que su padre se disponía a ofrecer en esa ocasión. «Es lo más costoso que me ha salido». ¡Sin puta duda alguna! ¿Qué es lo que ha valido? ¿Sangre diluida en lágrimas? Ese precio, sin importar cuánto tiempo pasara, se quedaría cortísimo. ¡Cada uno lo sabía, no solo él! Incluida y probada, por supuesto, su única nieta. La que sacó la cara por todos.

—No permitas que nadie decida lo que solo a ti te toca —dijo antes de entregarle sus medallas al ras de un beso en la frente.

***

—Gajes del oficio, Daniel. Gajes del puto oficio —rebuznaba entre lo fosco del pastizal en busca del copón derribado como pretexto para darse un respiro. También previendo cómo decirle adiós a los suyos sin que el alma se le hiciera trizas de cara a su ultimátum de exilio perpetuo. Ese era el monto implícito a pagar, no había más. Puro sentido común.

¿Qué demonios, pues, le pasaba por la mente a ella? ¿Dónde radicaba el honor de tener que alejarse, mientras ella seguía ahí con su facha de redentora amañando a diestra y siniestra? Como si fuera la única con derecho a enamorarse y hacerse de familia. ¡De su familia, carajo! ¡A la que ponía en riesgo por puro capricho! ¿Y qué? ¿Pensaba que se haría de la vista gorda por el simple hecho de ser la esposa de su hermano?

¿La que le hizo tío de una chiquilla extraordinaria? ¿O por ser la única que lograba robarle el aliento aun poniéndole años luz de distancia? ¡Jodido talento el que tenía! Ella sabía bien cómo… Frenó su rastreo y discusión de golpe.

No estaba solo. Cada vello a lo largo de su espina dorsal se lo confirmó. Luciendo sereno, reanudó su tarea.

—Si revelas tus secretos al viento…

—«…no culpes al viento por revelarlo a los árboles». Nunca te imaginé aficionado de Jalil Yibrán.

—Y yo nunca te imaginé así de zorra y manipuladora. Vaya noche de sorpresas.

Apacible, Helena se sumó a su búsqueda.

—Lo que lleguemos a imaginar dependerá siempre de cuánto sabemos. Si aun lo que imaginamos es desacertado, ¿cuán convincente puede ser nuestro juicio?

—Sin duda, no tan convincente como lo es una sepia frente a su víctima. ¡Un enigma de la naturaleza! —Helena tragó hondo tras esa frase y rogó a Dios, desde el alma, por dominio propio—. De seguro conoces uno que otro de sus trucos. Es experta haciéndose la inofensiva, hasta llegar a hipnotizar su presa y convencerla para que se arrastre hacia su boca y se deje engullir viva. Qué mente tan maestra, ¿no? La insospechada y temible Sepia. Nombre de archivo: Amenaza KUDESK cero-cero-dos. Aquí… frente a mis putos ojos todo este tiempo. —Furibundo, se arriesgó a echarle un vistazo.

La única constante en su fórmula para esa tarde había sido mantener un perímetro amplio, armado y listo. En cambio, ahí en plena bronca, mandó todo al infierno y sin regreso. No pensaba hacerse para atrás ni un maldito ápice, así le desafiara con su cercanía.

¿Amenaza?, resintió Helena. ¿Así era como él la veía? Presintiendo la debacle atroz que se cuajaba con cada respiro, volvió a contener sus aires.

—Lo que hayas podido leer sobre mí en unos cuantos papeles no es todo lo que soy, Daniel. Hay mucho que no conoces.

—¿Y tú crees que me interesa saberlo? Es, justo lo que no está escrito en los putos papeles, lo que jode con mi cabeza. En nada me afecta conocer cómo aumenta la demanda por tu captura cada año sin importar el costo. ¡Lo que sí me afecta es saber que ese costo lleva adheridos mi sangre y maldito apellido con él! ¿Qué carajos, Helena?

—Si tan solo supieras...

—¿No estás harta de vivir fingiendo ser la esposa y madre del año? ¿Ofreciéndote a ayudar en la verbena del domingo cuando aún hiedes a sangre de la noche anterior?

—No es así como crees. Detente ya, por favor.

—¡Por supuesto! Qué mejor mascarada que ir brincando de escondrijo en escondrijo en son de gesto humanitario. ¡Y arrastrando a una inocente pequeña contigo!

—¡Dije basta!

Como sacudida telúrica implacable fue a parar sobre Daniel aquel reclamo que le dejó el pensamiento en blanco y le agarrotó entero. Lo sintió en cada átomo, flujo y lujuria que le corría por el cuerpo. ¡Ahora sí la escuchaba de veras!

—¡Una cobarde! Eso es lo que soy. Una maldita y mugrosa cobarde. —Helena cargaba con milenios de condena fermentada en su mirar atolondrado; el impuesto por su elegida sublevación. Por eso no pudo más que valerse de palabras que agarró de un estante que no estibaba persuasión, sino franqueza—. El virus se me ha ido propagando hasta las entrañas desde el día en que encajé con él... Tu alucinante réplica. No tuve capacidad suficiente para neutralizarlo, ¿qué más quieres que te diga? Yo sabía que estaba en aprietos, sí. Aparte del costo añadido que supuso sentirla en mi vientre por primera vez. —Se contuvo. No quería llorar—. ¿Nunca se te ha ocurrido, querido cuñado, que tal vez todo este entresijo no sea por maldad, sino por amor?

La temperatura ya había alcanzado niveles tan extremos que su efecto ineludible fue el deshielo de aquel monstruoso témpano entre ellos; el desmoronamiento de un fortín. ¿Acaso era tan difícil de entender? ¿Reorientar tu vida tras ese alguien que, con su existencia, le dio sentido a la tuya? No es que por eso la estuviera excusando, pero, maldita sea, ¡cuánto la comprendía! Supo muy bien cómo hacerle digerir sus razones.

—Un hijo lo cambia todo. Y me importa un bledo si te suena a teatro montado. Es ella… ella lo vale sin reservas, cualquiera que sea el precio. Tu hermano me obsequió lo mejor de ustedes en esa niña. Su intuición, su radiante destreza. Sublime gracia que nunca imaginé recibir.

—Un tesoro como ningún otro, diría yo. —Con la garganta reblandecida y calibrando la distensión que se paseaba entre el follaje, Daniel resolvió no quedarse callado—. Admiro tu talento nato para la adulación, en serio. Y tampoco me importa un bledo si te suena a provocación. Pero que sigas intentando zafarte de lo que te toca te hace lucir débil. Tú bien sabes que esa «radiante destreza» no la heredó de nuestro lado. De lo contrario, no andarías a ocultas, castigándote. Castigándola. Bandido que esconde tesoro teme por quien llegue a descubrirlo.

—No hay tanto que nos diferencie a ti y a mí, ¿sabes? Ambos evadimos, ambos escondemos y engañamos a quienes más confían en nosotros. Nuestra vida depende de ello. ¿Cuál es la divergencia entonces, bandido? Solo una: elección. Tú decidiste llevar esta vida, yo no. A mí me la infligieron. Todo gracias a mi «talento nato». Al que renunciaría en esta y mil vidas más de haber tenido la alternativa en mis manos, tan solo por la bendición de llevar una más… humana. Regalarle algo mejor a mi hija. ¿Acaso es mucho pedir?

—Y todavía no logras verlo… —soltó un quejido incrédulo—. Intenta escucharte, Helena. Quieres ofrecerle algo mejor a Mia, ¿cómo? ¿Haciéndole lo mismo? Imagino que ya sabes lo que vas a decirle mañana cuando te recrimine el haber decidido por ella.

Puñalada justo al centro del corazón. Arteria desgajada y orgullo lacerado. A pesar de lo harto que le quebraban sus razones, un solo mandato se ocuparía de cumplir con ahínco: si no había sido capaz de resistirse al embrujo de su hermano, ¡juraba, por Dios, que con este sí lo sería!

Y como hito apostado allí por el cielo, un indiscreto chispazo de luz le abofeteó la cara. Al llevar su mirada hacia el destello divisó, entre ramas y hojarascas, aquel cáliz perseguido. Indudable presagio divino que le instaba a confiar en el tiempo oportuno.

—Mañana será otro día. ¿Hoy? —Recogió la copa de entre la hierba—. Hoy elijo correrme ese riesgo.

Daniel casi toca el suelo con la frente lamentando su fallido criterio, a lo que Helena no esperó para ponerle en jaque:

—Prométeme con tu vida que velarás por esto.

—Yo no soy Mathew, mujer. A mí no me interesa jugar al lacayo contigo…

—¡Daniel! —Se le arrimó y lo amarró de nuevo con subida violencia. ¿Pero, cómo? ¿Por virtud sobrenatural? ¡Claro que no! Esta vez fue obra entera de la carne. De ese celo vírico que manaba de la cercanía entre sus cuerpos. ¡Atado y abatido!

—Si algo llegara a ocurrir. Si por alguna razón ya no estuviera… Júrame que tú sí estarás por ella.

«¡No! Atente a tus putas consecuencias, perra».

¡Ah, cuánto deseó haber tenido el coraje de soltárselo! Estrujarle en la cara su franco precio a pagar. El fallo era que su maquinaria no funcionaba de forma adecuada ante el apego sanguíneo, mucho menos ante aquel rostro… bendito rostro que le provocaba maldecir sus ansias por probar de lo prohibido y perderse en su mirada. Sus labios se erizaron brillosos ante lo que su corazón ordenó acatar:

—Con mi vida, Helena. Te lo juro.

Aunque fuera por ambos apetecido, un beso urgente y ardiente era asunto muy al margen de su jurisdicción. Como facsímil razonable, Helena tomó la mano de Daniel —que hervía en rojo— y le sembró la copa con total convencimiento del nivel de hombría que le veía de frente. Para ella, un paladín probado.

Allí quedó varado —copón y suplicio en mano— viéndola alejarse, mas ya no distinguía a su cuñada. Lo que advertía era peligro, bravura y añosa estratagema. Detectó a la Sepia contendiendo por su vida con la muerte, la que solo aguardaba el momento oportuno para devengar retribución; también apreció sus propias manos atadas a un convenio.

—¡Helena! —Casi nauseabundo, le rogó con el pecho hueco—: Cuídate, ¿sí?

Ella asintió de lejos. Cambio y fuera.

CAPÍTULO 19

¿Habrá llegado bien? ¿Por qué tardarán tanto en dejarnos saber? ¿Estará segura? ¡Señor, dame paz! Solo te pido que tomes tú el volante y nos muestres sabiduría para guiarla… Nuestra chiquita hermosa.

Margie elevaba el mismo rezo de hacía quince años atrás. La misma expectación. ¿Lugar y circunstancia? ¡Jamás iguales!

Quince años antes, la familia Annesly temblaba al unísono en una sala de hospital a la espera de noticias sobre su llegada. La pequeña Mia había decidido hacer su entrada al mundo mucho antes de lo previsto, tomando a todos por sorpresa. En nada impidió que cada miembro de la familia estuviera presente. Era la más esperada. ¡La primera nieta de Frank y Margaret! La pequeña giganta. Llamada y sellada para grandes cosas.

¿Cómo era posible, entonces, que ahora —¡solo quince años después!— fuera este el panorama? Frank ya no estaba a su lado. Helena y su tierno Mathew, tampoco. De seguro, Daniel ni se había enterado de lo que estaban atravesando y William aún venía en camino. Aquellos que sí estaban presentes temblaban de nuevo juntos, a la espera de alguna declaración, algún pronóstico, esta vez en una enorme oficina de la Unidad Psiquiátrica del hospital de la ciudad. Allí arribó Mia, esposada y escoltada, para someterla a una evaluación de emergencia y determinar cuán consciente estaba de la atrocidad que había cometido.

Agarrada de manos con Margie, sin querer o poder tomar asiento, Audrey se dolía creyéndose culpable por haberse desentendido de ella y de los demonios que la acosaban. Por más sesiones de consejería familiar que aseguraran estar haciendo lo indicado con su sobrina —¡su hermana, su mejor amiga!—, abandonarla a su suerte nunca agradó a su corazón, ¡y aun así lo hizo! ¿Por qué no insistió más? Desgastarse como hacía Mami Margie, que no comía, no dormía velando por ella. Como el Rev. Martin, quien oraba en silencio con el ceño fruncido en la silla a su lado; que ha estado, sin importar día, hora o condición, siempre a mera distancia de una llamada para llegar a ser apoyo. De ellos tres, la única que no lo había dado absolutamente todo era ella. Por eso le dolía y no se permitía sentarse junto a ellos. Así, de pie, fue quien primero saltó al advertir la puerta abrirse.

—Buenas tardes, disculpen la espera. Soy el Dr. Rohan Patel, director médico de unidad. —Les extendió la mano, comenzando por el reverendo y terminando con Audrey, quien se la dejó al aire—. Me acompaña la Dra. Veronica Sommers, decana de la escuela de Medicina en Stanford.

Rodear la mesa para sentarse al lado opuesto era una formalidad que no tenían tiempo para aplicar. El galeno haló dos sillas y las colocó justo en frente sin rodeos. Tan cerca como pudo.

—Familia, iremos al grano.

—¿Cómo se encuentra mi niña, doctor? ¿Por qué no nos han permitido verla?

—La situación a la que se enfrenta su hija…

—Su nieta —interrumpió el reverendo—. Ella es la abuela de la joven.

—Disculpe. La situación es muy muy complicada. Concerniente a lo legal, no nos toca decir mucho, pero sí hacerles saber que hay una persona fallecida involucrada en el panorama. —Margie apretó sus manos—. Su nieta fue traída aquí para ser evaluada luego del suceso y, hasta el momento, no hemos recibido mucho por su parte.

—¿No está cooperando? Es eso, ¿cierto? Llevamos años luchando con ella para que modifique conductas y aún…

—Mia se encuentra en estado de catatonia, Sra. Annesly. —Veronica intervino arqueando una ceja—. Iremos finalmente, al grano. Ella no ha dicho una sola palabra desde que la trajeron los oficiales. Su estado de *shock* la mantiene despierta, sí, pero sin estar presente. No tiene agarre a la realidad. Hasta que la Policía no escuche su versión de lo ocurrido y ella pueda asimilar lo que pasó, no podrán radicar cargos en su contra… pero tampoco puede salir de nuestras manos.

Quien sí salió corriendo de allí mutilada en su interior al no resistir el castigo fue Audrey; también se levantó el reverendo, antes de que Margie lo hiciera, para ir tras ella. Mejor sería que no escuchara. Margie cargaba la pugna de intentar permanecer serena, aunque su alma estuviera de luto. De nuevo. Solo un peldaño le quedaba para sostenerse: su fe.

—¿Por cuánto tiempo? —se enderezó en el asiento.

—Imposible determinarlo —retomó las riendas el Dr. Patel—. Pudiera ser un par de días como igual varios meses. Lo que sí pronosticamos, debido a su historial de abuso de drogas y depresión, es que otros síntomas psicóticos puedan ir aflorando.

—¡Bendito Dios, mi pobre niña! —Tragó para disipar el quebranto en su voz—. ¿Cuándo podré verla?

—Por el momento nuestra recomendación es que se vayan a casa. Llame a la familia. Aprovechen para asesorarse legalmente y estar preparados para dar la batalla por ella. Mañana a primera hora nos comunicaremos para que puedan pasar a verla, si así se recomienda.

—O sea, ¿qué no podré verla hasta que ustedes decidan? Yo soy lo único que ella tiene, tengo derecho a hacerlo.

—Entendemos que está en todo su derecho y no nos oponemos a un acercamiento, solo que por el momento…

Un aviso intruso se coló por el sistema intercomunicador: «Dr. Patel, a Emergencias… Dr. Patel, por favor pase por Emergencias».

—Permítame verla. Unos cuantos minutos nada más, por favor.

—Todo estará bien, créame. Me disculpo. —Se levantó y salió a prisa. Margie también dejó el asiento para írsele detrás.

—Sra. Annesly, no se inquiete —trató de calmarla la Dra. Sommers, pero ella no la escuchó—. ¡Margaret! —Logró captar su atención—. Tranquila. Estamos todos del mismo lado. Si algo puedo asegurarle es que Mia no podría estar en mejores manos.—La fue dirigiendo hacia afuera de la oficina—. En mi carrera he visto situaciones muchísimo más graves que han logrado salir del abismo. Mantenga su fe en lo que cree, la ayuda viene en camino. Su nieta lo necesita.

Asió sus manos encartuchadas al pecho y con sus miradas en modo afecto, se despidieron. Margie levantó la vista al cielo y volvió a rogar: por fuerzas, por una salida, una señal de que algún sentido podía escarbarse de tal pesadilla. Que no había fracasado con ella.

Unos cuantos pasos al frente, la silueta estoica de la Dra. Veronica Sommers volvió a girar con un último aliciente divino:

—Recuerde que, aunque a veces así parezca, no está sola en todo esto. Daniel me envía a decirle que la extraña siempre.

Entre lágrimas, la vio articular:

—¡Bendito Dios!

CAPÍTULO 20

Manhattan, NY. 2016.

Las angostas puertas de doble hoja en madera ya habían sido atrancadas, a pesar de que aún faltaban casi dos horas para cerrar. Por entre sus apiñadas y desgastadas persianas se escurría, cual mirón inadvertido, el resplandor de los focos de la calle de enfrente, abonando un poco de matiz blanco a la dorada brillantez que imperaba dentro del local.

Todo el que solía frecuentar la taberna Ink Saloon sabía lo que significaba un cierre repentino. Mejor dicho, no lo sabían —y les convenía así—, pero lo sospechaban. Era solo un reducido grupo de individuos los que sí sabían a ciencia cierta lo que ocurriría una vez se prohibía la entrada. ¿El nombre de ese reducido grupo? La Corporación.

Varios sitios eran usados para reunir aquella «junta directiva», y la elección dependía del asunto en particular a tratar. Lo que sí tenían en común esos lugares era que sus propietarios estaban obligados a hacerse de la vista larga. Fuera porque trabajaran para ellos o porque tuvieran intereses de vida o muerte que les presionaran. Y el término «de vida o muerte» no se usaba para nada liviano en aquel tipo de empresa. Mucho menos si el jefe era el puto Conrad «Shelby» Cavanaugh.

Allí estaba él. En medio de aquel salón repleto de nombres, firmas y frases talladas en sus paredes que hedían a trasnoche; recubierto con percudidas losetas blancas y rojas a lo tablero de damas, manchadas con lo que aparentaba ser sangre vieja. Con la mesa de billar a un lado —que era lo mejor que había en el lugar— y, de frente, la antigua vellonera de grandes números rojos.

Se encontraba sentado con una pierna cruzada sobre la otra, en una maltrecha silla que contrastaba por entero con su estilo sofisticado. Cavanaugh era un refinado hombre de cuarenta y siete años, un metro ochenta de estura, que portaba una reluciente cabeza rapada y una barba grisácea matizada que retocaba todas las semanas con su barbero personal. Elegante, no solo en su atuendo, sino en su manera de conducirse. Pocas veces se le escuchaba maldecir. Su hablar era pausado, culto. Su mirada era profunda y su ambición, despiadada y sanguinaria.

La imagen que tenía de sí mismo, aun desde que era apenas un chiquillo manejándose por las calles de Boston, era la de ser dueño de una gran empresa multimillonaria. Siempre se vio como alguien grande, con poder e influencia. Soñaba con autos lujosos, yates, mansiones. No iba detrás de cualquier cosa. Él quería un imperio. Lo supo desde que tuvo uso de razón.

Sin embargo, a diferencia de otros que heredan compañías de autos, hoteles o comunicaciones, él y su hermano Jack lo único que habían heredado era la habilidad de ser rapaz en el bajo mundo. Por consiguiente, toda su ambición y empuje la depositaron sobre aquello que tuvieron a mano: el crimen organizado.

El equipo de trabajo de Conrad no estaba compuesto de pelagatos, ¡por supuesto que no! Tampoco eran meros «compinches». Los puestos que cargaban eran de índole administrativo; gerentes con categoría y *expertise*. Todos colocados ahí por poseer una habilidad única en su campo y no porque fueran familia de sangre.

Mantener bajo control a un grupo tan excéntrico de criminales era tarea fuerte, cierto. El hecho de que todos lucieran un porte profesional no quitaba lo peligrosos que podían ser cada uno de ellos. Al contrario, eso los hacía mucho más impredecibles. Pero si algo tenía Conrad de sobra eran los cojones para conseguir lo que quería, como lo quería y cuando lo quería. Y no tenía problema alguno en quitar de en medio a quien no se acomodara a sus propósitos. Fuera como fuera.

Esa aptitud fue lo que le hizo ganar su apodo desde joven. Con apenas quince años supo cómo lograr que el cabecilla del barrio decidiera apostar su Mustang Shelby en una pelea a puño limpio con él, uno a uno. Diez años le llevaba el tipo de diferencia y más de diez fueron los hematomas que Conrad le dejó estampados en su rostro. Ese fue el momento crucial que lo llevó a ir ganándose la fama y el respeto en su barrio de Boston —el único en donde le llamaban Shelby—, y de la que gozaba, también, en el bajo mundo de la ciudad de Manhattan.

Y ahora se encontraba dentro de una barra de mala muerte, deliberando con su junta cuál sería la decisión sobre el posible nuevo «gerente de Información Cibernética» al que estaban «entrevistando». Dicho en palabras comunes, un *hacker* al que intentaban quebrar. Claro está, no cualquier *hacker*. Según Lucky —quien se encontraba detrás de Conrad, apoyado sobre un costado de la mesa de billar—, ese muchacho era el mejor en lo que hacía. Y si era recomendado por Patrick «Lucky» Green, definitivamente, era algo que el *boss* tomaría en cuenta.

Green, quien muy bien podía ser confundido con un abuelo o pastor de iglesia, cargaba con el puesto de gerente de Logística, y era el gerencial de más antigüedad con el que contaba Conrad. No solo el de mayor edad —con sesenta y un años de existencia—, sino quien llevaba la mayor cantidad de tiempo moviéndose en esas esferas. Lucky solía ser lo que en el argot clandestino se conoce como un *consigliere*; un asesor del gran jefe. Una década atrás —y de manera que aún levantaba sospechas en algunos ámbitos— había sido el único en sobrevivir a la masacre total de su anterior cuadrilla. Tuvo la gran suerte de salir a echar una cagada justo en el momento en que se dio el golpe. De ahí, y no de la relación con san Patricio, fue que surgió su apodo.

Así que en esas se encontraban, en pleno proceso de entrevista. El candidato estaba esposado a una silla frente a Conrad. Ya había pasado el cedazo de Arthur «El Loco» Bonadieu, gerente de Contabilidad, quien permanecía recostado de la vellonera tras el entrevistado. Su rol había sido el de dejarle saber con una buena paliza que no era más que un mero aprendiz de mierda. A Bonadieu le acompañaba, como siempre, su impecable semblante de psicópata. Sus marcadas facciones, delgada figura y lo cortante de sus nudillos hacía que fuera irrelevante el hecho de que ya estuviera a punto de llegar a sus cincuenta años. Al contrario, era la experiencia adquirida lo que le hacía discernir con qué clase de hombre se estaba enfrentando a medida que lanzaba sus estratégicos golpes.

También había recibido la aprobación del gerente de Distribución, Antoine Booker, alias «Tío Sam». Booker era el moreno más acicalado que había en todo el estado de Nueva York. El sobrenombre lo recibió por haber servido como boina verde en las Fuerzas Especiales del Ejército de los Estados Unidos. Era cinco años más joven que Conrad, igual de alto y definido, y siempre era el primero en montarse en el auto cada vez que al *boss* le daba por salir a gastar dinero en alguna tienda de trajes de marca. De igual forma, era el primero en ofrecerse cuando había que tomar la ruta del *no corpus delicti*. Así, con su actitud de apacibilidad y sus tiernos y adormecidos ojos, no se inmutaba en lo absoluto cuando tenía que cortar en pedazos un cuerpo para lanzarlo río abajo en bolsas de basura. Su aportación en ese cónclave era suministrar el estimulante correcto —posiblemente cocaína o metanfetaminas— y observar la reacción. Eso les mostraba de antemano si el individuo era tan bribón como decía ser.

Ya Booker se había posteado tras la puerta de entrada para espantar a cualquier mequetrefe que trasteara con la cerradura queriendo entrar. Solo quedaba un voto gerencial más por ser emitido. Conrad se preparaba para dar su elaborada y muy acostumbrada presentación. Tal costumbre no les sentaba bien a todos, pero a él le importaba tres carajos. Le inflaba el pecho saber que el único en todo el territorio de los Estados Unidos que podía contar con dicho recurso dentro de sus activos era él.

—Sr. James Brouder… Parece ser que ha logrado convencer a tres cuartas partes de mi equipo de trabajo.

—Súper —replicó el entrevistado, impelido por la euforia química que corría por sus venas y disfrutando el sabor de su propia sangre.

—Oh, resulta que tenemos un hablador en nuestras manos. A ver, ya que es notable que le encanta hablar. Dígame, ¿qué es lo que le hace creerse capaz de pertenecer a La Corporación?

James dirigió su mirada a Lucky. Lo vio cerrar sus ojos y mover su cara en desaprobación. Recordó que lo único que le había aconsejado cuando llegaron al local había sido mantener la boca cerrada en todo momento. No lo olvidaría de ahora en adelante, si es que se la dejaban pasar.

—Permítame aclararle, Sr. Brouder, que este no es cualquier tipo de empresa. No, este no es el lugar para jovencillos indisciplinados con ínfulas de Tony Montana. El éxito que tenemos no ha llegado por suerte. Se ha logrado con sacrificio, pericia y, por encima de todo, acatamiento.

Se levantó y tiró de los botones de su chaqueta, acomodándola con un movimiento de hombros. Tomó la silla y la acercó un poco más hasta James, quien permaneció inerte.

—Todos ven lo que aparentamos, pero pocos ven lo que somos. —Bonadieu esbozó una mueca guasona al escucharlo— *El príncipe*, de Maquiavelo. Una lectura soberbia que no caduca. Qué frase tan innegable, ¿no? «Pocos ven lo que somos». Sin embargo, ¿sabe qué frase sería mucho más inmortal que esa?: «Ninguno puede ver lo que pensamos». Pero… ¿y si hubiera uno que sí?

Dibujó una sonrisa exquisita en sus labios y, sin retirar su mirada de él, alzó la voz:

—¡Oye, Poly, ven aquí un momento!

CAPÍTULO 21

«Poly». ¡Qué maldito apodo tan pendejo!

Eso era lo que pasaba por la mente de Ryan Dypsyn cada vez que escucha al jefe llamarlo de esa forma. Según Conrad, era el apelativo que mejor lo describía, siendo que su trabajo era mantener la transparencia en el ámbito laboral. Algo así como una especie de polígrafo humano, quien se encargaba de encontrar la verdad escondida dentro de cada cabeza a su alrededor.

El puesto de gerente de Recursos Humanos había tomado un giro diametral dentro de La Corporación en el momento en que ese retraído muchacho tejano —de abundante barba, labios carnosos, pelo largo y repleto de tatuajes y perforaciones— llegó al panorama. Tan pronto Conrad dio con él, pasó a convertirse en el niño mimado de la empresa. La sombra del *boss*. Algo que no le sentaba para nada bien a Lucky.

Ryan tenía apenas veinte años cuando lo integraron al personal y Lucky vio cómo, de buenas a primeras, el jefe lo subió a un pedestal. Es cierto que el mocoso tenía una habilidad peculiar muy peligrosa que les daba ventaja competitiva, pero él nunca lo percibió como un jugador del equipo. Era, más bien, un artefacto.

Útil, pero propenso a dar problemas. Nunca tuvo reparo alguno en dejar saber que no le tenía ningún tipo de confianza.

Por su parte, Ryan respondía a su actitud con pura indiferencia. Le importaba una mierda lo que pudiera pensar un viejo tramposo que estaba en la misma posición de poder que él. Y aunque la mayoría de las veces decidía ignorarlo, había ocasiones en que no resistía sacarlo de sus casillas con algún comentario prepotente. Lucky se lo hacía muy fácil a veces.

Tan solo se debía a Conrad, y Ryan lo tenía claro. Solo él poseía la autoridad —y los cojones suficientes— para decirle cómo comportarse. Por ejemplo, solo el jefe era quien podía llamarle Poly; ningún otro se atrevía a siquiera pensarlo. No desde aquella vez en Sky Gallery.

***

Música EDM en vivo y a todo volumen, espectáculo de luces, costosas botellas de *brandy*, *whiskey* y champaña por todos lados; filas de exuberantes mujeres y más filas de delirio blanco sobre cada mesa. ¡La Corporación estaba de fiesta!

Alrededor de 25 hombres —y a razón de 3 mujeres por cada uno— se adueñaron de la lujosa azotea del Hotel Grand Casanova, justo a las afueras de Time Square. Conrad y su séquito, junto a una porción selecta de asociados, celebraban de forma exclusiva y por todo lo alto el haber sobrepasado —¡por mucho!— las expectativas en ganancias trimestrales.

En una de las esquinas con barra, rodeados de alcohol y bellaquería, retozaban Antoine Booker, Lucky Green y El Loco Bonadieu junto al *boss*. Lo acolchonado de los blancos muebles atraía como moscas a la luz a las cazafortunas que buscaban cómo sacarle el mejor partido a la situación.

Ryan estaba con ellos también. Llevaba unos meros dos meses siendo parte del equipo y esa era su primera fiesta corporativa. Su estado de ánimo no era de juerga en lo absoluto, sino de observación. De marcar territorio. Yacía recostado de un elevado barandal, mirando la imponente imagen iluminada del Empire State, que se levantaba frente a él a unas cuantas cuadras de distancia. De vez en cuando la mirada le iba a parar furtiva hasta otra de las esquinas, donde había una morenaza como de unos treinta años, de monumentales curvas, envuelta en un largo y ajustado traje negro. El vestido le ceñía todo el cuerpo a excepción de su pierna izquierda, que quedaba al descubierto gracias a un pronunciado corte que le llegaba hasta la cadera.

Miraba y volvía a mirar, hasta que ella se percató de que la había puesto bajo su objetivo. Entonces el fisgoneo comenzó de parte y parte. Había encontrado algo que hizo que la velada se tornara interesante. Giró su cuerpo en dirección hacia ella, quien le respondió de igual forma, llevando una mano a la cintura en pleno gesto de enfrentamiento. Alguien en su cerebro le ordenó: *¡Manos a la obra!*

—¡Tú eres el famoso Poly, ¿no es cierto?! —Un mastodonte de facciones búlgaras y aliento pesado a escocés se le plantó en el medio y le gritó a la cara. Era un asociado.

Lo inoportuno de su aparición le supo a mierda. En parte, por estorbar lo que estaba iniciando hacía unos segundos atrás, pero más que nada, por llamarlo con ese maldito apodo. No había que ser psíquico para discernir a leguas que el resto del equipo se burlaba de él a causa de eso.

¿Y qué con el pendejo este?, le incitaron en sus adentros. Decidió hacer buche y regresar su mirada al edificio icónico de la ciudad. Era su primera fiesta corporativa.

—Tengo que decir... Si son ciertas la mitad de las cosas que he escuchado acerca de ti, que en verdad tenemos a tremendo hijo de puta corriendo con nosotros, ¡eh! ¿Qué es lo que estás tomando? ¡Te lo voy a servir y to', carajo! —Hasta los que iban caminado por la acera, treinta y tres pisos más abajo, lo escucharon vociferar.

—Poly no bebe —delató Lucky.

—¿No bebe? ¿Estás hablando en serio? Qué pasa, ¿te castigan en casa si llegas borracho?

Tanto el mastodonte como Lucky comenzaron a reír.

—No. Poly, simplemente, no bebe.

Las risas comenzaron a proliferarse en el ambiente y también la impaciencia dentro de la cabeza de Ryan.

—Poly no quiere bebida. Poly quiere galleta —tarareó el búlgaro, imitando una cotorra parlante.

Tío Sam intentó advertirle que cortara con las payasadas, pero fue detenido por un movimiento de mano por parte de Conrad indicándole que no interviniera. Ryan volvió a girarse hacia el ordinario maleante, quien era solo un poco más alto que él, pero de cuerpo mucho más maduro. Su rostro entero había tomado apariencia de águila en modo de captura. Desde ese punto en adelante no escuchó nada más, sino lo que las voces le ordenaban que hiciera. La imagen era la de su dedo pulgar, tembloroso e impaciente, sobre el botón detonante de su cólera.

El grandulón alcanzó una galleta de una bandeja con entremeses que permanecía intacta en una mesa contigua y se la meneó frente a la cara mientras seguía repitiendo la puñetera frase…

—Poly quiere galleta. Poly quiere galleta…

¡BOOM!

En menos de un segundo, el contundente impacto de su puño derecho fue a parar sobre aquel rostro burlón con la solidez de una demoledora, sacudiendo con fuerza al pesado individuo. Aún no había terminado de tambalearse, cuando lo agarró por la camisa y lo lanzó sobre la mesa, abarrotando su cara golpe tras golpe. Se escuchaba el crujir de huesos siendo quebrados, mientras su feroz descarga conectaba una y otra vez, deslizándose sobre la sangre que se le escurría por el rostro. Parecía no tener deseos de parar, aun cuando su contrincante ya no daba señales de estar consciente. Voces de asombro inundaron el lugar, acompañadas de las carcajadas sádicas de El Loco Bonadieu. Tío Sam le lanzó una mirada inquieta a Conrad, quien, con una sonrisa de satisfacción en el rostro, le autorizó para separarlos.

Ryan se sacudió aquellas manos de encima. Se fijó en su puño derecho, que temblaba descontrolado cual hoja al viento, y luego en el rostro ensangrentado del gigantesco hombre que dormía inconsciente sobre la mesa. Caras de conmoción cuchicheaban a su alrededor. Agarró unas cuantas servilletas de las que había tiradas por el piso, limpió su mano y parte del rostro donde le había salpicado la sangre. Todo, mientras miraba con el mismo semblante de furia a Lucky quien intentaba esconder su aturdimiento tras una falsa mueca de despreocupación.

¡Era su primera cabrona fiesta corporativa! Y ya todos sabían qué líneas no debían cruzar con él. Volvió su mirada hasta la morena de monumentales curvas, quien le observaba con admiración. Con un leve movimiento de cabeza le indicó que lo siguiera... y ella fue tras él.

***

Cinco años más tarde, mientras trataba de no escuchar la misma letanía pendeja de Conrad en el Ink Saloon, Ryan Dypsyn seguía manteniendo su inclinación huraña por las esquinas solitarias, acomodado con sus piernas estiradas sobre varios banquillos adyacentes a la barra. Con música a todo volumen en sus audífonos inalámbricos y un libro electrónico en la pantalla del celular. Así mataba el tiempo hasta que llegara su turno. Escapando, aunque fuera por un rato.

—¡Oye, Poly, ven aquí un momento! —La demanda provenía del área del billar.

Desde la puerta se escuchó un agudo silbido de aviso que hizo que Ryan levantara la mirada. A través de sus gafas oscuras, vio a Booker hacerle señales de que su turno había llegado. Ese tipo de privilegios eran los que el resto del equipo resentía —unos más que otros—. El único que podía darse el lujo de no estar presente hasta que llegara su momento era él. Y no porque él lo quisiera así. Al principio, no. Todo comenzó como una mamona idea de Conrad. Decía que le añadía más fascinación al excéntrico juego telepático. Los primeros años del teatrito los disfrutó, pero ya luego de cinco años repitiendo el mismo *sketch* de mierda, lo que agradecía era poder refugiarse en sus libros mientras esperaba tras bastidores. Ellos seguían siendo su mejor método de aislamiento.

Guardó los audífonos en la ranura superior de su negro y ceñido chaleco de vestir, y el celular en uno de los bolsillos de su pantalón de mezclilla oscura. Se dirigió hasta el interrogatorio. Su caminar altivo era el de quien sabe que lo están monitoreando, pero conoce lo irremplazable que es. Llegó hasta donde Conrad y se colocó a su lado derecho; no detrás. Brazos cruzados en forma de X sobre el pecho. Espalda y hombros activos. Y una actitud imponente que hacía total sentido junto a su corpulenta estructura muscular.

—Sr. Brouder, imagino que usted tiene conocimiento de lo que es un polígrafo y lo que se pretende encontrar con su uso, ¿cierto? Le presento la versión inalámbrica, cien por ciento orgánica, cien por ciento infalible… Y el último voto de confianza que le falta para saber si sale de aquí hoy en un traje de chaqueta o en varias bolsas de basura.

James observó el semblante de cada uno de aquellos hombres tornarse sombrío. Verlos estallar en risas segundos después fue lo que le aturdió. Esas carcajadas le estremecieron en verdad. Todos reían frenéticamente. Todos menos Ryan, que permanecía con su siempre malicioso rostro aún sobre él.

—Es una broma para que se relaje. Es muy importante que esté calmado para esto. Solo siga instrucciones. Créame, este es un individuo al que no desea impacientar. Todo tuyo, Poly.

Ryan giró la silla de forma que el espaldar quedara frente a James y la arrastró hasta quedar tocándose una con otra. Arremangó un poco más los dobleces de su camisa blanca de botones y colocó sus tatuados antebrazos sobre el espaldar.

—Escucha bien, pendejo. Lo que te voy a dar es una sola puta instrucción, y lo voy a decir una sola vez. Mírame a los putos ojos. ¿Lo captaste?

Su áspera voz de bajo aún conservaba el acento arrastrado de Austin, salpicado de *cantao* neoyorquino. James arqueó su cuerpo hacia el frente tanto como las esposas se lo permitieron, y apuntó su mirada manchada de carmesí hacia el oscuro enmarcado. Luego asintió con su cabeza. Ryan retiró sus gafas y, al contacto, provocó que volviera a pegar su espalda a la silla.

—Cuidado, no te enamores —canturreó Bonadieu desde la vellonera.

Antes de terminar la frase, Ryan ya estaba dentro.

CAPÍTULO 22

Destellos veloces de luz cegadora surcaban a su alrededor formando un túnel luminiscente por el cual se deslizaba a toda velocidad. El abrillantado corredor tomaba forma de embudo frente a sus ojos cada vez que andaba en búsqueda de algo específico, no solo merodeando. En este caso, quería pasar de largo el monólogo de Conrad, la golpiza de Bonadieu y cualquier otro evento irrelevante del presente. Mientras más se adentrara en ese túnel, más rápido llegaría a las memorias de información pertinente acerca del sujeto… y más rápido podía dar por terminado el asunto.

Estaba hecho una mierda ese día. No había podido dormir nada la noche antes. Y las dos noches anteriores a esa, tampoco. No es que para él fuera inusual lo del insomnio, pero pasarse la noche en vela discutiendo y esquivando proyectiles caseros exprimía de él toda su energía. Becca —su novia desde hacía casi un año— no tenía inconveniente alguno con verlo desaparecer si la ausencia se relacionaba con su línea de trabajo. Ahora, tenía una puñetera manera de olfatear cuando sus desapariciones eran de ámbito lujurioso, y entonces el berrinche le duraba por días. Lo que quería era encontrar de una vez la respuesta que Conrad necesitaba acerca de la legitimidad del individuo, y largarse a descansar unas malditas horas. *Solo enfócate, puñeta.*

Pasó de largo la cabina donde se almacenan los recuerdos más vivos y perceptibles, escabulléndose luego por todo un gran salón repleto de pálidas y valiosas memorias del inconsciente. Llegó hasta el umbral que divide, como con una gran cortina de espeso humo negro, los pensamientos olvidados de la enorme expansión abismal del subconsciente. Allí paró en seco. De ese punto en adelante, podía contar con una sola mano y le sobraban dedos, las veces en que se había aventurado a husmear. Maldecía cada una de esas veces.

Asegurándose de no traspasar esa frontera, comenzó a observar, envueltos en colores fríos y aromas de nostalgia, recuerdos de la niñez de James: los pasillos de su escuela elemental en Cleveland, días de playa a orillas del lago Erie, el sabor a mermelada de castañas. Información que podía usar para calibrar su puntería.

—Este arrastró su culo campestre desde Ohio hasta acá. ¿Nunca te dijeron en la escuela católica donde estudiabas que era malo juntarse con ladrones? No creo que vaya al puto Ohio alguna vez, pero si llegara a pasar, iría solo por probar ese dulce de castañas… el que hacía tu vecina, Patty.

James permanecía hipnotizado, solo pudiendo musitar un tenue «qué carajos» que identificaba como certero todo lo que le acababan de decir. Aún con su mirada arraigada en lo más profundo de sus pensamientos, Ryan pudo percibir una intranquila gota de sudor rojizo deslizándose por la superficie entre sus cejas.

Siguió escurriéndose escena por escena. Matiz tras matiz. Un repentino alarido de mujer le hizo detenerse y buscar a su alrededor el lugar de dónde provenía hasta dar con el evento que palpitaba cercado por finos capilares de luz. Quiso adentrarse. De lejos parecía ser un solo suceso, pero mientras fue acercándose, se percató de que eran decenas de acontecimientos enjambrados en una misma imagen.

De frente al monitor, manos sobre el teclado y rostro con ojos que no parpadeaban. Su delgado cuerpo de niño de diez años se perdía en la enorme silla antigua de espaldar alto en la que estaba sentado. Se maravillaba cada vez que sus rápidos dedos colocaban con exactitud el código correcto para pasar al próximo nivel en el videojuego. Su serio semblante cambiaba a sonrisa de triunfo siempre que lograba encontrar algún fallo en el programa o quebrar el sistema.

El estruendo de una puerta siendo azotada le hizo brincar en su asiento y llevar su mirada hacia el área de la casa desde donde había llegado el sonido.

—¿Qué fue lo que te dije esta mañana? —La aterradora voz de su padre se escuchó al otro lado de la pared—. ¡¿Qué carajos fue lo que te dije?!

—Discúlpame, James, se me olvidó por completo… —Un grito de dolor terminó la frase, al ser interrumpida por un golpe a mano abierta en el rostro de su madre.

—¡Cállate, maldita zorra!

A ese primer golpe le siguieron una sarta de bofetadas, gritos y el retumbar de paredes y objetos cayendo al suelo. Ya en ese punto, el niño delgado de diez años se había colocado sus enormes audífonos, bloqueadores del terror externo…

Ryan contemplaba con cierto grado de inquietud lo que se desarrollaba a su alrededor, sintiéndolo todo demasiado familiar para su agrado. En medio de la retransmisión, un corto relámpago quebró la secuencia y lo llevó de regreso al comienzo.

De frente al monitor, manos sobre el teclado y rostro con ojos que no parpadeaban. Su alargado cuerpo de preadolescente descansaba encorvado en la enorme silla antigua de espaldar alto en la que estaba sentado. Se maravillaba cada vez que sus rápidos dedos le permitían entrar a la base de datos de alguna empresa multimillonaria y adquirir información confidencial muy valiosa. Su serio semblante cambiaba a sonrisa burlona siempre que lograba encontrar algún fallo en el programa o quebrar el sistema.

El estruendo de una puerta siendo azotada no le tomó para nada por sorpresa. Ya en ese punto, se había colocado sus enormes audífonos, bloqueadores del terror externo.

De frente al monitor, manos sobre el teclado y rostro con ojos que no parpadeaban. Su desarrollado cuerpo de diecinueve años temblaba de expectación en la enorme silla antigua de espaldar alto en la que estaba sentado. Se maravilló al ver plasmado en el negrísimo fondo de su pantalla el rápido fluir de los algoritmos correctos. Su serio semblante cambió a sonrisa envanecida al verse dentro del servidor central del Buró Federal de Investigaciones, luego de haber burlado su sofisticado sistema de seguridad.

El estruendo de la puerta siendo azotada pasó enteramente desapercibido esta vez. Solo era ruido blanco para él. Ya en ese punto, se había convertido en uno de los primeros diez criminales cibernéticos más buscados por las autoridades federales.

El enjambre de recuerdos finalmente escupió a Ryan de aquel torbellino repetitivo. Procuró tener un poco más de cautela y se dirigió hacia otra galería que se notaba mucho más concreta que la anterior; más estable. Sintió como si hubiera pasado de flotar en el vacío a caminar sobre tierra firme. Traspasó el arco de entrada y dio varios pasos al interior. Serpentinas de luces de neón le coqueteaban, invitándolo a continuar hacia adelante. Aún nada tomaba forma de recuerdo, solo eran figuras que mutaban en apariencia y cambiaban de color de manera aleatoria.

Tres apagones de luz se suscitaron de corrido. Ahora su estado era de alerta. No dio un paso más. Esperó a que el parpadeo de iluminación cesara y maldijo a Booker por descojonar la psique del individuo con tanta mierda química. Una vez el ambiente se estabilizó, reanudó su avance. Al cabo de solo unos cuantos pasos sus pies fueron a parar al vacío, descendiendo en una caída estrepitosa, desplomándose de manera incontrolable hasta caer sentado de un golpe en el sótano de un edificio abandonado.

Tenía a James, quien lucía un atuendo negro y un semblante impaciente, de frente en un oscuro escritorio, maniobrando con astucia en una *laptop*. Arremetía con violencia sobre los caracteres del teclado, pero de vez en cuando llevaba su mirada vigilante tras su espalda. A lo lejos, se escuchó el rechinar cauteloso de una puerta, exigiendo ligereza en su operación.

—¡Vamos, vamos, vamos! —se ordenaba a sí mismo desesperado—. ¡Eso es, maldición!

Retiró el dispositivo de memoria USB y se lanzó hasta la pared, resguardándose justo al lado de Ryan, quien podía distinguir la tensión supurando por sus poros.

—Ya lo hicimos. Ahora, salgamos de aquí.

Ryan se aturdió. Juró que le estaba hablando a él. Luego le vio lanzar un resoplido que buscaba calmar su respiración y, con ese impulso, se dirigió desbocado hacia el punto de escapatoria. La oscuridad total volvió a encubrirle. Diferentes voces retumbaban en el lugar. Algunas las escuchaba a lo lejos, otras le gritaban a la cara.

—¡No eres más que un maldito criminal de mierda!

—El momento es ahora.

—¿A qué carajos esperas? ¡Hazlo ya!

La iluminación se hizo presente una vez más, solo para ver el rostro indolente de James frente a él y la imagen circular de un cañón entre sus ojos, seguido por una detonación que le hizo llegar en un instante hasta la plena entrada de su conciencia. De regreso al comienzo.

¿Volver a ese caos? ¡Negativo! El ambiente dentro de ese tipo —apenas un año menor que él— era como divagar en un laberinto de incoherencias, y no tenía el ánimo ni las fuerzas para invertirlas en eso. Así que salió de allí y se devolvió hasta el centro del bar.

Todos hacían silencio esperando por su análisis. Conrad demandó respuesta.

—Entonces, ¿cuál es tu conclusión, Poly?

Ryan se volvió a fijar en la engrosada gota de sangre sudorienta que pernoctaba en la punta de la nariz del enjuiciado. Resopló y dijo:

—Si hay algo que puedo asegurar es que este tipo tiene el suficiente grado de desajuste que tú requieres, *boss*. Pero, no sé… Hay mierdas ahí dentro que no me convencen.

—¿Y se supone que creemos eso solo porque tú lo dices? —protestó Lucky—. ¿Estás insinuando que yo traería a alguien aquí sin estar seguro de que es legítimo?

—No estoy insinuando un carajo, lo estoy diciendo sin rodeos. A ti no se te puede confiar una puta mierda.

—Tómenlo con calma, caballeros. No queremos darle una impresión errónea al entrevistado.

Conrad no tardó en alcanzar de su espalda una reluciente Beretta nueve milímetros y colocarla unas pulgadas por encima de la oreja izquierda de James, quien seguía inmóvil, maniatado.

—¿Pasa o se cuelga? —reclamó.

Ryan se dio unos segundos más para calcular los riesgos y beneficios de su dictamen. Su mirada permanecía clavada en los ojos perplejos de James.

—Pasa. Pero debes mantenerlo cerca.

—¡Excelente! —exclamó el *boss*, llevando de nuevo el arma por debajo de su chaqueta—. Bienvenido a La Corporación, Sr. Brouder. Debe tener en cuenta que estará bajo un proceso de probatoria en el cual su contrato puede ser revocado, terminantemente, en cualquier momento. Espero no me decepcione.

Bonadieu se acercó para soltar las esposas de las ya laceradas muñecas de James, mientras Lucky aún bullía por el comentario insultante de Ryan.

—¡Claro que pasa! ¿Sabes cuál es el problema contigo, Dypsyn? Que no sabes ponerle un bozal a ese maldito ego tuyo. En mi barrio solían decir que un ego grande esconde un pito pequeño —dijo riendo—. Tal vez sea eso.

—Tal vez. Pero si tanto te interesa saber, pregúntale a tu hija Emily. Ella lo conoce de cabo a rabo.

—¡¿Qué carajos dices, hijo de puta?! —se dirigió hacia él, botando chispas. Ryan permaneció en su lugar y James comenzó a reír.

—¡Ey, suspendan el tema ya! ¡Me estoy dando a entender, ¿sí o no?! —El tema quedó suspendido de inmediato—. Es obvio que Ryan está bromeando, Lucky. Tranquilízate.

—¡Se puede ir al mismo carajo con sus bromas! ¿Y tú de que mierdas te ríes, pendejo? —le lanzó a James antes de ir hasta donde Booker y ordenarle que le abriera la maldita puerta.

—Si hay algo que no te convence aún, encárgate tú mismo de monitorearlo —le indicó Conrad a Ryan, quien ya se había puesto de pie. Conociendo muy bien lo que tenía entre sus manos, se le acercó y le advirtió:

—No tolero el conflicto de intereses en mi empresa. Busca otros orificios donde hundir la verga dulce esa y aléjate de las hijas de los ejecutivos, ¿estamos claros?

—Fuerte y claro, *boss.*

—Y mantente presto. Me parece que pronto tendremos que darnos una vuelta por Filadelfia. ¡Que tengan buenas noches, caballeros!

Ryan ojeó una vez más a James, quien aún trataba de apaciguar su risa, y le lanzó una mirada inundada de complot. La primera de muchas que fraguarían entre ambos.

CAPÍTULO 23

Sudor, gemidos, dolor y deleite. Las almohadas, las sábanas, la ropa interior, ¡todo andaba dando tumbos a los pies de la cama! Hasta su cobertura color grafito parecía querer escaparse de aquel asalto por alguna esquina del cuadrilátero. La potente luz del sol mañanero intentaba colarse en la alcoba por las orillas del cortinón que cubría, de techo a piso, las altas ventanas de cristal de aquel lujoso desván neoyorquino de paredes enladrilladas y columnas de literatura. La poca luz que lograba infiltrarse terminaba desplegada en el brillo que exudaban sus cuerpos desnudos.

Los quejidos de placer se iban tornando más y más descontrolados con cada movimiento rápido de pelvis. Voraz, demandante. Hasta hacerla llegar al orgasmo con un grito ahogado en éxtasis. Disminuyó un poco la velocidad de su acometida, soltó el agarre en su cabello y la apaciguó con unas cuantas caladas extra. Pero ahora le tocaba a él.

Dejó caer parte de su peso sobre ella, obligándola a desplomarse y quedar tendida bocabajo. Tenerla pillada, sujetándola con sus brazos enganchados por debajo de los hombros, impedía que se le escabullera al buscar penetrarla con fuerza. Doloroso para Becca —algo que a ella no le desagradaba del todo— pero justo lo que a él le apetecía. Solo treinta segundos de poder entrar en ella por entero lo hicieron venirse con ímpetu salvaje. Obscenidades se entremezclaron con sollozos en un instante de arrebato, culminación y palpitaciones desbocadas.

¡Nada mejor que el sexo de reconciliación, carajo! Ryan cayó tumbado bocarriba a su lado, despojado de toda su energía, quedando solo con la mínima para poder llevar aire a sus pulmones. Becca andaba en las mismas, logrando reunir un poco de fuerzas para acariciar el rostro de su bello idiota —como ella le llamaba— y enredar los dedos en su cabello, húmedo de delirio.

—¿Cómo es que llevábamos casi una semana sin hacer esto? —preguntó ella, luchando por tomar aire.

—A mí no me preguntes. Eras tú la que estaba en modo arpía frígida.

La mano que le acariciaba le propinó una débil cachetada en respuesta.

—Pero quien convoca a esa arpía eres tú. Al parecer te gusta que se aparezca por aquí.

—Para nada. —Logró abrir sus ojos y la miró—. Pero sí me encanta hacerla venir.

—Pendejo. —Sonrió desarmada para luego levantarse. Ryan intentó detenerla.

—¿A dónde vas? Ven aquí.

—Dame un momento, bellaco.

Esa mirada de desafío y coquetería —que ella conocía muy bien cómo darle— lo volvía loco. Más loco aún lo ponía verla meneando su delicioso y respingado trasero, esquivando los despojos en el suelo, de camino al enorme armario abierto que colgaba del techo. Iba en busca de algo que, él sabía, la pondría de mucho mejor humor.

Se reposicionó colocándose de lado, apoyado sobre un codo, para poder apreciarla mejor. Luego de diez meses juntos, aún se la ligaba cada vez que tenía la oportunidad. Lo largo y delgado de sus piernas acentuaba el espacio entre sus muslos y las curvas en forma de corazón invertido en sus nalgas. No había nada más exquisito que deslizar sus manos por esa hendidura, y más aún, cuando eso era lo único que necesitaba para encenderla. Su corto y fino cabello castaño oscuro en estilo paje hacía contraste con lo níveo de su piel y no dejaba nada de su cuerpo a la imaginación.

Becca fue al armario, rebuscó en los bolsillos de uno de sus pantalones y luego se agachó dejando sus piernas tiesas para alcanzar su bolso en el piso. Dio con lo que buscaba y, al girarse, lo encontró embelesado, mordiéndose los labios.

—¿Qué? —Las puntas de su cabello le rozaron el hombro que levantó al preguntarle.

—Que no sé qué es lo que estás queriendo provocar. Ven aquí.

Ella regresó a la cama y se acomodó en su misma posición, mirándole de frente. Encendió lo que le quedaba de un porro que había comenzado la noche anterior y, mientras resistía aquellos labios que comenzaban a recorrerle el cuello, le dijo:

—¿No se te ha ocurrido alguna vez que no todo se trata de ti, Ryan? —Dio una primera jalada al fino cigarro, lo aguantó unos segundos y miró al techo lanzando el humo a lo lejos.

Ryan no fumaba y tampoco era muy fanático de aquel particular olor. Aun así, muy poco le importaba el porro, el humo o cualquier otra cosa que no fuera el encantador cuerpo desnudo que tenía enfrente. Ella tenía razón. Cuatro días sin cogérsela era algo que rayaba en tortura. Becca era la única a quien deseaba siempre, veinticuatro-siete. ¡Y la muy maldita lo sabía!

Habían sido cuatro días enteros sin sexo… con ella. Dos sin sexo en general. Y ese había sido el motivo por el cual le habían aplicado la ley seca. ¿Quién mejor que ella para conocer su inagotable apetito? Si no habían cogido ya hace dos días, era un hecho garantizado —como que setenta le sigue al sesenta y nueve— que lo estaba haciendo en otro lugar.

Cuando se conocieron, ambos habían negociado mantener el *status quo* de una relación libre, entre socios, que en realidad no era más que una manera de no crear vínculos. Ella había pasado demasiado tiempo sometida a un sinfín de abusos y prohibiciones en la comuna religiosa en la que se había criado, y le huía —como diablo a la cruz— al hecho de tener que sujetarse a nada. Ansiaba libertad para hacer como quisiera con quien quisiera.

Ryan… Bueno, Ryan tenía un catálogo extenso de razones por las cuales evadía la cercanía. Por encima de eso, el catálogo estaba clausurado bajo llave y cubierto en telarañas, con un sello que leía «prohibido». Con todo, había quedado perplejo de haber encontrado una chica que aceptara dichas condiciones y que también fuera divertida y una salvaje en la cama. ¡Oro puro!

Sin embargo, aunque al principio todo parecía fluir según lo estipulado, mientras más tiempo pasaban juntos, más la notaba resentir el acuerdo. En los comienzos ella solía preguntarle qué tal le había ido, cómo era la otra chica. Hasta llegó a incluir a unas cuantas en sus veladas de trío. Pero poco a poco pasó de entusiasmo a indiferencia; y de ahí, el reproche y la discusión llegaron en un abrir y cerrar de ojos.

Lo difícil era que, ya cuando habían llegado a ese punto, él no encontraba cómo descartarla. No quería hacerlo. Sentía que tenerla a ella era tener algo en su vida con aspecto de naturalidad y cordura. Refiriéndose a la relación, no a Becca. ¡Ella estaba loca de remate! Y eso le gustaba. Mucho. Le encantaba estar con ella. Lo prefería por encima de estar con un bonche de psicópatas quienes, en su mayoría, lo catalogaban como una anomalía.

Ella era lista, sensual, atrevida. Rencorosa y peligrosamente vengativa, pero él tenía la habilidad de desmantelarla. Aunque no creía amarla —o no sabía si se llamaba así lo que sentía por ella—, sí sabía que Becca era la persona que más valoraba tener junto a él.

Lo que no le encantaba era tenerla de malas por una conducta que él no tenía pensado dejar, ni en ese momento ni en un futuro previsible. Joder, las mujeres eran su segundo vicio más predominante y no veía por qué tenía que cortar con ello. O con cualquier otro, a decir verdad.

Becca permanecía con su rostro en dirección al techo y Ryan aprovechaba para apreciar su perfil entero. Respingado, igual que su trasero, sus caderas, sus senos y su carácter perspicaz y volátil. Sus facciones, finamente cinceladas, se percibían con más claridad aun desde lejos, cuando solía llevar el pelo pegado tras sus orejas.

Como aquel día en que la vio por primera vez…

Ryan estaba a las afueras de un restaurante esperando un goPuff —código para una entrega clandestina— cuando el escarceo entre Becca y el encargado de seguridad de la tienda adyacente le hizo levantar la mirada de la pantalla de su celular. Encontró esa escena mucho más interesante que la que estaba leyendo. El hombre, que inspiraba nula autoridad, le exigía que abriera su bolso y le entregara lo que había robado, confirmándole que la tenían grabada. Becca refutaba tal acto y se negaba a mostrarle nada.

Para Ryan, era más que obvio que la tipa había sido pillada en el acto. ¡Tenían evidencia y ella estaba ya fuera del local! Pero le divertía verla defenderse como gato bocarriba con argumentos sagaces acerca de su perfil racial. Lo encontró entretenido, hasta que la vio estallar en llanto al ser esposada frente a todos los que transitaban por el área. Ver a aquel sujeto de dos metros maniatarla con fuerza mientras ella lloraba, lo hizo levantarse como un resorte y presentarle un contrincante de igual tamaño a aquel pendejo guardia de mierda.

Cuento largo, corto: el guardia de seguridad terminó en el hospital, Becca retuvo los audífonos inalámbricos que había hurtado y Ryan comió caliente esa misma tarde. Luego se enteró de que aquella interesante y maliciosa chica de veintitrés años, escultora surrealista en desarrollo, era una cleptómana empedernida desde su niñez. Cualidad que Ryan no le reprochaba en lo absoluto. Al contrario, las veces en que se veía metida en líos serios, él siempre estaba ahí para sacarla del atolladero. ¿Quién era él para dar sermones por conductas antisociales, cierto?

Ahora, diez meses más tarde, era ella quien comenzaba a darle sermones por las suyas. Hasta ese momento había decidido abstenerse de entrar a su mente para inducirla en algo, o tan siquiera para hacerla olvidar algún detalle. Él no quería cambiar nada en ella, le gustaba tal cual. Tampoco se sentía obligado a excusarse por nada. Solo entraba por merodear y cerciorarse de que todo estuviera «bajo control» allá dentro… Y, por supuesto, cuando jodían. Ella tenía su droga y él la suya.

Y así quería que continuaran, aunque estaba seguro de que esos arrebatos de celos solo se harían más intolerables con el pasar del tiempo. Tarde o temprano tendría que encontrarle solución al asunto —dentro de muchos otros más— si quería seguir con ella. La pregunta que le hizo cuando se regresó a la cama no la podía dejar pasar por alto.

—Yo sé que no todo se trata de mí… Y no todo se trata de ti, tampoco. ¿Cuánto tiempo llevamos viéndonos tú y yo?

Ella volvió el rostro hacia él y un temerario rayo de luz iluminó el pequeño diamante incrustado a un lado de su nariz.

—Nueve, diez meses.

—Diez meses y cinco días. En estos diez meses…

—Y cinco días —le añadió ella.

¡Esas eran las cosas, coño! Le excitaba su sagacidad. Ryan suprimió el impulso de reír pasando su lengua entre los labios.

—En este tiempo… ¿Te has sentido obligada por mí a hacer algo que no quieres hacer?

—Claro que no. Si fuera así, hace rato me hubiera ido. Tú lo sabes.

—Ok. Reformulo la pregunta, ¿te has sentido obligada por mí a dejar de hacer algo que sí quieres hacer?

Ella agarró de inmediato cuál era la línea por la que venía. Ahora era Becca quien trataba de ocultar su pasme llevando el cigarro una vez más a sus labios. Soltó la bocanada de humo y protestó:

—¡No es para nada la misma situación, bebé!

—¿Por qué no? Porque no se trata de mí, ¿cierto? Se trata de ti. —Y con un giñada le gritó «jaque mate».

Becca quedó con la boca abierta esperando que alguna palabra saliera sola de ella, ya que a su cabeza no llegaba algo para responderle. ¡Esas eran las cosas, coño! Su cautivadora y mañosa actitud arrogante, esa maldita mirada magnética y lo adictivo de su sexo la dominaban por completo. Tanto, que ya estaba comenzando a sentir deslizándose entre sus muslos los deseos de volver a trepar sobre él. El THC en su sistema aportaba lo suyo también. Lo apartó juguetonamente con la mano en plena cara.

—¡Tan idiota! —Apagó el porro y lo colocó en la mesita contigua—. Yo no quiero obligarte a nada, Ryan. Es solo que ahora encuentro injusto que hagas con otras lo mismo que haces conmigo, que llevo más tiempo a tu lado.

—¿Y de dónde tú sacas esa idea? Dime, ¿de quién es la mitad de la ropa en ese armario? Además, no es así tan siquiera; es todo lo opuesto. Lo que hago con las otras no es, jamás, lo que hago contigo, y tú lo sabes bien. Puede que tú quieras algo más, pero, por ahora, esto es lo que te puedo dar. Lo tomas o lo dejas. Yo preferiría la primera —suspiró—, pero decide tú.

Si en ese momento ella decidía dejarlo, un segundo después la mitad del armario estaría vacía. Así de sencillo. Él también había tomado ya su decisión: no buscaría salirse con la suya trasteando con su mente. Eso sería igual que obligarla, algo de lo que ella estaba huyendo desde pequeña. Y no quería hacerle eso. En todo caso, prefería dejarla.

Él ya había visto que lo que Becca resentía en verdad no eran sus escapadas libidinosas. Ella también lo hacía de vez en cuando. La razón verdadera de sus celos era que Ryan no le compartiera nada acerca de él. Becca se había atrevido a confesarle detalles muy íntimos sobre su vida, sin embargo, ella no conocía nada sobre él. Se imaginaba que estaba envuelto en negocios turbios, pero eso no le inquietaba tanto. Sí le inquietaba que, después de hacerla delirar en la cama, lo mejor que hacía era evadir. Se reusaba a contarle acerca de los miles de cortaduras cicatrizadas que se escondían bajo sus tatuajes. Cambiaba el tema cada vez que le preguntaba acerca de su pasado; esquivaba sus labios siempre que intentaba besarlo.

Eso era lo que la hacía sentirse en la misma posición que las demás. Simplemente acostándose con un desconocido y ya. Ahora ese cautivante desconocido le estaba poniendo un ultimátum, y pensar en dejarlo no la hacía sentir como ganadora en la situación, sino todo lo contrario. Acercó su rostro al suyo justo al borde de su tolerancia y le estipuló igual:

—Lo tomo… Por ahora. —Lo sacó de su posición ladeada de un empujón y trepó sobre él cual vaquera en rodeo tejano—. Pero sabes que voy a querer más. —Sus caderas comenzaron a oscilar haciéndolo reaccionar al instante—. Y tú, ¿no quieres más?

—Siempre.

***

Esa misma tarde La Corporación volvió a reunirse. Conrad necesitaba ojos supervisores que examinaran el entorno que permeaba en la zona oeste de Pensilvania. Rumores en la calle hablaban de que las dos mayores gangas en Pittsburgh estaban teniendo numerosas bajas en su personal a causa de «diferencias irreconciliables» entre bandos. Según él, no había mejor momento para consolidar negocios que en medio de la desestabilización.

Ya La Corporación dominaba, desde Filadelfia, toda el área este. Si Conrad lograba apoderarse del estado entero, pasaría a ser el CEO con más territorio bajo su mando. Más que su hermano Jack en Boston y los otros dos capos que dirigían Virginia y Carolina del Norte, juntos. Así que el trabajo de Ryan sería infiltrarse, averiguar, recordar nombres, lugares y regresar con la información necesaria para «armar el muñequito», como decía Lucky.

Parte de su trabajo sería, también, hacerle de niñera. A mala hora había sugerido vigilar al nuevo recluta. Ahora resultaba que tenía que llevarlo con él hasta para orinar. Aunque de entrada le fue fastidioso tener que escucharlo —¡todos los días!— hablar por horas interminables acerca de términos como TCP/IP, *phishing* y fuerza bruta —que significaba algo totalmente diferente para James—, la oportunidad sirvió para crear una noción de solidaridad entre ambos que surgió de forma espontánea. Tal vez porque tenían casi la misma edad, siendo los más jóvenes del grupo. O porque cada cual sabía respetar los límites del otro y reconocían cuándo era mejor dejarse en paz.

Jimmy D. —el apodo con que lo habían bautizado por su parecido a James Dean— era una joyita de demencia, también. Cierta vez, viajando desde Boston, fue abordado por el auxiliar de vuelo por estar usando su *laptop* en pleno aterrizaje. El empleado, cansado de pedírselo de buena manera, optó por cerrarle la pantalla mientras él aún la utilizaba. Jimmy miró el artefacto cerrado frente a él, miró al individuo y, en menos de tres segundos, se echó a las costillas un delito de índole federal al golpearlo con ella hasta partirla en dos.

—¡Ahora está apagada! —Y así, sin más, se volvió a sentar. Era un tanto temperamental el muchacho.

Por otro lado, también era leal. Siempre hablaba claro y sabía escuchar. Aunque pareciera que no, pues sus ojos, por lo general, estaban sobre una pantalla. Pasó a convertirse en el hermano que Ryan hubiera deseado tener y a quien llegó a confesarle cosas que nunca pensó que le diría a nadie. Por ejemplo, cómo a veces se imaginaba dejando atrás toda la mierda del clandestinaje en la que estaba metido, pero estaba convencido de que no había otro estilo de vida para él que no fuera ese. La oscuridad que cargaba dentro siempre invitaba más oscuridad y lo hacía huir de la luz. Jimmy lo entendía a la perfección; él era igual. Al menos, ya no estaban solos.

CAPÍTULO 24

Periferias de Albany, Nueva York.

—¡Maldita zorra! ¿Puedes creer semejante mierda?

—Es que tú no sigues consejo, huevón. A ti te encanta que las mujeres te vean la cara de pendejo. No sé de qué te quejas.

—¡Vete a la mierda, Dypsyn! «A mí nadie me jode. Yo soy el puto Poly polígrafo» —exclamó sonando a niño burlón.

James cubrió el ordenador portátil que traía en la falda al advertir una caja vacía de un taladro recién comprado salir disparada en su dirección; ya se lo esperaba.

—¡Maricón, no te luzcas! Me vas a echar a perder el trabajo —dijo riendo con lengua fuera.

—Ya deja de hacerte el payaso y termina con eso.

—Oye, relájate. El preludio es lo que más tarda. Después es un rapidín.

—Llevas casi media hora en eso, pendejo. Nos toca estar en el Marion antes de las diez.

—¡Mierda! Había olvidado la gala. Y yo que pensaba llevar a la puta esa. —Despecho superado en 3, 2…—: Ni modo. Hoy será noche de dos pa' dos.

—Negativo. Hoy voy a llevar Becca.

Los dedos sobre el teclado dejaron de sonar.

—¿Es en serio?

—Bien en serio.

—Vaya… Ya era hora. —Reanudó la operación—. Cuánto tiempo llevan, ¿un año?

—Un año y un mes.

—Guau, yo no he tenido siquiera un trabajo por tanto tiempo. Imagino que ya sabe la que hay si piensas asomarla por la madriguera.

—Sí, ella sabe… algunas cosas. No todo, por supuesto. Hasta yo quisiera no saberlo todo.

—Bien duro. Pero, o sea, ¿no es como que piensa que trabajas marcando entrada y salida en alguna fábrica?

—Obvio que no. Ella sabe lo que hago, no es estúpida. —Pausó—. Lo que no sabe aún es cómo lo hago.

—¡Embuste, cabrón! —exclamó deslizándose como cheddar hervido sobre la silla—. ¿Tú me estás diciendo que Becca no tiene puta idea de que puedes leerle la mente? —A Ryan le pesó admitirlo—. ¿Y la vas a llevar a la gala hoy? ¡En verdad, eres mi ídolo! Loco, ¿qué tú crees que va a pasar si esa mujer se entera allí de que el tipo que se la está cogiendo ya hace un año es un maldito leedor de mentes?

—¡Exacto! ¡Escucha cómo suena lo que estás diciendo! Luce a que algo te anda mal en la puta cabeza y necesitas un loquero. Si ya yo sé cómo va a correr el asunto cuando se lo diga. ¡No he podido hacerlo, punto!

El ambiente agarró el peso de una tonelada de ladrillos y ese no era el momento ni el lugar.

—Tranquilo, tipo. Solo decía.

—Total, de alguna u otra forma lo va saber. Si se entera hoy, pues brego con la situación, ¿qué carajos voy a hacer?

—Súper. Lo único que dejo claro es que no quiero que vengas corriendo donde mí pidiendo asistencia cuando esa mujer te persiga como psicópata por todo el hotel.

—¡Sí, sobre todo tú vas a ser mi asistencia, maricón! ¿Terminaste con la mierda esa?

James dio un latigazo con el dedo sobre el *enter*, revolviendo las muñecas cual mago en cumpleaños…

—*Voilà!*

—Salgamos de esto de una puta una vez.

Ryan alcanzó una Glock 18 sobre la mesa blanca plegadiza y James se levantó, portátil en una mano, silla en la otra, dando pasos bajo el patrullaje de un foco rodante tipo poste que intentaba alumbrar el gran espacio de aquella fábrica abandonada. A unos pocos metros se encontraba, maniatado a una butaca y con su cabeza cubierta, el dueño de un negocio que debía treinta y cinco mil dólares a La Corporación y llevaba meses eludiendo el pago.

James se acomodó a un lado del deudor y Ryan al otro, de pie. De un solo tirón, retiró la capucha de su cabeza, llevándose con ella unos cuantos mechones de pelo también. El individuo aún permanecía ido. Fue despertado con una sólida bofetada y, tan pronto abrió los ojos, se topó con el filo de un cañón descansando sobre lo alto de su tabique. Las gotas de sudor que se escurrían por su frente hacían que el arma se sintiera fría sobre la piel. Luego se enfrentó con el rostro barbudo y malhumorado de quien sostenía el arma.

—¿Despertaste, Blancanieves? Justo a tiempo. Conrad le manda, con carácter de urgencia, que haga un depósito a su cuenta corporativa por la cantidad de… —Buscó en todos sus bolsillos hasta dar con un pedazo de papel maltrecho— treinta y cinco mil doscientos cincuenta dólares con veinte centavos.

James lucía una sonrisa en un solo lado de su cara. Ambos se disfrutaban el teatrito. Ryan siempre ofrecía su mejor espectáculo.

—Nuestros registros indican que han sido múltiples los intentos de colectar el pago y todos han sido fallidos. Así que procederemos a congelar su cuenta de banco para saldar la deuda… —advirtió presionando el cañón en su frente— más los intereses. —El desdichado intentó balbucear por clemencia, pero le detuvieron—. Shhh… No he terminado aún. El funcionario aquí presente —James blandió su mano al aire— ya tiene en pantalla la página de su institución bancaria. Ahora, existen dos maneras en que podemos gestionar esto. Una: usted nos da su contraseña, procedemos con la transacción, esperamos que confirmen y terminamos el asunto. Todo el mundo regresa a casa con todas sus partes en su sitio. Esa es la mejor opción para usted, ¿cierto?

—¡Cierto! —contestó James.

—Opción número dos… Sería darnos la contraseña por la fuerza e incurrir en serias penalidades. Esa no le conviene mucho. Aunque sería más divertida para nosotros. —Se giró hacia James—. ¿Sabes qué, cabrón? Creo que me estoy inclinando más por la segunda opción. Vamos a subirle dos a esta jodienda. Yo voy a entrar a buscar esa contraseña allá dentro y tú haz lo tuyo con los dedos. Quien la consiga primero, decide castigo.

—¡Vamo' allá, pendejo!

Adrenalina y pánico plagaron aquel monstruoso edificio. Ryan escogió como sanción traspasarle una rodilla con el taladro, no sin antes explicar con todo lujo de detalles en qué parte del hueso causaría más daño. James se inclinó por algo más clásico: fractura de tibia con bate. Cada uno asumió posición. Ryan frente a los ojos y James frente al teclado. Y al conteo de tres, comenzó la carrera.

Ryan surcaba a toda velocidad, pasando entre carriles y más carriles de luminosidad opaca y confusa, mientras James alternaba ligero entre letras, números y símbolos, descartando patrones corruptos. Ryan fue más adentro hasta encontrar un enjambre con aspecto de nido dorado que escondía una gran bola destellante en su interior. Al instante intuyó que era eso lo que buscaba. James estaba a un paso de quebrar el sistema, pero la tecla incorrecta le hizo retroceder unos cuantos pasos. «No se dice nada hasta estar afuera», fue la única pauta. Se dirigió de regreso a toda velocidad. Los dedos de James no paraban, sino que reformateaban todo fijándose en no volver a caer en el mismo error. Y al roce de unas milésimas…

—*¡Almérico4025!*—Ambas voces resonaron al unísono. ¡Impresionante!

Así que ambos se colocaron a los lados de la víctima, ahora amordazado y con piernas estiradas, liadas a la otra silla. El taladro se encendió en las manos de Ryan. James se llevó el bate al hombro. Uno frente al otro y el par de piernas en medio, cual barandal en corrida de toros.

—¿Sabes qué, cabrón? Tenías razón. Esto fue divertido.

—Viste, pendejo. Hazle caso al Poly.

—A la cuenta de tres. Uno…

—Dos…

CAPÍTULO 25

Primero, la dejaste hacer nido en tu cabeza cuando se supone que tú debías hacer ese maldito trabajo. Pero no basta con eso, no. Ahora quieres arriesgar lo que hemos conseguido, todo el fastidio que nos ha costado, contándole tu sucio secreto.

El chirrido de una bocina de auto en la parte trasera le reprochó no haber acelerado tras el cambio de luz. Un día común y corriente, tal insolencia hubiera sido propicia para bajarse del coche y resolver la querella a lo viejo oeste. Pero en este escenario, el bocinazo sirvió para hacer callar la voz del inquilino, quien no paraba de sermonearle desde que había llegado al apartamento y vio a Becca, exquisita, modelando frente al espejo en preparación para la gala de esa noche.

Puso su auto en marcha. Sabía que los ánimos en su interior no aguantarían otro reclamo a sus espaldas. Continuó su rumbo a orillas de la Quinta Avenida haciéndose de oídos sordos, mas, al cabo de unos cuantos metros su pulidísimo Mercedes color grafito mate volvió a atascarse.

Escúchame, Ryan, y escúchame bien. Tú y yo conocemos cuál será el final de todo esto. ¿Lo sabes? ¿O necesitas que te lo recuerde? Te lo advierto, pendejo. Mantén la boca cerrada. Nada bueno saldrá de confesarte ahora.

¡Píííí! ¡Otro ajoro! Y encima, el muy insolente, buscó rebasarle, no sin antes frenarle cerca en obvia postura de duelo.

—¿Qué carajos le pasa a este pendejo? —Azotó el cinturón de seguridad a un lado para salir a buscar respuesta.

—¡Olvídalo, ¿quieres?! —Becca lo retuvo de una mano, entrelazó sus dedos y le hizo apaciguar—. Tu extravagancia ha roto récord hoy, bebé. ¿Todo bien?

Consiguió que emplazara enfrentar a aquel fulano para enfrentarla a ella. Ryan se estacionó, esta vez, en su rostro. La contempló serio. Sagrada belleza y seducción que aborrecía ver transformarse en repudio tan pronto se desnudara. Su único deseo era disfrutarlo cuanto más pudiera antes de verlo irse todo al carajo entre ellos; antes de nunca más sentirla tan suya. ¿Acaso era anhelar demasiado? Llevó sus manos entrelazadas al pecho, acariciando sus dedos, se arrimó y la besó. Una sola vez. Con ojos bien abiertos y labios inseguros, como siempre. Cavando un pozo en su mirada para ver si de ahí sustraía el valor necesario para sincerarse, le confió:

—Tú sabes que te quiero, ¿cierto?

No podía evitar sentirse como un zonzo bufón las pocas veces que tal jeringosa había salido por sus labios. Así era de un lado de su alma. Del otro, la reacción luminiscente en ella al escucharlo le abrasaba y convencía de que sí… ¡claro que era cierto!

—¡Válgame! Sin duda alguna, algo extraño ocurre contigo… —le dijo junto a un guiño pícaro y le escurrió una mano por su entrepierna— y tengo que decir que me encanta.

Mantén la puta boca cerrada, marica.

Recordatorio advertido.

***

Ya en la terraza del Marion, el ambiente era el usual. De derroche, intoxicación y vanidad. Hombres de apariencia elegante y esencia desalmada. Mujeres embetunadas de atractivo y codicia. Música, licor, estimulantes, sedativos. ¡De todo para todos!

Al atravesar el marco de tal bacanal, sin embargo, el óleo impío de Becca sobresalía por mucho. No solo por lo deslumbrante de su figura bajo aquel largo vestido de satén rojo; el mismo de escote profundo y tiras de espagueti del que Ryan la había despojado al llegar a casa. Era su porte de «mira-pero-no-toques» lo que provocaba justo eso: que todos miraran y desearan tocar. Ryan iba enganchado a ella, con un brazo sosteniéndola por la cintura y un semblante que gritaba a leguas «atrévete-y-muere». Se pasearon por toda la terraza, ambos despertando lujurias, y llegaron hasta el rincón donde retozaba el corrillo.

A excepción de James, quien saludó con su cabeza y un «ey» alivianado, la impresión de aquel conjunto fue tan discreta como toro salvaje en cristalería. Bonadieu la tazó de arriba a abajo, hambriento y sin reparos; Booker, como era su práctica, estudiaba a ojo entrecerrado la reacción del *boss,* quien se levantó muy gallardo ante su arribo. Lucky también se levantó, pero para excluirse del melodrama.

—Atención todos, ella es Becca. Becca… estos son todos. —Sencillo y al grano.

Conrad llegó donde ellos, le extendió la mano a Ryan primero y luego se la ofreció a la dama junto a su nombre, quien la recibió siendo muy ella —coqueta y turbulenta—. De no haber andado esa noche con su novio de un año, su intrepidez hubiera ido más allá de un mero saludo. Conrad era un hombre de probar. Maduro. Despedía dominio en su proceder. Becca solo podía imaginar la de cosas que un macho alfa como ese era capaz de conseguir, siendo que Ryan lo había mencionado como «su jefe». Un suplicante cosquilleo le asaltó la libido al sentirlo cubrir con sus dos manos la suya y estrechar sus ojos color invierno sobre ella.

—Encantado de conocerla. Debo admitir que, hasta este momento, siempre pensé que era producto de Ryan y su imaginación.

Por más que el comentario le hiciera resentir que hubieran rehusado tanto incluirla en sus asuntos, Becca sonrió.

—Pues resulta que soy mucho más de lo que la imaginación de Ryan puede idear. ¿O no es así, bebé? —Le echó una ojeada de regaño. Él apretó su cintura.

—Osada afirmación teniendo en cuenta la destreza de este sujeto. Mil imaginaciones en una, ¿no?

Fue el leve plisar en los párpados de Becca lo que cazó la intriga del patrón. Eso, añadido al apuro de Ryan en su rebate.

—Somos sumisos a la imaginación más que a la realidad. Si me preguntas, cariño, no me odies por contestarte. Además, es muy temprano para ir filosofando —advirtió, sacándola del avispero—. Ven, quiero mostrarte algo.

Cual bote desligado de un naufragio, así Conrad los vio alejarse. ¡Ja! Más sabe el *diablo por viejo, muchachito.* Con eso, oficialmente, el juego de poder en su tablero había quedado iniciado. ¡Que suene la campana!

La pareja desfiló entre el gentío que se abría ante a sus pasos y, en el camino, un camarero que trotaba por el área cayó pillado por las garras de Ryan. Este le susurró algo al oído y luego le amortizó con varios billetes de par de ceros a una esquina. Suficiente. Tres pasos más y…

—¡Qué maravilla! —exclamó Becca.

Bordeando un extremo de la terraza, una hilera de iglúes traslúcidos que cobijaban divanes e intimidad la enamoró. Parecían estar en medio de una colonia de aguavivas en la densa oscuridad del océano. De cada domo colgaban luces que se apareaban a las de los rascacielos, otorgándoles la sensación de estar flotando a la deriva en la inmensidad. Un paraje de ensueño. Uno que costaba casi tres mil billetes su reserva.

Ryan, como nunca perdía tiempo ni rastro, la tomó de la mano y la llevó hasta allá. A cualquiera de ellos; igual todos estaban ocupados. Igual todo estaba pago. Entraron a uno de los globos —Ryan primero, ella detrás— y se toparon de frente con cinco pares de ojos aturdidos.

—Ejem... —y un silencio pesado le siguió.

Ninguna otra señal. Ninguna advertencia. Solo el lastre de aquel silencio —*su* silencio— fue suficiente para que los cinco espectadores abandonaran la cúpula de inmediato y sin protesta.

—Todo suyo, guapa.

—¿Todo mío? No me lo creo. Por esta noche, quizá... Oh, perdón —le soltó—, pensé que hablábamos de ti —dijo escabulléndose hacia un diván de blanco terciopelo a un costado. Allí tiró su brillante bolso de mano para también echarse ella con brazos cruzados a lo alto, de cara a la noche bruna. Cada maldita maniobra de esa mujer era incendiaria al antojo de Ryan. Ya era uso y costumbre para él suspirarla. Ahora, la apetitosa cantidad de piel que le quedó al descubierto en sus senos fue lo único que le hizo llevar la vista afuera para prohibirle a cualquier otro infeliz calentarse en esa hoguera sin su permiso.

—Ese afán por perseguir lo que no te conviene me desespera, ¿lo sabías? —Se arrimó hasta el diván y deslizó un par de dedos por debajo de su escote rozándole sabroso. Luego, de un tirón le arremangó los límites—. Lo que es todo mío... es todo mío. No pidas lo que no estás dispuesta a dar.

Becca se sentó, se compuso el vestido y también el sonrojo. Fue a la carga enseguida.

—De todas las maniobras de las que te sirves, no puedo creer que escogieras un burdo machismo para intentar impresionarme. Y yo aquí pensando que conocías algo sobre mí.

—Disculpen —el mesero aquel entró al domo—, ¿Manhattan, doble *whiskey,* con tres cerezas?

—Para la dama. Yo lo que me sirvo es de burdo machismo, aparentemente.

Ella le hizo frente arqueando una ceja. Agradeció al camarero, dio un primer sorbo y, aunque hubiera preferido seguir refutando, la perfección entre aroma, centeno añejo y momento justo en su trago predilecto le cayó como estocada final.

—*Touché*, cariño. —Bebió, ya sintiéndose embriagada. Él se acomodó a su lado.

—¿Por qué todo tiene que ser un litigio contigo, B? Es un tedio que siempre me lo hagas tan duro.

—Eso no fue lo que dijiste anoche. —Por su cara de lápida, Becca supo que buscaba hablarle en serio—. Tú sabes bien cómo soy, Ryan. No quieras hacer ver como si no fuera eso lo que te provoca. ¿Qué hay de entretenido en lo que se hace fácil? —Le acercó su cuerpo—. Por eso mismo estamos aquí, uno frente al otro aún, balbuceando porfías en vez de ser francos y decirnos lo que realmente queremos decir.

¡Mierda, era ahora o nunca! Las palmas se le hicieron frías y húmedas, de una. El momento le había llegado. ¡Habla de una buena vez! Conectó su alma a la de ella y se arrojó.

—¿Franqueza, entonces? Muy bien… Siendo franco, a mí se me ha hecho demasiado fácil liarme contigo, Becca. Desde el día uno. Demasiado fácil ansiarte a mi lado siempre y ni hablar de tenerte en mi cama. Que sea fácil y entretenido, en ti, se me da formidable. —Se secó una mano y asió la de ella—. Lo que no se me hace nada fácil, bebé, es mostrarte lo que soy. Nunca, en mi puta vida, me ha funcionado ser abierto… con nadie. —Un golpe de saliva bajó duro por su garganta—. Pero sé, también, que no hay manera genuina de construir esto… lo que sea que tenemos, si no soy claro. Para eso te traje conmigo esta noche, para ver si al fin digo lo que realmente necesito decir. —Eso que no le dejaba dormir en las noches y que exacerba sus escrúpulos.

¡Espera un momento! Una saeta le atravesó el cerebro. *Becca no tiene idea de a qué me refiero. ¿De qué rayos me está hablando ella?*

Todo se detuvo. Algo no encajaba. Antes de entregarse, debía estar cien por ciento seguro. Sin prestar ni un segundo a pensarlo, invadió su conciencia. Rastreando. Temiendo. Sospechando encontrar indicios sobre lo nefasto de admitirle su engaño, tal cual le argüían sus voces minuto a minuto. Al filo del umbral, bien que ni había llegado muy adentro, el panorama en su cabeza le amedrentó. Había un celo en vitrina que ardía cual horno calentado siete veces; un eco agudo reverberando en cada galería. *¿Y qué demonios era aquel sonido?* ¿Copas, sortijas? ¿Campanas de iglesia? *¡Maldición!* Lo que Becca aguardaba de él era un sucio contrato de amor eterno. *¡En medio de esta pocilga de vida, ¿está loca!?* Soltó su mano chorreando en pavor, brincó del diván y se apartó. ¡Qué carajos le digo ahora!

Becca, aún más bebida por verle tan aprensivo, le tomó ternura. Su brujo de ojos arcanos y nervios de acero estaba sudando la gota gorda frente a ella.

—Tranquilo, amor. A lo que sea que quieras decir, te aseguro, no pondré resistencia.

Pero su mente estaba en blanco. Sus manos seguían gélidas. Tomando viaje junto al tifón en sus adentros, volvió a arrimársele el amo de la asechanza.

Abre la boca, imbécil. ¿No querías confesarte? Anda… Dile cómo has tenido el valor para trucarle el juicio, pero no para ser sincero. Admítele tus sucias tretas. Lo que haces para arrastrarla a colmar tu cochina lascivia, degenerado. ¿Que no ves que la barbarie que llevas a cabo por Conrad no es tan infame como eso?

Eso. Eso mismo era.

—Becca… —tomó aire antes de mirarla—, si confesara que todo este lujo, toda esta facha que tanto te embelesa llega a precio de sangre y, te lo juro, no estoy siendo metafórico… ¿serías capaz de aceptarme? —Regresó donde ella—. ¿Seguirías confiando en mí si revelara que soy un miserable criminal de profesión? Ladrón, truhan, homicida, lo peor que puedas concebir y más. ¿Todo tuyo, dijiste? Pues esto es lo que soy. Quien anda este camino sabe que es mejor andarlo solo y no junto a alguien que malquiera el recorrido. Demasiada complicación. Así que, pregunto de nuevo… —Entró a buscar asiento en primera fila—. ¿Te arriesgarías a deambular conmigo? Yo ya no quiero vagar solo.

Ella aguardó, igual de húmeda y con oído ansioso, por ese «cásate conmigo» al final. *¿Y por qué no, si eran uno para el otro?* Ambos lo sabían. Esperó, añoró, pero él lo dejó ahí requiriéndole, además, una respuesta. *¿Una respuesta a qué?* La proposición no le era clara.

—Entonces, ¿qué es lo que me estás pidiendo, bebé?

—No te estoy pidiendo nada —respondió frío y cortante—. Me estoy cerciorando de si deseas continuar lo nuestro, aun sabiendo lo que soy… y si puedo confiar en ti.

Demasiado cruda esa ventisca. El brillo en sus ojos se extinguió.

—Ryan… ¿Es en serio?

—Si me preguntas, cariño, no me odies por contestarte.

Su vago meneo de cabeza al responder la despechó todavía más. *¿Por qué demonios esperaba otra cosa de él?*

—Guau… —expresó al fin con la voz cargada de evidente ironía—, me has dejado sin palabras, amor. ¿Qué iba a imaginar, así tan ingenua yo, tal grado de sinceridad de tu parte? No sabes cuán afortunada me siento que, después de tanto tiempo, al fin hayas decidido enterarme.

Él se aparejó para el cañoneo. La había desilusionado y ella no era mujer de esconder sus enconos. Becca, queriendo nivelar desagrados, llevó sus labios cerquísima a su endiosada boca y allí se plantó.

—¿Hasta cuándo, Ryan? ¿Hasta el día que me harte y me vaya? Lo difícil tiene su atractivo; la falta de honestidad no. ¿Tu gran confesión es admitir que eres un delincuente? ¿Así de necia me piensas? Tanto tiempo juntos y aún no eres sincero conmigo o, siquiera, contigo mismo… y todavía tienes las pelotas para cuestionarme si puedes confiar en mí. —Se bajó el resto del trago—. Cerciórate de esto, bebé. Si hoy decidiera no continuar a tu lado, no sería por tu malicia, sino por tu bajeza.

Ella no aguantaba ya ver su rostro. Desencantada, se levantó, mas él la detuvo y le habló a la cara.

—¿A dónde vas? Atiéndeme. Si lo que dije no era lo que querías escuchar, lo siento. Dime, ¿hubo algo a lo que sí prestaras atención? Te dije, Becca, desde el puto principio, que esto no se me hacía fácil. Que me hago un cagado saco de nervios de tener que revelarme a alguien. ¿Qué me contestaste? —Dejó que lo pensara hasta ver la respuesta en sus ojos—. ¿Y esto, para ti, no es poner resistencia? ¡Siempre un puto litigio! No fuiste únicamente tú quien no recibió lo que anhelaba.

Ambos tragaron de su propio aliento. Con ello amortiguaron. Una chispa fugaz de afecto azul verdoso se había asomado en las pupilas de Becca. Todavía había reproche en su interior, ¡bastante!, pero un poco de empatía equivalía un mundo para él.

—Olvidemos este asunto, ¿quieres? Qué tal si nos largamos de aquí ya mismo y buscamos dónde…

—¿Ya se van? ¡Si acaban de llegar apenas! —Patrick Lucky Green decidió hacer acto de presencia.

A su llegada, todos los inquilinos aullaron desde sus grutas en aviso. Si había uno de quien Ryan debía apercibirse era del puerco ese; ya venía listo para hacerle frente a su encerrona. El muy bastardo, quien entró sonriendo de lado bajo su barba de chivo albino, traía los ojos cubiertos con anteojos oscuros y un habano entre sus dedos. Ryan se levantó como quien sabe que lo que asoma es combate y lo propio era no dilatarlo.

—Se sabe que al nene lindo de la empresa no le gusta mezclarse con la gentuza, pero hoy no es un evento cualquiera, Poly. Esta noche promete. Además, creo que aún no me has presentado a la joven. —Le extendió una mano criminal— ¿Cuál es esta?

¡Hasta ahí llegaste, sabandija! Apartó su sucia mano de un golpe y le advirtió:

—¿Quieres ver cómo la noche se me torna interesante? Di una palabra más.

Llevando el puro a su sonrisa retorcida, se mofó:

—Vamos, que estamos entre colegas y la dama está observando… ¡Ves! Ya la espantaste.

Solo alcanzó a ver su espalda saliendo a prisa del iglú. *¡Maldita sea! ¡Maldito plan traerla aquí! ¡Maldito afán por retenerla!* Verla marcharse encandiló sus aullidos a punto de convulsión. Sacudió de su cabeza la imagen de sus manos prensándole por el cuello, antepuso lo que eran convenios fijados —la antepuso a ella— y le gruñó:

—¿Cuál es tu puto problema, Green? ¿Estás seguro de querer tomar esta ruta conmigo? Pregúntame quién es Joe Olivetti, adelante. Oh, cierto, es uno de los sargentos de la Scarfo, ¿no? —Se le aproximó con su mirada a un lado—. Ahora pídeme que te explique cómo sé de tu vínculo con esa rata y cómo reaccionaría Conrad si llegara a enterarse. Si piensas sacarme a bailar, abuelo, procura dar la talla.

Lucky volvió a mamar de aquel habano cual si fuera broncodilatador: con calma, pero acuciante. Exhaló y, luego, sonrió plácido al ver el humo hacerse nada al viento.

—Interesante cómo algunos gallos creen que el sol sale a causa de ellos. Cuando tú ibas de camino, Dypsyn, ya el abuelo venía de regreso. Por tu propio bien, te aconsejo, mantén la boca cerrada.

—Por el tuyo, te lo advierto… —Volvió sus siniestros ojos hacia él—. Mantén la puta distancia. —Acto seguido salió tras Becca.

¿Sus latidos? ¡A todo galope! ¿A dónde carajos fue? Perseguía su rostro de un millón de pesos entre un mar de monedas baratas, mas no la veía. Todo era un torrente de almas insulsas, miradas extrañas. Una tras otra, tras otra, tras otra. *¿Se habrá ido?* ¿Decidió dejarme?

A punto del desaliento, alcanzó divisarla situada en una esquina, como si nada ocurriera, charlando con James. El respiro que pegó al verla le salió mero. En eso, el bolsillo en su chaqueta vibró.

«AQUÍ», se leyó brillante en la pantalla de su móvil. Un crucial «aquí» que le había llegado en forma de sobre amarillo inflado de libertad y, a la vez, peligro. Ese «aquí» traía en secreto el dosier necesario para comenzar otra vida lejos de todo. Apartado de todos, menos de ella. Era por ella que había fraguado tal «aquí». Aunque fuera un puto detalle tenía que salir bien, carajo. Aquella intermisión daría chance al bendito drama entre ambos a enfriar. Ya luego hablarían. Sigiloso, atajó entre el barullo para que James pudiera verlo de lejos y con un contoneo de cabeza le encargó vigilarla. De igual modo le confirmaron. Entonces salió a prisa del hotel.

Mientras, James pujaba por mantener bajo control lo que se hablaba, notando a leguas el enfado de Becca enmascarado en su flirteo intenso. ¡Le costaba un huevo! Hablar con mujeres era una destreza en la que se calificaba inferior a principiante.

—¿Sabías que el 99 % de las personas en el mundo usan o tienen una computadora? Ridículo que, de ese porcentaje, solo un 4,7 sabe cómo funcionan.

—4,6 —contestó Becca, levantando su mano como testigo en estrado.

—Bueno, no es así como trabajan los porcentajes, realmente.

—Estoy jodiendo contigo, Jimmy. Únete —le susurró siguiéndole una guiñada de labios apretados.

James veía muy bien por qué Ryan se había enamorado de ella. Aunque se lo negara mil veces. Esa mujer tenía lo suyo y era hermosa. Un peligro para cualquier hombre.

—¿Sabías que el 99 % de los hombres que entablan conversación acerca de tecnología con una mujer terminan en la zona de amistad? —irrumpió Conrad entre ambos con aroma a complot en su colonia de Clive Christian—. Digo, no insinúo que estés cortejando a la mujer de tu mejor amigo. Solo ofrezco el dato… para futuras ocasiones.

—Lo tendré en cuenta, *boss* —dijo con rostro seco y tensión en sus hombros.

—¿Y por qué no hablar de tecnología con una mujer? ¿No tendremos la capacidad para entender, será? —demandó.

—Para nada. Yo no he dicho que no pueda. Dije que no lo haga si no quiere que lo agreguen a la lista de «solo amigos».

—Parece buen consejo. Aquí le dejo uno mejor: referirse a ella por su nombre y no como «la mujer de». —Enderezó su postura en un gesto seductor. Al llegarle a la cabeza su tonito sugestivo, escabulló la mirada hasta James y le irritó dar con su cara de sospecha.

—Disculpen, caballeros… Pero «la mujer de Ryan» necesita otro trago. —Se dirigió hasta la barra y detrás le siguieron los ojos de Conrad quien ladeó su cabeza entretenido mientras la veía alejarse.

«Dnd krajo estás???», texteó James en apuros. Él sabía lo que escondía esa antigua usanza en su patrón. Debía ir tras ella y mantenerla escoltada en lo que al imbécil de Ryan le daba con aparecer. A su primer indicio de moverse, sin ambages, fue coartado por Conrad, quien lo mandó a aquietar cual cachorro en entrenamiento. Él, personalmente, atendería esa situación. Y, ¿quién? ¿Habría alguno en todo aquello que pudiera decirle que no? Al llegar donde ella, Becca aguardaba por ser atendida.

—Le pido disculpas, señorita, si mi comentario se percibió sexista. Lo menos que deseo es que me tenga por cerdo misógino. —Soltó el único botón que tenía abrochado en su chaqueta negra de finísimas rayas grises, dejando al descubierto el chaleco interior que abrazaba su torso con elegancia—. ¿Me permite ordenarle algo, a modo de disculpa? ¿Qué está tomando?

—Lo mismo que usted. —El comentario achicó los ojos de Conrad aún más. Enfiló su mirada al barman, levantó dos dedos y, en menos de un minuto, las bebidas estaban frente a ellos. Dos copas de whiskey Macallan 1926, puro.

—Entonces… Becca… Me intriga saber cómo alguien como usted, que se muestra tan autónoma, vino a parar con alguien como Ryan Dypsyn. Y no me malinterprete. Ese muchacho es prácticamente como mi hijo. Ergo, porque lo conozco es que me desconcierta.

—Rayos, nunca imaginé que la voz de mi conciencia luciría así de bien. ¿Qué puedo decir? Esa es mi pugna ya hace un año. Hoy, sospecho, toqué mi límite. La única discrepancia es que usted lo cree a él más peligroso que yo. —Dio un sorbo—. Pero alguien como yo sabe muy bien cómo defenderse.

—¿Defenderse de quién? —El áspero timbre de Ryan la estremeció a sus espaldas. Llegó y se colocó en medio cual muro de contención exigiendo distanciamiento—. ¿Algún problema?

—No hay problema alguno, Poly.

¿Qué demonios era eso que le quemaba adentro? ¿Míseros celos de *pringao*? ¡Negativo!, desmentiría. La comezón que le roía se la acuñaba a una mera cuestión de respeto. Tolerar su ligereza con un cualquiera de la calle era una cosa. Imaginarla tan solícita con su puto jefe a la vista de todos era otra putada muy diferente. Por otro lado, Conrad sí avistaba ardores dignos de poner a prueba y Ryan sabía reconocer mucho más rápido que James cuándo el *boss* estaba en ánimos de ostentar su estatus de pez gordo ante los demás. Lo conocía demasiado bien.

—Ya vámonos. —En su mente, lo lanzó como petición. En la de ella, sonó a mandato.

—Solo estamos conversando, Ryan. Relájate.

—¡Sí, hombre! Estamos dialogando. De ti, precisamente. Tratando de dar con el secreto… para que alguien como tú haya podido mantener una mujer como ella a su lado por tanto tiempo.

Ryan sostuvo la mirada sobre Conrad y su sonrisa maliciosa que se colaba distorsionada a través del cristal en su copa.

—Becca, dije vámonos. —En su mente, solo la tomó del brazo. En la de Becca, fue intento de coacción.

—¡Y yo dije que no! —exclamó sacudiéndose—. Si quieres irte, adelante. Yo sé el camino a casa.

—Ok, ya entiendo cuál es la dinámica entre ustedes. Esta chica es fuego, Poly. Y pensar que lo puedas extinguir con una sola mirada… ¡Genial! Me gusta este jueguito.

Esta vez, Becca frunció su rostro entero; su intriga se acrecentaba. No captaba la alusión al aire y eso la tenía frenética; nunca fue entusiasta de las putas bromas internas. Aunque Conrad luciera carialegre, al buscar la mirada de Ryan, lo notó esquivándola del todo pretendiendo escapar por la tangente.

—Nada de juegos, Conrad —mitigó Ryan—. Esto es asunto de dos.

—¿Asunto de dos? Todo lo que está aquí en esta terraza ahora mismo, cada maniobra, cada intención, es asunto mío, primero. Y a mí me encanta jugar. En especial, a Verdad o Reto. ¿Quién sería el segundo? ¿Tú o ella? Apuesto a que ella.

—Juguemos —disparó Becca viéndole directo.

—Excelente. ¿Verdad o re…?

—Verdad.

—Al carajo con tanta estupidez. Yo me largo…

—¡Shhh! —Lo calló apuntándole con el trago. Severo, le mandó a frenar y acatarse—. No vas a ninguna parte. Presta atención, chiquillo.

¡Cómo le encabronaba que lo tratara de pinche mocoso! Su maldito complejo de dios y salvador ya lo tenía harto. Aquel clandestino AQUÍ dentro de su gabán triplicó en peso y fue lo que le hincó rígido allí. Su vista al cielo; las manos hundidas en los bolsillos marca Giorgio Armani, en los que enfundó, más que sus tremores, sus temores. ¡Ahora era que tocaba bregar con la situación!

—La señorita escogió verdad. Averigüemos. —Retornó su atención a ella—. Le pregunto, y sea sincera, ¿ha engañado alguna vez a alguien?

—Por supuesto. Siempre que lo han merecido. Por ende, no me arrepiento. Me toca a mí, ¿no? —dijo sin voltear a verlo—. Despreocúpate, bebé. Yo no haré preguntas de las que ya tenga contestación.

—O sea que, ¿no indagará si posee algún talento oculto? Desde luego. Después de tanto tiempo, seguro ya debe conocer.

Ryan sintió el piso moverse bajo sus pies. Que Conrad fuera fabricante de maldad e inmisericordia, ¡de eso no había duda! Lo que no admitía era tal puñalada trapera frente a ella.

Ella, la que no tardó un segundo en atar cabo con cabo: la insultante, supuesta confesión de hacía un rato; su conducta extravolátil; esa maldita sensación de ignorar algo que los demás conocían. ¡Todo apuntaba ahí! Dejó de lado a Conrad y le fue directa:

—Eso era, ¿verdad? Lo que no tuviste cojones suficientes para desembuchar allá atrás y preferiste esperar a un puto juego de niños para decirme. Habla ahora, pues. ¿Cuál es ese gran talento oculto?

Él permanecía ido. Bloqueado. Perdido entre mil reproches. Mil excusas. Licuando entre voces su deseo de aventar a alguien desde lo alto de aquella terraza, siendo él la primera y mejor opción. ¿Abrir la boca para qué? Ya lo que quedaba era dejar la bola correr y maldecir a Conrad por ponerla en movimiento.

—Venga, señorita, no se alarme. El talento de este sujeto nunca ha sido expresar lo que siente, ya lo conoce. Solo imagine. Si usted pudiera hacer contacto con cualquiera sin hablar, ¿le harían falta las palabras? Piénselo… De haber nacido con la facultad de persuadir con su sola mirada, ¿para qué parlotear? —La dejó patidifusa—. ¿Cómo? ¿Acaso no sabía que este caballero, más allá de esa bonita cara suya, puede ver lo que está en su mente? —Mira a Ryan—. Apuesto a que, si entraras ahora, la verías rebuscando la etiqueta de dicho fenómeno, ¿no crees? Percepción extrasensorial, señorita. Ese es el término correcto para su habilidad y la razón por la que goza de todo este lucro. —Recorrió su entorno con la mirada y paró en su rostro atolondrado—. ¿O cree que trabaja para mí solo por ser apuesto? En su próximo turno pregúntele qué es lo que realmente hace cuando parece mirarla con tanta pasión… —Y sin más, llevó la copa a sus labios.

¡MÍRAME A LOS OJOS!

Vez tras vez, quemándole. Dominándola. Incesante en su mente. «Mírame a los ojos». Delirando en su cama; riñendo con él en la calle. En su conciencia. «Mírame a los ojos». Jodida frase que empleaba cual sexto sentido y que la hacía débil como para querer negarse. Cualquiera con una miga de masa gris en el cerebro se rehusaría. ¡Tan iluso su embeleso cada vez que parecía conocer de antemano lo que le iba a decir, carajo! Más claro, imposible. ¡Pero ella, simplemente, no lo contemplaba!

Quien sí contemplaba su nocivo escepticismo —y eso, sin precisar de don sobrenatural— era aquel al que siempre le apuraba total transparencia y sumisión a su alrededor. Conrad le chasqueó los dedos en la cara a un Ryan todavía puesto en pausa y le espoleó:

—Tú conoces bien las reglas del juego, Poly. Si fallas a una verdad, lo que toca es reto. ¿Le parece, señorita?

Ver para creer. ¡No podía ser cierto! ¿Ambos pretendían mirarle la cara de idiota o qué? ¡¿Cómo admitir semejante fábula?! Mierdas supersticiosas como esas solo se veían en ficción; jamás en vida real regodeándose por la terraza de un lujoso hotel neoyorquino. Mucho menos durmiendo junto a ella.

—Ya he visto y escuchado suficiente. Mi cuota de tragar mentiras llegó a su tope. —Becca fue y le encaró rabiosa—. Ser un completo fraude, Ryan… ese es tu verdadero talento.

Ninguna espada es más aguda que una palabra afilada con enojo. Igual, fue el mismo enojo lo que le hizo olvidar que para él —su brujo de ojos arcanos— no había más duro catalizador que un claro desafío. Gravísimo error ponerle los ojos de frente. La prendió. Por primera vez desde haber dado con ella, se apoderó. Nada salvaje, solo una pequeña muestra. Lo preciso como para esposarla y aleccionarle a contener su lengua; que le escuchara al fin, pero hasta el tuétano.

—Mi chica hecha de fuego. Propensa a alborotarse y salirse de control. La que siempre está caliente. —La hizo gemir adentro—. Tu mayor debilidad, preciosa, es que demasiado fuego te llena la cabeza de humo. Lo único que te he pedido a cambio de todo esto es un poco de puto espacio. Paciencia, solo eso. Pero resulta que tu porcentaje para entender cómo carajos funciono yo es deprimente. Muy por debajo de un 4,6, créeme. —Y la soltó.

Conrad carcajeó. Hubiera apostado su fortuna por un desenlace mucho más dramático, pero igual quedó satisfecho. ¿Y ella? A la deriva. En un limbo. Su aspecto de estatua de cera intentando hallarse la ponía en evidencia.

Ryan también erraba. Inmerso entre el jugoso placer de haberla desvirgado a la intemperie y la pesadumbre de haber quebrantado su propia promesa de nunca ultrajarla. Nada más se habló. Todo lo que hubo fue resuellos y el estupor de enfrentarse a la verdad por la que ella tanto insistió. Por encima del bullicio en aquella bacanal, sus párpados volvieron a palmotear como curtiéndole por ser tan necia. Puso su copa de *whiskey* a medio terminar sobre la barra, alcanzó su bolso y, sin mediar palabra, decidió marcharse.

Él no podía verla partir. No la dejaría. La pilló en el acto y... ¡Paf! Su palma en llamas le aterrizó a un lado de la cara, contundente; bofetada que nunca jamás perdería escozor ni oprobio en su alma.

—Aléjate de mí —musitó de manera inquietante. Como la muerte misma. Luego volteó y siguió su rumbo.

¡La bomba había detonado! Y aunque la reacción inmediata no parecía ser tan devastadora, Ryan sabía que aquello que avistaba era un volcán comenzando a arrojar cenizas. Lo peor estaba por venir. Lo intuía porque lo mismo ocurría con él. Olfatear el tufo jovial de Conrad ante su dilema le hacía alucinar arrancándole la vida a golpes. ¡Maldito oportunista de mierda! ¡Judas!

—¡Vaya manera de cubrir mi puta espalda! —le abrió la boca airado, a oídos del resto. Para Conrad, la falta de compostura en alguien que pretendiera llamarse hombre era señal de ineptitud. Contuvo su ira, se le acercó y, sin flaqueza, enfrentó su indomable mirada con otra atestada de impiedad.

—Cuida la manera en que te diriges a mí, pendejo. Mi tolerancia también tiene sus límites. A ver si así aprendes que no todo el tiempo será a tu manera.

Ryan casi tritura sus dientes forzándose a no abrir de nuevo la boca o todo se iría al carajo ahí mismo. Aún no era el tiempo para eso. Ahora debía ir tras ella. Salió y, unos pasos más adelante, escuchó a Conrad pregonar:

—Honestidad pura y simple, Dypsyn. Primer capítulo en el libro de la sabiduría, no lo olvides.

A orillas del elevador más cercano, indiferente al claqué continuo de su índice sobre las lentejuelas de su bolso, aguardaba Becca todavía desubicada. Abrigando la esperanza de que, al abrirse aquellas puertas, despertaría de ese mal sueño. De esa falacia que, como todo espejismo, sentía real hasta en sus venas. Todo era cuestión de montarse en ese elevador, agarrar un taxi y llegar a casa. Tan pronto enterrara la cabeza en su almohada, estaba segura de que todo regresaría a como estaba. Solo era una pesadilla de la cual mañana se reiría. Se imaginó en esa charada, y la risa se le asomó sin saberlo... sin darse siquiera cuenta de cuándo cambió a carcajadas. Riendo a manos llenas entró al ascensor, apresuró a marcar el 0 sin tregua hasta ver las puertas cerrarse y se apretujó en una esquina. Escandalosa.

Colándose entre el maldito chiste, veía la esfera brillosa brincar de número en número, bajando piso tras piso, y las postizas carcajadas se le fueron cayendo. No dieron abasto para llevarla hasta el final, sino que desviaron a sollozos y, luego, a un llanto amargo. ¿Cómo carajos volvió a ser tan vulnerable? ¡Que la usaran así tan cochinamente! —Le brotó una risona que sobraba escondida—. ¿Quién demonios era ese sujeto? ¡Aquel no era Ryan! Ese arrastrado que la maniató y profanó en público no era él. Era otro sujeto. Otro ser usando como careta el rostro de aquel al que adoraba.

¡Din! Se abrieron las puertas de nuevo. Mapeó su rostro por encima antes de dar un paso afuera y salió tiesa pretendiendo haber dejado al demonio atrapado allá atrás.

«¡Mírame a los ojos!», la paró en seco. Esos temibles ojos. Los que creía suyos, aunque jamás tan suya como lo era ella; sin secretos ni artimañas.

¡Din! Mil voltios de pavor le corrieron por el cuerpo al escuchar, justo luego, aquel rugido de terror:

—¡Becca!

Nunca debió mirar, ¡pero lo hizo! Volteó y lo vio. Avanzando hacia ella en pleno arrebato, llevándole el corazón a la boca. No podía tragar tenerle cerca. Debía escapar.

—¡Becca! —Recibió otra descarga. Aligeró el paso. Aun cargando un bloque pesado en su estómago, cruzó a toda prisa el amplísimo vestíbulo con la mitad del traje en brazos y persiguió la salida rogando por tiempo suficiente para poder montar en un taxi antes de que él la alcanzara. Se arrimó a la acera, detuvo al primer auto amarillo que alcanzó a ver y, sin pendejear ni preguntar, abrió la puerta trasera un tanto antes que callera de nuevo cerrada de un azote.

—¡¿Qué carajos te pasa, Becca?! ¿Ahora sí se te antoja irte? —El rostro de Ryan daba miedo. Becca evadía ese retrato.

—¡Déjame ir, Ryan! ¡Estoy hablando en serio! —Abrió desafiante por segunda vez y asimismo la atrancó.

—¡Escúchame, maldición! Te juro, por el puto porqué más sagrado, que no era así como quería que te enteraras. Venir a esta mierda de gala siempre fue idea tuya. ¡Tú fuiste la que insististe, no yo! ¡Maldita noche, carajo!

Usó ese balido para regular ventilación y desfogarse. Él no negaba que había aterrizado feo en el banquillo de acusados, ¡sin puta duda alguna! Aunque pretendiera eludir la culpa. Había manejado todo el asunto como un jodido aprendiz y ahora le tocaba baldear su reguero.

—Déjame llevarte a casa. Lo que necesitamos es hablar…

—¿Hablar? ¿Quieres hablar? ¡Luego de todo un puto año! Esto es tan asquerosamente inverosímil, Ryan. No me cabe en la cabeza, ¿cómo pudiste hacerme esto?

—¡Pues dame oportunidad de explicarte, puñeta! — Maldito coraje que aminoraba su ambición de compostura ¡y ella tampoco ponía de su parte!—. Solo… Vayamos a casa, ¿ok?

—No, Ryan. *Yo* iré a casa. Tú quédate aquí con tus jugarretas, tu cobardía —le agarraron náuseas—, con quienes conocen lo que eres en realidad, y déjame a mí en paz… Ah, y busca alguna mujerzuela con quien quedarte. No debe ser problema alguno para ti, ¿cierto?

De todo lo dicho esa noche, fue esa sucia expresión, «lo que eres», la que traspasó el alma de Ryan y le aniquiló. Becca quedó mirando fijo su brazo, que aún permanecía sobre la puerta del taxi hasta que él lo levantó sin fuerzas para más. La vio montarse, sin tan siquiera voltear a verlo, y alejarse. Su figura ataviada de traje elegante quedó allí, abatida, inerte al filo de la acera mientras recordaba alardear ante James su supuesto control del asunto. Engañándose a sí mismo, tal cual Becca le estrujó en la cara. Ahora debía hallar la manera de que ella atendiera a su versión de la historia y decidiera acompañarlo en la nueva que tenía planificada. Solo confiaba en que unos cuantos días, que era lo acostumbrado en ella a la hora de aplacar sus arranques, le fueran suficientes a él también para encontrarla.

CAPÍTULO 26

El agudo y aniñado sonido ochentero de la voz de Cyndi Lauper comenzó a filtrarse por las bocinas del auto desde la estación de radio satelital. Sin pedirle permiso, su mente le dio pausa a lo que estaba fraguando y fue a parar hasta el balcón de su antiguo hogar en Barton Hills, Austin. Allí —envueltas en musa, vino y nostalgia— presenció a su madre junto a otras dos jóvenes de hermosa apariencia *hippie*. Dos de ellas, con guitarra en mano —una era su madre— y la otra, sentada sobre un cajoncillo de percusión.

La armonía a voces que lograban ensamblar entre ellas era celestial. Se vio a él mismo, como de unos seis o siete años, curioseando desde el despintado umbral de la puerta. Disfrutando del ensayo semanal que solían tener en su casa; para él, un concierto privado. Su mamá era la vocalista principal en esa ocasión. El metal acaramelado de su voz estilo *country* siempre terminaba en sollozo al final de cada línea y hacía que se le estrujara el alma por dentro al escucharla. Cada palabra en la canción cobraba vida cuando salía de sus labios.

En su letra narraba estar acostada en su cama, escuchando el tictac del reloj y pensando en él. Encontraba mágico verla sonreír mientras cantaba sobre cómo la confusión no era nada nuevo para ella; cómo las noches cálidas habían quedado atrás.

Esa letra hacía tanto sentido para él… ahora. Así mismo se encontraba: sintiendo que por más que llamaba, parecían no escucharle. Cómo, al tratar de ir más despacio, había terminado por quedarse atrás. Entonces, la canción comenzó a decirle que, si estaba perdido, simplemente buscara y la encontraría… una y otra vez.

No resistió más.

—Quita esa mierda. Me está poniendo de mal humor. —Sus nudillos fueron a parar irritados hasta el botón de encendido.

Luego del fatídico descubrimiento en la terraza del Marion hacía dos semanas, Ryan había caído en estado de alerta roja. La más mínima estupidez tenía la capacidad de sacarlo de sus casillas. Ese viaje musical por la ruta de los recuerdos tenía potencial de ser catastrófico.

—¿Cómo? —protestó James, quien iba conduciendo—. ¿No te gusta la reina del pop?

—Tú eres tan *absurdamente* ignorante. La reina del pop es Madonna, imbécil. Esa es Cyndi Lauper.

—¡Qué sé yo! Nos jodimos ahora con Tommy Mottola. ¿Desde cuándo acá eres el que más sabe de música?

—Haz puto silencio por un rato, Jimmy —sentenció tajante. Echó un ojo rápido a la trayectoria que le indicaba la aplicación en el celular—. Tienes que doblar en la próxima a la derecha, en quince metros. Estamos por llegar.

Ryan no tenía ánimo alguno de seguirle su jueguito de sarcasmo ni de conversar acerca de sus asuntos personales con James. Ni con él mismo, tan siquiera. Por eso, cada vez que le llegaba algún recuerdo, su respuesta era suprimirlo. Asfixiarlo hasta que dejara de dar señales de vida. Además, a James le encantaba burlarse de cada cosa que pasaba a su alrededor y sabía que no tenía la tolerancia para sus pendejadas en ese momento.

Por otro lado, James estaba comenzando a perder la paciencia con la maldita actitud pedante de Ryan que se había volado por las nubes de unos días para acá. Ya no tenía recolección de cuántas veces lo había visto verificar si le había llegado algún mensaje nuevo, para luego recibir la descarga de malhumor al no encontrar nada. Quien conocía a Ryan, podía adjudicarle el término «rabioso» como una de sus características. Pero, quien lo conocía *bien* —como era su caso— sabía que había otro nivel de enfurecimiento. Uno tan inaguantable que hacía parecer su normal fastidio como un paseo en el parque.

Aún no había podido preguntarle por Becca. Ryan no era un tipo al que se le llegara fácil. En esas dos semanas, el equipo entero había estado trabajando «horas extra». Coordinando, precisamente, la maniobra que estaban llevando a cabo en esa misma hora. Así que el tiempo libre para discutir otros asuntos que no fueran los relacionados al trabajo había sido cancelado hasta nuevo aviso.

Pero no le hacía falta hablar con él para darse cuenta de que su actual estado de agitación extrema era a causa del desbarajuste de aquella noche en la gala. Y aunque siempre cargaba un semblante de que nada le importaba tres carajos, él —que estaba más de cerca— notaba que algo no andaba bien. Cualquier comentario que le hiciera lo tomaba personal, usaba la fuerza de manera excesiva en situaciones sencillas que no lo ameritaban y perdía más tiempo del habitual hablando solo. Ya le estaba comenzando a preocupar... y a encabronar, también.

—Es aquel edificio que está al final, a mano izquierda —indicó Ryan—. Apaga las luces y detente aquí —dijo señalándole un espacio entre arbustos que quedaba a orillas de la carretera de edificios comerciales. James apagó las luces, pero continuó unos cuantos metros más allá de donde le indicaron, evitando los frondosos árboles.

—Aquí. ¡Para el puto carro aquí, cabrón! —bramó con voz de trueno.

El sacudir de la palanca de emergencia en el Audi negro pantera de James hizo que ambos cuerpos se abalanzaran hacia al frente tras el abrupto frenazo. De Ryan no haber puesto su mano a tiempo sobre el tablero, parte de su dentadura hubiera ido a parar enterrada en la lujosa cobertura en cuero.

—¡¿Aquí lo dejo, maricón?! ¿En medio de la puta carretera? Bájate y coge el cabrón volante tú, entonces. —¡Hasta ahí llegó su paciencia!

—¿Pero a dónde carajos vas a llegar? ¡Si quieres puedes ir y estacionarte frente al puto local! Te juro que, a veces, tu nivel de idiotez me saca por el techo.

—¡Y a mí me encabrona que me sigas tratando como si fuera un puto aprendiz al que le puedes hablar como te da la gana!

James se soltó de un golpe el cinturón de seguridad. Su frente, pómulos, boca y mentón estaban congelados en una expresión que parecía que estallarían en cualquier momento. Su ojo derecho estaba por salirse de su cuenca, pero el izquierdo luchaba por quedarse abierto. Ryan no tardó en responder al enfrentamiento. ¡Monstruo a la vista!

—Deja de portarte como uno, entonces, pendejo. Y si tienes problemas con la forma en que te hablo, haz algo al respecto… o cállate la puta boca. —Su ronquido de ultratumba causaba espanto.

—¿Y tú crees que te tengo miedo, Dypsyn? Te puedes quitar las cabronas gafas esas, si quieres. ¡Me importa un carajo! Tú tienes dos bolas entre las piernas igual que yo. No tengo por qué aguantar tus mamadas… Mucho menos cuando yo a ti nunca te he faltado el respeto.

Cinco segundos para quedar inmóviles, intercalándose ojeadas de desafío, cual gatos callejeros en confrontación nocturna. Cada uno sopesando lo desmadrado que era su contrincante, pero con el cien por ciento de sus sentidos involucrados en ripostar al mínimo indicio de arremetida.

Fue el resonar de esa última frase, «yo a ti nunca te he faltado el respeto», lo que hizo peso para que Ryan desistiera del encontronazo y franqueara su déspota mirada a través de la ventana. Su pierna derecha temblaba sin control contra la puerta.

Los párpados de James se cerraron en alivio al verlo deponerse de la contienda. Estuvo al filo de echar abajo, en un segundo de testosterona revuelta, todo su esfuerzo y planificación de meses. Pero no estaba dispuesto a dejarle pasar una más de sus putas insolencias. Si quería respeto, tenía que ganárselo.

Las palabras «perdón» o «lo siento» habían sido arrancadas del vocabulario de Ryan hacía mucho tiempo. Eso de retirarse silenciosamente de un altercado —algo que era más esporádico que año bisiesto—, en su retorcido lenguaje emocional era equivalente a pedir disculpas. No le quedó de otra. El pendejo de James no solo era temerario, sino que también era lógico en su proceder y tenía razón.

Si había alguno a quien podía tenerle algo parecido a confianza y aprecio, era a él. Con todos los demás del grupo la interacción era distinta: Bonadieu y Tío Sam le eran indiferentes, Lucky le provocaba repulsión… y Conrad, bueno, ¿qué tipo de confianza se le puede tener al Diablo? Ninguna. Con él, solo había cabida para la sujeción.

En honor al frágil feto de amistad que había entre ellos, eligió dejarlo pasar. «Pero que no me ajore mucho», brotó en el pensamiento… de ambos. James buscó despejar la situación.

—Necesito estar dentro del cuadrante de la señal para que esto funcione, eso es todo. Si no, lo que estamos es perdiendo el tiempo —arguyó mientras arrimaba el auto a una orilla.

—Como sea. Haz lo que quieras —concedió con molestia todavía rondando en su tono y sin mover la vista de la ventana—. Solo… trata de mantener distancia. El mismo puto cuadrante que necesitas tú, es el que necesita quien esté vigilándonos.

—Lo tengo claro. Yo no tendré tu ojo de tigre, pero sé muy bien lo que hago. Mucho mejor que tú, de hecho, que te tardas mil años en clonar un móvil.

Ryan volvió a darle un reojo de malicia y lo vio inclinar la cabeza y abrir las manos como diciéndole «brega con eso».

—Pendejo —le lanzó. Y así las aguas volvieron a su nivel.

James buscó el botón que movía de manera grácil el asiento conductor hacia atrás, mientras le añadía:

—Mi abuelo solía decirme, y nunca lo olvido: «el éxito no es un espectáculo de solistas». La confianza se aprende, Ryan.

—¿Confiar? —resopló—. Esa es una palabra demasiado grande como para caber en esta porqueriza de ambiente.

—Yo lo sé. Pero cuando das con ella puede ser la diferencia entre la vida o la muerte.

Ryan se mantuvo en silencio, percibiendo el momento muy sentimental para su gusto, pero llevó esas palabras al corazón.

—Ahora, ¿sabes a qué no le puedes tener ni gota de confianza? —James tiró su mano tras el espaldar de la silla del pasajero y agarró su *laptop*—. A esta mierda que está aquí. Esto sí que está cabrón. Lo que sea que caiga en la puta red, corre peligro. ¡Lo que sea y quien sea, loco! Esta cabrona lo conoce todo, lo ve todo y lo controla todo. Si necesitas mantenerte a oscuras, el mejor consejo que te puedo dar: aléjate pa'l carajo de la red.

El aviso de un mensaje recibido en el celular de ambos irrumpió en escena. De inmediato supieron cuál era el contenido: «Todo en su lugar. Informen posición». Ambos lo leyeron y contestaron: «Listos y en espera». Solo les quedaba aguardar por el toque de Conrad para ejecutar.

James colocó su celular a un lado; Ryan volvió a buscar indicios de alguna otra comunicación en el suyo. James lo notó. Abrió su instrumento de trabajo y comenzó a construir la configuración requerida. De la manera más casual que pudo conjurar, inquirió:

—Y hablando de alejarte pa'l carajo de ella… ¿Qué ha pasado con Becca?

¿Cuál fue la contestación de Ryan? Un resoplido harto de incredulidad y resignación. Su primer instinto fue seguir en silencio, pero al cabo de unos segundos, decidió confiar.

—Lo mismo que sabes tú, sé yo. Es más, ¿por qué no le preguntas a la que todo lo sabe? De seguro ella sí conoce algo.

—Tú solo dame la orden y un par de minutos, y resolvemos la incógnita de una.

El brillo en los ojos de James hizo evidente su apetencia por el reto lanzado, pero la mano de Ryan barrió el aire junto a una mueca en sus labios, indicándole que olvidara el asunto.

—Estoy tratando de no darle casco a eso.

«Tratando». Sin duda, ese era el verbo correcto. Ya llevaba dos semanas enteras intentando cruzar el puente entre tratar y poder.

—¿No has hablado con ella, tan siquiera?

—No sé una mierda de ella. No me contesta las llamadas, no lee los mensajes… —Dejó escapar otro resoplido—. Una sola vez me escribió…

El aplomo no le alcanzó para terminar la frase. Una sola vez le escribió, pidiéndole encontrarse con él en un lugar al cual nunca llegó. Audaz estrategia para asegurarse de que no estuviera en el apartamento cuando fuera a recoger sus cosas.

—¿Y qué te dijo?

—Nada. No dijo nada. Y ya, tumbemos el asunto. No estoy pa' esto ahora, en verdad.

Y era cierto. Ese no era el momento para perder la cabeza tratando de encontrar respuestas a los miles de porqués que lo acechaban cada noche estando en medio de su enorme cama fría:

¿Por qué carajo no la dejaste antes de envolverte? ¡Ahora la perdiste!

¿Por qué no le dije lo que quería escuchar? ¿Por qué no me deja explicarle?

¿Por qué fuiste tan imbécil como para creer que sería diferente?

La melancolía que se apoderó de la expresión de su compañero conmocionó a James. Verlo encabronado era fastidioso, pero al menos era algo usual. Ahora, esa pesadumbre que percibió fugaz en su voz, era totalmente nueva y no tenía puta idea de cómo atajarla. Ahí lo dejó. Y como boya que encuentra en medio del mar un náufrago, la confirmación por la que esperaban para poner manos a la obra llegó en ese preciso instante. Cortaron el drama y archivaron el carrete.

James dio los últimos toques al canal que inhabilitaría el sistema de alarma inalámbrico del edificio y buscó un plano virtual del mismo para mostrarle a Ryan cuáles eran los mejores puntos de entrada y salida. Cosa a la que Ryan no prestaría atención alguna.

Si algo sabía hacer desde joven era pasar por desapercibido. Entrar y salir sin que lo notaran. Esa habilidad no se circunscribía, únicamente, al ámbito psíquico. Solo necesitaba entre cinco y siete minutos en el reloj y algo de contrapeso enfundado en su espalda.

«Contrapeso». Así le llamaba al arma que utilizaba para nivelar fuerzas con alguien que estuviera lejos de su alcance visual.

—Tienes solo diez minutos para entrar, encontrar y salir. ¿Entendido?

—Pon el cronómetro. Si llego aquí en cinco… el Audi es mío. ¿Hay trato o no hay trato?

James titubeó. Estaba casi seguro de que Ryan solo hablaba mierda… Casi seguro. Pero no iba a rechazar una apuesta. Tenía que representar.

—Hay trato.

—Sabes que te acaban de estafar, ¿cierto?

—¡Vamo' allá, pendejo!

CAPÍTULO 27

La elegante dama iba regodeándose con su brazo enganchado alrededor del de su esposo, un reconocido banquero del área sur de Filadelfia. Hubieran podido detenerse justo enfrente del prominente restaurante y dejar que el servicio de *valet parking* se encargara de su Roll Royce de color blanco perla. Pero ella aún prefería disfrutar de las cosas más sencillas, como pasearse por la Plaza Rittenhouse bajo una cálida y despejada noche de verano. Desde ahí hasta el restaurante tardaban apenas tres minutos.

Llegaron frente a las amplias puertas de cristal del restaurante, y al entrar, su primer anfitrión fue el seductor sonido del contrabajo repicando en la exquisita música de *jazz* en vivo. También les recibió un refinado *maître d'*, quien no necesitó confirmar sus reservaciones, pues ya eran asiduos del lugar y los escoltó por entre el opulento ambiente sombrío hasta su rincón acostumbrado.

Pasaron entre concurridas mesas redondas, revestidas con delicados manteles de lino blanco y surtidas todas con su atavío de finísima vajilla; copas y servilletas de tela negra se erigían sobre ellas como coronas. El salón entero estaba recubierto con enormes paneles forrados en un sofisticado negro-café expreso y encuadrado dorado que hacían excelente contraste con la tersa alfombra de estampado en manchas de jaguar. Detalladas lámparas doradas y obras de arte adornaban las paredes. Todo era lujo y esplendor.

Llegaron hasta su mesa, en donde el maestresala se encargó de acomodar tras ellos las pesadas sillas tapizadas en cuero negro. Les deseó una velada espectacular y regresó a su puesto.

—Discúlpame por un momento, cariño, necesito ir al tocador.

La mujer —de finas arrugas y delgada figura— se levantó de nuevo, cargando con ella un diminuto estuche en donde solía llevar algo de brillo labial, un poco de polvo mate para su rostro y otro tanto de polvo blanco para su estado de ánimo. Se desplazó con gracia, levantando miradas aún a sus cincuenta y tantos años, y recorrió el salón hasta el fondo. Cruzó frente a la impresionante barra repleta de bebidas y «bebidos» en trajes de dos mil dólares, y llegó hasta el pasillo en donde se ubicaba el servicio sanitario. Allí, le cruzó por el lado a una joven y hermosa mujer que hacía turno para entrar, a quien sonrió con labios apretados; como suele hacerlo cuando la envidia le susurra.

Llegó hasta la puerta del baño y, al tratar de empujarla, la punta de su tacón de suela roja chocó contra ella. Estaba cerrada.

—Qué extraño. —Miró a la joven y ella le respondió con los mismos labios apretados; como suele hacerlo cuando observa presunción.

—Lleva así unos cuantos minutos.

—Pero, ¿habrá alguien adentro?

—Me parece que sí.

La señorita tecleó su oreja tres veces y arqueó una ceja maldadosa. Ambas acercaron sus oídos hasta la puerta, mirándose de frente, a modo de espionaje.

Primero, lo único que percibían era un tenue murmullo que ya luego fue agarrando claridad mientras aguzaban sus sentidos. Era el sonido implorante de una mujer, sin lugar a dudas. Sonido que ambas reconocieron en un chispazo de calor y reminiscencia. Gemidos de deleite que fueron en aumento poco a poco tras aquella puerta hasta hacerles sonrojar, conociendo ambas cuál era la sensación enloquecedora al final de ellos.

Se miraron con ojos abiertos al distinguir un rumoreo profundo emitido por otras cuerdas vocales. Ese, definitivamente, no era el sonido de una mujer. Se escuchó un grifo abrir y cerrar, y luego pasos acercándose hasta el punto desde donde husmeaban. De no haberse enderezado justo entonces, las hubieran agarrado *infraganti*.

La puerta se abrió.

Tanto la mirada más moza como la más experimentada cayeron en deslumbramiento al ver un bufet de cuerpazo masculino envuelto en un elegantísimo traje de chaqueta, chaleco y pantalón color champán claro. Iba combinado de forma exquisita con una camisa blanca de botones, además de una corbata y pañuelo color chocolate sedoso que hacían la boca agua.

Cada par de ojos se deslizó furtivo entre los botones de su chaleco. Rebasaron el nudo de la corbata, que estaba siendo acomodada por unas amplias manos marcadas con tinta. Estas, luego, fueron a parar de forma seductora hasta el bigote y la espesa barba acastañada que forraba la mitad de su perfilado rostro. Gafas oscuras, orejas perforadas y una cola de caballo bien peinada culminaban la escultura.

—Damas —carraspeó su grave tono—, disculpen la demora. —Y siguió de largo.

Luego de ver desaparecer aquellos entallados muslos zigzagueando bajo la solapa trasera de su chaqueta, regresaron su vigilancia hacia dentro del baño. Unas extensas y torneadas piernas venían ancladas sobre tacones blancos, ceñidas por un mini vestido en encaje verde esmeralda de manga larga y cuello alto. La línea del escote en sus senos se apreciaba completa a través de una abertura circular que llevaba el traje. Su rostro ruborizado cargaba una ondulada melena castaña oscura con destellos bronceados, un par de ojos que reflejaban más de cuarenta años de práctica y labios retocados por el bótox. Sacudió su cabellera de sobre sus hombros de forma triunfal antes de llegar bajo el marco de la puerta y enfrentar a su audiencia. Allí se detuvo, las miró y luego llevó su dedo índice frente a sus redondeados labios, rosados de placer.

Las dos espectadoras sabían con claridad lo que les estaban pidiendo. Y es que, así como entre presidentes, jefes y gerenciales se cubrían las espaldas, entre sus mujeres —fieles y abnegadas— también hacían lo mismo. Ninguna dijo nada. Solo se limitaron a dar sus respectivas sonrisas de labios apretados.

***

La bola ya había comenzado a rodar y no iba a detenerla por nada. Por nadie.

Salió airoso de aquel baño de mujeres sintiendo aún el tumulto en la entrepierna de su pantalón. Recorrió todo el salón principal del restaurante y rebasó el sonido melódico del piano en vivo hasta llegar bajo la pequeña carpa en la entrada que marcaba territorio en ese rectángulo de la acera. Necesitaba un poco de aire fresco para despejar la mente antes de regresar y continuar con la maniobra pautada.

Allí mismo la estaba llevando a cabo. En los predios de un lujoso restaurante cinco estrellas de Filadelfia, sede del ascenso de Conrad Cavanaugh como nuevo director general de operaciones de La Corporación en toda la puta área este de los Estados Unidos.

Osado, ¡claro que sí!, pero era el momento oportuno. Toda la alta jerarquía estaba allí: jefes, gerenciales… y sus esposas. Para él, era la oportunidad ideal de ir recolectando piezas de información valiosa. Esa noche, Ryan Dypsyn comenzaría a armar su propio muñequito.

¿Cuánto tiempo le tomaría ensamblarlo y darle vida? Aún no lo tenía claro. Unas cuantas semanas. Meses, tal vez. No sabía a ciencia cierta.

Lo que sí estaba claro era que su obsesión compulsiva por tener el control de cada mínimo detalle haría su agosto, ¡y por mucho! Él sabía que debía ser en extremo meticuloso y precavido; sigiloso en sus gestiones. Como que su vida dependía de ello. La Corporación era una empresa que tenía una sola cláusula estipulada acerca del retiro temprano: la muerte. Así que, si se creía con los cojones necesarios como para sentar un precedente, debía hacerlo sopesando cada maldito pro y contra, y teniendo bajo su poder algo sustancial que pudiera utilizar como contrapeso… en el sentido estricto de la palabra.

Si todo encajaba de la manera en que lo estaba concibiendo, las probabilidades de éxito eran bien altas. No totales, gracias al puto «factor humano» que puede aparecerse en cualquier momento a joderlo todo. Pero estaba dispuesto a correrse ese chance por la oportunidad de no seguir bajo el puño del cabrón, hijo de la gran puta de Conrad Cavanaugh.

Ya todo el asunto con la maldita Corporación, los putos gerenciales y la dinámica con el malparido de Conrad no le estaba funcionando. Sí, le ayudó por un tiempo a sentir lo que era ser «parte de»; a descargar su ansiedad de otra forma y dejar de cortarse buscando alivio; a darle más sentido a las voces y a su puto don de mierda.

Pero ya estaba harto. Lo sabía porque había comenzado a imaginarse, cada vez más seguido, mil y una maneras de cómo descojonarle la vida a su jefe. Contempló el edificio que se imponía al otro lado de la carretera y, al fijarse en el ventanal bordeado de viejos ladrillos rojos, recordó que —al menos con Conrad— no quería llegar tan lejos. Jamás podría hacerlo.

Así que, una vez más, era momento de alejarse de todo. De eso no había duda; la visión estaba clara. Lo único que la empañaba un tanto era el haberse visualizado llevándolo a cabo, pero no solo.

Tenía que admitirlo. Llegó a creer a Becca capaz de quererlo. De querer acompañarlo. Cayó fuerte en esa ficción. Algo que las voces se encargaban de estrujarle en la cara cada vez que tenían la oportunidad.

Pero ya había pasado casi un mes —exactamente veintiún días— de no tener de ella ni una puta señal de vida. Era más que obvio que no iba a regresar. A duras penas había logrado romper el hábito de contar con alguien a su lado. Había sobrepasado la etapa de fijación por quererla de cerca otra vez y, a decir verdad, su continuo estado de frustración había terminado por impacientarlo a él también.

Como solía decirle James: *«Más vale paciente que valiente»*. Ese maldito cabrón siempre sabía cómo dar con él, por más que le hiciera exasperar. Siempre iba a todas. No había dudas en la mente de Ryan de que James se montaría en el bote si le contaba acerca de sus planes. Algo que no pensaba hacer, por supuesto.

Estaba consciente —hasta lo más recóndito de su médula ósea— de la condena nefasta que sería impuesta sobre su cabeza a causa de su decisión. Pero era la suya. No tenía por qué imputar sobre James esa misma sentencia. Mientras menos supiera al respecto, más probabilidades tenía de que no lo «retiraran» de su puesto.

Jimmy D. Ese sí sería un hijo de puta al que extrañaría. Era su presencia dentro del equipo de trabajo lo que haría más llevadero el tiempo que le restara allí. Su constante parloteo cibernético, lo liviano y distendido de su carácter —un setenta por ciento del tiempo— y sus bufonerías; todo lo echaría de menos.

—¡Ahora fue que se jodió esto!

Por entre el ruido cotidiano de una noche en la ciudad se escuchó una voz canturrear, confirmándole a Ryan justo lo que estaba pensando. Giró la cabeza hacia la voz y él mismo se sorprendió de la repentina carcajada profunda que le brotó desde el centro del pecho al verlo.

James apareció desde la esquina oeste del edificio, trotando cual pavo real en temporada de apareamiento. Parecía todo un puto artista de alfombra roja. Como si Tony Stark hubiera tenido un hijo con Steve Jobs. Daba la impresión de que veía luces de cámara parpadeando a su alrededor, pues a cierta cantidad de pasos giraba su cabeza a un lado, posando su mejor sonrisa.

¡Pero se veía bien, el cabrón! «Es un flaco interesante», recordó a Becca decir más veces de las que le agradaban. Su porte de *geek* antisocial parecía atraer a las mujeres, sin embargo, él no tenía puta idea de cómo sacarle partido a eso. Traía puesto un ajuar que lo hacía lucir más delgado, aunque mucho más definido en la parte alta de su cuerpo. El pantalón y el chaleco interior eran de un sólido gris pizarra; su chaqueta, de cuadros grises formados por patrones de líneas. La corbata y el pañuelo llevaban un diseño marmoleado combinado con los mismos colores de su chaqueta.

Lo más retro del atuendo eran unas cadenillas que colgaban desde el bolsillo del pañuelo hasta la solapa contigua, y otra que cruzaba ambas puntas del cuello de su camisa blanca. Zapatos vino oscuro, puntiagudos, sin medias visibles. Para añadirle un poco más al estilo *hipster*, pelo acomodado hacia un solo lado en una gran onda y espejuelos de montura circular.

—Miren quién decidió bañarse hoy —remarcó Ryan mientras intercambiaban su acostumbrado saludo—. Cabrón, te ves lindo.

—Te equivocas conmigo, papi. Tú no sabes lo que hay aquí.

—No lo sé, ni me interesa saberlo.

—Solo digo, prepárate... —advirtió halando las solapas de su chaqueta—. Hoy tienes competencia.

—Y tú prepárate pa' cuando te explote lo que sea que te fumaste antes de llegar. ¿Tú estás loco? Te falta un poco más de cuerpo y otro montón más de maña. Pero soñar no cuesta nada.

—¡Qué va! La maña mía no la llevo entre los ojos, pero la llevo entre las...

—¡Sí, claro! Eso no te lo crees ni tú mismo.

—Ni tampoco necesito entrenar la semana entera pa' verme bien. El entrenamiento mío es aquí, papi. —Flexionó el bíceps derecho y extendió su índice hasta tocarse la sien. Ryan dejó escapar otra carcajada.

—¡Que mucha mierda tú hablas, Jimmy! Voy a dejar que te la vivas hoy.

—¿Y cuál es tu miedo? Vamos a apostar, pendejo.

—¿Apostar pa' qué carajo? ¿Para quedarme con tu otro auto? Para eso, dámelo y te evitas la humillación. Además… —acarició su barba— ya te llevo una de ventaja.

—¡Eres un malparido!

James —como de costumbre— sacó su lengua, volviendo a chocarse de manos con un Ryan algo risueño y le repicó:

—¿Así de bueno está eso allá dentro?

—La misma mierda de siempre. —Con un gesto de cabeza le indicó que era el momento de entrar.

Rebasaron las anchas puertas de cristal y James se topó con la experiencia real de lo que era la opulencia y suntuosidad. Ni en un millón de años hubiera imaginado cuando se criaba que disfrutaría de algo así alguna vez en su vida.

—Pues, ¿sabes qué? Creo que estoy convirtiéndome en comemierda, entonces. ¡Qué viva el puto dinero, cabrón!

Enfilaron hacia el ala izquierda del restaurante donde se toparían con unas cortas escaleras que descendían y que eran custodiadas por una cuerda roja separadora y un asociado del área de seguridad. Recurso de la compañía, no empleado del restaurante. Su trabajo era reconocer con rapidez qué rostros pertenecían al área VIP para levantar la cuerda y dar paso, ininterrumpidamente, a quien tuviera autoridad para entrar. Justo como pasó con ellos dos.

Al cruzar, se detuvieron al filo del primer escalón —Ryan al lado derecho del pasamanos y James al izquierdo— contemplando el territorio. Cualquier otro pendejo —de esos que hubieran sido detenidos por la mole de dos metros y ciento cuarenta kilos— solo hubiera visto hombres y mujeres vestidos con extrema elegancia, comiendo y bebiendo.

Sin embargo, ellos lo que veían era una selva atestada de leones, tigresas, y serpientes venenosas. Estaban contemplando su misión, diferente para cada uno, pero igual de confidencial y perniciosa. Ryan llevó las manos a los bolsillos del pantalón; James volvió a halar las solapas de su chaqueta, buscó en su celular y le escuchó dar la llamada:

—Déjala que corra…

—La agarramos bajando.

Trotaron escalera abajo, cruzando por entre las mesas como si desde el techado les halaran los hombros con sogas. Sin bajar la vista en ningún momento, pero sí haciendo levantar las miradas de la jungla a su alrededor. No solo porque fueran parte del equipo que más dominaba o porque no había quién se viera mejor que ellos dos en todo el lugar; sino porque aquel era el puto Poly, al que nadie se atrevía a mencionar y que muchos tildaban de una mera leyenda urbana.

Ese grado de escepticismo entre la colectividad le sentaba de maravilla. «No importa lo bueno que seas, nunca dejes que te vean venir», John Milton, *El abogado del diablo.* Tanto Ryan como James ponían en práctica aquel lema que Conrad repetía a cada rato. James un poco más que Ryan, quien era más dado a la jactancia que a la modestia. La realidad era que mientras pudieran hacer lo suyo sin levantar sospechas ante los demás, mejor les iría.

En menos de una hora ya Ryan había entrado en unas cuantas cabezas importantes buscando nombres, direcciones y sucesos incriminatorios. James no se quedaba atrás. Su habilidad para acercarse a cualquier mesa —a lo mago callejero—, entablar una conversación sobre tecnología y clonar la información de cada dispositivo en el proceso, era impecable. Hasta Ryan sacó partido de eso cuando le compartieron datos —de extremada confidencialidad— de uno de los jefes grandes… a cambio de devolver el Audi, claro está.

En una de las mesas más amplias —de las que ostentaban gigantescos floreros en cristal Swarovski— se encontraban los cuatro jinetes del Apocalipsis: Charles Miller, Darius Jones, Conrad Cavanaugh y su hermano, Jack Cavanaugh. Dueños y señores de la mayor red de contrabando, lavado de dinero y extorsión que gobernaba desde Boston, Massachusetts, hasta Greensboro, en Carolina del Norte.

Al lado de Miller —un cincuentón de piel enrojecida por largas horas de golf— estaba su esposa Beatrice, la que llevaba el minivestido en encaje verde esmeralda de manga larga y de quien Ryan aún sentía el olor en sus dedos.

Darius, un moreno con clase de casi sesenta años, no tenía compañía en la mesa. La silla a su lado estaba vacía y sin vajilla frente a ella, porque su acompañante aguardaba en una de las mesas regulares junto a los demás gerenciales. Era de todos conocidos que Darius tenía afición por los hombres jóvenes de porte intelectual, pero su mentalidad de *baby boomer* no le permitía que lo tuviera sentado a su lado en la mesa, aunque sí lo tuviera sobre su espalda en la cama. Para James fue pan comido ir a entablar conversación con él para luego adquirir su auto de regreso de las garras de Ryan.

También compartía aquella mesa Giorgia Moretti, una italoamericana de labios extra gruesos y ojos levantados por el bisturí, esposa de Jack Cavanaugh, quien era dos años mayor que Conrad. Según se sabía, Giorgia, Jack y Conrad se habían criado juntos. Si había alguna mujer que conocía lo innombrable entre esos hermanos, era ella. De más está señalar que era uno de los blancos prioritarios de Ryan, pero también el de más complicado acceso. Para Conrad, ella era como una hermana. Nada más que decir.

Conrad, por su parte, también tenía una silla vacía a su lado. Aunque ahí sí había cubiertos a la espera, algo que intrigó a Ryan, pues aún no había otra víctima —que él tuviera conocimiento—. A la fecha, ya había pasado por dos divorcios. Mujeres de las cuales no se supo nada más una vez se separaron. Casi como si hubieran desaparecido de la faz de la tierra. Ryan llegó a conocer a la última de ellas; una chica habladora y ambiciosa. Lástima que la tierra se la hubiera tragado.

En esa única mesa descansaba más dinero y poder del que muchos presidentes de países poseían. Lo que se decidía entre esos cuatro tenía la facultad de forjar y abrogar leyes, ganar elecciones y destruir carreras a diestro y siniestro. Sobre ellos, solo uno. Alguien a quien Ryan había escuchado mencionar muy pocas veces y de quien conocía solo su apodo: Iris.

Algunos decían que era una mujer seductora y despiadada, jefa de uno de los carteles más poderosos de México con expansión en los estados. Otros contaban que el apodo hacía referencia a la nacionalidad irlandesa del sujeto fundador de La Corporación. Unos pocos lo archivaban dentro de la misma gaveta mítica en la que colocaban a Ryan. ¿Cuál de esas teorías era la correcta? No se sabía; tal vez ninguna. De los labios de Conrad nunca había salido dicho nombre, pero sí era cierto que había alguien a quien daba explicaciones; y para eso, definitivamente, tenía que ser más grande que él.

El sonido estridente de un cubierto golpeando una copa tomó lugar en la habitación y cortó al instante con el murmullo de conversaciones. Jack Cavanaugh era quien sostenía la copa y quien levantó la voz en ese momento. Ryan y James alzaron la mirada desde la pequeña barra privada donde andaban a propósito, evitando la mesa de parejas donde chismeaban Lucky, Bonadieu y Tío Sam.

—Buenas noches tengan todos. Si son tan amables, ruego me presten su atención por unos minutos. Me parece que sería redundante, viendo los rostros en cada uno de ustedes, si dijera que esta es una noche de sumo orgullo y éxito para esta organización.

Continuó por unos cuantos minutos más elaborando una presentación que a Ryan le sonaba mil veces más engorrosa que las de Conrad. Finalmente, presentó a la estrella de la noche y, acto seguido, todos puestos en pie, rompieron en aplausos e idolatría. Conrad los recibió poniéndose también de pie, mano al aire y rostro sobrio.

¿Cómo dudar que él era el puto amo de todo aquel entorno? El único que llevaba un traje blanco marfil, texturizado con pequeñas figuras de diamante, era su majestad. El atuendo completo llevaba el mismo corte de supremacía. Una angosta cadenilla colgaba del cuello de su camisa blanca y descansaba sobre el nudo de su delgada corbata negra. Negro, también, era el pañuelo en el bolsillo de su chaqueta y sus lujosos zapatos de vestir que hacían juego con lo ennegrecido de sus fraudulentas artimañas. Ostentaba un ademán de carisma impecable, y en lo alto de la solapa izquierda, un pequeño pero llamativo broche en platino mate con las letras CC.

Balbuceó unas cuantas palabras que, aunque citaban agradecimiento, en sí cargaban glorificación hacia su persona. Luego les invitó a todos a continuar disfrutando de la noche mientras los cuatro grandes iban a coordinar los nuevos pasos a dar.

—¡Mucho esfuerzo, mucha prosperidad! —Fue su sello final.

Los jefes se levantaron dejando a sus acompañantes en la mesa y se dirigieron tras el área de la minibarra, donde andaban situados Ryan y James. Los ojos de James les siguieron durante todo el desfile, mirando por encima del hombro de Ryan hasta verlos desaparecer por un estrecho corredor.

—¿A dónde tú crees que lleva ese pasillo? —hurgó James—. Yo tengo dos posibles escenarios: o es un portal al futuro donde reciben instrucciones por parte de ellos mismos, o se encuentran con Neo y Trinity al otro lado. Tal vez pienses que yo prefiero la segunda, pero las dos posibilidades estarían cabroncísimas…

Él mismo se hizo callar la boca. Total, Ryan —como la gran mayoría de las veces— aparentaba no estarle prestando atención a sus cuentos. Aunque no parecía que fuera por estar dándosela a conversaciones en su cabeza. Estático, con un codo apoyado sobre el borde de la barra y sus labios resguardados tras los tatuajes en sus dedos; «Dypsyn» se leía a lo largo del dedo medio. Ese tipo de ofusque ya James lo había visto muchas veces antes; la mirada acechadora de un felino en cacería.

Le dio un giro a su tronco, buscando recorrer el mismo enfoque que Ryan llevaba, y al final del trayecto se topó con la mesa de aquellas dos mujeres maduras, rebosantes de contrapeso, a quienes sus maridos habían dejado desatendidas. James sintió su estómago retorcerse al caer en cuenta de lo que ocurría y volvió su cabeza a la posición original tal cual lo hace un abanico de pedestal.

—Eres un maldito cerdo de mierda, Ryan. Sin que me quede nada por dentro, te lo digo. Eres tan asquerosamente puerco que se me revuelve el estómago. Puerco... y cojonudo... ¡y fastidiosamente lunático! —Terminó con un grito susurrado entre sus dientes—. ¿Qué carajos haces sitiando esa mesa, cabrón? ¿Estás buscando que manden a Tío Sam a hacer alimento de tiburón contigo, o qué?

La misma reacción que obtendría de un guardia real frente al palacio de Buckingham fue la que obtuvo de Ryan. No se atrevía ni a imaginar qué carajos era lo que se traía entre manos. Pero, ¿que estaba fraguando peligro?, ¡eso era seguro! Llevaba semanas buscando que le soltara algo y Ryan estaba más hermético que la tumba de un hereje. Le rondaba una idea de lo que podía ser... Y lo tenía rogando que no fuera a salírsele de las manos todo el asunto.

En un sorpresivo instante, la imagen de Ryan se transformó por completo delante de sus ojos. Su cabeza salió del estado inmóvil, girando como un resorte. Más inesperado aún, ¡removió sus gafas! Sus arrebatados ojos grises decían algo a viva voz, pero James no descifraba lo que era. Volvió a recorrer el sendero tras su mirada y se estrelló contra el mismo golpe de estupefacción. «¡¿Qué carajos hace ella aquí?!», se escuchó clarito en la mente de James. ¡Eso mismo gritaban los ojos de Ryan!

CAPÍTULO 28

Bajando las escaleras ininterrumpidamente venía ¡nada más y nada menos que Becca acompañada de un guardaespaldas!

El volcán dentro de la cabeza de Ryan se disparó por las nubes al verla, junto con su malicia para asimilar lo que estaba presenciando. ¡Quedó mudo! Luego de tres semanas sin haberla visto, encontrársela de nuevo, con su pelo cortísimo —tal cual la recordaba del principio— y vestida para matar, lo sacudió igual que tornado en medio de carretera desierta.

James maldecía en las cuencas de su pensamiento mientras sus ojos rebotaban como bola de tenis entre Becca y Ryan. Volvió a sonar la misma pregunta:

—¿Qué carajos hace ella aquí? —Esta vez dirigida al que aún permanecía en un trance hipnótico.

Becca iba acercándose a ellos; imponiendo su figura asesina, exudando más presunción de la que Ryan le hubiera visto jamás. Una soberbia tan devastadora que, al pasar por su lado con el guardaespaldas arrimado a ella, ni se interesó en dirigirle la mirada. Como si él no existiera. Le pasó tan cerca que pudo distinguir aquel delicioso lunar que llevaba discreto justo al borde de su lóbulo izquierdo. Tan y tan cerca que advirtió perversión aniquilante acumulada alrededor de sus ojos hambrientos de castigo. Se vio a él mismo, como en un holograma fatídico, agarrándola del cuello y ostentando su secreto frente a todos. Pero su cuerpo había quedado de una pieza. Inmóvil. Viéndola esfumarse por el mismo pasillo estrecho por el que cruzaron los jefes. Desapareció de su vista y también el campo magnético que lo tenía entumecido. Enseguida regresó sus gafas al rostro.

—¿Qué carajos hace Becca aquí? —¡Reaccionaron al fin sus labios! Recostó ambos codos sobre la barra y apretó los puños frente a su boca, fraguando mil sospechas. Aterrado de que fueran ciertas.

—¡Es lo que te estoy preguntando hace rato, cabrón! ¿Tú le hablaste acerca de esto? —Recibió una respuesta de rostro encrespado que le hizo sentir como un perfecto idiota—. Si no la invitaste tú, significa entonces… —por fin cayó en cuenta— Conrad. ¡Hijo de puta! Ryan, tómalo con calma —le aconsejó notando cómo su puño derecho ya empezaba a dar indicios del golpe de ansiedad que se avecinaba—. Sé que debes tener la cabeza a punto de explotar, pero escúchame, no vale la pena.

A James le resultaban repulsivas las palabras que estaban saliendo de su propia boca. ¿Cómo se atrevía esa zorra a llegar allí de esa manera? ¡Y el malparido de Conrad jugándole así a quien se supone sea su mano derecha! Era más que obvio que buscaban sacarlo de sus casillas y humillarlo. Hasta él mismo sentía deseos de romper algunos huesos. De seguro Ryan estallaría de forma desalmada si permanecía allí un minuto más, y entonces, ¿qué? ¡Las consecuencias serían irreparables!

—Creo que es mejor si nos largamos, hermano. ¿Qué carajos vamos a hacer aquí ya, sino buscarnos un puto lío? Tú sabes que yo no vacilo a la hora de velarnos la espalda. Pero ¿por esa cualquiera? Te repito, no vale la pena.

Ryan parecía asentir, pues su mentón rebotaba sobre sus temblorosos puños; su mirada divagando entre un torbellino de voces. Escuchar a James llamar a Becca «una cualquiera» fue como haberle escupido en la cara. Le supo a mierda. Desde ese punto, cada inquilino en su cabeza se ocupó de bloquear la insolencia que salía de su boca.

¿Vas a dejar que te vean la cara de pendejo frente a todos? —Un rechinar horripilante le asediaba—. *¿Acaso no te queda puta gota de dignidad? Ahí tienes el resultado de tu maldita sobreconfianza. ¡Sal huyendo de nuevo, cobarde!*

Dejó caer la cabeza entre sus manos, cerró los ojos y suspiró.

¡Cuando los abrió ya estaba a mitad del pasillo estrecho! ¡Un degenerado al escape! Llegó hasta la puerta y se lanzó sobre ella con la fuerza de un búfalo, llamándola a voz en cuello.

—¡Becca! —¡Había perdido el juicio!

¡Dentro, una algazara de rostros aturdidos! Rostros furibundos, mano sobre cañón, a la espera de un combate. Todos, excepto el del patrón que lucía estoico. Contemplativo, pero mordaz. Conrad permaneció muy ecuánime sentado junto a los demás capos, frente a una sofisticada mesa de póker y, tras él, escabullendo su evidente pavor, estaba Becca. Ryan ni alcanzó a discernir la expresión temerosa en su rostro cuando ya tenía a dos gorilas aprehendiéndole.

—¡Quítenme las putas manos de encima! —Forcejeaba para zafarse cuando Conrad dio la orden de «cese y desista». Por el bien de ellos mismos.

—Ryan, al parecer tienes urgencia de hablar conmigo —dijo ojeando sus cartas sobre la mesa.

—¡Contigo no! —La señaló—. Con ella. —Apuntó sus dos rayos láser sobre Becca, quien todavía no había levantado su vista ni una sola vez para enfrentarlo.

—Oh, es con ella que necesitas hablar. Entiendo. Más que necesario. Resolvamos esto de una buena vez.

En realidad, no había nada que dilucidar. La resolución a ese tipo de conflicto dentro de La Corporación ya estaba establecida y, para su ruina, Ryan lo sabía muy bien. El *modus operandi* de Conrad no era uno basado en probabilidades, sino uno de provocar la causa y monopolizar el efecto. Siempre de manera exquisita.

—Pero por supuesto, hay que preguntarle a la dama primero si está en disposición de dialogar. —Giró un tanto su torso hacia ella, poniéndola bajo su lupa.

—No tengo nada que hablar con ese sujeto. Yo apenas lo conozco. —Fría como témpano. La expresión de Ryan se tornó oscura al escucharla.

Conrad volvió a insistirle con un crudo amargor en su timbre de seda que ya no denotaba solicitud sino exigencia, a lo que ella optó por acceder, aunque resoplando fuego por la nariz. Dio media vuelta y se dirigió rabiosa —rabia repleta de miedo— hacia otra puerta al fondo de la habitación, por la que entraron sin detenerse a tocar antes. De allí sacó Ryan a empujones a un fulano que lucía muy plácido en una butaca y a otra fulana que apenas comenzaba su transacción encaramada en un tubo.

¡Venía endemoniado! Con la testa atosigada por sus inquilinos y la hiriente letanía de Becca que le seguía remachando que no quería hablar con él. Azotó la puerta tras ellos.

—¡Cierra la puta boca! —Becca quedó paralizada—. Si no tienes una mierda que hablar conmigo, ¡cállate entonces, carajo! Pero me vas a tener que oír. Me importa una divina hostia lo que hagas con tu vida, ¿entiendes? Si quieres cogerte al ejército chino entero, ¡haz lo que te dé la puta gana! Ahora, escúchame bien… —las demás voces le ordenaron bajar la suya—. Sea cual sea el jueguito pendejo que te traes con Conrad, lo que imaginas en tu estúpida cabeza que estás queriendo conseguir… esa mierda termina hoy. Ahora. ¿Me escuchaste? —exigió gruñéndole entre flequillos de cabello desgreñado por la trifulca.

Becca temblaba por dentro y por fuera, con su espalda adherida al frío tubo. Solo se le oía el pitillo del aire circulando a toda prisa por sus pulmones. Pocas veces lo había visto así de furioso, nivel espanto —segunda vez a causa de ella—. Quería llorar, gritar hasta vaciarse. ¿Cómo fue que llegamos hasta este punto? Apenas un mes atrás creía nunca haberse entregado a nadie como lo había hecho con él. Que le estrujara en la cara que ella no le importaba nada, le hundía más profundo en el pecho el puñal de la traición.

Ya su mundo se había venido abajo cuando se enteró de que todo lo que habían vivido juntos y lo que le había hecho sentir era obra de un manipulador con poderes sobrehumanos. Un maldito delincuente sin escrúpulos que la engañó desde el primer día a sabiendas de todos, menos de ella. El terror que le provocaba tenerlo de frente otra vez, con sus temibles ojos al acecho que pudieran hacerla caer de nuevo en sus garras, era gasolina para su alma desafiante.

—Y si no quiero, ¿qué? ¿Me vas a obligar como haces con los demás? ¡Como lo hiciste conmigo durante todo este tiempo, maldito! Por supuesto que no te interesa nada de mí, ¡nunca te ha interesado! Con qué cara vienes a reclamarme una mierda si aquí el único que estuvo jugando sucio fuiste tú, ¡siempre!

—¡Yo nunca te obligué a nada! ¡Lo sabes! Tú decidiste desaparecer sin darme siquiera la oportunidad de decir una puta palabra. Mil veces te llamé… —*Pero ella andaba cogiéndose a tu jefe, pendejo*— y no contestabas por andar revolcándote con ese malparido. ¡Y dices que soy yo quien no me intereso por ti! Qué es lo que piensas, ¿que a Conrad sí? ¡Le importas una mierda! Lo que busca es joderme y tú dejándote manipular.

—Claro, porque lo único que cabe en tu jodido mundo eres tú. Nada más importa. Todo gira alrededor de Ryan Dypsyn, ¿no es así? Si no hubiera sido porque insistí, ¡rogué!, para que me llevaras contigo a la gala esa noche, de seguro aún me tendrías engatusada, utilizándome a tu antojo. Lo que te carcome es que ya no seas tú quien me manipula, ¡admítelo!

—¡Que yo nunca te hice eso, Becca, ¿no escuchas?! ¡Abre los putos oídos! —*Tus ruegos sí que dan asco*—. Sabes qué, piensa lo que te dé la gana. Si eres tan necia como para creer lo que te han dicho de mí a mis espaldas, allá tú. Pero cerca de Conrad no sigues un minuto más. Te vas a alejar de él, así tenga yo mismo…

—¿Qué? ¿Tener que hacer qué? ¿Matarme? Pues tendrás que hacerlo ahora. Saca tu maldita arma y reviéntame los sesos de una vez, ¡porque no pienso alejarme un carajo! Tú no eres nadie para decirme lo que tengo que hacer. ¡No eres nadie!

El rostro de Becca lucía espeluznante. Hinchado de rojo frenesí, sus ojos desorbitados y esquivos mirando al infinito mientras vociferaba. Ryan tampoco la había visto así nunca, ni aun en sus discusiones más violentas.

—¿Qué carajos pasa contigo, Becca? ¡¿Te has vuelto loca o qué?!

—¿Loca dices? ¡Pues sí! Debo estar loca por haber accedido a escucharte y soportar tu fastidiosa altanería. Loca de remate por pensar que de tu boca saldría una disculpa, un «Becca, lo siento», ¡y no tanto maldito reproche! —Un fuerte gemido cargado de desconsuelo logró escapársele de los labios. Era demasiada la desilusión y demasiado el tiempo que llevaba reprimiéndola. Sus próximas palabras quedarían talladas en la memoria de Ryan hasta el final de sus días—. ¿Sabes que no he podido cerrar los ojos ni un solo segundo sin que te escuche llamar mi nombre? Todo este tiempo. Día y noche, tu voz sonando en mi cabeza. Tus malditos ojos reclamándome tuya. —Otro prófugo suspiro—. Es como si no hubiera forma de escaparme de ti. Como si aún estuvieras hurgando en mi cerebro. Dime tú, Ryan… —el suspiro se transformó en sollozo; su fachada hostil se descompuso—. ¿Será eso? ¿Me habré vuelto loca, bebé? —Y ya no tuvo manera de contener su llanto.

Maldito infeliz. Lo único que sabes hacer es joderle la vida a los demás. Tú y tu miserable don han terminado contagiándola con demencia. ¡Mírala!

No seas pendejo. ¿Qué ha hecho ella por ti? ¡Un carajo! Ni siquiera cree en lo que le estás diciendo. Allá Conrad que resuelva con ella como quiera. ¡Olvídala!

Mientras más escuchaba a Becca llorar, más contendían los ocupantes en su azotea y más se le hacía el corazón añicos. Porque, aunque su orgullo cargado de despecho le volara el coraje hasta las nubes, verla sufrir por culpa de su cobardía lo destrozaba. Le confirmaba que no estaba hecho de piedra, porque le dolía horrible en el pecho. *¡¿Cómo carajos llegaste hasta este punto?!*, también le reclamaban.

Cada lágrima que caía por el rostro de Becca le martilleaba el alma, abriéndole un diminuto agujero. Muy pequeño, pero suficiente como para poder ver a través de él la realidad: ¡Ella era su todo! ¡A quien quería consigo para siempre!

Y eso inflamaba aún más su cólera. Porque se le había hecho muy tarde. Porque esperó demasiado para actuar y se le fue al piso todo aquello por lo que sentía deseos de vivir... ¡por culpa de su puto miedo a confesarse!

Porque eres un asqueroso cobarde. Tan fácil que se te haría tomarla del cuello y hacerla obedecer, pendejo. Pero no sirves para nada. ¡Vamos! Ahí está la puerta. Acaba de largarte de una buena vez.

¡Mira lo que has hecho! La has desquiciado de por vida. ¿Te duele verla así? ¿Qué es lo que te tortura? ¿El que estés muriendo por abrazarla? ¿O que hayas sido tú el cabrón que arruinó su existencia? ¡Contesta!

El lloriqueo de Becca ya ni se advertía. Ahora eran los resoplidos impacientes de Ryan los que anegaban la pequeña habitación, pronosticando el ciclón que se avecinaba.

Eres un imbécil. El motivo de haberla enviado contigo fue para que te encargaras del asunto. ¡Saca cojones, carajo! Te van a ver como un monigote si la dejas salirse con la suya. Muéstrale tu piedad no dejando que sea él quien la fusile. ¡Hazlo tú!

¡Asesino! Ella confiaba en ti... y tú burlándote a manos llenas. Lo único que consiguió al conocerte fue firmar su sentencia de muerte. ¡Asesino!

Las voces lo tenían sujeto de un garrote y le oprimían al punto del desmayo. No lo dejaban respirar. Ni siquiera pensar por cuenta propia. Y ya estaba harto de escucharlas. ¡Harto de perderlo todo a causa de ellas! ¿Será cierto? ¿Le habré contagiado mi demencia?

¡Claro que lo hiciste, cretino! Lo has hecho siempre. Andas tragándote el cuento de que puedes llegar a ser normal, y mientras, desangrándole el alma a quien dices querer. ¿No escuchaste lo que te dijo? ¡No eres nadie! Lo que sea que haya sentido por ti ya se fue a la misma mierda, ¡maldito farsante!

¡Sin tregua ni compasión! Sus demonios se reñían por ver quién tomaría la batuta y, en la reyerta, Ryan tenía su cerebro descuartizado.

¡Huye, cobarde!
¡Vamos, ¿qué esperas?!
¡Hazlo!
¡Ahora!
¡Termina ya con esta jodida…

—… mierda, carajooo! —detonó en un alarido desgarrador que recorrió el restaurante entero. La butaca fue a reventar hecha pedazos contra una esquina.

Becca apretó sus ojos para no avistar ni una pizca de la pesadilla frente a ella y rogó en su alma que Conrad enviara a alguien para socorrerla. Ese alguien nunca llegaría. Solo le restó esperar por el embate.

Tal vez, alguno de los macizos puñetazos que escuchaba a Ryan propinarle a la pared aterrizaba sobre ella y la dejaba inconsciente. Incapaz de seguir contendiendo. De seguir resistiéndose. Solo así —le reñía el subconsciente— se permitiría desmoronarse de nuevo entre sus brazos. Su adorable refugio. Donde el silencio sabía cómo consolarla una y otra vez. ¡Quién, sino él para hacerla olvidarse de todo!

¿Cómo es que alguien tan bello podía a llegar a ser un ser humano tan horrible?

Maldecía desde sus entrañas todo lo que había conocido sobre él en los pasados días: las atrocidades que llevaba a cabo por Conrad, el historial de mujeres utilizadas y descartadas como trapos sucios, su aterradora condición telepática. ¡Toda su asquerosa verdad! Todo se apilaba, como torres de fétido estiércol, sobre sus arranques de ira y su hiriente manera de decirle las cosas.

¡Pero cómo lo amaba! ¡Lo deseaba hasta lo absurdo! Ese modo tan auténtico de complacerla; tan intenso siempre. Las mil caricias que nunca faltaban. Sus labios huidizos, la destreza en sus manos. Amaba su locura y la suya propia al amparo de él. Era por eso que siempre vivía con la extraña sensación de estar cometiendo el peor error de su vida, ¡tanto si seguía con él como si lo dejaba! Porque su mente, su alma y cuerpo entero le pertenecían irremediablemente y, con todo lo muerta que estaba por dentro ahora, los recuerdos de sentirse viva junto a él le drogaban su voluntad.

Ryan logró anestesiar el arrebato en su interior al son de sus nudillos impactando sólido contra la pared. Una y otra vez. Hasta conseguir que le doliera más que aquello que le desgarraba por dentro. Más que la vergüenza de seguir cayendo en el mismo maldito error que siempre lo condenaba a la celda de confinamiento solitario.

El reperpero acusador en su cerebro fue amordazado con retazos de piel rasgada entretejidos con hilos de sangre. De repente, su cabeza se había vuelto un enorme salón vacío, inundado de lúgubre silencio, recubierto por un mar de butacas polvorientas que miraban todas hacia una tarima endeble, escasa de iluminación.

Bajo los tenues listones de luz, justo al centro del estrado, aguardaba de pie un temeroso chiquillo. Flacuchento y ojeroso, temblando de pies a cabeza. Le habían sacado a la fuerza del armario donde lo tenían enclaustrado y ahora, muerto de miedo, le tocaba tomar el papel protagónico. ¡Luego de tanto tiempo en silencio! No sabía qué decir, pero su momento de hablar era ahora que todos los demás callaban. Ahora que ya no prevalecían los insultos ni imperaban las acusaciones. Su parlamento no sería uno alegatorio; tampoco sabía cómo hacerlo. Solo quería hablar su verdad, y hacerlo a sabiendas de que era la última oportunidad que tendría para ello. Removió las gafas y se lanzó.

—Becca.

¿Y esa voz? Ese sonido extraño que salía de él, ¿qué era? Ella fingió indolencia dejando sus ojos llorosos clavados al piso, pero ese inesperado quejido que brotó de sus labios, de terso agudo, la estremeció de pies a cabeza.

—Becca… ¿no puedes mirarme siquiera?

La tintura marchita en sus palabras bordeaba en súplica. Sonaban igual que el dolor que la oprimía adentro. ¡Mortal para ella!

¿Tanta habilidad poseía que aún sin mirarle de frente podía convencerla?

Esa voz que la estaba llamando la persuadía a dejarse acorralar por su mirada. A padecerlo todo, una vez más. Levantó su rostro hacia él, con ojos cerrados, y como quien se asoma desde la orilla hacia un abismo, fue develando su alma poco a poco. Al abrirlos, fue ella quien descubrió lo prohibido. Le pudo ver desnudo por primera vez. Vulnerable. Otro Ryan muy diferente al que estaba acostumbrada. Cargaba en él un peso de fragilidad que no recordaba haberle visto nunca.

Desde ese preciso instante en que Ryan encaró a Becca —y a sus ojos anegados de congoja—, hasta que salió de aquella habitación, necesitó conjurar todo su bagaje emocional para mantener sus propias lágrimas al margen.

Hubo tres momentos que fueron insoportables para él.

—Tienes toda la razón. —Carraspeó buscando sacudir su flaqueza de espíritu—. Soy un maldito cerdo egoísta, lo admito. Siempre lo he sido. Sabía que debía ser yo quien te hablara todo esto desde un principio y, aun así, no lo hice. No pude. Lo intenté, créeme… Pero era llegar justo a este maldito momento lo que me hacía callar. —El pecho se le contrajo—. Nunca fue mi intención lastimarte, B. Jamás lo fue. —Ella recrudeció su llanto. Primer instante insoportable para Ryan—. Y no te lo voy a negar, me ha dado duro verlo irse todo a la mierda entre nosotros. Mucho más duro de lo que creí. En esto también tienes razón. Tú no eras importante para mí… Eras lo *más* importante. No hay recuerdo alguno en mi mente de sentir por alguien lo que llegué a sentir por ti. Con nadie más. Solo contigo. —Trago amargo, difícil de bajar. La frustración que se le agolpaba en la tráquea le impedía continuar.

¡Mas él no quería dejarlo ahí! Aún tenía tanto que decir. Errores que admitir. Deseaba con el alma poder confesarle lo que tenía planificado para escapar junto a ella, y ya lejos de todo, dedicarse a aprender a amarla. Sin embargo, le tocaba afrontar que la historia entre ellos no tenía vuelta atrás. No había puta manera. No con Conrad ya metido de cabeza en la ecuación. Una sola palabra fuera de lugar sería fatal. No debía hablar de más si quería salvar su pellejo.

Pero ¿y Becca? ¿Cómo salvarla a ella? ¿Cómo arrancarla ilesa de sus garras? Podía percibir la multitud de sus inquilinos ya queriendo despertar de la parálisis momentánea en la que andaban. ¡No tenía tiempo que perder! Quitó su corbata de un tirón y la usó para vendar sus nudillos ensangrentados y, a la vez, apretarlos con fuerza para azuzar el dolor. Necesitaba unos minutos más.

—Lo que quiero decir es que no me perdonaría jamás si algo te llega a ocurrir a causa mía. Sé que no estoy en posición de exigirte nada, pero intenta escucharme. —Quiso acercarse y la aprensión de Becca le puso freno—. Tienes que alejarte de Conrad. Lo más rápido y lejos posible. Hoy mismo. Olvida el dinero, olvida los detalles. Yo puedo ayudarte con eso, lo sabes. Lo que necesites para ir donde quieras. ¿Entiendes lo que te digo? —Miró directo a sus ojos—. Becca, por favor… no quiero perderte de esa forma. Así no, te lo ruego. —Segundo instante insoportable.

El alma de Becca cayó reventada al suelo en mil pedazos. Ni siquiera sus lágrimas tenían ya la capacidad de expresar su dolor. Solo eran áridas corrientes resecas sobre su rostro a causa del violento delirio que le estaba causando aquella confesión. Tan clara y fulminante. Con la dosis perfecta de crudeza como para hacerla desear correr a sus brazos y envolverlo en los suyos para siempre.

¡Sí! ¡Ella quería perdonarlo y olvidarlo todo! Regresar a ese tiempo en que aún no conocía quién era él en realidad. ¡Y pensar que eso era lo más que anhelaba estando juntos! Por más tóxico que fuera el resentimiento que albergaba, no podía negar que todavía lo amaba. Al menos, parte de ella aún lo hacía. Esa fracción dentro de sí que seguía ilusionada fue la que le indujo a acercársele.

—Tú también eras lo más importante para mí, Ryan. Y me aterra escuchar cada fibra de mi cuerpo gritándome que aún lo eres. Me encuentro necesitando de ti a cada segundo. Me asfixia no poder respirar tu aire. Para mí ya no hay descanso fuera de tu mirada.

¿Cómo así, bebé? —Necesitó tomar aliento para poder seguir—. Aunque sea, contéstame esto, ¿quieres? Si es verdad que me tuviste tan encadenada… —se le acercó hasta palpar el sudor en su perfume— ¿cómo es que me hacías sentir tan libre? ¿Ese es el tipo de engaño que empleas? ¿Ilusión de libertad?

Ryan se sentía morir. ¡La tenía tan cerca y tan lejos! ¿Por qué nunca antes quiso besarla como lo ansiaba en ese momento? Tal vez un maldito beso, de esos por los que ella solía implorarle, podía lograr lo que para él —el muchachito raro de Barton Hills— estaba siendo imposible. Hacerle ver que él nunca la utilizó, así como ella pensaba; mucho menos la aprisionó. ¡Nunca! Toda la tragicomedia que fue su relación, con sus ardientes encuentros y trágicos desaciertos, fue auténtica y sin mediación desde un inicio. Era justo eso lo que atesoraba como su más preciada conquista. ¡Él dio por ella todo lo que pudo, carajo, y ella no lo entendía! Simplemente, no le creía. Ya esa ruta era callejón sin salida en el relato de ambos.

—Que te haya ocultado quién soy no significa que no sintiera igual que tú. A veces la mentira conviene más que la verdad… no solo a quien la dice. —Se le zafó un ronquido plagado de resignación—. Pero eso ya no viene al caso. Si has decidido no confiar en mí, luego de tanto, entonces no hay nada que pueda hacer al respecto. Puedo intentar lo que sea, decir lo que sea, y eso no cambiaría nada… ¿o sí?

Hubiera desgajado de su alma a mordiscos ese «lo siento» que ella necesitaba si le hubiese respondido con un «sí». Sin embargo, ese no sería el escenario. Él conocía, mejor que nadie, la fortaleza del demonio que dominaba a Becca. Ella no daría su brazo a torcer; él tampoco doblegaría su orgullo a cambio de nada. Aunque tardó unos segundos —tortuosos segundos de remordimiento—, la cruda respuesta hizo aparición. «No».

—Entonces ya no se trata de mí. Se trata de lo que te conviene a ti, ¿recuerdas? Y para ambos está claro que tu vida no es conmigo. Ya yo hice las paces con eso. Pero si algo ignoras tú por completo es el maldito error que estás cometiendo liándote con Conrad. Escúchame, Becca… —Aprovechó su dolorosa cercanía y la tomó de la mano, entrelazando sus fríos dedos a los de él—. Aunque sea solo por esta vez, haz caso de lo que te digo. Aléjate de todo esto. Te juro que no tendrás que volver a verme la cara. Soy yo quien tiene que lidiar con esta mierda, no tú. Y yo elijo saberte viva antes que saberte mía.

¿Será posible? ¿Acaso llegarían sus palabras a quebrantar el sarcófago de hielo en el que estaba sepultada? Lo sentía desintegrándose, pedazo a pedazo, bajo el fuego de su mirada. Becca se acercó al borde del lindero donde flaqueaba su obstinación para aceptar la propuesta de bandera blanca sin causarle más angustia. Justo al filo donde sus apetecibles labios rosados le incitaban a complacerlo… hasta que probó un sorbo que le supo a mandato. Con todo y lo brutalmente honesto que estaba siendo aquel convenio, lo que perturbaba la tregua era la alusión de acatarse a su orden. Cual si él fuera su puto amo.

Era ahí, en los confines de su voluntad, donde aguardaba maliciosa, ballesta en mano e irascible, la otra fracción de Becca. La que se sabía burlada y engañada; la que despreciaba la sola presencia de ese miserable embustero. «Haz caso», ¿dijiste? ¡Vete a la mierda, maldito creído! ¿Cómo carajos puedo volver a confiar en ti?

Lo escuchaba confesarse como nunca antes y todo le sonaba a basura. Un arsenal de mentiras. Todo fríamente calculado para hacerla sucumbir. Como ocurría con todas. Ya Conrad le había advertido de lo que escucharía, casi palabra por palabra. Lo odiaba hasta la muerte por eso. Por haberle ideado la peor fijación de su vida, para luego, así porque sí, arrebatárselo sin más. ¡Y ni siquiera tener las agallas suficientes como para admitírselo!

Pertrechada de macabra quietud, rechazó el calor de sus dedos, sintiendo asco de sí misma por dejarse manosear. Él presintió lo que auguraba esa retirada. Sin embargo, jamás imaginó la magnitud de aquel rencor. Ninguno lo vio venir.

—Te felicito, Ryan. Podría decir que hasta te admiro. He estado a punto de comprarte tu discurso, a no ser por esta repulsiva noción en mis vísceras de que todo es una ¡vil y puta mentira! —estalló frente a su cara en un chillido de terror.

Sendo alarido que hizo saltar en su propio pellejo al debilucho mocoso aquel. El que había osado inmiscuirse en asuntos demasiado pervertidos como para poder manejarlos. Trastornos muy fuera de su entendimiento. Quedó desorientado, ahí en medio del escenario, observando a aquella mujer vomitarle su odio.

—Prefieres saberme viva, dices. Aún sigues confiando en que podrás salirte con la tuya, ¿no es así? Escúchame tú a mí ahora, Ryan. Tú crees conocer a la mujer parada frente a ti. Estás muy seguro de que tu ridículo acto de remordimiento será suficiente con ella, ¿cierto? Mírame a los ojos… vamos. ¡Hazlo, maldito! Verás que la Becca que tú poseías, la que se tragaba tus engaños, esa mujer ya no existe. Esa mujer murió. ¡Tú la mataste! ¡La sangre está en tus manos! —Aquella figura frente a él, una criatura devorada y vaciada por la fiebre, mudaba su expresión de un segundo a otro mientras le hablaba. Se transfiguraba cual ente poseído. El pequeño escuálido moría de espanto ante su presencia, pues eran sus palabras como navajas tajándole la piel.

—Siempre pensé que la peor parte de mi vida había sido nacer en aquella pocilga de comuna en la que crecí. ¿Recuerdas lo que viste o no? Las horribles palizas que sufrí de niña. La descarga de golpes, los moretones, el constante ardor en mi entrepierna… Nada de eso se compara con lo que tú me has hecho, Ryan. Tú osaste ser más maldito. Ultrajaste mi alma, te adueñaste de mi mente, y eso nunca te lo voy a perdonar. ¿Cómo? Si ni siquiera puedo perdonarme a mí misma. —Dio unos pasos atrás como quien se apresta a lanzarse al vacío—. Así que toma tu sermón plagado de hipocresía, tus asquerosas tretas, y lárgate al mismo infierno, porque yo no iré a ningún lado. ¿Y sabes qué? Aun en el mismo infierno haré lo imposible por roerte la conciencia. Si tengo que morir a manos de Conrad, lo haré con gusto —luchó por mantener el desafío en su mirada—, pero antes me ocuparé de que te arranque los ojos y me deje escucharte suplicar de dolor… Te lo juro.

Un grito de terror, de esos que te encrespan el pellejo hasta el alma, retumbó en el vacío tras el chiquillo que huyó despavorido de regreso al siniestro armario de donde nunca debió salir. Se lanzó apesadumbrado dentro de aquel cajón con hedor a orín y lágrimas de antaño. Atrancó las puertas, se abrazó a sus rodillas y apretó fuerte los ojos, buscando desaparecer. Rogando que la eterna oscuridad de su madriguera fuera suficiente para encubrir su pecado.

Aún podía ver la cara de aquella fiera inhumana a la que tuvo que enfrentarse sin tan siquiera saber cómo. *¡Aléjate! Aléjate ya, desaparece.* Suplicó y suplicó, hasta que solo percibió sus propios latidos en medio del oscuro escondrijo.

Latidos que le agarraron del cuello al escuchar lo que parecían ser garras arañando al otro lado de la puerta. Chirriando como dedos de ramas secas sobre alero oxidado, solo a unos centímetros de su enjuto cuerpecito. Volvió a llorar suplicante: «Ya déjame en paz, vete. Prometo no volver a salir. Lo prometo».

Él conocía a quien le juraba tal cosa. A los dueños y señores de aquel sucio territorio desde tiempos ya inmemorables. Si era cierto que su tiranía llegaba siempre acompañada de pérdida y desolación, también lo era que sabían ponerle a salvo antes de incinerarlo todo bajo las llamas de la desgracia. Solo a ellos les debía la vida, aunque fuera encerrado para siempre en un armario. Un perturbador acorde de voces le contestó al unísono:

Promesas, promesas. ¿Cuándo aprenderás?
A mantenerte en tu sitio.
Esto aquí es asunto nuestro.
Tú solo haz silencio… y escucha el fuego arder.

Fue contemplar el desamparo ineludible de aquel pequeño lo que desató sobre Ryan su tercer instante insoportable. Por encima del brebaje de lágrimas amargas de Becca; mucho mayor que su propia decepción y derrota. Volver a ser testigo del absurdo laberinto de pesadillas, insomnio y soledad que le deparaba al pequeño y no ser capaz de hacer algo más por él, ¡eso lo quebró por dentro! Le quebró profundo.

Por entre las grietas del abismo comenzó a aglutinarse el magma de su ira, esparciéndose lento, pero sin vuelta atrás. Cada facción en el semblante de Ryan permaneció intacta, excepto sus ojos que fueron repletos del ardiente vapor que le sulfuraba desde sus entrañas. Vapor que jamás llegaría a condensarse en ellos, sino que sería el medio perfecto para hacer manifestar su atroz álter ego.

Un individuo engendrado en maleficios, de aspecto malévolo. Su figura espigada parecía haber salido arrastrándose del lienzo *El Grito*, dejando su pellejo en el camino. La mitad de su cara lucía como la de un hombre; la otra causaba terror con toda su osamenta al descubierto y una esfera oscurecida que llevaba por ojo. A su llegada, todos los demás inquilinos doblegaron su porfía. Era él a quien aquella infeliz mujerzuela había conjurado. Él, y solo él, se ocuparía de ajustar cuentas con ella. Nadie más. Ni siquiera Ryan, quien solo alcanzaría a divisar el monólogo desde alguna butaca polvorienta para después lavarse las manos como Pilato.

Esta vez, las perversas pupilas que por meses y meses habían tolerado hambruna y sujeción fueron tras ella sin misericordia. La penetró con tal fuerza que le hizo incrustar su espalda de nuevo contra el frío tubo, arrebatándole el aire.

¡¿Qué demonios me estás haciendo?!, la escuchó gritar adentro.

Sin ponerle un solo dedo encima la forzó a tragarse lo que en verdad hubiera sido vivir aprisionada en su propia mente. Esa era su especialidad; la atracción principal de su puto don: torturar hasta trascender el dolor físico. Hacer que cada herida del pasado volviera a supurar desgarrada. A este espécimen nacido de la crueldad le incitaban las lágrimas; le apetecía el sufrimiento oculto. Para siempre su estimulante de predilección. No fue hasta asegurarse de tenerla paralizada de horror, no hasta que la hizo volver a empapar su rostro en llanto, que comenzó su dictamen sin palabra audible alguna. De una mente enferma a otra:

Piedad... —Aire y flema putrefacta le gorjeaban el habla—. *Eso es lo que implora tu alma a gritos. Lo clama a viva voz. ¿No lo escuchas?... Piedad. Tu vergonzoso berrinche de pobre víctima inocente te aturde los sentidos. Te hace sorda a tu propia miseria. En cambio, a mí me arrastra al límite de mi tolerancia. Me irrita, hasta el cansancio, tu puto descaro. ¿Acaso a ti no te hastía vivir rogando por misericordia?*

Una daga de aflicción añeja, corroída en sus bordes, apuñaló a Becca en el mismo centro de sus entrañas y la hizo retorcer. Con la sajadura apareció la escena de verse tirada sobre un colchón manchado y maloliente, siendo sometida al asalto libidinoso de un maldito decrépito, mientras su madre, ahogada en lágrimas de sumisión, le sujetaba las manos por encima de su cabeza. ¡Estaba reviviendo aquella cruda escena en cada hebra que entretejía su alma! Y el detestable ser que sujetaba el puñal disfrutaba cada segundo de su padecimiento con una asquerosa mueca de placer en sus labios.

Oh, miserable mortal, abre los ojos[1]*, ¡ahora lo ves con claridad! Era a mí a quien gemías por clemencia en aquella pocilga de colonia. A mí a quien llorabas suplicante en medio de sangre y dolor cuando saciaba mis ganas sobre ti. ¿Ahora sí me recuerdas? Ese furor que has incubado en tu vientre todos estos años, fui yo quien lo engendró... Y Ryan Dypsyn fue solo un pendejo dispuesto a vivir contigo y cargar con tu bastardo.* —La hizo retorcerse aún más de dolor—. *¡Pobre infeliz! Cuánto intenté advertirle de la basura que tenía entre sus manos, migajas de todos y de nadie. Aun conociendo tu incesante afición por la venganza, el muy iluso decidió por ti. Eligió excusar tu actitud de zorra malagradecida y dejarte invadir nuestra existencia. ¡Cuando no te necesitábamos para una puta mierda! No, Becca. Siempre has sido tú. Sigues siendo tú, con tu engreído cinismo, quien está necesitando.*

---

1 La cegadora ignorancia nos confunde. ¡Oh miserables mortales, abrid los ojos! - Leonardo da Vinci

Ella habría levantado a muertos de la tumba con su aullido agonizante, si tan solo hubiera podido hacerlo. ¿Cómo gritar por auxilio cuando las fuerzas se le iban escurriendo poco a poco por el vientre? Aquel demonio de enormes ojos refulgentes sojuzgaba todo en ella y estaba decidido a hacerla pagar con su vida por su imprudencia.

Dime... ¿Quién debe rezar por compasión, sino aquel que no la ha tenido por nadie? Hoy tu plegaria ha sido contestada. Voy a dejar que sea Conrad quien se ocupe de ti. Ignoraré esta codicia que me consume, este apetito por hacerte inmolar tu vileza... y no seré yo quien te haga pagar por tu sucia deslealtad, maldita perra. Eso sería mostrarte mi piedad. ¡Arrodíllate!

Becca cayó desplomada de rodillas al suelo al ser desconectada de aquel implacable enlace psíquico, empalidecida y abatida por el duro quebranto. ¡Engulló un aire tan hondo! Tanto como la misma muerte de la que acababa de resucitar. Precisaba del aire que la traería de regreso a la realidad más que cualquier otra cosa. Inhaló unas cuantas caladas frenéticas, recobró la conciencia y enseguida deseó no haberlo hecho nunca, pues le hizo avistar a aquel monstruo en traje de chaqueta acercándosele.

—No, por favor, ya basta. No más, ya no más... —suplicó apenas viva.

Deshecha por completo. Alguien había agarrado todo lo que ella era, lo había lanzado a la trituradora para luego verterlo y hollarlo como plasta de excremento inservible. Ya no quedaba nada más en ella. Ni soberbia o desengaño. Mucho menos esperanza.

Ryan la escuchó llorar, la vio de nuevo envuelta en lágrimas... y esta vez no le ocasionó ni ápice de lástima. No le movió nada; al menos no en ese instante. Caminó hacia ella, embriagado de venganza, y se acercó justo hasta donde le indicó su petulante bragadura siempre hambrienta. Sacó sus gafas del bolsillo donde también guardaba el pañuelo color chocolate sedoso, cubrió sus dos flagelos que aún flameaban inmisericordes, y el pañuelo se lo lanzó a la cara.

—Seca tus putas lágrimas. —Esta vez fue su ronco acento infectado de saña el que puso punto final al encuentro. Momento que entumeció y desbarató lo que quedaba en su corazón de ilusión por ella. Por nadie. Solo restaba el miasma que emanaba de la devastación, y la certeza de una neurosis inminente.

¿A dónde se pensaba que iría a terminar todo? ¿Acaso había para él alguna otra parada que no fuera la mera catástrofe? Vez tras vez. De un desastre a otro, sin ninguna vía de escape disponible. ¡Esa era su verdad! Que por más nefasta que fuera su situación, sus demonios siempre encontrarían la manera de acrecentar el caos. Así como un cruce inesperado en un restaurante se había transformado en una discusión virulenta que terminó con ella de rodillas y en agonía. Igual pasaría una semana después, cuando verla de nuevo, de rodillas y en agonía, se convertiría en el momento más despreciable en la historia de Ryan Dypsyn.

El puto Poly desfiló una vez más de regreso por el pasillo estrecho, pero esta vez, las cuerdas que le halaban desde el techado le hacían de titiriteros zarandeándole a su antojo. No miró a nadie. No estimó a nadie. Entró a la barra en donde todavía aguardaba James con el sudor chorreándole la frente; tomó dos botellas de vodka, una de *whiskey*, y abandonó el edificio con su mente en blanco y el alma hecha pedazos.

James salió tras él.

CAPÍTULO 29

Un año, ocho meses, nueve días y siete horas. Ese fue el tiempo exacto que le tomó a Ryan poner a correr lo que había comenzado en aquel restaurante de Filadelfia. No unas cuantas semanas. No unos cuantos meses. Fueron casi dos años.

Dos años que, al principio, solo sirvieron para que su situación fuera de mal a peor. Luego de aquella noche, todo lo que tuvo la capacidad de corromperse, agrietarse y descomponerse en su vida, lo hizo de forma exponencial e incontenible.

Había perdido toda su influencia dentro de La Corporación. Ahora era James quien había recibido la orden directa de no apartarlo de su vista ni por un segundo. Y vigilándolos a ambos de cerca tenían al malparido de Lucky Green. El cruel deleite que sentía ese desgraciado por tener a Ryan bajo sus pies rayaba lo sádico. Hasta James perdía los estribos con las actitudes humillantes de ese viejo hijo de puta.

Rectificando… el *único* que perdía los estribos con sus actitudes era James. Ryan no reaccionaba ante nada. Y, a veces, explotaba por todo. Estaba fuera de control, fuera de sí, fuera de la realidad, ¡todas de una sola vez! La recurrencia y agresividad de las voces en su cabeza, los episodios de automutilación, las pesadillas, las alucinaciones, ¡todo se desplomó al peor estado de su vida!

Volvió a agarrar la bebida en ese tiempo. Algo que detestaba aún más que la prisión farmacológica en la que le tuvieron internado de chamaco. Si las pastillas lo hacían sentir encarcelado, el alcohol provocaba todo lo contrario; le daba rienda suelta a sus demonios para hacer lo impensable. Agredir, secuestrar, violar... asesinar. Sin ningún tipo de parámetros.

El sistema operacional en su conciencia había sido quebrado por el virus corrupto de la condena. No había quien sintiera más desprecio por él que él mismo. Y todo porque así él lo quiso. ¿Por qué no terminaban de añadirle un agujero en la cabeza de una buena vez? ¿Cuál era el empeño de Conrad de dejarlo con vida si ya había perdido su confianza? No entendía por qué tenía que seguir viviendo cuando ya nada en su vida tenía sentido.

James tampoco sabía cómo era que Conrad aún mantenía a Ryan dentro del equipo. Algo de gran peso le impedía deshacerse de él. Una de sus misiones de alta prioridad era dar con ello lo antes posible. Se sospechaba que en algún momento Conrad se hastiaría, y temía que impusieran sobre él la tarea de darle termino a su contrato de la forma más rastrera. Algo que el diablo se deleitaría en presenciar.

Así que todas las veces que le fue necesario meter a Ryan de cabeza a una tina repleta de hielo —para sacarlo de cualquiera fuera el puto estado en que se encontrara—, lo hizo sin pensarlo dos veces. ¡En cuántas ocasiones no tuvo que hacerlo con su padre! Experiencia de más tenía con ese asunto. Era algo que sabía manejar. Lo que no lograba tragar era verlo comportarse como un sociópata demente a causa del maldito alcohol. Ese no era el Ryan que él conocía, nunca podría considerar como amigo a un individuo tan ruin.

Una vez, llegó a agarrarlo intentando forzar a la hija del dueño de una barra donde habían ido a colectar una deuda, mientras obligaba al padre a observar desde la columna donde lo había amarrado. Una niña de apenas diecisiete años. ¡Hasta ese día llegó su indulgencia! Logró, a duras penas, subyugarlo lo suficiente como para que la muchacha y su padre pudieran escapar, y luego le tocó revolcarse con él por todo el lugar hasta que no le costó de otra que desenfundar el arma que llevaba anclada a un tobillo y apuntarle sin titubeo alguno.

—¡Ryan, ya para! —le ordenó entre jadeos—. No quiero tener que matarte.

Ryan despotricó en carcajadas siniestras que cambiaban a tos ansiosa de aire.

—¿Y ahora es que vienes a sacarla? ¡Sigues siendo tan increíblemente pendejo, Jimmy! No es que no quieras hacerlo. Es que no te atreves. Porque eres un pendejo de mierda y siempre lo serás.

—Pruébame, hijo de puta. —James cargó su arma y le mantuvo la mirada firme entre ceja y ceja. Sin vacilación. Ryan avanzó hacia él, provocando el desafío, y presionó su frente contra el cañón.

—Nada de pruébame… Hazlo, pendejo. —Algo de súplica se asomó en su voz—. Hazlo.

—¿Hazlo? Se supone que sea yo quien diga eso, no tú.

Las mejillas de Ryan se levantaron incrédulas.

—Sí, a eso mismo me refiero, cabrón. ¿O piensas que no sé nada de lo que llevabas ya meses planificando? Tú no me contarás todo, pero yo me acuesto con la que sí lo sabe todo, ¿recuerdas? Y ahora, ¿qué? —Acortó la distancia y aumentó la presión del cañón—. Te abro un hueco en la testa, ¿y qué? Termina Conrad saliéndose con la suya una vez más. ¿Esa es tu puta estrategia? Después de todo lo que ese cabrón, hijo de puta, te ha hecho. Después del desastre que fue Becca, ¿no vas a terminar lo que empezaste? No, cabrón, aquí el pendejo no soy yo… El pendejo eres tú.

No fue verse bajo la fuerza letal de su arma lo que le sometió. Que lo confrontaran con lo repugnante de sus acciones, ¡eso fue lo que en verdad le sujetó! Ese fue el germen que le dio el arresto para comenzar a sacudirse de aquella sombra rapaz, que hubiera terminado por consumirlo entero de no haber sido por la intervención de James.

Seis meses sumergido en oscuridad total para luego comenzar a ver un vestigio de débil luz al final del camino; sendero luminoso que intentaría llevarlo a una aparente libertad. Volver a retomar el curso del proyecto que llevaba para su escapatoria fue lo que le devolvió el sentido a sus días; y esta vez con un alto grado de venganza envuelta en la receta.

Luego de esos seis meses, tuvo un año, dos meses, nueve días y siete horas para coordinar cada mínimo detalle, repasar cada parte de su estrategia y dar con el momento oportuno para, finalmente, abandonar La *maldita* Corporación. Toda su obsesión se volcó en eso, logrando completarlo a perfección:

- Lugar y hora de partida: Filadelfia, 6:00 p. m., luego de recolectar junto a James tres pesados bultos con un millón de dólares cada uno, que debían ser entregados a Green al día siguiente. James quedaría varado en el lugar —con supuesto desconocimiento de lo ocurrido— y Ryan escaparía con el dinero hacia Pittsburgh.
- Allí, luego de cuatro horas y cuarenta y ocho minutos de camino, tendría doce minutos para encontrarse con un ganguero a quien le había perdonado la vida. Este le devolvería el favor proveyéndole de una camioneta, un atuendo diferente y los instrumentos para rapar su cabeza, rasurarse el rostro y despojarse de todos sus *piercings*. También se encargaría de colocar los tres bultos en un compartimento especial de la camioneta y hacer desaparecer su Mercedes de manera rápida e ilocalizable.
- Dos horas y cincuenta y ocho minutos para llegar hasta Columbus, Ohio. Ahí ya estaría fuera de territorio apache, pero muy cerca todavía. Solo tendría 24 horas para «descansar» en algún motel de mala muerte donde pu-

diera pagar sin tener que abrir registro alguno. Lo mismo haría en Springfield, Illinois.

- A esas alturas, ya llevaría 61 horas y 52 minutos en huida, pero estaría a una distancia considerable como para tomarse 2 días: uno para respirar y otro para descargar tensión en algún putero. Aunque no en ese preciso orden.
- La próxima parada sería en medio del culo campestre de Colorado. Ahí intentaría reorganizar sus pensamientos por un buen rato. Tiempo que se extendió por dos meses y que fue terminado por una de sus más vívidas pesadillas.
- Última parada: California. Estando en el área oeste de la nación podría utilizar los documentos de identidad falsa que le habían sido entregados dentro de un aupado sobre amarillo en el vestíbulo del hotel Marion —justo aquella noche que aún seguía maldiciendo desde sus entrañas—. Con ellos y una cantidad más que considerable de dinero, saldría del país e intentaría hacer en otro lugar lo que llevaba 27 años tratando de lograr: vivir en paz.

Ya había llegado al punto de no retorno y no dejaría que nada ni nadie volviera a intentar joder su existencia. No habría gerencial, jefe o tan siquiera un puto dios que pudiera decirle qué hacer con su vida. Él sería su propio dios; único dueño y señor de su propio desmadre.

Y solo le había tomado un año, diez meses, tres semanas y cuatro días lograr sentarse, con algo de sosiego, a releer *El tatuador de Auschwitz* en el segundo piso de la librería Grooman's en Pasadena, California.

CAPÍTULO 30

Mediados de junio, 2018.

Ella había decidido que quería, por encima de lo que cada uno de sus sentidos le debatían a voz en cuello, demostrar una actitud de transformación genuina. No a sus seguidores ni a su familia o a su psiquiatra. ¡Demostrárselo a sí misma! Quería probarse que tenía la suficiente capacidad como para analizar su propia situación de manera objetiva y no dejarse controlar por los demonios, que ya bastante le habían robado en el pasado.

Decidió ver las cosas por lo que eran. Solo decir su nombre…

—Mia… Me llamo Mia —exhaló.

—Mucho gusto, Mia. —Sacó una mano del bolsillo y se la ofreció—. Ryan.

Mia la recibió. La sintió cálida… sutil. Como si en ella escondiera destreza adquirida por muchos más años vividos de los que su carita de mozo aparentaba. Tal contexto le hizo dilatar el arrimo solo un largo segundo, para luego quitarla como si, por dejarla un segundo más, fuera a caérsele.

Ryan notó al instante lo escurridizo de su ademán. *¿Y cuál es el asunto con esta nena? ¿Por qué tan arisca? Averigua.*

Sí… las voces. Las que no tardan en maquinar un plan de acción. Esas que no saben guardar silencio porque se piensan indispensables. Mientras más les prestara oído, más tentado se vería a obedecer. Dejarse llevar por la astucia que le conceden era para él un valor por defecto. *Muéstrate inofensivo con ella. Baja la tensión.*

—Trabajas aquí, supongo. Digo, es bastante obvio. —El rostro de Mia oscureció.

—Trabajaba. Hoy es mi último día. Esa es la razón para… —Circulando su congestionado rostro al aire con un dedo.

Que bajes tensión, idiota, no que añadas.

—Entiendo… Para colmo, te encuentras a un idiota en el camino haciéndote la vida imposible en tu último día.

—Algo así. —Consiguió desgajarle una risilla simpaticona.

Por un efímero momento, Ryan juró nunca haber visto sonrisa más bella. Tan absorbente que, a modo de rareza, les robó atención a sus ojos. Su boca risueña le apretó las mejillas con tanta ternura que, aun agachándola de pena, le iluminó el rostro. Hasta sus parchos enrojecidos le aportaban encanto. Sin preverlo, se encontró disfrutando de ese diminuto trance de placer que le provocó saberse causante de dicha maravilla.

¡Sacúdete, pendejo!

Por un momento mucho más efímero que la duración del silencio en su cabeza, que no tardó en ahuyentarle tan absurdo delirio. Mia logró recobrar el aliento y reanudó con la intención de darle un buen final al suceso entre ambos.

—De nuevo, te pido disculpas. No solo de mi parte, sino del establecimiento. Grooman's vela con esmero para que cada cliente se sienta como en casa y eso era lo que hacías cuando te interrumpí. De hecho, no tienes por qué irte. Puedes regresar a terminar la lectura. *El tatuador de Auschwitz* es una excelente obra.

—Lo sé, ya lo leí una vez. Andaba reincidiendo en ella. Matando el tiempo, más que nada. Pero, en verdad, prefiero hacerlo escuchándote disculparte por lo mismo una y otra vez.

Estaba funcionando. Lo notaba en sus dos portales atentos. La nenita le atrajo y decidió ir por más.

—¿Vives cerca de aquí? —Preámbulo de cacería.

¡Vamos! No es como que pudiera —o quisiera— regresar luego para ir marinando el asunto. Mañana ya ella no estaría y podría ser que él tampoco, de verse obligado a salir huyendo antes de tiempo.

El recelo volvió a tocarle al hombro a Mia. Intentaba culminar de manera cortés su intercambio con el cliente, pero él parecía empeñado en darle un matiz turbio al asunto. Ryan se vio de nuevo en el punto de partida cuando la escuchó titubear y despedirse con un «buenas tardes».

Excelente trabajo, pendejo. ¿En serio la dejaste escabullirse así tan fácil?

Le causó irritación tener que debatirse entre no darle la razón al inquilino y no soltar la vibra de hostigador. ¡Que ella tuviera de él esa impresión le fastidiaba aún más! Volteó, todavía sopesando si dejarla ir o decir algo… ¿Pero decirle qué? Y así de pronto, se vio con solo una opción sobre la mesa: perder la partida.

Mia pasaba de largo, anaquel tras anaquel, preguntándose por qué las escaleras quedaban tan lejos y por qué lo único que daba vueltas en su cabeza era el cuño grave en la voz de ese muchacho. ¿Por qué podía sentir su mano quemando la de ella todavía? Que el mismo individuo le infundiera un compuesto parejo de ansiedad y atracción le era incongruente. ¡Todo en él era paradójico! Sabía que debía zafarse de dicha situación lo antes posible.

Casi al llegar a las escaleras se topó con el mero lugar donde, al subir, había encontrado la pila de libros preescolares que estaban fuera de sitio. La misma pila de libros que aún seguía en sus manos.

¡Mierda! Era imposible que la única razón por la que había subido al segundo piso fuera originar una querella en su expediente justo en su último día. ¡Y, por encima, haber hecho tanto melodrama! Pensó en llevar los libros abajo y pedirle a alguien más que los acomodara. Claro, eso conllevaría que la vieran más descompuesta de lo que estaba al subir y la atosigaran con cuestionamientos: «¿Qué te pasa? ¿Te sientes bien? ¿Necesitas ayuda?». ¡Aj!

¿Es en serio, Mia? Imposible que un simple encuentro fortuito fuera capaz de sacudirla tanto. ¡Es el principio envuelto en el asunto lo que está en juego!, argüía consigo misma. Así que decidió dar su mejor cara de impasibilidad, regresar hasta el último anaquel y quedar con la frente en alto. Todo era cuestión de no volver a poner la mirada sobre él cuando pasara por su lado y así no darle gabela. Ella era muy consciente de que el sujeto le despertaba una extraña sensación. Eso era lo que más le importunaba. Pensar que su mirada fuera a delatar que lo hallaba interesante. ¡Ni pensarlo!

Vamos, solo pasa sin mirar, se repetía mientras iba de camino.

Ryan no podía creer lo que sus ojos veían. De buenas a primeras, aquella rubia bonita —de cuerpito pequeño y abundantes senos— había decidido regresar. Pero ¿por qué habría de extrañarle? *Siempre llegan… como polilla a la lumbre.*

Podía admitir que esta estuvo bastante cerca de haberse convertido en su primer desplante en veintisiete años. Aunque hubiera sido más que entendible. No recordaba la última vez en que hubiera dicho tanta estupidez junta tratando de hacer un enganche. Era como si todo lo que decía provocara el efecto contrario en ella. Como si fuera un primerizo. Eso lo hacía más humillante aún. Debía encontrar la línea precisa para lanzarle, ahora que ya la tenía casi de frente otra vez. Una que la hiciera detenerse, aunque fuera unos minutos más, y luego lo otro sería un paseo. Ya creía tener la coartada perfecta.

—Oye, algo me dice que…

Mas ella ni siquiera se detuvo a verlo. Dijo «con permiso», con su mirada clavada al suelo, ¡y siguió su camino!

Je, je, je, je… Una risa burlona comenzó a hacer eco en su cabeza. No le decía nada; no hacía falta. Solo reía, pues sabía que era gasolina de sobra para encender la llama en su lacerado ego.

¿Qué vas a hacer ahora? ¿Quedarte aquí parado como un pendejo? ¡Síguela! Olvídate de tanto hablar.

La siguió. La estudió. Escrutando a sus espaldas cada detalle en su corta moldura. Saboreando la manera en que el pantalón a rayas partía holgado desde su menuda cintura y bordeaba incitante sus caderas. Le ceñía justo hasta el punto donde rozaban con el surtido de pulseras en sus muñecas. La ondulada cabellera miel dorada que acariciaba el comienzo de sus nalgas le hacía imaginar su mano enrollada en ella haciendo desastres. Ya era indiscutible que no saldría de allí sin probar eso. Pero necesitaba verla ceder, aunque fuera un poco, antes de llegar a hacer lo suyo. Era solo una pequeña señal de aprobación lo que necesitaba.

Mia rogaba que lo que percibía como una silueta tras ella fuera solo una mala treta que su imaginación le estaba jugando. ¡Negativo! Sin duda, el individuo había decidido seguirla otra vez hasta aquel rincón aislado. ¿Qué es lo que busca? Aligeró sus pasos y él lo hizo también. Justo antes de llegar al último pasillo, se giró de golpe con un aspaviento que los tomó a ambos desprevenidos.

—¿Por qué me estás siguiendo? ¡¿Qué demonios quieres?!

¡Manos arriba! Y así mismo, manos en alto cual ladrón agarrado infraganti, la rebasó con cuidado de no provocar un estallido peor y fue hasta el estante; aquel que era testigo de todo el desmadre que estaba siendo el encuentro entre ambos. Alargó una mano mientras ella le observaba con sospecha y tomó el libro que había montado arriba del anaquel.

—Algo me dice que necesitarás ayuda para devolverlo a su sitio.

Se lo extendió, pero no se acercó. Quería que fuera ella quien lo hiciera. La distancia sería suficiente, y el lugar, perfecto. El modo de ataque había sido encendido. Sus dedos iban camino a levantar la reja para dejar salir a la fiera, cuando la vio arrimársele con ojos repletos de lágrimas. Un avergonzado y poco perceptible «gracias» le salió de los labios a la vez que una gota rodaba por su mejilla. Se notaba a leguas que andaba resistiendo ese despliegue ya por buen rato.

Aquel panorama apresó a Ryan de una. *¿Qué le pasa? ¿Ahora por qué llora?* Verla así lo sacó de su juego por completo. Lo dejó balbuceando.

—O si quieres… puedo ponerlo de nuevo allá arriba… no sé.

Imbécil.

Y es que, a diferencia del desprecio y la cruel prepotencia que le ocasionaba ver a un hombre llorar —sobre todo, cuando sentían la presión de su cañón en la sien—, las lágrimas de una mujer siempre le hacían perder el control. Detestaba que lo agarrara ese impulso por querer solucionarle el maldito problema. Él sabía que era una falla crasa de la que tenía que librarse y, aunque había jurado hacía mucho tiempo atrás evitar ese tipo de situación, siempre que daba con ella, se lo echaban al bolsillo.

No tenía idea de qué se suponía que debiera hacer ahora. Al fin se estaba viendo en el escenario perfecto para conseguir lo que llevaba rato buscando, pero no sabía… no quería hacerlo. No quería sentir que estaba sacando ventaja de su estado vulnerable.

¡Ja! ¿Y desde cuándo te ha importado eso a ti? Bastante tienes ya con la mierda tuya que a nadie le importa un divino.

Unos inquietantes segundos de silencio mortal inundaron aquel pasillo con una tensión que ensordecía. Ambos se encontraban como caminando desorientados en medio de un gran campo minado, buscando la manera de no estallar en pedazos.

Ella se escurrió hasta la pared contigua; él la siguió con la mirada. La vio maniobrar para sacar del bolsillo trasero del pantalón lo que parecían ser restos de servilleta, sin dejar caer los libros que aún cargaba, mirando al suelo para esconderse tras la melena y secar sus ojos.

Mia sentía estar al borde de la locura. Husmeando amenaza donde parecía no haberla. ¿Cuánto tiempo más le iba a tomar? ¿Cuándo dejaría de sucumbir ante tanta ansiedad? ¿Acaso nunca podría? ¿Estará defectuosa de por vida? Si ya había logrado superar tantos traumas, ¿por qué se le hacía tan difícil recobrarse de esto? Lo abrumador de tantas preguntas que parecían no tener respuesta a la vista, la dejó sin fuerzas como para seguir a la defensiva.

—Qué tardecita… —Miró al techo y soltó un resuello de resignación al aire.

Ryan seguía con los labios fundidos como con pegamento imposible de disolver. Además, ella no parecía estar hablándole a él siquiera. Hablaba consigo misma. Daba la impresión de estar rendida cual púgil extenuada en su esquina. Lo inverosímil era que él le daba la entera razón. La coyuntura en la que habían caído era digna de una tragicomedia griega. Tanto jodido desacierto daba hasta ganas de reír.

Se dirigió también hacia la pared, manos en los bolsillos, acentuando aún más la distancia entre ambos y, sin darse cuenta, se recostó igual que ella. Puro estado de aturdimiento.

—Cómo es que algo tan sencillo puede descontrolar tanto —la escuchó decir.

Esta vez sí estaba dirigiéndose a él, aunque aún permanecía observando los plafones sobre su cabeza.

—¿Me estás diciendo o me estás preguntando? —Su mirada también procuraba evitarla.

—Asumamos que te estoy preguntando, pues.

—Entonces, escogiste al sujeto equivocado para contestarte. Yo tampoco tengo puta idea.

En un marco cotidiano, ese tipo de jerga no le hubiera provocado diversión alguna a ella. Pero ante tal atolladero, no había de otra más que reír. Esto le ayudó a aliviar un poco el alma. Blandiendo el libro que hubiera sido la pieza de jaque en la emboscada de Ryan, le agradeció nuevamente, con un poco más de voz. Él le echó un vistazo periférico y le fue suficiente como para sentir los estragos del remordimiento.

Eres una puta basura. Si supiera lo que tenías pensado hacer... Esta vez no eran las voces, era su propia conciencia recriminándole por su vileza. Ni tan siquiera se aventuró a contestarle con un falso «de nada». Solo meneó su mano en un gesto que pareció, más que otra cosa, pedirle que olvidara el asunto.

—Ryan, me dijiste, ¿cierto? —Él asintió—. ¿Te has sentido alguna vez como si tuvieras un desperfecto?

¡Uf, demasiado personal! Su fisgoneo le punzó una fibra demasiado sensible. Si por alguna lunática razón le hubiera llegado el deseo de confesarle, aunque fuera un poco de sus desperfectos, nunca encontraría la manera por dónde comenzar. Hubiera sido más fácil contestarle en qué momento *no* se ha sentido como un total desperdicio. Otra vez quedó mudo. Mia se percató del frío silencio como contestación a su pregunta. ¿Y el efecto inmediato? Intriga apremiante. Su lado psicoanalítico tomó ventaja de que el bando emocional había levantado bandera blanca y se aprestó a hacer toma de posesión. Se dispuso a insistir. Esta vez no temió buscar su mirada.

Para Ryan, era la culpa la que le hacía esquivar sus ojos. ¡Carajo!, ¿a quién quería engañar? No era solo eso. Había otro factor adictivo de igual o mayor persuasión: tener su alma al alcance. Contempló a través de los límites de su retina y la notó girando su rostro hacia él. Como si eso no fuera tentador de por sí, luego la escuchó decir su nombre con una dulzura que le hizo la boca agua. Podía percibir el intenso ardor de dos luceros azules, que le quemaban todo el lado izquierdo de la cara, exigiéndole que la enfrentara para continuar la conversación.

—¿Lo has sentido alguna vez? —le lanzaron de nuevo.

El dulzor que había sentido en su boca se transformó en amargo dentro de su alma. No había en él interés o disposición alguna de revelar sus mierdas a nadie. Pero había una maldita pericia en la voz de esa rubia imposible de resistir. Sucumbió. La miró.

—¿Quién no? Nadie es perfecto. —Aunque buscó eludir. Ella lo identificó al instante.

—Créeme, lo sé. Pero no me refiero a un simple rasgo de carácter, sino a algo mucho más crucial. Una avería crasa que no sabes cómo reparar —especificó girándose entera hacia él—. ¿Sabes de lo que hablo?

Verlo perder el habla otra vez y alejar su mirada le confirmó que, para él, la contestación era muy complicada como para siquiera esbozarla, mucho menos compartirla con una chiflada mujer que acababa de conocer. Eso avivó aún más la curiosidad en ella, aunque no podía obligarlo a decir nada si no quería.

—Está bien —añadió, anhelando que lo tomara como invitación a relajarse y hablar, y no a manera de tregua.

Segundos de silencio incisivo pasaron. Quizá la respuesta no llegaría. Pero luego, con su mirada escondida entre los libros, le confesó:

—Sí, lo he sentido. Cada puto día de mi existencia... Ya aprendí a vivir con ello. No me queda de otra.

Mia pausó y lo llevó al corazón un rato antes de contestar.

—Entiendo muy bien a lo que te refieres. A veces me pregunto si realmente será que no queda de otra. ¿O será, tal vez, que uno llega al punto de no querer intentarlo más?

Ambos pausaron, aguantando sus respiraciones para dar paso a la respuesta en sus mentes. Ryan asintió apenas con un tímido meneo de cabeza. Arriesgó girarse hacia ella para luego aceptarle con un matiz de franco desengaño:

—Así mismo como lo dices. No quiero intentarlo más. Ya no más. —A Mia le sonó a verdad y le conmovió el corazón. Y si hubiera visto la profunda decepción que cargaban sus ojos tras aquellos lentes, hubiera quedado rendida.

¡Y ahí! Justo en ese instante de iluminación fue que percibió la voz de Dios hablándole. Sus palabras no iban dirigidas solo a Ryan, sino a ella misma. Le dejaron ver que ya era tiempo de decidir: si seguir huyendo de aquello que la hacía sentirse rota, o confrontarlo hasta encontrar la sanación. Y todo lo entendió mientras hablaba con ese muchacho de porte indescifrable.

Justo en ese instante también fue que a él le arremetió en el mismo centro del pecho un zarpazo primitivo nunca antes estrenado. Algo que no reconocía para nada, pero que sentía en cada poro de su piel erizada. Como si una especie de llama que buscaba acabar con el atroz invierno en su alma se hubiera encendido en sus entrañas. Estaba perplejo. ¿De dónde salió esta niña? ¿Qué carajos tiene? De un momento a otro, encontrarse solo con ella en ese rincón pasó de ser ventajoso, a ser un riesgo en su acostumbrado proceder. La encrucijada le sedujo. Ella le sedujo.

Necio… Eres tan patéticamente débil.

Deslizándose por la corteza trasera de su cerebro apareció siseando su más temible inquilino.

CAPÍTULO 31

Arribó tenue, escurridizo —con el temple de un insidioso mandamás— y logró sacudirlo en seguida. Una repentina oscuridad se le enrolló en el corazón encrespándole cada folículo rapado bajo su capucha.

¿A qué demonios vienes? No tienes nada que hacer aquí. Sentido común que el maligno huésped descartó como basura. Ryan sabía que no podía dejarle pronunciar una sola palabra más o todo el asunto con la rubia acabaría en total desastre. Debía enfocarse en algo. Distraerse.

—Llevas rato cargando esos libros. ¿Quieres que los ponga en su lugar? —La ayuda se la estaba ofreciendo a él mismo. Presentó su mano, pero ella jamás relegaría sus deberes.

—No te preocupes —dijo de camino al estante—. Aunque no lo creas, mi misión para hoy no era solo estallar en llanto. También debía colocar estos libros donde toca. Puede que parezca insólito, pero…

Tanta maestría que alardeas y no puedes ver lo que está frente a tus putos ojos, inútil.

Esta vez, la tenebrosa voz le encaró desafiante. Avasalladora. De tal modo, que se iba por encima de la dócil voz de Mia, la cual se perdía entre sus reclamos. Ryan la veía acomodando un libro tras otro y mover sus labios, mas lo único que escuchaba eran recriminaciones palpitando en su cabeza.

Sigues siendo tan ingenuo. Creyendo aún la fantasía de que alguien llegue a interesarse en ti. ¿No has pensado, ni por un puto segundo, que lo que busca es tenderte una trampa? Descuidas lo más elemental. Averigua sus motivos.

El careo se le había hecho tan presente que ya no podía discutirle solo en su cabeza.

—No me interesa saber, idiota. —Mia disimuló no escuchar su secreteo.

Cuida cómo me hablas, desgraciado. Si tan seguro estás, ¿por qué no preguntas? ¿O tienes miedo, como siempre? ¡Vamos, hazlo!

—Aparte de esto, ¿te dedicas a otra cosa? —La pregunta salió disparada con la mira puesta en su instigador. Ella pilló la bala.

—Sé que te va a sonar absurdo a juzgar por mi comportamiento, pero soy psicóloga de profesión. Dra. Mia en las redes, para hacerlo aún más burlesco. Grooman's pagaba mis estudios…

La doctorcita, barra, *influencer*, aún llevaba su vulnerabilidad a flor de piel. No había manera de disfrazarlo, por eso hablaba sin parar. Para hacer caso omiso del otro farfullar que le indicaba de un peligro inminente. Decidió poner en juego su cordura a cambio de aquellos minutos de conversación que le habían revelado tanto. ¡Casi como si estuviera hablando con ella misma! Lo cual cargaba en sí una enorme ración de espanto que requería ser atajada con cautela. «El mayor de todos los misterios es el hombre». Esa era su diagnosis sobre Ryan… sobre ambos. Sin tener idea de cuán perversamente cierta era su apreciación.

El palabreo de Mia se extendió por unas cuantas frases más, siendo la gran mayoría pura contaminación acústica a los oídos de Ryan. Si tan solo hubiera quedado ahí. ¡Oh, pero jamás! Si alguna habilidad era innata en su Caballero de la Desgracia era cazar por entre la bazofia algo de lo cual alimentarse. Solo una chispa era necesaria para encender su paranoia.

«Soy psicóloga». Certero fulminante que dio paso a la depravación. Esa inscripción invocaba las fútiles horas y horas que pasó, apenas siendo un jovenzuelo, tratando de encontrarle remedio a su perturbación. La infinidad de veces que le arrojaron a manos de psiquiatras que pretendían resolver con una caterva química el desbalance en su alma, y la raquítica condición a la que esa química lo sometía. Los tres meses —¡miserables meses que en su bitácora correspondían a eternidades!— en los que el infierno hubiera sido un paraíso, comparado con la brutal disección clínica de la que fue objeto justo antes de que el diablo llegara a rescatarle.

¡Lotería, hijo de puta!, le reprocharon.

Tras el último libro acomodado reapareció la mirada de Mia registrando el repentino mascullar en sus labios, la carga eléctrica que se notaba corriéndole entre los dedos y su visible trato con lo invisible. Algo no andaba bien con él. ¿Quién mejor que ella para saberlo?

—¿Te puedo ayudar en algo? —Se le acercó, aunque temerosa—. Intenta respirar con calma…

Una tensión espeluznante comenzaba a propagársele como llamarada por cada músculo del cuerpo. La sentía rechinando entre sus dientes, presionando con violencia en su quijada. Quería hacer estragos, acabar con todo a su alrededor. ¡Quería no sospechar como cierto lo que la voz le estaba diciendo! Se agarró la cabeza buscando refugio de la tormenta, ¡pero ya era tarde! La traba asfixiante ensortijada en su corazón empeoraba con cada segundo que seguía resonando el vozarrón profundo y tétrico en el que se había transformado su inquilino.

Cómo te encanta caer en el mismo error. Luego llegas rogando que te saque del aprieto que solo tú provocaste. Esta perra anda jugando con tu mente y tú te dejas cautivar así tan fácil. Lo que busca es acabar con nuestros planes. ¡¿Lo vas a permitir de nuevo?!

—¡Ya déjame en paz! —vociferó hipnotizado. Mia también gritó.

Fue su grito el que le trajo de forma fugaz a la realidad, solo para toparse de frente con aquella mirada que lo estaba encandeciendo desde que la vio llegar y que, ahora, intentaba escapar de él.

¡No la dejes ir! ¡Apodérate, carajo!

La asió de un brazo y la detuvo cual si fuera estropajo. ¡Con grima embarrada en hiel! Su otro yo la veía como basura y quería que ella lo supiera. Lo consiguió. Mia jamás borraría de su memoria aquella monstruosa opresión sobre sí; artificio que la rindió impotente. Ninguna de las plegarias que lanzó para intentar salir ilesa llegó a sus oídos, pues la infección que le manipulaba ni él mismo era capaz de subyugarla. Verla forcejear por soltarse incitaba más al despiadado inquilino. Lanzó sus gafas contra el suelo y le empuñó el rostro.

—Mírame a los putos ojos, zorra. ¡Mírame!

¡Quedó rígida! Absorta de terror ante aquellos imanes. Sabía que debía seguir gritando hasta que alguien llegara en su ayuda, ¡muy dentro lo sabía! Pero permanecía pillada bajo el peso de su codicia. Maniatada en cuerpo y voluntad. Pronto sintió cómo aquellos ojos se apoderaron de los suyos. Ese «mírame a los ojos» podía jurar que lo seguía escuchando en su cabeza. ¡¿Cómo era posible?!

Ryan se alistaba a caer pleno en el éxtasis que corría la cortina frente a su más feroz inquilino. Tan pronto sus miradas colisionaron, ella paró de gritar y la indujo sin más palabras. Apuntó toda su lujuria sobre aquellos grandes ojos azul verdoso que tenía a la carta y tragó una dosis de frenesí.

¡Mas no como esperaba!

CAPÍTULO 32

¡Como escarmiento jamás vivido ni sospechado! Una potente luz, flameante cual sol en pleno día, lo encubrió. Quedó sepultado bajo un muro de energía apabullante que le impidió avanzar, ¡y que tampoco le permitía volver! Forcejeó hasta el cansancio, pareciendo escapista sudoroso en pleno acto, sin lograr soltarse un ápice. Desorientado, acorralado a punto de claustrofobia, clamó igual que prisionero en un limbo de luz cegadora.

Una salida… ¡Encuentra una puta salida de aquí, carajo!, se instó, ahogado en pánico.

Emergiendo de la nada, una presencia espeluznante del más allá se alzó sobre él, haciéndole sentir diminuto y poca cosa. Se le metió por cada poro, cada rendija, hasta atestarlo y espantarlo en lo más recóndito de sí. Amedrentado, contempló lo que era su desenlace. Al fin, todo acabaría para él. Antes de su último aliento, escuchó a su nefasto inquilino —aquel que le había empujado a entrometerse— presumiendo de grandeza, demandando cruzar.

Este ámbito me pertenece. ¡Abre el maldito paso, ahora!

¡NO!

Retumbó contundente y gigantesco. Un hálito que Ryan nunca creyó existente hasta ese, su momento final. El miedo que le infundía su inquilino era insignificante en comparación al terror engendrado por dicho ocupante al hablar. Aquel temible «NO» lo agarró del torso, teniéndole como muñeco de trapo, y lo lanzó fuera del territorio donde no tenía permitido entrar. Salió expulsado y fue a parar de espaldas contra el infame anaquel. El del fatídico encuentro, el mismo que lo devolvió a la vida. De no haber sido lo bastante pesado, se hubiera derrumbado sobre Ryan tras el impacto. Lo que no esquivó fue la avalancha de libros que cayó desparramada sobre él.

De frente, una Mia tullida de pies a cabeza, seguía estupefacta y sin idea. Sus pulmones no daban abasto para colectar oxígeno y digerir la peor intrusión que le hubieran perpetrado nunca. ¡Ella lo sintió adentro! Su ira, su *vendetta*. Asimismo, su agonía. El conjuro bajo aquellos focos grises y el grave tono que le seguía repitiendo «Mírame a los ojos». ¡Todo lo llevaba impreso en su alma! ¡¿Qué rayos le acababa de ocurrir?! No existía ciencia que se lo explicara, pues no lo sentía como algo natural. Se percibía sobrehumano en cada vello de punta que le forraba la piel.

Ryan yacía horrorizado, de a poco regresando al torcido cuadro suscitado en el pasillo de una librería cualquiera al oeste de la nación. Donde ya se había pensado lejos del peligro. Distanciado de la muerte. Ella le miraba de frente, aletargada cual muñeca vudú, con la misma brasa perenne en sus pupilas; volcán que él no pretendía visitar de nuevo. ¡¿Cómo, si todavía ardía en llamas tras su primer encuentro?! ¡Debía escapar de allí! ¡Marcharse lejos de ese espantajo! Se levantó, patinando entre libros e incógnitas, y salió en estampida, apartándola de golpe.

Bajó las escaleras, casi levitando, sin importarle quién o qué se le cruzara a su paso. Ni siquiera hizo caso al corro de empleados que se había amotinado al escuchar el traqueteo proveniente del segundo piso.

—¡Que alguien llame a la policía, rápido! —imploró Camille, corriendo hasta allá.

Al llegar, divisó a Mia de lejos… O a su fantasma, seguramente, pues lo que distinguía era una borrosa esfinge aterrada. Los demás arribaron detrás y abrieron las compuertas: «¿Qué sucedió? ¿Te encuentras bien? ¿Te hicieron algo? ¡Mia, responde!».

Ella seguía de una pieza. Rebobinando la escena entre Ryan y ella, una y otra vez. Escuchaba preguntar por lo que había sucedido, pero ¿qué rayos podía decirles, si ni ella misma sabía? Evocar la potencia en su mirada la devolvía al abismo. Camille lo notaba a leguas, fue igual o peor que aquella vez del auditorio. Le angustió terriblemente advertir lo que, sin duda, eran marcas moradas de dedos en su pálido rostro que no paraba de temblar. Queriendo ser discreta, se acercó y le susurró:

—¿Estás bien? ¿Ese hombre te hizo daño?

No hubo respuesta. Solo un mirar titilante. Camille se asustó de verdad. La tomó por los hombros e intentó sacudirle el aturdimiento.

—¡Mia! ¿Te hizo algún daño ese sujeto?

Finalmente reaccionó. La miró.

—No, no me hizo daño. Estoy bien… —murmuró con sus ojos acuosos sobre ella— estoy bien… —Irrumpió en llanto.

Camille la abrazó fuerte y, aún más fuerte, cuestionó al resto por qué demonios la policía todavía no había llegado.

—No te preocupes, corazón. Todo va a estar bien. Estamos aquí contigo. Yo estoy aquí contigo. Ya pasó.

Quince minutos más tarde, luego de tragarse todo un sermón sobre la gravedad de lo sufrido —¡como si necesitara de algún convencimiento!— Mia revelaba detalles sobre el asalto a la agente García del Departamento de Policía de Pasadena:

—¿Conoce usted al sujeto?

—No, nunca lo había visto. No sé quién es.

—¿Hubo alguien más que presenciara los hechos?

—Nadie más. Solo yo… y él. —Secó su rostro.

—¿Cómo lo describiría? ¿Algún rasgo o característica particular que recuerde?

¿Cómo describirlo? ¿Espectral, maligno? ¿Rostro inocente y alma perversa? ¿Ojos asesinos? ¿Cómo demonios describirlo? Recordaba todo y nada. Todo lo que le produjo adentro; nada que lo identificara. Tan solo aquellos temibles ojos y…

—Ryan… Su nombre es Ryan. Solo eso recuerdo.

—No se preocupe. Es común no tener recolección luego de un incidente como este. Sabe que puede contactarnos en cualquier momento a medida que siga recordando. —La oficial se giró para bloquear los receptores de radio adyacentes—. Sin ninguna intención de acentuar el daño, debo hacerle una última pregunta… ¿Sufrió algún tipo de agresión, sexual o física, por parte del sujeto?

Mia narró el porqué de los visibles moretones en su brazo y mejillas tan claro como pudo. Siendo objetiva, aparte de eso y de haber renovado su peor momento vivido, nada más le había pasado. Lo que no pudo narrar fue la razón de aquel revoltijo de libros en el suelo o de qué forma habían llegado ahí. ¿Cómo demonios fue a reventarse así tan fuerte contra el anaquel? ¿Quién o qué lo provocó? ¡Tampoco sabía! Recordaba el aspecto de Ryan al levantarse y no cabía duda de que ese también parecía ser su peor momento vivido. Además de haberse dado duro contra un pesado anaquel de hierro y recibir golpazos de un tumulto de libros; viéndolo de nuevo, aparentaba ser él quien había sufrido mayor agresión física y no ella. Ya no dijo más.

Observó a sus compañeros componiendo el desorden y mascullando conclusiones sobre lo absurdo del suceso y volvió a llorar. De rabia, frustración y desconcierto. Lloró al olfatear en ella un rastro de intriga por saber quién era él y lo que en verdad había ocurrido. Regresó al anaquel, ahora desnudo y susceptible, lamentándose por ser tan ingenua. A sus pies, entre el lío de textos, escuchó uno llamándole de lejos; pidiéndole ser acogido. Se inclinó y lo tomó en sus manos.

El tatuador de Auschwitz. Lo acercó a su pecho al recordar que era una tarea que, si había comenzado, debía terminarla. De pronto, el llanto en sus ojos se esfumó, cegados a la luz de otro hallazgo entre los libros. Sus lentes oscuros.

«¡ABRE TUS OJOS!». ¡Fulminante al corazón!

«¡ABRE TUS OJOS!». Perturbándole mucho más que antes.

Temblorosa, los agarró. Temeraria, los retuvo. No estaba segura de que esconder para sí la evidencia fuera lo correcto; es más, podía apostar a que no lo era. Sin embargo, el pecho le quiso estallar solo al asirlas, afirmándole que ese encuentro entre ambos había sido todo menos fortuito, y que tampoco sería el último. Sintió escalofríos. Tuvo náuseas, se levantó corriendo, pero no llegó más que a mitad de pasillo antes de arquearse.

Esa noche no durmió. Tampoco lo hizo Camille, quien canceló el evento en Gaggers y pasó la madrugada con ella entre llantos, mimos y ungüentos de consolación. No podía dejarla sola. Lo que ella desconocía era que, para Mia, ya no sería posible estarlo.

Esos ojos… Sus penetrantes ojos, grises como la luna, la acompañarían toda la noche, la madrugada entera tendida sobre mil cojines, persistiendo hasta el amanecer. Su mente no alcanzó a pensar en compromisos, comer o salir de su cama, siquiera. Para lo único que servía era para recobrar cada palabra dicha, cada gesto inadvertido, cada acción y reacción. Se había topado con lo inaudito, de eso estaba convencida. ¿Por qué o para qué? No lo sabía… pero sí sabía su nombre.

Ryan —por su lado— lo resolvería todo, esa misma tarde en su pequeño cuarto de motel, de la única forma en que sabía cómo lidiar con su angustia: a filo de navaja.

CAPÍTULO 33

Once cortes. Cinco en el antebrazo izquierdo, tres bajo el brazo derecho y tres más en el abdomen. Ese fue el saldo total de aquel encontronazo. Ni en lo más turbulento de su adolescencia había llegado a tantas mutilaciones en un solo episodio. ¡Lo necesitaba a gritos!

Los primeros cinco fueron tan pronto llegó a su automóvil. ¿Cómo carajo se supone condujera, si ni siquiera poner las llaves en la ignición podía? Su alma se lo estaba demandando, exasperado por poner la camioneta en marcha y, simplemente, estrellarla contra otro auto en el camino. Los otros seis se dieron, atrincherado en su cuarto, al retumbar aquel escalofriante «¡NO!» en las cavernas de su mente y perder la respiración recordando a la entidad. Nunca en su vida se había visto tan guiñapo; tan incapaz de, al menos, defenderse; recluso en una nada que, a la vez, lo encubría todo. ¡Y esa aplastante luz! O energía, aparición… ¡No sabía ni cómo carajos llamarlo!

Aun luego de once cortes y varias horas de confinamiento, no dejaba de recrearlo en su memoria. Todavía sentía quemando en su espalda, igual que parrillada, las barras de acero del anaquel y los coscorrones de una cascada de libros en su cabeza. ¡Estaba hecho una mierda y así mismo se sentía! Mientras surtía el calmante dolor de su onceava incisión y el bullicio comenzaba a ceder un tanto, sus pensamientos fueron tomando lugar:

«¿Qué carajos pasó allí? Aquello que me apresó no fue dominio cualquiera. ¿Acaso había sido ella? ¿Y quién demonios era ella? ¿Cómo pudo, así porque sí, no dejarme entrar? ¿Qué es lo que esconde allá adentro?».

Los sucesos viajaban fugaces en su mente. Todo parecía reducido a aquellos últimos segundos de agonía en los que creyó morir. Sí recordaba uno que otro detalle a medias, como, por ejemplo, sus ojos llenos de lágrimas, pero no la razón de las mismas; el dulce amargo en su voz, mas no la llama que logró encenderle dentro.

Volvió su vista a las tajaduras, aún chorreantes, que manchaban de rojo los ojos de tigre tatuados bajo su ombligo, y que salpicaban el borde blanco de su ropa interior bajo sus pantalones de mezclilla. Tirado —cual trapo húmedo sobre la única silla que había en el cuarto—, ubicando piezas del rompecabezas que pudieran brindarle explicación a lo sucedido, la recordó de nuevo. Con su ánimo alicaído, recostada en la pared, suspirando. Aún estaba procesando el innegable asombro que les tomó a ambos desprevenidos. Cerró sus ojos y vio su silueta frente al puto anaquel diciendo algo. Ese *algo* era clave, lo sabía, pero estaba mudo en su memoria. Fijó la mente en sus labios, ¡malditos labios manipuladores!, y poco a poco agarraron vida. Los escuchaba decir su nombre. «Mia…». Otra vez. «Mia».

«Dra. Mia en las redes…». ¡Psicóloga de profesión!

De un salto, se levantó y sus heridas se quejaron al exprimirse sobre el felino rostro. Se le alborotó la temperatura en sus venas. Alcanzó la camiseta que había tirado al espaldar de la silla e hizo presión sobre las ralladuras en su torso mientras escribía su nombre en Instagram. ¡A la putísima verga! Ahí estaba, @dra.mia, tercer perfil en el listado. Al entrar a su cuenta, lo primero que le atrapó de vuelta fueron sus ojos juzgándole desde la foto. Maldita perra. Solo unos cuantos clics más y ¡bingo!, ya tenía lugar de domicilio. Ya tenía un desafío.

El modo cacería se encendió de nuevo, rizándosele fuerte en la espalda, pero… ¿y esa jodida intuición de muerte que le acompañaba? Por vez primera, siendo ya un adulto, notó vacilación. ¿Qué mierdas era eso? ¡¿Miedo?! ¡Al carajo el miedo! Si era cierto que en el momento creyó morir, también lo era que aún seguía vivo. Tenía a la mano el chance de averiguar qué era lo que le había desequilibrado tanto de esa mujer y no lo iba a dejar pasar.

***

Ciento setenta y cinco minutos dentro del auto. Acechando… Confabulándose con algunas de sus voces; contendiendo con otras. Se había posteado a varios metros de distancia de su complejo de apartamentos y, una vez allí, lo que hizo fue esperar. No le convenía actuar bajo coraje si no quería arriesgar otro intento fallido. Al menos ya sabía dónde vivía, y aunque entrar como un fantasma hubiera sido tarea fácil, algo lo tenía en estado de alerta. Ese puñetero *algo* que siempre tomaba forma distinta y no lo dejaba en paz, ¡carajo! Solo pensarlo le hacía hervir la sangre por volverla a tener de frente, olvidando lo catastrófico que había sido todo. En cambio, lo fugaz de su olvido lo mantenía clavado al asiento.

Durante esas casi tres horas se dedicó a observar cada factor que perjudicaba o favorecía su acceso. El hecho de que aún fueran las once de la noche y hubiera demasiado movimiento alrededor de gente que pudiera identificarlo, le perjudicaba. Sin embargo, la gran mayoría de los que circulaban eran *millenials* envueltos en su rollo, que ni se darían por enterados de su presencia. Eso le favorecía.

Una de la mañana. Todavía sopesando pros y contras. ¿Y si no vivía sola? ¿Si se encontraba de frente a algún novio con humos de Quijote al que tuviera que amansar? De haber tenido ese dato, hubiera atracado sin titubeos desde hace horas… Ese era su argumento cada vez que algún inquilino lo tildaba de pendejo. Ya estaba hastiado, tenía hambre y no quería seguir sintiéndose como ese perfecto inútil al cual dejan al volante esperando mientras los hombres de verdad salían a hacer el trabajo sucio. Sus neuronas olfativas no hablaban de otra cosa más que del repugnante hedor a sangre en sus extremidades. Necesitaba volver a cambiar su vendaje, necesitaba descansar… ¡Necesitaba sacarla de su mente, ya!

Sobre el islote en medio de los asientos de la camioneta, encima de unos cuantos recibos magullados y de la navaja que usó hacía más de siete horas, yacía su celular encendiendo insistente una lucecilla azul. Lo tomó y enfocó la vista, nublada por el cansancio, hasta la notificación de un mensaje recibido.

Viernes a las 10 a. m. en Katy.

¡Al fin, carajo! Ese mensaje lo acercaba más a lo que era su verdadero objetivo.

¡Enfócate en lo tuyo, Ryan!, se dijo a regañadientes.

Estar horas muertas detrás de una puta solo por saciar un capricho no era parte de su plan ni tan siquiera como pasatiempo. Y aunque no creía en señales ni admoniciones divinas, decidió tomar el mensaje como recordatorio de aquello en lo que sí debía poner su atención: ¡escapar!

—Al carajo esta tipa. —Y arrancó de allí.

***

Veintisiete horas duró. Eran las cuatro de la mañana del lunes y Ryan se hallaba de vuelta frente al complejo Los Olmos; situado, esta vez, justo enfrente de su edificio. Movimiento de principiante, evidentemente, pero ¡qué más daba! Ella no era Carmen Sandiego.

Su mayor empeño por no darle casco a lo ocurrido en Grooman's el sábado en la tarde no había sido eficaz. Bueno, las veintisiete horas sí le valieron para botar el terrible golpe en su cuerpo y ego, y hasta algo de susto, pero jamás lo suficiente como para dejar de pensar en ella. Todo lo contrario. Mientras más corrían las horas, más claros se le hacían sus detalles. Cuando buscaba acomodo en su tiesa cama de motel, al voltearse, la veía voltear también hacia él en aquel pasillo. Vendando sus heridas, la escuchaba preguntarle si alguna vez se había sentido roto y, estando bajo la ducha, al ver las gotas escurriendo por la punta de su nariz recordaba su rostro goteando lágrimas. Eran ese bombardeo y la jodida noción de combate los que le abrumaban. Necesitaba —como adicto urge de morfina— tenerla cerca otra vez y probarse a sí mismo que aquel vozarrón, que ahora le parecía un mal sueño vivido, solo era eso y nada más.

Al clarear la mañana, un rayo de luz que se coló por la visera le abofeteó y cayó despierto. Se había ido diez-siete[2] por buen rato. ¡Puto aburrimiento! Casi despuntando las ocho de la mañana vio un rostro que creyó reconocer viniendo por la acera tras su camioneta de camino al edificio. ¿Era ella? Negativo. Otra cualquiera. Se parecía muchísimo, aunque esta otra era morena. Sin duda alguna, debían conocerse.

¡Más que obvio! Al cabo de diez minutos las vio salir juntas en un Camry rojo de hacía una década atrás, y era la pelinegra quien iba conduciendo. Se propuso ir tras ella, tres carros más aba-

2 Código policial que se refiere a «fuera de servicio». En Puerto Rico se utiliza de forma coloquial para expresar que alguien está profundamente dormido, desmayado o inconsciente.

jo, recordando intersecciones y cantidad de semáforos rebasados. Par de kilómetros más adelante doblaron a derecha por una calle angosta que lo llevó de California 2018 a Yorkshire 1550. Cada edificio de ese tramo tenía un aire peculiar de aldea: techos triangulares, fachadas en ladrillo y entramados que se alejaban del modelo colonial… de arquitectura tipo Tudor, más bien. —¡Sí, él conocía una que otra pendejada de esas!—. Le pareció surreal todo a vuelta redonda. Y haber llegado allí siguiendo los pasos de esa mujercita, aún más. Al final, en una esquina, había media valla con una inscripción: Seminario Teológico Buehler.

—¿Esto es un colegio de religiosos? ¡Tiene que ser broma!

La imagen borrosa de Mia diciéndole: «Grooman's pagaba mis estudios» le tomó por asalto. ¡Ok! Aquí era donde estudiaba, entonces.

Te irá mejor siguiendo de largo.

Si la intromisión continua de Mia en su cabeza le era un fastidio, mucho más lo fue escuchar aquel tonito condescendiente en la voz de su siempre rapaz y bragado inquilino.

—¿Seguir de largo por qué carajos? Ya he perdido demasiado tiempo, sangre y sueño detrás de esta zorra. ¿Me voy a quitar ahora? Y a ti qué mierdas te pasa, ¿tienes miedo?

No digas que no te advertí.

Luego de eso, la voz hizo silencio absoluto. Como si le hubiera colgado el teléfono en la cara.

—¡Puedes irte a la misma mierda, si quieres! —Notar tan sumiso a su inquilino le hizo sentir poderoso; al fin era él quien estaba en control. Un ápice de arrogancia que le azuzó el instinto de caza y captura. A unos cuantos metros, el Camry se detuvo. Vio a Mia bajar del auto, ¡sola!, y a la conductora seguir su camino. Cayó inmerso en una visión de túnel que le decía «¡ve por ella!». No avistaba nada más, no pensaba en nada más. Ni siquiera vio el gran muro a la entrada del edificio que leía «Escuela Graduada de Psicología».

CAPÍTULO 34

Mil tambores pregonando batalla no hubieran sido porfía contra el latir de un depredador tras su presa. Ya podía percibir el olor del botín en sus narices. ¡La tenía tan cerca! Paseando tranquila por los pasillos, creyéndose una diosa por haberle domado. Llevaba su extensa cabellera colgando sobre sus hombros, lo que a modo casual le dejaba ver claro a través de su camisilla veraniega su angosta cinturita. Una jodida delicia. Justo ahí reconoció cuán frágil era su sentido de abstinencia y se irritó consigo mismo. ¿Qué ya no la deseaba? ¡Claro que sí, carajo! Ardor que ya era de más sabido para él, que solo aplacaría cuando, al fin, se la llevara. Pero esa no era su fuerza motriz primaria. El desquite sí que lo era.

Mia procuraba darse la vuelta por cada oficina y mostrador que ubicaba en la facultad. Quería recorrer cada rincón. Dejarse ver por todos. Su tiempo allí ya había terminado, pero no el credo de hospitalidad y amparo fundado en dicho tiempo. Quien la encontraba en el camino la felicitaba. Ella siempre sonreía y daba las gracias. Ryan la espiaba de lejos, oculto tras capucha y gafas, envidiando la forma en que parecía haberlo olvidado todo, mientras él seguía revuelto en sus entrañas.

Una vez Mia se cansó de rondar el edificio, lo sacó de allí camino a una vereda peatonal entre aquellas estructuras pintorescas que vio al entrar. ¡Llegó la hora! Apretó el paso. Cinco metros. Retiró sus gafas y las llevó al cuello de su camiseta. Tres metros. Tragó fuerte el cóctel de saliva que inundaba su boca. Un metro y cuatro latidos por segundo. Ya la tenía al alcance.

—¡Mia! —¡Chillaron desde un edificio! Ambos rastrearon el súbito alarido.

Corriendo de uno de los pórticos, arremetió una vivaracha fémina de grandes cachetes y alma jovial que ansiaba un abrazo de despedida. Mia se aferró a ella como se aferra un sediento al agua y suspiró sonriente.

¡Otra evasiva, puta madre! Ryan se detuvo por completo y buscó un lugar donde guarecerse a la vez que una ristra de maldiciones se licuaba por sus labios, presionadas por el caliente cosquilleo fermentado en su estómago. Cruzó al otro extremo, sondeando cada rincón, y esperó a que terminaran el maldito encuentro. Al parecer, estaba destinado a contemplarla de lejos, pues en esas andaba de nuevo: al costado de un edificio aledaño, observándola arrimarse a una ostentosa residencia —como todo lo demás que había visto en el lugar—. Esta fungía de oficina; arreglada con altas palmeras, arbustos frutales y una gran mesa con folletos de información y entremeses. Un grupo considerable de personas se había reunido allí. Hablando, abrazándose, tomándose fotos.

Ryan seguía observando y sufriendo el hecho de que, definitivamente, algo parecía oponerse a sus planes. Juraba, por su perra madre, que ese puto *algo* iba a tener que hacerse a un lado, porque él no desistiría hasta conseguir lo que quería. Mucho menos ahora, que lo sentía como una provocación directa y personal.

Fue moviéndose con cuidado al verla distraída entre la gente tomando panfletos o llenando formularios, etiquetando personas y servicios en sus publicaciones, y transmitiendo en directo cortos saludos que documentaran dónde y con quién se encontraba en ese momento. Siempre sonriente. Siempre solícita. Rasgo que encabronaba a Ryan desde su esquina.

Ya él se había situado un poco más cerca, tras un gran roble inglés, cruzando por encima del redondel de azareros verdes y blancos que rodeaba su tronco junto a dos banquillos. Allí esperó en lo que ella decidía soltar aquel junte. Cuidó de guardarse un poco más al verla apuntar en dirección a él, aunque le fue obvio que solo buscaba un mejor ángulo del edificio para volver a tomarse otra *selfie*; esta vez, de ella sola y su maldita sonrisa, ostentando triunfo con sus dedos. Se notaba satisfecha, distraída; para nada envuelta en otra cosa que no fuera ella misma... ¡Lo exacto que ocurría con él! No le cabía en la mente la posición tan baja a la que había llegado. Ocultándose tras arbustos por andar detrás de un trasero que, a lo visto, ni se acordaba de él. ¿Qué mierdas iba a recordar si fue ella quien se impuso? Para darle más sabor al caldo, escuchó un sonido de alarma en su celular que surgió inesperado. ¿Alarma? ¿De qué carajos? Que no recordara poner el puto aparato en silencio estando en modo acecho era inconcebible ¿Qué ocurría con él?

Rebuscó en lo profundo de su bolsillo trasero y cortó el sonido. Apagó el celular por completo. Lo hubiera reventado contra aquel roble inglés si el escenario hubiera sido otro. De seguro lo haría una vez saliera de allí con lo que fue a buscar: la doctorcita engreída.

Volvió a levantar la vista pensando que la encontraría ensimismada, tomándose fotos aún... mas no la vio. Echó su mirada alrededor, buscando su diminuta silueta entre los demás, pero no la divisaba. ¿A dónde se fue? ¡No puede haber desaparecido así tan rápido!

Salió de detrás de su escondite y se aproximó hasta el espaldar de uno de los banquillos adyacentes, rastreándola con su mirada obsesiva. No era posible que se le hubiera escapado de nuevo. ¡Qué jodida ofuscación! Levantó un pie para salir del redondel y, de repente...

—¡¿Por qué me estás siguiendo todavía?! —¡Lo pillaron!

CAPÍTULO 35

Su voz lo levantó de un brinco, yendo a reventarse de pecho contra el banquillo y luego al piso. ¡Un dolor infernal le atestó detrás! Le cortó el habla y la respiración. La tortura de sus once heridas supurantes magulladas, también la de su lacerado orgullo, lo dejaron a punto del desmayo. Mia lo vio revolcarse, hecho un cucurucho flanqueando sus vísceras y con cara de haber bebido vinagre; le dio mala espina. No se le acercó ni un ápice, pero tampoco se haría para atrás. Le dejó lloriquear frente a ella.

Tan intenso como fue el dolor, igual de intenso se levantó tan pronto agarró aliento, buscando de dónde provenía la puta voz de aquel reclamo. La cólera le arropó. Le disolvió al instante el estado de fascinación que lo tenía tras ella, cambiándoselo por aversión. Sus ojos grises se habían vuelto color sangre, inundados de capilares rotos sin manera alguna de ocultarlos, pues sus gafas habían salido expulsadas tras el reventón.

—¡¿Cuál es tu puto problema!?

El grito retumbó entre la espesura de los enormes cedros rojos del recinto y le advirtió que, si algo podía empeorarlo todo, era llamar la atención. Aun con su furia en aumento, amortiguó el volumen de su descarga agarrando un deje mucho más espeluznante.

—¿En verdad quieres seguir en estas conmigo? ¡Ponme a prueba, pendeja!

—¡Quien debería hacer esa pregunta soy yo! —Ella portaba el mismo gruñir contenido en su voz, junto a un viso de certeza que no había en la de él—. ¿Por qué sigues tras de mí, eh? ¿Qué demonios andas buscando?

—¡No ando buscando una mierda tuya! —exclamó retorciéndose de dolor—. Tú no eres más que un puto problema… ¡Maldita sea! —Resolvió alejarse, soportando una vez más tener que doblarse a recoger sus gafas.

—¡Muy bien! No andas vigilándome, entonces. Asumo que estudias aquí, ¿no? —Craso sarcasmo enredado en su queja.

—Piensa lo que te dé la puta gana… y aléjate de mí.

—¡Aléjate *tú* de mí! ¿O no fuiste tú quien estuvo toda la noche frente a mi apartamento? —Ella supo que eso lo frenaría—. ¡Exacto! Eres tú quien ha estado acosando y persiguiendo todo este tiempo: desde la librería, frente a mi apartamento, todo el camino, y ahora aquí en la escuela. ¿Qué? ¿Pensabas que no me había dado cuenta? —¡Por supuesto que sí! Y por alguna necia razón lo mantuvo en secreto igual que sus gafas.

¡Imposible que me haya notado! Él no la creía capaz. Y si en verdad había advertido su merodeo, no tenía ninguna maldita relevancia. Ese momento fue la daga que cortó, de una vez y por todas, su afán por esa lunática. Se giró y le confesó con descaro mordaz:

—Si lo hice, ¿qué? ¿Te crees suficiente como para hacer algo al respecto? ¡Un carajo!

—Tal vez yo no pueda hacer nada… —Sacó su celular y comenzó a buscar en él—. Pero estoy segura de que la agente García estará más que deseosa de revelar las imágenes de un posible ofensor en el área.

Ryan se transfiguró. ¿Que esa zorra tenía fotos de él en su poder? ¡No podía ser cierto!

—Hablas pura mierda, no tienes nada con que…

Mudo quedó al ser encarado con las meras imágenes en la pantalla del celular. Podía ver clara su silueta dentro de la camioneta frente al complejo. Ella siguió deslizando una imagen tras otra: la parte delantera de su auto a unos cuantos metros de su apartamento, su sospechoso semblante escondido tras el roble inglés. ¡Hija de su puta madre! Le entró fatiga, sofoco y nervios, ¡todas de una y en un parpadear! Esa rubia chiflada lo tenía fichado desde un principio ¡y él ni por enterado! Sin pensarlo, acometió contra ella.

—¡Ni un paso más o las envío ahora mismo! Solo necesito apretar un botón.

Sosteniendo el celular en el aire, temblorosa de pies a cabeza, logró detenerlo. Tenía que dejar claro que no era ella quien llevaba las de perder, sino él. Mantenerlo sometido si es que pretendía tenerle cerca. Ryan quedó tan aturdido tras el estacazo que su aspecto mutó a una sonrisa petulante.

—No querrás tomar esta ruta conmigo, créeme. Tú no me conoces. —Conjuró su modo más siniestro al decirlo. Ella ripostó aún más desafiante:

—Evidentemente… tú tampoco me conoces a mí.

¡Maldita perra! Su imprudente sagacidad le enfurecía, pero más lo hacía tener que aceptar que tenía razón. Sin lugar a dudas, la había subestimado, y tal desvarío le había costado caro. ¿De dónde sacó las garras? ¿Y si no era suya esa táctica? Echó un rápido vistazo desconfiado alrededor; se la echó a ella. La frase «te irá mejor siguiendo de largo» regresó furtiva a su memoria junto a otro aguijonazo de dolor. No le quedó de otra que hacer silencio mientras daba con alguna manera de salir de ella, más que nada, encontrar la forma de eliminar esas fotos. Seguía sin creer que una estúpida chiquilla, obstinada y supersticiosa, tuviera habilidad para hacerlo doblegar. Ella escondía algo. Lo pensó y lo repensó antes de verse en el escenario de tener que llegar a un acuerdo con ella… De nuevo, no le quedó de otra.

—Evidentemente, no. ¿Qué es lo que quieres? ¿Dinero? ¿Quieres que doble lo que te ofrecen por mi cabeza para que desaparezca y te deje en paz? ¡Dime! —Creyó que podría intercambiar una aparente sumisión por el recobro de aquella evidencia en su contra. Eso creyó.

—No me interesa un centavo tuyo ni de nadie. Tampoco quiero que desaparezcas. Todo lo contrario… —Bajó el arma que llevaba en la mano—. Quiero saber quién eres.

Una brisa repentina se filtró por entre los enormes cedros rojos que les observaban desde lo alto, haciéndoles llegar al corazón una extraña premonición de designio marcado. Ella lo tomaría como arras de aquella misma conmoción que la embargó en Grooman's; él lo descartaría como un simple escalofrío.

—¿Saber qué? Al parecer, ya crees conocer que no soy más que un enfermo que anda acechando mujeres por el área. Ya me descifraste por completo, ¿cierto? ¿Qué más se te antoja saber?

Ella se armó de valor y decidió poner su demanda sobre la mesa. La bola estaba en su cancha y debía aprovecharlo.

—Quiero saber qué fue lo que pasó aquel día al mirarte a los ojos. Algo sucedió allí y tú lo sabes. ¿O me vas negar, también, que intentaste algo conmigo? —Los deseos de llorar la asaltaron al recordarlo. Tragó hondo y se obligó a persistir—. Quiero que me expliques cómo es posible que hubiera podido escuchar tu voz en mi cabeza mientras lo hacías. —Dio unos cuantos pasos hacia él; él se alejó unos cuantos más—. Por qué… ¿Por qué sentí como si hubieras invadido mi mente? Desde ese momento hasta acá, no he hecho otra cosa más que intentar encontrarle sentido a todo esto. Día y noche, y aún no lo tengo claro. Pero algo me dice que tú sí sabes. —Volvió a acercarse un poco. Él no retrocedió esta vez—. ¿Lo sabes o no? Es lo único que quiero.

Contemplar su osadía demandándole una respuesta, le estremeció. Tal vez por el hecho de escucharla confesar que no había dejado de pensar en lo ocurrido. Al menos, ya sabía que no era solo él quien estaba perdiendo la cabeza por el asunto. Con todo, a la muy bribona iba a tomarle mucho más que una mera extorsión disfrazada de curiosidad para lograr arrancar algo de él. Por no hablar de que el camino para salir del estado de aprensión que aún le acorralaba era largo y escabroso.

—No tengo puta idea de a qué te refieres. Y si supiera, tampoco lo diría solo por un patético intento de chantaje de tu parte. Vuelvo y te repito, tú no me conoces —sentenció atreviéndose a acercársele un poco más—. Te sugiero cautela.

¡Cuánto hubiera querido ella que él aceptara su demanda de primera intención! Así no se vería obligada a chantajearlo de veras.

—Pues yo te sugiero que pienses bien la respuesta esta noche y llegues con ella aquí mañana a las nueve de la mañana… O a las nueve y un minuto tu cara estará en todas las estaciones de policía del estado. Imagino que sabes cuál es el nivel de tolerancia hacia los que andan acechando dentro de una universidad teológica.

Coartado, maniatado y silenciado. ¡Así lo tenía aquella tipa! Si de algo estaba seguro era de que pasaría toda la noche pensando. No en la respuesta que le estaba exigiendo, sino en la manera de deshacerse de ella y de aquello que estaba usando como palanca para forzarlo. No tenía nada más que decirle ni quería estar un segundo más frente a ella en posición de desventaja. Solo pudo balbucearle un pusilánime «vete a la mierda» mientras alzaba vuelo fuera de allí, a lo que ella rebatió a toda voz:

—¡Claro, pero estaré esperando solo hasta las nueve!

CAPÍTULO 36

Mia pasó el resto del día entre dos planos. Sus pies discurriendo por el campus, pero su cabeza entre las fotos. Sus dedos sobre el teclado y su juicio sobre aquel ultimátum. Mientras su boca masticaba la cena, su intuición digería el desenlace de la mañana siguiente. La tarea de Camille fue llevarla a rastras cada vez. Incluso invitándola a su bistró favorito, entre bocado y bocado, se le perdía lejos. Intentó tenerla presente al grabar una breve nota para su página —algo que siempre la complacía— mas su cabeza no estaba en ello. Tampoco quiso hablarle nada de lo que aún la perturbaba. Así que, luego de cenar, la llevó de regreso a su apartamento sin más. Ni siquiera preguntaría, aunque le afligiera, si podía quedarse otra vez con ella. Ya conocía la respuesta.

—¡Ey! Olvidas tus sobras para llevar —le advirtió al bajarse del coche. Tal despiste era común. Esta vez, sin duda, tenía otro sabor. Sujetó el empaque fuerte antes de dejarla ir—. Cualquier cosa, lo que sea, no dudes en llamarme, ¿está bien?

Estuvo bien. Estuvo más que bien para Mia hasta que se vio sola subiendo el umbrío foso de las escaleras, el cual nunca lució tan inhóspito. A mitad de tramo se detuvo. Recordó su gas pimienta adquirido un día atrás. Metió la mano y rebuscó en un saco sin fondo hasta dar con él. Respiró. No lo sacó; solo quería asegurarse de que estuviera en su bolso. Aprovechó, tomó sus llaves y continuó hasta el B-36 de prisa. «Inhala y exhala, Mia…».

Una vez cerró y aseguró la puerta tras ella fue que pudo exhalar de veras. El pestillo de la puerta le trajo reposo; también lo hizo la patrulla que habían asignado al perímetro por «posible actividad sospechosa» luego de su llamada al ras de Ryan comenzar a alejarse. Al fin estaba sola. Una noche para ella. Solo para ella… y él.

¿Y si llegara mañana? Sabes que llegará. ¡Mantenlo lejos, Mia! Ya voceaste lo que quieres. ¿Qué es lo quiere él? ¡Esa es la clave! Le daba mil vueltas mientras discurría, tecleaba y masticaba. Más urgente ahora al llegar a casa. Soltó el bolso sobre el mostrador, siguió de largo hasta la cocina y guardó las sobras en la nevera. Llenó una taza de agua, la metió al microondas. Dos minutos. ¿Precio por su cabeza? No era cualquier tipejo, entonces. ¿Buscado por qué, por quién?

De cabeza, hundida en el enigma, exprimiendo de sí una estrategia a la vez que agarraba el sobrecito de infusión tranquilizante. Debía ser efectiva. Precisa. Dar con la afección. Llevó la taza a sus labios y bebió… y ahí se percató. La puerta de su alcoba estaba abierta. No mucho, solo una rendija. Ella nunca dejaba puertas abiertas.

«¡ABRE TUS OJOS!», reapareció.

Escurriéndosele desde la nuca, espalda abajo, como hiedra de luz que reptaba hasta su cuarto. Colocó la taza sobre el mostrador, suave, sin hacer gota de ruido, y haló su bolso. «Llama a la policía», texteó a Camille; puso a vibrar su móvil y agarró el gas pimienta. Aun conociendo lo que nunca debía hacer —¡entrar al maldito cuarto!—, la arteria luminiscente que salía de ella la arrastraba hasta allá. Dio el primer paso, vigilante. Dio el segundo. Al tercero, pensó que un simple gas pimienta no sería suficiente. Agarró del fregadero un cuchillo de filetear. Con cada paso —gas y cuchillo en mano— el corazón le añadía más apuro. Bum, bum… Bum, bum… Bum, bum…

Llegó hasta la puerta. Un chirrido muerto de miedo le siguió al abrirla y le erizó el pellejo. Inhala y exhala, debió repetirse; pero ni cuenta se había dado de que aguantaba la respiración por miedo a que la escucharan. Su instinto se lo advertía. Alguien más estaba allí. Deslizó una mano por la pared hasta donde suponía estar el maldito interruptor de luz que, al parecer, se había cambiado de lugar. Tratando de dar con él antes de que le agarrara el brazo alguna mano fría y siniestra. ¡Enciéndete, maldición!

Clic… Y se hizo la luz. Todavía al margen de la puerta echó un vistazo adentro, despejado cada recodo. No observaba nada retorcido; al menos, no con sus ojos. Con puñal presto, se coló por la pared y verificó el otro extremo de la habitación. Nada. Nadie. Dudó si mirarse al espejo, creyendo que avistaría el reflejo de aquellos ojos grises a sus espaldas. Los mismos que aún llevaba grabados en su conciencia.

Todo estaba en su sitio. Aparte de la puerta entreabierta y su piel de gallina, todo parecía en orden. Con la intención de convencerse de que estaba a salvo, respiró de nuevo. Obligándose. Pese a la aterradora silueta que advirtió arrimársele detrás en silencio. Solo un suspiro.

—Fatal elección ese cuchillo —exhaló sobre ella.

El impulso de la daga en su mano al girarse iba con toda la frenética intención de perforar algún órgano, siendo esquivado con maña aguerrida y un rostro turulato que le encaró y le hizo tomar igual gesto al reconocerlo.

—En especial, si nunca ha sido tu fuerte —se burló lanzándole una guiñada.

Mia dejó caer el cuchillo y, tras este, sus lágrimas.

—¡Tío Daniel! —Se echó a colgar en sus brazos.

CAPÍTULO 37

El reloj marcó las ocho y cincuenta. Se activó su cuenta regresiva. Con la garganta echa un nudo, buscó en sus contactos «Agente García» y comenzó a redactar:

«¡¡CONFIDENCIAL!!
Imágenes de agresor en inmediaciones».

Identificó el caso en unas pocas líneas y luego apretó el símbolo de adjuntar archivo. Por vez incontable se detuvo en aquellas fotos. Las que engulló y desentrañó. Durante cuatro días, las padeció. No dejaba de mirarlas. De escucharlas declamar: Donde hay peligro, crece también lo que nos salva, siendo la más rimbombante aquella que le había tomado mientras la vigilaba desde el roble inglés. Lugar donde se hallaba justo ahora esperando por él.

Si algún vestigio de duda quedaba sobre si estaba haciendo lo correcto, su reencuentro con Daniel —más que su tío, la otra versión de papá— terminó de disiparlo. Muchísimo se habló, mas nunca lo suficiente. Su manera limpia y real de irle al grano sin decir más de lo que convenía a nadie, la afianzó. Oírle confesar, en guerra con las lágrimas, aquel juramento hecho a su madre de velar por ella con su vida era un sello de garantía. No tenía clara su función ni por qué le había tocado a ella, pero había sido emplazada. Por lo divino. Por lo imperecedero. Allá, durante lo más íntimo de aquel primer encuentro.

Con todo, si daban las nueve y un minuto y el individuo no hacía acto de presencia, el destino imputado era entregarlo a las autoridades. Sin peros ni condiciones.

Insertó la última foto, reviviendo lo fosco de su disfraz de capota y antiparras, y se halló de nuevo con la atención puesta sobre el surco cincelado entre sus labios gruesos y su afinada nariz de adonis. Apartó la vista hacia el reloj.

8:58 a. m. Releyó el mensaje. Lo editó.

8:59 a. m. Regresó la mirada a su rostro.

¿En dónde estás?

Fue al botón de «Enviar».

Nueve en punto de la mañana. Levantó la vista… Y ahí estaba. Su espada de Damocles, en vivo y a todo color, ¡a unos metros frente a ella! Una buena calada de aire se le coló por los labios al verle, estremeciéndola; validar su rol en el libreto de ambos volvió a expulsarlo de su boca. Traía las manos en los bolsillos de una chamarra negra y la cabeza cubierta bajo capucha. Podía notar, con todo y sus gafas que cerraban el paso a su alma, que la miraba con total desprecio.

—Aquí me tienes. Escoge bien tu próxima movida.

—Dicen que la mejor defensa es un buen ataque. Puede que no lo veas así, pero yo no busco hacerte daño, solo protegerme. Mi próxima movida dependerá de ti.

—Seguro. De mí y de quien sea que te esté hablando por el auricular. Astuta… pero no lo suficiente.

Mia sacó la pieza de su oído, lo tiró al suelo y le apretujó el talón encima.

—¿Suficiente?

—Imagino que estás queriendo ser audaz en vez de meramente estúpida.

—Logré hacer que llegaras, ¿sí o no? —Descartó el mensaje por enviar y, en su lugar, mandó otro que tan solo leía «Me toca a mí»—. Al menos, eres puntual. Excelente atributo. —Comenzó a alejarse por aquella vereda entre los edificios.

A Ryan le causó náuseas su meloso timbre. Le sabía a truco y falsedad. Verla darle la espalda y alejarse de nuevo le hastió más todavía.

—¿Para qué demonios me hiciste venir aquí? ¿A dónde vas?

—¡Estoy llevando a cabo mi próxima movida! —le lanzó, sin detenerse.

¡A la verga! No caería otra vez en la absurda maniobra de seguirla como perro faldero. Su porfiada fuerza de voluntad no le era convincente. Aunque la viera escribiendo en su móvil sin mirar atrás. ¡Malditas fotos de mierda! ¡Maldita complicación! ¡Maldita zorra desafiante! Se gritó al verse dar el primer paso tras ella.

Si bien el día anterior había menos paseantes en los predios, los que entonces había alborotaban su malicia al cien: el chamaco que pretendía leer bajo un árbol, la señorona caminando con una mano en su cartera, el inútil conserje de mirada incesante. Se había fijado en ellos mientras esquivaba el meneo apretado de los pantalones de lino blanco y cintura alta que llevaba de frente. Sentir su apetito salivar le sacó de quicio. ¡Jodida obsesión que le ha hecho perder la razón tantas veces, carajo!

Dejando aquel camino, la vio dirigirse hacia un monumental edificio de paredes en cristal que imitaba un enorme libro abierto al centro de una explanada. ¡Un espejismo impresionante que invitaba a adentrarse en él! Ella lo hizo. Él iba tras ella. Rebasaron las puertas y su interior le llamó mucho más. Fascinante. Un fortín atestado de libros por todos lados. Sinfín de pasillos y galerías que resguardaban universos literarios en los cuales desaparecer. Cada uno, un señuelo que le atraía. Regresó su desconfiado atisbo sobre ella.

Mia iba a paso lento pero seguro. Su rumbo enfilaba hacia uno de los corredores que conectaba con una despoblada sala de estudio del medievo, la cual albergaba unos diez anaqueles altos, repletos de lomos, volúmenes y ediciones exclusivas. Había total silencio en el lugar a excepción de la insidiosa apariencia de aquel individuo que gritaba alarma a viva voz. Ryan se preguntaba por cuánto más soportaría los rodeos de la rubia. Para Mia no eran rodeos; ella sabía muy bien lo que hacía.

Luego de dar varias vueltas por entre pasillos y agarrar unos cuantos libros, llegó hasta una mesa de estudio, colocó los textos bajo la luz medrosa de una lámpara, se sentó disponiendo la mirada sobre él —quien permanecía al extremo más distante de la mesa— y, con un movimiento de cabeza, le pidió que se sentara. ¡Frente a ella! Justo la oportunidad que él andaba esperando. No lo pensó dos veces. Acomodó la silla sin hacer gota de ruido y se ubicó ante aquel rostro recostando sus afligidos antebrazos sobre la mesa, en busca de puntería.

Al punto de remover sus gafas, ella tomó igual posición —¡en busca de cercanía!— y un campo de fuerza invisible le electrificó cada músculo en el cuerpo obligándole a retroceder y mantener su mirada criminal al ras. ¡Qué puto conjuro, maldición! Creyó escuchar de nuevo aquel mismo «NO» escalofriante, sin estar seguro de si era una reaparición o sus recuerdos jugándole una mala pasada. Una o la otra, fue suficiente como para sujetarlo de inmediato. No le costó más que aquietarse y observar su rostro. Apacible y decidido. Alucinantemente hermoso. Bordado con mechones dorados, piel nívea y ojos grandes y abiertos que le incitaban a sumergirse en su mar azul verdoso, pero le restringían el paso cada vez. Su nariz era pequeña, o daba la impresión de serlo en comparación con sus labios engrosados de tentación. Los veía descansando entreabiertos sobre su torneada barbilla y le robaban el habla.

¿Tanta belleza y conflicto en un frasco tan pequeño? ¿Cómo demonios? Algo había dentro —¡y todo alrededor de ella!— que lo desarmaba. Le hacía sentir indefenso solo tenerla de frente. Detestaba hasta la muerte ese sentimiento. No lograba controlarlo.

Ella no era ajena a la aprensión con la que él reaccionaba a su proximidad. Aun mucho antes del «evento» estaba más que claro que ella lo amilanaba. Dato que le confirmó tantísimo a Daniel al enterarse. Toda esa fanfarria bravucona no era otra cosa más que puro miedo que pedía a gritos intervención. Así lo veía ella. Como un cachorro abandonado en medio de la calle tirándose a morder a quien fuera que se le acercara. Con la gran diferencia de que él no era un cachorro en lo absoluto. Eso lo hacía en extremo peligroso, informe constatado por un espía de alto rango que abominaba tener que usar a su sobrina como señuelo, pero conocía al dedillo el ADN que corría por sus venas. Por eso necesitaban hacer las cosas con cautela, precisión y, sobre todo, dirección y cobertura.

Con sus dos bombillos turquesa alumbrando sobre él, le pidió silencio con un dedo. Luego tomó uno de los libros que empuñó por el camino, giró el título hacia él y se lo deslizó. Ryan aprovechó para seguirlo con su mirada y descansar del asalto a sus sentidos. *El tatuador de Auschwitz*. Sobre su portada de manos enlazadas superpuestas a franjas azules y blancas, vio colocar unas gafas oscuras. Las que había perdido aquella tarde. Le echó un reojo, como quien sospecha de carnada, y en un solo movimiento rápido se las llevó al bolsillo. Si ella estaba pensando que aquel gesto suplantaría lo que en realidad le quedaba a deber, estaba insultando su inteligencia. Él no andaba allí buscando que aparecieran unas putas gafas, sino que desaparecieran las malditas fotos. Ella lo sabía, y esa jodida actitud llevaba rato tocando a las puertas de su impaciencia.

Mia le trajo a cuento otra portada, azul cobalto, profundo como el mar. Por título: *Quién soy yo. Quién eres tú.* Incansable enigma que entrambos conocían les colmaba el pensamiento. El silencio imperó; crudo silencio que decía más que mil palabras. *La mujer rota.* Otra carátula rojo sangre que fue a parar sobre la pila trayendo consigo la imagen de Mia, preguntándole si alguna vez se había sentido como si tuviera un desperfecto. Siempre creyó que se refería a él. En ella no hacía sentido, era cuestión de apreciar su talante de serena inquisición. ¿Qué rayos quería saber la *doctorzuela*? ¡Nada que le concerniera! Esa estrategia zángana de fingir empatía era un cuento viejo para él. Por más grados, estudios o babosería ridícula que dijera tener, lo que no tenía era puta idea de lo que significaba estar verdaderamente roto. ¿Qué pretendía comprender, si ni él mismo era capaz de hacerlo?

El hombre en busca de sentido. La torre de libros comenzaba a hacerse más alta, pero no tanto como el fastidio cuajándosele adentro. Sujetó su rodilla derecha, que ya daba indicios de ansiedad, y apretó su quijada exigiéndose control. No quería escucharla más. ¡Sí, porque la estaba escuchando fuerte y claro sin tan siquiera abrir su boca! La ruta en busca del maldito sentido en su vida él la había descartado ya por completo. Su único trayecto era salir del país sin dejar huella ¡y era esa mujercita con sus estúpidos juegos quien se le estaba metiendo en medio!

Es tu vida, tú decides, último libro lanzado a la estiba. Una gran brújula frente a un lejano horizonte recubría su fachada. ¡No aguantó más! Se obligó a acercársele y le susurró desde lo más hondo en su pecho:

—Al carajo tú y tu puta intrusión… Eso decido yo. —Y de un golpetazo barrió los libros al suelo, siguiéndole el chirriar de la silla al levantarse, estrépito que hizo brincar a Mia, quien se levantó de una, recogió los libros a prisa y salió tras él.

Ryan iba dando zancadas y maldiciendo en su cabeza la mal parida tarde en que se topó con dicha mujer en la librería. Cruzó las puertas de salida y unos cinco pasos luego, la escuchó a sus espaldas.

—¡Salir huyendo! ¡Eso es lo que siempre decides!

Vehemente y hasta la coronilla, hundió el pie en el freno. «Esta zorra conoce demasiado». Pasó revista a su alrededor, entre el follaje, tras las ventanas, en los balcones, frente a la biblioteca… donde se hallaba de nuevo aquel inútil conserje, observándoles con cara de ave quebrantahuesos desde una esquina. Ryan sentía el corazón excavando un túnel en medio de su clavícula con cada palpitación. Sacó sus manos de los bolsillos, las puso a la vista y se giró hacia ella despacio cual carnívoro hambriento que observa despojos tras barrotes; se le acercó solo lo suficiente como para que pudiera escucharlo gruñir.

—¿Piensas que estás a salvo por haber llegado con un sicario? Ese jueguito pendejo que traes entre manos te hace creer muy lista, ¿no es así? Piénsalo de nuevo. —Le señaló tras ella, al tope de la biblioteca donde brillaba un punto rojo dirigido a su cabeza—. Ambos podemos jugar a esta vaina, bebé.

Mia miró al cielo antes de enfrentarle. Si este iba a ser su último día, se iría hablando la verdad.

—Juro por Dios que no estoy jugando a nada. La situación es más sencilla de lo que piensas: tú quieres las fotos, yo quiero hablar.

—Quieres hablar, por supuesto. ¿Dónde mejor que dentro de una ¡puta biblioteca!? —Ese ladrido la hizo retroceder. Se arraigó y advirtió alrededor con un gesto que no intervinieran. Él la resintió mucho más por eso.

—Y con suficiente contrapeso incluido. Finísima manera de incitar al diálogo.

—Te repito, yo no busco atacarte, solo defenderme. La única razón por la que sigues aquí, y no esposado tras las rejas, soy yo. Un tiro en mi cabeza no resolverá nada. En la tuya, tampoco. Algún insólito motivo nos une, Ryan. Deja de aparentar que no te intriga igual que a mí. Solo quiero que lo hablemos.

—No me interesa hablar una mierda contigo. El único motivo que nos une a ti y a mí es lo que está en tu puta cámara.

—Seguimos en igual situación, entonces. Ambos solicitando aquello que se nos está reteniendo. Admito que sentirse vigilado no es el ambiente propicio para el diálogo. Yo también lo detesto. Te propongo lo siguiente —acudió al susurro—: intentémoslo de nuevo. Mañana a la misma hora, mismo rincón de la biblioteca. Sin vigilancia, sin artimañas, de ninguna de las partes. Solo tú, yo y las fotos. ¿Te parece?

Sus labios abusivos permanecieron sellados, pero los focos bajo sus gafas la recorrieron de arriba a abajo preguntándose de dónde sacaba ella tanta malicia. Dejó escapar un bufido por la nariz, dirigió su mirada hacia el conserje en advertencia y se fue.

Pero a la mañana siguiente, por supuesto, allá estaba de regreso.

***

Custodiados por repisas de literatura y la penumbra de una mañana incierta, luego de un par de segundos de solo verse en silencio, la conversación rompió en frío con un suave musitar:

—La noche entera la pasé figurando que no vendrías. Gracias por llegar. Como decía mi abuelo, hablando se entiende la gente.

—Ajá… Mantén a tus amigos cerca y a tus enemigos, más. Ese es el dicho que aplica realmente.

Para él era un hecho que su ofrecimiento a venir sola era puro engaño. Por ahora, hacerse el pendejo en su trastada era lo oportuno. Seguirle la corriente y observar. Mia descruzó sus piernas y entrelazó sus manos sobre la mesa.

—¿Es lo que piensas que soy? ¿Tu enemiga?

—Ni remotamente cerca. Si lo fueras —indicó rebotando un dedo entre ambos—, esta situación hubiera terminado hace tiempo.

—Cierto. Si yo te considerara mi enemigo, también hubiera terminado con todo esto ya. Así que estamos claros. Esto no es un encuentro entre enemigos. ¿Podemos partir de ahí?

Sus hombros le contestaron «lo que sea» sin dejar de lado su escrutinio del lugar.

—Le puedes poner la etiqueta que te venga en gana. Pero la única que tiene algo en su poder para causar daño aquí, eres tú.

De donde yo vengo a eso le llaman chantaje. Supongo que es lo que se aprende en una universidad religiosa. Yo sé muy bien lo que pretendes conseguir. Así que ahórrate tu maldita condescendencia.

Mia permaneció escueta analizando sus palabras. Navegando entre lo que sus gestos sin rumbo le decían: la mirada por arriba del hombro, mojar sus labios a cada segundo, el brincoteo en su pierna derecha. Sin perder de vista que ella también traía el corazón revuelto en su estómago y la convicción de acecho en su garganta.

—¿Soy yo la única que tiene algo en su poder para causar daño? Eso no es cierto y lo sabes. Quien intentó agredir primero fuiste tú de forma directa… e incomprensible. Por eso estamos en este atolladero. Yo no estoy inventando cuentos, Ryan. ¿Qué tratabas de hacer ese día? Es lo que te estoy pidiendo a cambio de las fotos. Honestidad.

¡Joder! Algo debía decirle que sirviera de alegato. Algo que no lo incriminara, que no hiciera mención alguna de sus facultades, pero que sirviera para quitársela de encima y acabara con su interrogatorio de una buena vez. Si tan solo lo atajara con menos ternura y otro rostro de tenue hermosura podría liberarse de las ascuas de fuego amontonadas sobre su cabeza. La realidad era que no percibía gota de hipocresía en medio de su demanda. Solo buscaba saber. Lo menos que le debía era algo de honestidad.

Las manos comenzaron a sudarle. Volvió a espiar por encima del hombro, mojó sus conspicuos labios y apoyó un codo sobre la mesa. Hablarle y esquivar sus ojos al mismo tiempo le estaba costando un huevo. Maldición, solo abre la boca. Carraspeó. Se rascó una oreja e intentó llevar enredado en un suspiro su primera frase.

—Yo tengo… —de nuevo mojó sus labios—. Tengo esta condición… en mi cabeza —reajustó sus gafas— que me hace escuchar voces que no son nada amigables. Suelo tenerlo bajo control, pero ese día… —espiró fuerte—, ese día no pude. —Se enderezó y batió las manos al aire, dando por terminada su explicación.

Ella absorbió de su vergüenza al escucharle. A leguas percibía que pujaba por dar más de lo que podía o quería. Con todo, lo poco que le escuchó decir le pareció sincero. No solo porque de adentro de su gorro chorrearan gotas de frustración que cruzaban su quijada y mojaban los tatuajes asomados por el cuello de su playera blanca. No era solo la zozobra en su comportamiento, sino que comprobó lo que ella adjudicaba como un factor para su impulso agresivo. El individuo lidiaba con alucinaciones auditivas que influían en su conducta. Sabía que había muchísimo más escondido tras ese estado de inquietud. Eso era lo que ella andaba investigando, lo que él le seguía ocultando.

Sin embargo, que por lo menos confesara un fragmento de sí —a expensas de chantaje, según él— era un paso adelante. Buscó su celular en la cartera de pajilla que descansaba a su lado y entró a la galería de fotos. Abrió el álbum que había creado con el propósito de guardar solo aquellas infames tomas y colocó el celular frente a él.

—Tú mismo las puedes borrar.

Ryan quedó de una pieza. ¿Ya? ¿Solo eso bastó? No iba a perder tiempo contestándose eso. Agarró el móvil, aplicó un par de comandos y luego las borró una a una, todavía considerando que parecía muy bueno como para ser real.

—¿Cómo sé que no hay copia de ellas?

—Ahí arribamos al verdadero desafío: no tienes cómo saberlo. Creo que lo único que podemos hacer es confiar.

Tal pedido le recordó aquello que había sepultado hacía unos cuantos años atrás con su vida hecha pedazos. Al percatarse de cómo se le nublaba la vista tras sus gafas se levantó de una. Echó un ojo rápido a la línea de los senos que despuntaban por entre el cuello de su camisa y se obligó a cambiar la mirada.

—He escuchado eso antes. Resulta que yo ni en mí mismo confío.

Mia volvió a buscar en su bolso. Un libro, esta vez.

—Antes de que te vayas… Ten. Si algo tengo claro de ti es que los libros son tu refugio. Cuando lo leas, si llega el día en que quieras comentar con alguien sobre él, aquí estaré.

Él no quería. No deseaba cargar encima una puta cosa más que lo ligara a ella. Aun no queriendo, su mano tomó vida propia y se alargó para agarrarlo. Uno pequeño, de bolsillo; justo ahí lo guardo antes de partir.

De camino a su camioneta ya iba cuajando cómo demonios reanudar sus planes, adjunto a la certeza de estar siendo vigilado. *¿Cómo carajo harás ahora para continuar por donde ibas antes de ella?* Eso era lo que realmente quería, ¿o no? Al llegar al auto, sacó el libro y rebuscó entre sus páginas por algún artilugio. Nada encontró. Luego leyó su portada: *Una cabeza llena de fantasmas*. Dentro, en su tapa, una inscripción:

De parte de tu «no enemiga».

Un número telefónico la acompañaba.

CAPÍTULO 38

Austin, Texas.

El lamento número mil quinientos salió de su boca. De esos lamentos que suenan a letra «t» de tedio con una «s» prolongada al final. Maldecía no haberse encontrado con su antiguo vecindario tal como lo dejó en 2011. Lo que solía ser una guarida de *hippies* y bichos raros ahora simulaba ser territorio colonizado por la urbe californiana. Rostros desconocidos paseándose a sus anchas por aquellas calles que solían ser suyas. Conocía los nombres de avenidas y carreteras, pero sospechaba estar cayendo en un agujero negro que lo devolvía a alguna cuadra de la maldita ciudad de Pasadena. Le carcomía de tal forma que activaba esa contumaz paranoia que ya no es visita, sino que habita en su cerebro y que le asevera que habían esperado justo a que se largara para hacer y deshacer con los recuerdos de su infancia. El miserable retorno de Ryan al vecindario.

Apenas faltaba una hora para llegar al lugar de encuentro donde, según le habían mensajeado, debía estar el viernes a las diez. En el Austin de hacía siete años atrás, desde ese punto donde se encontraba, no le hubiera tomado ni veinticinco minutos llegar a su destino. ¡Oh, pero el puto tráfico era otra cosa! Suerte tendría de llegar justo al filo de las diez. Solo pensarlo hacía brotar, como petróleo extraído del fondo del mar, la fuente viscosa y oscura de improperios que le llena la boca.

De no haber sido Kevin —Kev, su único accesorio en el vecindario— quien estipuló las antiguas vías del Katy como lugar de encuentro, seguro estaría de que ese rincón de asambleas clandestinas ya no lo era más. El Katy, apodo para el Sistema Kansas-Texas. Ojalá estuviera igual de seguro sobre una visita de último minuto a quien, se supone, era su madre. Su pie alternaba entre el freno y el acelerador e igual lo hacía su duda entre parar o no en su casa una vez terminara el junte. Ni una puta vez, desde que se largó, había terminado un encuentro con ella en otra cosa que no fuera una trifulca de grandes proporciones.

Es que no hay puta manera de llegarle a esa mujer. ¡No la hay! Tenía por mente una melcocha aglutinada por el hecho de estar a poco de partir para no regresar ni verla nunca más, y lo gravoso de aparecerse por allá justo luego del jodido imprevisto que seguía tras él.

Además, su don sobrenatural nunca fue capaz de eliminar o siquiera darle pausa a todas las malditas actitudes que tomaba para con él siempre. ¿Por qué molestarse en decir adiós? Un nuevo acercamiento era más que comprobado que lo haría caer en crisis. ¡Como si hiciera falta un rollo más, carajo!

Entonces, ¿qué rayos era lo que le tenía considerando una visita? Pues ¡qué más sino el maldito libro que le habían entregado antes de salir de Pasadena! Logró ignorarlo por veinticuatro horas corridas antes de volcarse sobre él en busca de pistas. Era obvio que no se lo había entregado con la intención inocente que quería aparentar, sino con deseos de seguir hurgando en su conciencia, cual parásito en busca de un terreno en donde sacar ventaja. Creyó que, de seguro, aquel libro cargaba una sarta de pendejadas y supersticiones religiosas enredadas en su contenido.

Sin embargo, no hizo más que toparse con las primeras páginas y se dio cuenta de que no era nada como pensaba. Era, simple y llanamente, una historia de terror. Mucho antes de llegar a la mitad ya le había enganchado. A medida que se iba adentrando en sus párrafos encontraba más y más de él en ellos; como si la historia la hubiera escrito él mismo. ¡Maldita mujercita! El coraje volvía a sobrecogerlo al verse de nuevo frente a ella en aquella mesa de biblioteca, siendo amordazado y desnudado sin emitir palabra alguna. ¡Y pensar lo cerca que estuvo de perder dos años enteros de meticulosa planificación por culpa de esa bruja! ¿Cómo era que siempre sabía lo que le pasaba por la mente sin dejarle ver lo que pasaba por la de ella? ¡Porque era una puta bruja!

Había ingeniado que, si al ir donde su madre terminaba todo como de costumbre, podría restregarle en la cara a la *doctorzuela* —la que se cantaba de ser una «mujer rota»— que había historias reales mucho más terroríficas que las plasmadas en una mera ficción. No es que estuviera contemplando —de nuevo— regresar donde ella. ¡A la verga! No caería —de nuevo— en esa trampa. Pero al menos se llevaría la satisfacción de confirmar que su verdad iba mil veces por encima de la de ella, fuera esta cual fuera.

Finalmente llegó hasta el extremo de la 7.ª con Candelaria, donde tres vallas de seguridad impedían el paso hacia las vías del tren. De chamaco, solía escabullirse entre ellas para adentrarse al terreno baldío, tal como haría en esa ocasión. Reacomodó los espejillos exteriores y luego apretó uno de los botones en el tablero, lo que dejó al descubierto un compartimiento, escondrijo de su indispensable contrapeso. Tomó el arma, le quitó el seguro y la colocó a sus espaldas. No la cargó, no tenía por qué. El encuentro de esa mañana descansaba sobre el lado cordial de la balanza —no como el de hacía unas cuantas mañanas atrás—, pero nunca estaba de más ser precavido. *La imprudencia suele preceder a la calamidad.* Imprudencias como la de haberse sobreconfiado con aquella rubia de grandes e impenetrables ojos.

Bajo el arma dormitaba todavía el maldito libro, todo exhausto luego de haber sido devorado por completo en un solo día. Lo agarró y barajeó sus páginas de atrás al frente, saltando a sus ojos el cúmulo de hojas dobladas por contener alguna línea «fascinante y significativa». Al final del acordeón de páginas, la dedicatoria en tinta azul y letra cursiva fuerte, que parecía llevar líneas guía debajo. Aparte de entrometida, insistente y exasperante, «fascinante y significativa» también le caían al dedillo a la doctorcita. E inoportuna… excepcional… de belleza serena y debilitante. ¡Maldita sea! ¿Por qué no lograba sacársela del pensamiento? Culpa de ese puto chip corrupto en su naturaleza que lo hacía perderse en obsesiones y manías ridículas. Rabioso, levantó la tapa de la cajuela, arrojó el libro y le cerró la puerta en la cara. Había trabajo que hacer.

Al cabo de quince minutos ya había dado por concluido el encuentro. La finalidad era simple: duplicar y lavar lo que venía cargando desde Filadelfia en tres pesados bultos negros y estipular los acuerdos de dicha transacción. Algo que hubiera podido hacer él por su cuenta, pero era demasiada cantidad y, con sus actuales restricciones de movimiento, le iba a tomar meses largos el proceso. Con todo eso, conllevaría un mes más conseguirlo, lo cual aceptó no con mucha complacencia. ¿Qué más podía hacer? Necesitaba ayuda de alguien que supiera lo que hacía y con quien tuviera algún tipo de alianza. Por dar con ese alguien fue que se aventuró a bajar hasta Austin, aun conociendo de sobra que sería uno de los primeros lugares donde irían a buscarle.

Advirtió a su consorte no bajar la guardia, que se comunicara en un horario específico siempre y, sobre todo, a que nunca, ¡bajo ninguna circunstancia!, mencionara su nombre. No tuvo que ser muy enfático en cuáles serían las consecuencias si intentaba jugarle sucio. Ambos sabían con quién estaban tratando. Además, para Ryan un estado de alianza era mil veces más fiable que uno de amistad. En especial cuando se formaban a raíz de una *vendetta* compartida. Antes de alejarse, Ryan le inquirió si sabía algo de Barton Hills. Esas fueron sus palabras exactas:

—¿Sabes algo Barton Hills?

—Ella sigue ahí.

***

Un puto día de descanso. Solo eso pedía. Toda la emboscada de la que había tenido que escabullirse en California, más las veinte horas de viaje hasta Texas, habían hecho su parte en robarle la poca disposición que tenía para el sueño. El mencionado descanso, supuesto motivo para alojarse en un motelillo de la avenida Congreso sur y retardarse en Austin, se tradujo en dos horas dedicadas al videojuego y cuarenta y cinco minutos para completar doce rondas de 10 flexiones de brazos, 10 abdominales, 10 sentadillas, 10 zancadas con salto y 10 planchas de un minuto. Ya en ese punto estaba hecho mierda.

Dejó enfriar el cuerpo y luego se metió de cabeza a la incómoda ducha de la habitación, en la que apenas podía moverse sin sacar de sitio la endeble cortina de baño. Era tal la molienda que ni quedarse de pie podía. Maniobró para sentarse al piso de la ducha con su espalda adherida a la pared y sus piernas flexionadas tocando el otro extremo. Allí, simplemente dejó que el chorro de agua helada le cayera por encima mientras pensaba cómo le iba a hacer para levantarse de nuevo. Siempre prefirió el agua fría para bañarse, y en ese momento en el que la temperatura emocional aún llevaba riña con la corporal, le era más práctica todavía para aplacar las ráfagas de calor que despedían su cara, cuello y voluntad. El duro chorro golpeaba en su espalda de altiplano, la imagen siniestra de un hombre sin rostro que flotaba crucificado y enmarañado entre cadenas y alambre de púas con trozos de vidrio incrustados en sus brazos. Cerró los ojos, levantó la cabeza y dejó que el agua se deslizara por su coronilla, alisando los cortos flecos color castaño claro que ya comenzaban a crecerle. Escupió de un soplido el agua en su boca y un recuerdo de antaño le anegó.

Él, junto a varios niños del vecindario, jugando bajo el chorro de la boca de incendio que había en su carretera; la manera más ordinaria que tenían en Austin para refrescarse de las olas de calor intenso. Llegó a su memoria Keesha, una morenita que tenía la cabeza llena de finas trenzas que le saltaban de un lado a otro cada vez que se paraba frente a la corriente de agua y le hacían parecer una cría de Medusa. Recordó, también, el miedo que le tenía a la niña… eran apenas unos peques. Claro, al crecer, la dinámica del miedo entre ambos se intercambió. Junto a la escena también recordó a su madre, sentada en una silla de playa a orillas de la carretera junto a otras mujeres, devolviéndome el saludo número cien que le hacía desde lejos. Aún había una sonrisa en su rostro para ese entonces… Hace mucho tiempo atrás. Mucho antes de que sus únicas respuestas hacia él fueran: «¡Aléjate de mí, monstruo!» o «¡No te atrevas mirarme!».

«La ignorancia es felicidad» dicen, y para Ryan no había algo más cierto. Esa era su felicidad en ese entonces; su paz. Lo que la doctorcita no sabía era que, para alguien como él, ya no existía posibilidad de experimentar esa clase de dicha. Su condición… esa carga que le había tocado llevar, era algo que tendría que soportar por el resto de su patética vida. Lo único que le restaba hacer era dejarla correr, así como corría el agua sobre el tatuaje que llevaba inscrito en su costado izquierdo:

«La ignorancia cegadora nos engaña. ¡Oh, miserables mortales, abrid los ojos!».

CAPÍTULO 39

Veintitrés minutos desde que giró a la izquierda hacia su calle y se aparcó justo al doblar en la esquina más lejana. Con el motor encendido, la rodilla derecha raspando incesante el cuero tapizado de la guantera y los inquilinos asomándose por las ventanas, presagiando disturbios. No percibía nada fuera de lo ordinario. No había visto ningún movimiento extraño; ningún automóvil que levantara sospechas, a excepción del suyo.

Allí todo seguía igual. La misma tonalidad polvosa impregnada en todo: casas, calles, autos, almas... La misma sensación idílica tipo *Las esposas de Stepford.* Tranquilidad inquietante que daba la impresión de que en alguna casa encontrarías un refrigerador lleno de brazos, piernas y cabezas humanas. Así lo seguía viendo.

Faltaban treinta y siete minutos para las nueve de la mañana y, como todo típico sábado, aún no había un alma a la vista. Todo el mundo seguía encerrado en su guarida, luego de haber jodido toda la noche anterior, incluyendo a su mamá... ¡en especial ella! Todo seguía igual. Lo más irónico era que en medio de esa pasividad que hedía a traición era el único lugar donde sentía familiaridad. Al fondo de la calle estaba el redondel con cinco viviendas, las cuales no habían cambiado ni tan siquiera una maldita pieza del tejado, la suya incluida. Todo seguía igual.

Veintitrés minutos que llevaba asegurándose de contar con la estrategia, las fuerzas y tolerancia suficiente para volver a hablar con su madre. Ese teatrito se había convertido en la rutina más sadomasoquista en la que hubiera podido caer en toda su vida. Mucho más que cortarse. Al menos con la navaja sentía algún tipo de autogratificación. Con su madre solo eran reproches y malditas recriminaciones cada vez. Aun así, seguía retornando por más. Como si fuera esa la única forma que tuviera para recordar que había alguien más que compartía la misma repugnancia que él por su fastidiosa rareza.

Veinticuatro minutos... Buscando convencerse de que ese encuentro no sería como los anteriores. *Claro que lo será.* Fantaseando con que esta vez no saldría con el deseo de cometer alguna locura. *Por supuesto que lo harás.* Y jurando no volver a verle la cara. Divagando.

No solo durante esos veinticuatro minutos, sino desde el día en que se fue de casa. Decidiendo: ¿Regreso? No regreses. ¡Olvídate de ella! ¿Querrá saber de mí? ¡Desde mis putos dieciséis! Solo alguien bien jodido de la mente seguiría en el mismo círculo vicioso por once años corridos, carajo.

Aun soportando al miserable de Conrad estuvo siete, y cuando no aguantó más, encontró la manera y se largó. Ahora era Conrad quien andaba en su búsqueda, usando todos sus recursos para dar con su paradero, algo que su madre jamás había hecho por él. En esos once años no hubo una sola vez donde la hubiera visto hacer un intento por conocer de su situación. Como si él ya no existiera para ella. Tal vez sería mejor así. No tener que lidiar con sus sorpresivas reapariciones, ¿no? A la verga, entonces! Si él no encontraba descanso, lo justo era robar el de ella.

Ocho y media de la mañana. Puso la camioneta en marcha y la dejó caminar por sí sola sin hacer sonar el motor. Aprovechaba su desplazar perezoso para paladear cada detalle alrededor y degustar su fermentado sabor dulce que lagrimeaba hasta su alma. Ummm, el árbol de magnolias cremosas. A su lado encontraría la boca de incendio que refrescaba sus veranos. Se acercaba con la actitud con que se acerca un niño —que ya no lo es tanto— al regazo de Santa: con expectativa y duda. Mientras se aproximaba, iba acercando su pecho al volante queriendo adelantarle el paso al auto. No la veía. Ya casi estaba frente al árbol y aún no aparecía. No estaba ahí.

Ese era el lugar, claro que sí. ¿O la pasaría de largo sin fijarse?

Miró por el retrovisor para confirmar que la había rebasado, pero no veía ningún vástago rojizo anclado en la orilla. No lo recordaba tan lejos tampoco, sino ahí, a dos casas antes de la suya. Donde volvió a estacionarse para mandar a callar el siseo que se originó en sus adentros al no encontrar el artilugio de unos de sus mejores recuerdos. *¿Cómo pudieron hacernos esto?* ¿Acaso la idea era erradicar todo lo que recordara a aquel maldito engendro? ¿Exterminar toda memoria de él? *¡Vaya bienvenida!*

Sacudió su cabeza buscando espantar las conversaciones instigadoras, pues él conocía muy bien que eran expertas creando tempestad en un vaso de agua. Abrió el compartimiento en su memoria que está atisbado de desilusiones y atosigó con fuerza la maldita bomba de agua y todo lo que en ella cargaba. La apretujó junto a todo lo demás que había dentro y cerró su tapa a presión; finas trencillas colgaban pilladas. Ahora solo debía enfocarse en los cuarenta pasos que le tomaría llegar hasta el umbral de su casa. Cada uno de ellos tornándose una eternidad. Solo diez pasos más para tocar el timbre. Y luego, el sonido doble de campana que anunció el comienzo del combate.

No se escuchó respuesta. Lo intentó de nuevo. Entonces, a lo lejos, comenzaron a aflorar signos de vida. La escuchó mascullando una que otra cosa para luego responder con un impaciente:

—¡Ya voy!

Distinguió sus pasos acercándose hasta la puerta y la sangre comenzó a calentársele. El *bum bum* dentro del pecho se confundía con el de aquellos pasos, aturdiéndolo de repente. Aunque la puerta permanecía cerrada, debía estar observándolo por la mirilla. Se lo decía el silencio rotundo que le encaraba al otro lado. Varios segundos más pasaron sin escuchar una sola respuesta de su parte. Suprimió el impulso de cuestionarle por qué no le abría si ya sabía que estaba ahí, pues no quería ser él quien comenzara a caldear los ánimos.

Síguele la farsa, entonces, le aconsejaron en tono socarrón. Acercó su mano una vez más hacia el achatado y percudido aparato sonador y, al filo de apretarlo, la puerta se abrió con la cadena de seguridad puesta. Una gema aguamarina verdosa se asomó aturdida tras ella, resguardada por largas pestañas ennegrecidas de rímel ya corrido y cuarteado sobre disimuladas evidencias de tiempo transcurrido. Las pecas en su frente y pómulos seguían recordándole a canela espolvoreada sobre la blanca espuma de un café mañanero. Algo que aparentaba necesitar urgentemente.

—¿Qué haces aquí? —esputó con voz ahogada, típica de haber despertado apenas unos minutos atrás. El olor a alcohol encontró su camino a través de la puerta y lo recibió con mayor agrado que ella.

—Solo pasaba.

Todo seguía igual. La misma expresión de amargura que se acentuaba más con el paso del tiempo. Se quedó en silencio, observándola, tratando de descifrar qué frase decir que no sirviera como detonante. Pero con ella nunca se sabía, así que no lo pensó mucho más.

—¿Podemos hablar?

La notó esquivando cuanto más podía su rostro, para luego, sin más remedio, contestar:

—Claro… por qué no. —Finalmente, abrió la puerta. Ni siquiera se tomó la molestia de cerrarla tras él—. Siéntate… O haz lo que quieras. Salgo ya, déjame lavarme la cara, aunque sea.

Ryan inhaló profundo, se adentró y cerró la puerta. El interior era un antro plagado en densa oscuridad. De la manera más habilidosa se las había ingeniado para mantener la luz fuera de allí. Mentiría si dijera que le desagradaba del todo ese ambiente. A él también le apetecía encubrirse con ella. El asunto era que con gafas puestas no veía nada, y quitárselas, en ese territorio, no era una opción. Dio tres cortos pasos hasta la ventana más cercana a la puerta y retiró solo un tercio de la gruesa cortina. Un fino, pero potente rayo de luz traspasó el cristal, plasmando una franja triangular al aire que ponía al descubierto la propagación de partículas de polvo dentro de la habitación.

Echó un vistazo alrededor y se preguntó si su madre estaría hablando en serio cuando le dijo «siéntate». Primero tendría que encontrar en dónde hacerlo. La sala seguía teniendo el mismo sofá, la misma butaca y mesa de centro. Aún el juego de comedor seguía en el mismo lugar. Todo en las exactas coordenadas en que solían estar cuando él vivía ahí, pero todo estaba abarrotado de cosas hasta desbordar.

El sofá aparentaba haber sido lugar de trabajo de Tío Sam, pues rebosaba de bolsas de basura repletas de ropa que, probablemente, aguardaban para dar su visita rutinaria a la lavandería o regresaban de allí. La mesa de centro tenía torres de papeles, facturas de compra, comunicados, memos y una taza con residuos de café ya secos por la espera. Sobre la butaca, una colección de bolsos y carteras que, de seguro, habían sido utilizados una sola vez. Estibas de libros sobre la repisa de la chimenea. Al lado de ella, recostadas de la pared, una conglomeración de cajas vacías, dobladas y etiquetadas con el nombre de la compañía de envíos donde trabaja como vendedora.

Sobre la mesa de comedor, un sinfín de artículos de promoción: volantes, bolígrafos, agendas, llaveros… En el único lugar donde se apreciaba algo de orden, si así se le podía llamar, era sobre la barra que separaba el área de la cocina; ahí se encontraba todo distribuido por secciones. Al extremo derecho habían alrededor de veinticinco frascos de pastillas. Algunas recetadas, otras parecían suplementos dietéticos o vitaminas. Al centro, unas diez botellas de agua a medio terminar y, al extremo izquierdo, cinco botellas de vino, dos de *whiskey* y una de vodka. Todas llenas, pues las vacías debían estar en el piso, al lado del zafacón. Al menos la cocina no se encontraba hecha un desastre. El único beneficio de comer fuera todos los días era librarse de montañas de platos y trastes sucios. Todo seguía igual.

El espacio que había entre el sofá y la mesa de comedor, que en su memoria lo hacía mucho más amplio, se le achicó encima al deslizarse por él queriendo llegar hasta las puertas de cristal para tirar un vistazo tímido hacia el patio trasero. De la verdosa y fresca grama que solía alfombrar esa área, solo quedaban parchos escasos de un verde abatido por el sol que agonizaba sobre un terreno árido y solitario. Impotente, dejó caer el dedo con el que había espiado tras la cortina sintiéndose responsable. Se acercó a la barra y despejó el único banquillo disponible de la estiba de periódicos viejos que cargaba y se sentó, dejando escapar el aire que llevaba aguantando en los pulmones desde que entró cual nadador experto en buceo libre. Miró de nuevo a su alrededor. Con calma. Sin ansias de reproche, solo evocando.

La mente humana es lo más sorprendente que hay. Aún se maravillaba en su puta capacidad para transportarlo a otro tiempo diferente y percibirlo con sus cinco sentidos como si lo estuviera viviendo de nuevo. Solo bastaba algún sonido, algún aroma particular. Como el perfume a pachuli del incienso favorito de su madre mezclado con humo de «cigarrillos», que lo reinsertaron a largas veladas de quejidos, gritos y sacudidas en la pared contigua a la de su cuarto.

Estaba sentado en el piso, control en mano, recostado a los pies de la cama, con las piernas formando una M por lo cerca que le quedaban del buró donde tenía su consola de juegos. Colgada de la pared, sobre la consola, una mega pantalla LSD 42 pulgadas que él mismo había «comprado» y empotrado a la pared con apenas doce años. La caja vacía de las últimas zapatillas deportivas en moda le servía como alacena para un bufé de papitas fritas, dulces y chucherías, y almacenadas bajo la cama, dos cajas de botellas de agua. Tenía a mano todo lo necesario para no dejar su cuarto hasta el próximo día. Durante las noches que mamá llevara visita a la casa, tenía terminante prohibido salir de ahí y, como pasaba a menudo, ya había aprendido a prepararse de antemano.

Tan pronto comenzara a escucharse la voz ronca y sugestiva de Pat Benatar en la habitación contigua desafiando a que «le dieran su mejor golpe», era momento para colocarse los audífonos. Un reto adicional era concentrase en el juego con el festival de alaridos que exhibían Pat, su madre y quien fuera el individuo de visita esa noche. Aunque a veces elegía escuchar. Quería descifrar por qué su madre siempre entraba y salía de allí con rostro complaciente por más violento que sonara el escarceo.

Luego de terminada la sinfonía de chillidos, pasarían diez minutos —treinta, a lo mucho— antes de escuchar el motor de un vehículo encenderse y alejarse. Solo entonces —¡antes jamás!— podía abandonar su habitación. Pausó el juego, dejó el control en el piso y fue hasta la puerta. Al asomarse al pasillo no advirtió moros en la costa. Lo que sí advirtió fue que la puerta de la habitación de mamá —otro lugar donde ya no tenía permiso para entrar— había quedado entreabierta. La piel en sus brazos se le puso de gallina al evocar el ardor penetrante que le causó la cera de vela que le rociaron la última vez que lo intentó. Era la manera en que su cuerpo le gritaba a su mente que no se atreviera ni a pensarlo, pero su fisgadora mente era quien dominaba su cuerpo, y lo hizo acercarse hasta el umbral para echar un ojo. La angosta rendija no le era suficiente más que para escurrir una sola pupila por ella y, como siempre, estaba muy oscuro como para distinguir nada. Ojeó el pasillo una vez más antes de osar abrirla. Deslizó sus dedos con cautela por la rendija para arropar el grosor de la puerta, levantándola para evitar que chirriara al moverse. Metió su cabeza junto a un poco de luz.

Asombro, curiosidad, confusión y hasta algo de antojo recorrieron su cuerpo mancebo al contemplar un escenario digno del juego *Calabozos y Dragones*. La cama parecía mesa de torturas medievales con manchas oscuras regadas en su superficie y esposas que le colgaban de las cuatro esquinas. Un arsenal de objetos que no lograba catalogar como buenos o malos, pero sí como dolorosos, merodeaban sobre la alfombra cerca de la cama, y una mesita enteca exhibía parafernalia que reconocía del programa *Cops*. Todo el asunto lo llamaba a investigar, a tocar, a probar, tal vez.

Su piel volvió a gritarle en advertencia, lo cual ignoró por completo al dar el primer paso hacia adentro de la habitación. Llegó hasta la mesita, que figuraba antes que la cama en su trayecto, y dejó que sus dos lumbreras visorias reptaran cual humo plomizo sobre cada utensilio. Luego alargó una mano hacia el que más llamaba su atención: un cilindrito de cristal con forma burbujeada en un extremo y una abertura en el otro. Lucía tiznado en sus adentros, sobre todo en un lado de la esfera, que cambiaba a un matiz renegrido. Lo acercó a su nariz. No olía a nada en particular, solo a humo. Poco le dijo. Tal vez en boca sabría distinto. Acercó la figurilla a sus labios y *¡pum!*, la dejó caer al suelo tras el retumbar de un golpe en la puerta que lo hizo brincar en sitio.

—¡Ey! ¡Despierta! —la voz mustia de Abigaíl, su madre, le despabiló junto al disparo de su mano palmoteando sobre el tablón de la barra—. Dije que voy a preparar café… ¿Quieres? —preguntó sin querencia. Le tomó un segundo regresar de donde se había sumergido y, al emerger, la vergüenza lo agarró fuera de base.

—No… Gracias.

La notaba ocultando la ansiedad que la arropaba cada vez que se veían, tras las gafas oscuras que se había colocado. Inquietud que, sin duda alguna, lo arropaba a él también. La opaca luz amarillenta que encendieron en la cocina le dio la mano para incorporarse y pensar con calma su siguiente frase. Habían sido varios los intentos fallidos en los que, por querer dejarle saber que no necesitaba estar a la defensiva con él, terminaba sulfurándola todavía más. Esta vez quería demostrárselo con hechos. O eso intentaría porque, hablando claro, no tenía puta idea de cómo hacerlo.

—¿No quieres café? Vaya, eso es nuevo —arguyó a sus espaldas entre la buya de las gavetas abriendo y cerrando.

—Algunas cosas sí cambian. —Cerró los ojos como quien avecina un latigazo.

No sabes componer una maldita oración por tu propio bien, pendejo. Piensa antes de hablar. Esperó el contraataque, pero el silencio por parte de su madre le asombró más. Fraseó de nuevo su postulado anterior:

—Intento cambiar algunas.

—En esas andamos todos, ¿no?

El sordo zumbido del microondas abacoró el repetido silencio entre ambos añadiendo efecto de sonido a la tensión abrasadora.

—Veo que te deshiciste del estilo de motociclista incorregible. Nunca me gustó, te hacía lucir mayor. Te ves mucho mejor así.

—A mí sí me gusta…

Pero, ¿qué sabría ella de lo que le gusta o no? Las palabras estuvieron a punto de brotarle de los labios. Sin embargo, no recordaba vez alguna en que la hubiera escuchado lanzar algo como eso último que le dijo. Sonaba a cumplido. Lo tomó en cuenta y cambió el final de su oración.

—Pero, por ahora, esto es lo que hay.

—Ummm. ¿Y en cuáles andas ahora?

Cinco toques agudos anunciaron el fin de la labor del microondas en aquella escena, dándole a Ryan la oportunidad de respirar y cuajar su muy elaborada contestación.

—Tranquilo. Lo mismo de siempre.

—¿Tranquilo? Eso lo dudo.

Primera señal de alerta. Aunque no faltaba a la verdad, resentía que siempre supusiera lo peor de él.

—No hay por qué dudarlo. Hijo de gata, caza ratón, ¿no es cierto?

—¡Ja! Me hubiera ofendido si creyera que es a mí quien te estás refiriendo. El molde que tú llevas no es el mío, cariño.

Segunda señal de alerta, y esta llegó demasiado seguido. Ninguno de los dos había arriesgado mirarse a la cara todavía. Abigaíl hablaba más que nada con los utensilios, el microondas y la nevera; Ryan seguía dándole la espalda con su mirada clavada sobre una de las patas de la mesa de comedor frente a él. El nivel de hostilidad en el ambiente aún estaba dentro de los límites esperados. Aun así, no debía continuar por la línea de esa última oración que le arrojó si quería mantenerse bajo control.

—No vine en son de discutir, ok. ¿No podemos siquiera dialogar como gente normal?

—Gente normal…

Frase que Ryan no llegó a escuchar gracias al estallido de la taza de leche caliente. El nerviosismo en las manos de Abby hizo que se le zafara al sacarla del microondas, cayendo reventada al piso. Sí la escuchó maldecir una y otra vez mientras buscaba, como quien no sabe dónde se encuentran las cosas, algo con qué limpiar el desorden.

Ryan se levantó enseguida y bordeó la barra hacia la cocina.

—¡No te acerques, aléjate! —le gritó también en modo automático—. Yo lo recojo, solo quédate allá.

Ya ves, pendejo. Le da asco tenerte cerca y a ti te encanta saborear su menosprecio. Por eso vienes por más siempre. Aléjate, te dijeron, ¿no la escuchaste?

Blandió sus manos al aire, dejándola por su cuenta, y se dirigió hasta la puerta de entrada. Si esta iba a ser la última conversación con su madre, con todo y el desdén que le mostró, terminaría siendo mucho menos hiriente que los encuentros anteriores. Era el momento para dejarlo ahí y largarse.

¡En cambio, el maldito ego! Como siempre, se le interpuso en el camino y arremetió rampante en su cabeza, deteniéndole.

—¿Quieres saber a qué carajos vine? —Metió la mano en uno de los bolsillos laterales de su pantalón tipo cargo y sacó una cartuchera negra abultada. Abrió su cremallera mostrando cinco fajos de billetes de cien adentro—. Vine porque, a diferencia de ti, ¡madre!, todavía ando buscando cómo complacerte. —Tiró la cartuchera sobre los libros en la repisa de la chimenea y sacó otra igual de su otro bolsillo, agolpándola sobre la primera con tal furia que puso a brincar los volúmenes. Padeciendo le cuestionó—: ¡¿Cuánto pides por un poco de puto aprecio?!

Ella estrelló contra el suelo la escoba y salió de la cocina echa un manojo de nervios y cólera. Se detuvo para mirar al fondo del pasillo hasta la puerta de su habitación y luego dio unos cuantos pasos para resguardarse tras el sofá.

—Baja la maldita voz. Qué carajos es lo que pasa por esa enferma cabeza tuya, ¿eh? ¿Crees que vas a entrar aquí alardeando tu sucio dinero y todo quedará olvidado? ¡Pues no! No lo necesito. Hasta ahora me he manejado de maravilla yo sola. Así que tú y tu maldito dinero pueden irse a la misma mierda.

—De la mierda salí el día que me fui de aquí. ¡Abre los putos ojos, *ma!*

Dio un tirón a la cortina que había despuntado al entrar, partiendo en dos la barra de madera en la que colgaba. Abigaíl llevó como resorte una mano frente a su cara, buscando resguardo de aquella súbita invasión de luz que reclamó la habitación y puso en manifiesto su languidez y angustia. De la angelical y diáfana figura que solía ser su madre, ahora quedaban solo las sobras de lo que habían devorado el tormento, los vicios y la condena. Una escuálida estampa de cabello escaso y espíritu abatido.

Al presenciarla, una asfixiante sensación primitiva reptó sobre Ryan desde lo profundo de su alma pretendiendo salir a borbotones por sus ojos, pero él había jurado y sellado con sus últimas lágrimas que nunca más. *¡Nunca más! Por ella ni por nadie.* Reemplazaron compasión con cinismo.

—Mira alrededor… ¡Mírate, puñeta! Te has manejado de maravilla tú sola, ¿dices? —*Ella te abandonó*—. Excelente trabajo el que has hecho. —*Te dejó solo*—. Si alguien puede hablar de tener que manejarse solo soy yo. Alejarme de ti es lo mejor que he hecho en mi puta vida.

—¡Pues ya lárgate de una vez de mi casa!

—¡¿Qué demonios pasa aquí?!

Una voz extraña resurgió desde el pasillo, encapsulada en un estuche rechoncho y adormecido, exigiendo explicaciones. Tanto Abigaíl como Ryan reaccionaron de inmediato al oírle. Una en pánico y el otro en desafío. Ambos en neurosis.

—No pasa nada, Ted. Quédate en el cuarto.

—No. Quiero saber por qué hay tanto maldito escándalo tan temprano en mi casa.

—Su casa… —protestó Ryan.

—¡Ted, por favor! Ve al cuarto. No pasa nada.

—Haz caso, Ted. Regrésate al cuarto. ¿O no sabes lo que pasa si desobedeces?

—¡Ryan, basta ya! —Su voz se quebrantó en ese punto.

—¿Quién es este tipejo, Abby?

—Soy su maldito hijo, pendejo. Pregúntate qué otras cosas te ha estado ocultando tu mujer.

Abigaíl ya no aguantaba un alarido más. Sentía que enloquecería de un segundo a otro. Debía encontrar la manera de hacer que aquella visita terminara de una buena vez, aunque acabara destrozándolo todo con sus propias manos. Gritó desde lo más gutural de sus cuerdas vocales, transformando su enjuto semblante en uno maligno y desafiante.

—¡Maldita la hora en que te tuve, Ryan Dypsyn! No eres más que un maldito traidor, igual que tu padre. Me arrepiento de ti mil veces. Me arrepiento de haberte cargado en mi vientre y de no haber escuchado a tu padre cuando me imploró que te abortara. Mi vida quedó totalmente arruinada el día en que naciste, ¿¡me oyes!? —Un diluvio incontrolable le anegó la voz impidiéndole decir nada más, salvo—: ¡Vete y no regreses más! —Y se derrumbó tras el sofá.

¡Bravo! Esto fue lo que viniste a buscar, ¿cierto? ¿Complacido, o te apetece más? Eres la ruina de quien se cruce en tu camino, Dypsyn. Lo sabes. Si no existieras, sería mucho mejor. ¿Qué mejor día para morir que este? Terminemos ya con esta puta existencia.

Ryan intentó abrir la boca para debatir con quien fuera, pero de más era sabido para él que un argumento con sus inquilinos siempre terminaba en su derrota y, tanto su madre como el malparido oportunista habían desaparecido tras el mueble. Se vio solo de nuevo, discutiendo en silencio con su conciencia y sangrando a causa de la daga mortal que habían clavado en su corazón.

Abrió la puerta, escuchando la verborrea siniestra en su cabeza que lo descomponía cuando, en un momento de tragedia profetizada, percibió de nuevo la pedante voz de Ted.

—¡Eso, lárgate antes de que llame a la policía!

Jódele la vida. Mandato contundente.

CAPÍTULO 40

Como dos gruesas alfombras cargadas de agua. Así se sentían sus párpados al querer abrirlos. Un fino hilo de abertura titilaba nervioso ofreciendo resistencia ante la imagen borrosa que pretendía hacerse paso. La rendija se fue ampliando de a poco hasta llegar a mitad de camino, punto en que sus pupilas comenzaron a saltar intranquilas de un lado a otro.

¿Dónde estaba? ¿Estaba muerto? Y si lo estaba, ¿por qué seguía sintiendo dolor? ¿Acaso no era la muerte la terminación de todo?

Despegó su cabeza del cuero del asiento y reconoció el interior de su camioneta, que aún seguía encendida, antes de que la falta de fuerzas le desplomara la testa hacia el frente, topándose con sus dos largas extremidades que yacían sobre su regazo. La derecha parecía un gran pedazo de jamón fresco en su remate a causa de la inflamación y la izquierda estaba emburujada en un trapo gris teñido de rojo. Confirmó que era su camisa al ver su ombligo y la exhibición de tinta en su torso. Como quien va despertando de anestesia general, comenzó a sentir cosquilleo en todo su cuerpo, sobre todo en sus brazos. Corrección, sobre todo en su mente. No sabía dónde estaba, cómo ni cuándo había llegado hasta allí o qué carajos había sucedido. Lo que sí sabía es que de seguro no era nada bonito, y lo peor: aún seguía vivo.

El ardor incisivo en su antebrazo izquierdo empezó a tornarse intolerable, lo cual le despertó, no solo sus sentidos, sino su instinto indagador. Tenía que echarle un ojo a la situación. Al intentar usar su mano derecha esta comenzó a temblequear incontrolable. Tuvo que devolverla a reposar sobre su muslo. Apenas podía moverla a causa de la hinchazón. Lo más desesperante era que no tenía una puta idea de cómo había llegado a esa condición. Levantó la cabeza y resolvió componerse. ¿Qué carajos hiciste ahora, Ryan? Reacciona, imbécil. Apretó sus labios para inhalar tan profundo como pudo, secó su rostro con su hombro derecho y lo intentó de nuevo, menospreciando el intenso dolor. Torpemente maniobró, usando sus dedos hinchados y hasta sus dientes, para quitar la camiseta que fungía como esparadrapo, y al removerla deseó no haberlo hecho. Era una total carnicería lo que se escondía allí debajo. El prolijo bosque de pinos y las aves en vuelo que adornaban esa área de su cuerpo parecían haber sido objeto de una cruel deforestación criminal. Su brazo tenía aspecto de pared en celda de confinamiento solitario, donde las rasgaduras son la única vía de conservar algo de cordura y realidad. Intentó contabilizarlas, pero a mitad de faena sintió el estómago revolcársele ante su propia voluntariedad.

Colocó la pieza de vestir de nuevo en su brazo —muchas de las heridas aún eyaculaban— e intentó recordar cómo había sucedido, qué lo había provocado o, por lo menos, acordarse de lo último que había hecho.

Pero su cabeza era un lienzo en blanco. Lo último que recordaba eran tres vallas de seguridad y las vías de un tren. Detrás llegó un letrero verde estatal que leía calle Congreso sur y ahí le arremetió, como bola de boliche entre pinos, el nombre de su ciudad, seguido de la fachada de ladrillo y tejas polvorientas de lo único que conocía como hogar. Todo le hizo sentido de una cuando se coscó de que había decidido ir a verla. Escuchó el sonido del timbre chirriar en su oído, pero se quedaba esperando por que abrieran la puerta. Ahí terminaba todo; no recordaba nada más. Y no quiso seguir forzando su memoria; ya tenía información suficiente para explicar su deplorable estado actual. Además, sabía que el resto del espacio en blanco se iría rellenando poco a poco. No que eso dejara de aterrarle. Sin embargo, había aprendido ya que su mente le hacía un favor al pasarle factura de sus peores actos a plazos.

Encendió la pantalla táctil del tablero con la punta huesuda del codo derecho y, aunque su mano parecía caniche confeccionado en globo, le alivió ver más movimiento en sus dedos. Cero huesos rotos, solo inflamación y un dolor de vergas. Buscó en el historial del GPS y se enteró de que estaba apenas fuera de la autopista, en una marginal de Sierra Blanca, Texas, luego de siete horas de viaje continuo. No había hecho paradas ni recordaba nada del trayecto. Eran las cinco y veinticuatro de la tarde de un sábado escalofriante y confuso para él.

Encontró un puesto de gasolina con baño público en las inmediaciones donde poder bajarse con su bulto para cambiar su atuendo, vendar su brazo de una manera decente y tirarse un poco de agua en la cara. Mirando su rostro empapado en el espejo, se cuestionaba cómo se las había arreglado para llegar él solito a un estado tan repulsivo. Disputaba cuántos desastres más le tomaría, finalmente, tocar fondo. Tampoco entendía por qué hacía planes para poder escapar y estar solo, cuando era el exceso de soledad lo que le destruía. Se quedó mirando fijo sus ojos de bruma. La agrisada niebla que matizaba su iris tomaba casi todo el espacio en ellos, dejando solo una línea fina de negro vivo que los demarcaba y un punto de igual intensidad al centro. Reposaban al fondo de unas largas pestañas húmedas de cansancio y, bajo ellos, unas ligeras bolsas ojerosas comenzaban a ser testigos de su enemistad con el reposo. Se sumergió en él mismo y, en medio del arrebato y las voces, le asaltó la escena de una taza reventándose en mil pedazos en el suelo. Así tan pronto ya habían comenzado a cobrarle lo adeudado. Le amedrentaba tener que afrontar esa deuda en aislamiento total y terminar perdiendo por completo el sentido de la realidad. Perderse y no poder encontrarse de nuevo. Su meñique derecho temblaba ante dicha posibilidad. Recordó a James. Su constante parloteo y su habilidad para enervarlo, pero también su afán de no darse por vencido con él hasta rescatarlo de sus propias marañas. Lo extrañaba tanto.

Secó su cara con una pequeña toalla de mano como queriendo remover aquellos pensamientos y la arrojó dentro del bulto. Al mirar en su interior, se topó con un título: *Una cabeza llena de fantasmas*. Le pareció tener el espejo de frente otra vez, allí, dentro de su bolso de viaje. ¿Y qué carajos pasaba con sus latidos ahora que se volaron por las nubes? No dejaron de azotarle hasta que tomó el libro en sus manos y buscó tras la portada. Una corriente cálida hizo contacto con sus dedos y recorrió sus brazos casi muertos haciéndole soltar un corto quejido inexplicable. Enigmático, pues si algo recordaba era que se había propuesto no regresar a California. Mucho menos a Pasadena. Pero al leer aquel corto nombre de solo tres letras le llegó la absurda convicción de que no había otro lugar donde dirigirse que no fuera hacia ella. Un convencimiento tan fuerte que le llevó a olvidarse de todas las razones lógicas por las cuales había salido corriendo de allí. Buscó el celular; el que había conseguido en Texas y que descartaría una vez saliera de ahí. Quería saber, antes de reprogramar la ruta en su GPS, cómo era que ella percibía la escalofriante historia que develaban aquellas páginas parecidas a las suyas. De seguro la doctorcita le vendría con algo por la línea de «terrorífico», «espeluznante», «aterrador»; como lo encontraría cualquier persona que no ha vivido lo inimaginable.

Envió el texto, cerró la eterna cremallera en su bulto y salió del baño. Llenó el tanque de su camioneta, que había exprimido hasta la última gota de combustible, y, al regresar la manga a su estación, sintió el celular vibrar:

¿La historia? Fascinante y significativa.

Como para reincidir en ella, ¿no crees?

—¡¿Cómo carajos?! —reverberó en sus labios. De allí salió rumbo a Pasadena.

CAPÍTULO 41

Domingo en la tarde…

¿Reincidir para qué?

Para entender mejor.
Trascender la impresión inicial.
¿Ver más allá?
Estamos hablando del libro, ¿no?

Aún sigues con tus juegos pendejos.

Te repito, no estoy jugando a nada.
Intento descifrarte.

No te he pedido que lo hagas.
No es lo que necesito.

¿Qué es lo que necesitas?

¿O lo que crees necesitar?
Son dos preguntas diferentes.

Y tú me crees así de estúpido
como para no saber la diferencia.

Es poco lo que sé de ti.
Pero es bastante perceptible que la estupidez
no es una de tus cualidades.
Tampoco es una de las mías.
¿Por qué me estás escribiendo?

No hubo más respuesta. No obstante, cuando el río suena, agua lleva. Ella sabía que Ryan andaba en busca de otro encuentro. Lo había pedido en sus oraciones y estaba recibiendo contestación. A insistencia pura de su tío, Mia había logrado ocupar su mente en los mil proyectos que tenía sobre el tapete: su plataforma en las redes seguía creciendo, le habían llegado varias ofertas como consejera profesional y ya se habían puesto en contacto con ella de las oficinas del Dr. Robertson. Le entusiasmaba, más allá de sus sueños más grandiosos, que uno de los mentores de mayor influencia para ella le hubiera convidado como oradora invitada en su próxima gira. No solo tendría la oportunidad de visitar diferentes ciudades, sino que era la movida correcta para ir haciendo nombre y levantar el capital inicial que necesitaba. Puertas que Dios le abría, decía ella. Todo le requería gran parte de su tiempo y esfuerzo. Todo necesitaba de su máxima cavilación. Pero solo un asunto era dueño absoluto de su interés.

***

Miércoles en la madrugada, luego de un sobresalto nocturno terrorífico.

¿Qué es lo que necesitas?
¿O lo que crees necesitar?

No sé qué mierdas necesito.
Y lo que creo necesitar
siempre acaba hiriendo más.

El corazón humano es lo más
engañoso y cruel que hay.
¿Quién puede decir que,
en verdad, sabe lo que necesita?

CAPÍTULO 42

Sábado, 10:00 a. m. Actos de Graduación 2018.
Anfiteatro General del Seminario Teológico Buehler.

El recibidor del anfiteatro era un carnaval de rostros, miradas, colores y sensaciones. Aquella descarga de estimulante sensorial tenía la capacidad de enfilar cada uno de sus sentidos en calidad de cacería. Iba a toparse con ojos que le mirarían, que le seguirían. Unos serían esquivos, otros demandantes y otros siempre buscarían defender territorio. Sus pupilas dilatadas al máximo y la rampante salivación gritarían: «¡Vicioso a la vista!». Le era imposible negar que la atmósfera le coquetearía intensa.

Por eso prefirió evitarla y se escabulló con sigilo por uno de los jardines laterales, aprovechando la descarga de equipo de sonido, y entrar por el área restringida hasta las escalinatas del anfiteatro, en vez de hacerlo libremente por el vestíbulo, como el resto de la comunidad. Todo porque, por encima de ese afán y ofusque que lo activaba, lo que le llevó hasta allí esa noche fue una ambición mayor.

Y es que no era cualquier par de ojos los que andaba buscando. Su fijación no estaba puesta sobre aquellos que pudiera tener al alcance, sino en unos que alardeaban de imposibles. Que cuando le miraban de frente le hacían retroceder, aun quedándole dieciséis pulgadas por debajo de los suyos. Por dicha razón andaba furtivo.

No quería encontrársela de frente; aún no se sentía recuperado del todo, pero quería verla. ¡Qué carajos, no estaba recuperado para nada! Ya hacía una semana del desastre en Austin y la inquietud en sus adentros seguía igual o peor. Hasta las heridas físicas estaban tardando más de lo habitual en cicatrizar. Otra razón para evitar el tumulto de personas y el desvarío que le causaba tenerla a ella cerca.

Desde lo alto de las gradas, recostado en el muro de arbustos a orillas del escalón superior, hacía circunvalar su vista sobre la gráfica zigzagueante que formaban las siluetas colina abajo. Quería dar con su luminosa melena amarilla. Ella estaba allí, tenía confirmación acerca de eso. Pero encontrarla dentro de aquel mar de cabezas posteado en el mismo maldito lugar le estaba complicando todo el asunto. Sobre la plataforma de espectáculos zarandeaban de un lado a otro con instrumentos, atriles y amplificadores, dejando al centro de la tarima, contiguo al podio, un pie de micrófono frente a un banquillo alto y, al lado, una guitarra española en su atril; el conjunto era el preámbulo al acto intermedio de la actividad. Justo el intermedio en el que la gente aprovecha para levantarse y obstaculizar aún más el panorama. Así que se alejó unos cuantos pasos de aquella esquina para ver si ampliaba su campo visual. En segundo plano se escuchaba una ajetreada voz masculina que instaba a mantenerse en sus lugares y anunciaba el siguiente acto en presentarse. Entre auscultación y tanteos, se colaban frases del moderador que le enfatizaban, de forma irritante, la supuesta relevancia de dicha presentación. Frases huecas como «tendencia en las redes», «visualizaciones» y «voz joven y motivadora» teñían su investigación, desconcentrándole y haciéndole enfadar.

No obstante, le viraron la tortilla de enfado a medio cuajar cuando escuchó resonar por las bocinas aquel nombre: ¡Mia Annesly!

—¡A la putísima verga!

Boca abierta, bellos erizados y mente alborotada fue el saldo de verla entrar en tarima al fondo del altozano. De una, removió sus lentes oscuros que empañaban aquella aparición arrebatadora. Podían desvanecerse de su memoria un sinfín de sucesos y situaciones a lo largo de su vida, pero no había puta forma en que olvidara jamás ese instante en que la vio aparecer en el escenario. Grácil, inmaculada, con un aura de simplicidad y placidez que el sol pleno de la mañana no era capaz de opacar.

Unos aplausos moderados que Ryan no escuchó en lo absoluto dieron la bienvenida a aquella muchachita ataviada con toga, birrete y unas razas zapatillas deportivas color blanco. Llevaba su larga cabellera atada en dos colas bajas que caían sobre sus hombros. La visión de túnel se activó a máxima capacidad en los dos perseguidores grises que le apuntaban desde el tope del anfiteatro. Con tal ahínco que ni se percató cuando ya los aplausos habían cesado, quedando solo él de pie como efigie petrificada, en medio del corredor abierto. Tan pronto cayó en cuenta, volvió atolondrado a su rincón de observación junto al muro de arbustos. Su interior hizo total silencio, ordenándole que no quitara los ojos de encima y, sobre todo, a escucharla.

Mia entró con una sonrisa aluzada, micrófono en mano, y caminó hasta el centro de la tarima. Dio los buenos días, felicitó a los graduandos y se presentó. Luego se quedó mirando fijo al banquillo y exageró su lucha por encaramarse en él, no sin antes lanzar por los altavoces una cogida de orejas en forma de broma a los organizadores de la actividad por no haber hecho los ajustes pertinentes. Aclaró que su propósito no era cantar, pero si se daba en el proceso creativo, que disculparan la tragedia y le siguieran el rollo. Enganchó el micrófono en el soporte y tomó la guitarra. Se acomodó la melena para no estorbar el tañer de sus dedos sobre las cuerdas y comenzó a tocar una secuencia de acordes. Sin embargo, del interior de aquel agujero resonante lo que salía era una grotesca cacofonía. Nada agradable al oído, era puro ruido. Las risas comenzaron a dispersarse al verla detenerse e intentar los mismos acordes con peores resultados.

—Esto sí está raro. No entiendo qué sucede. No sonaba así la última vez que la toqué... Hace como tres años atrás. —Desató uno que otro sollozo hilarante—. Aunque, pensándolo bien, esto no es un gran misterio. Puede que haya perdido mi habilidad por falta de práctica, pero lo más probable es que el instrumento esté desafinado por falta de uso.

»La manera correcta de afinar una guitarra, si es que no has descargado un simple afinador digital y te tocara hacerlo de oído, sería comparar cada sonido de cuerda con otra de sus mismas cuerdas. O sea, hay un sonido dentro de ella misma que te deja saber cuánto debes apretar o aflojar cada clavija para conseguir la afinación perfecta y que su sonido sea uno agradable.

Poco a poco fue trabajando cada cuerda a la vez que explicaba la importancia de no compararse con agentes externos en busca del sonido propio. Recalcaba que eran las experiencias personales —las buenas así como las trágicas— las que daban un sonido particular a nuestra vida. Dependiendo del amor y la dedicación que le prestáramos al ejercicio de escuchar, en especial a nosotros mismos, lograríamos emitir una melodía única compuesta por sonidos graves, agudos, tonos vivos y sombríos que engranarían de manera sublime.

—Es mucho más fácil echar la guitarra a un lado y darse por vencido con ella. Pero se requiere de cierto grado de heroísmo para llegar a ser lo que cada uno de nosotros ha sido llamado a ser. Hay que atajarlo, responsablemente, con esmero y sin miedo a los ajustes y a los desaciertos. Solo eso te dará verdadero contrapeso para que puedas sobreponerte al desafío de existir y no echarte a perder en el camino. Ahora, te pregunto, y no quiero que me contestes a mí. Contéstate a ti mismo. ¿Valdrá la pena sobrellevar la desdicha a cambio de vivir? —Hizo una corta pausa—. La vida te va a presentar mil y un argumentos para justificar un «no» como respuesta. Pero solo se necesita una sola evidencia para validar un «sí». Esa evidencia es el amor. —Las cuerdas comenzaron a vibrar en una combinación de tonos melodiosos esta vez—. Ese que nunca se da por vencido, que confía sin límites. Que es capaz de esperarlo todo y superarlo todo. Todo lo que necesitas es amor.

Los acordes melódicos del popularizado tema *All You Need Is Love* de *The Beatles* irrumpieron por las bocinas desde la guitarra junto al dulce y nunca pretencioso sonido de su voz que repetía la palabra «amor». Al instante, de la multitud se disparó un eco de nostalgia al descifrar la canción y comenzaron a tararearla junto a ella, a lo que Mia respondió con una gigantesca sonrisa unida a la cadencia vivaracha de la melodía.

La muchedumbre entonaba y, de manera mágica, parecían unificarse bajo su letra. Todos lo hacían. La facultad, los graduandos y acompañantes. Todos menos uno, que permanecía mudo, absorto en su esquina. Digiriendo cada una de esas palabras que le estaban quemando por dentro. Escuchándola, junto al gentío, cantar que no había nada que pudiera ver que ya no se le hubiera mostrado; que no había lugar donde pudiera estar que no fuera en donde estaba destinado.

—Es fácil —decía ella. ¡Mierda, lo era!

Es fácil, volvió a resonarle en el alma, pero en un acorde distinto. Fino, con un asomo de niño púber en su agudo timbre y de intrínseco ronquido.

¡¿Regresó?! Esa voz la reconoció de un chispazo, aun con los años que llevaba sin escucharla. ¡Es fácil! Su eco recorrió deprisa cada coyuntura de su ser, turbándole; aunque jamás de la forma en que sus demás huéspedes lo hacían. No de esa forma. El aturdimiento llegaba ante su intención de reaparecer en ese justo momento. ¿Por qué ahora? ¡Ella! La señorita afinadora de cuerdas era de culpar por todo el desequilibrio en el que se hallaba. No le cabía la menor duda.

Mia terminó su parte bajo una lluvia de aplausos y, al recordatorio de Camille que le hacía señas desde la periferia, invitó a todos a seguirla a través de sus redes sociales. Se despidió señalando con un dedo al cielo y dejó la tarima. Salió y, tan seguro como la noche sigue al día, alguien más lo hizo tras ella.

CAPÍTULO 43

¿*Deja vu* recurrente o qué demonios era? Ya había perdido la cuenta de las veces en que se había visto en la misma jodida situación. Cual primate en celo, restregándose por las esquinas por andar espiándola. Esta era la segunda ocasión en que había ido a parar tras el cobijo de un árbol; uno que quedaba entre los portones del anfiteatro y la acera de la calle donde se encontraban Mia, Camille y un reducido grupo, de qué, ¿fans tomándose *selfies*?

La doctorcita tiene sus fans, qué monada. Esta vez procuraría no ser tan imbécil como para dejarse notar. Su celular estaba en modo «No molestar» desde antes de llegar. No olvidaría nunca ese descuido de la primera vez. De hecho, consideraba hasta haber aprendido algo de ello. Como, por ejemplo, el gran poder adquisitivo que logra tener una buena foto. Se había recostado en el árbol, de espaldas a ella, mirando de frente hacia el concurrido portón de entrada. Parecía ser uno más esperando por alguien que, mientras espera, anda ensimismado en el celular. Artefacto que, realmente, la estaba capturando con su cámara invertida ya sin toga ni birrete. Traía puesta una camisetita blanca, probablemente del área de niños, que le llegaba un poco por debajo de las curvas en sus pechos. Al ras, se le percibía solo una fina línea de piel que quedaba al descubierto por momentos, pues su falda veraniega de puntos le abrazaba desde lo alto su pequeña cintura.

No perdió de vista ni uno solo de sus detalles: su desbordante sonrisa hacia extraños que se le acercaban demasiado y no perdían la compostura; un mechón suelto que recogía tras su oreja derecha y que se le escurría cada ocho o diez segundos; las incontables despedidas y extensos abrazos con su aspirante a doble; el borde de la camisa que le quedaba un tanto despegado por la deliciosa asimetría entre su cintura de avispa y la forma de sus senos. Todos estaban siendo guardados en su chip de almacenamiento. A través de la misma pantalla la observó, al fin, dar su última despedida y comenzar a subir por la débil empinada en dirección a él. La humedad en sus manos hizo aparición, profusamente, empapando de sudor el equipo electrónico. Decir que hizo malabares entre secar sus manos e intentar detener el rebote del móvil que casi deja caer al suelo sería ridiculizar el arte de cualquier malabarista. Excelente demostración de pericia, Dypsyn, se autosermoneó esperando por su propio bien que ella no le hubiese avistado. Mandó a la mierda el espionaje a través de una pantalla, arrojó el celular al bolsillo trasero y se giró en dirección a ella para encontrarse con su desvanecimiento. Ya no estaba.

¡Claro que ya no está, pendejo! En algún momento durante su estúpido escarceo le quitó los ojos de encima y se le despareció. Recordó el insufrible dolor de aquella primera desaparición y presagió que volvería a ocurrirle. Con mirada veloz rebuscó a su alrededor —¡segurísimo que reaparecería de la nada tras él!—, cuando un corrientazo de ciento veinte voltios llegó acompañado de un aviso de mensaje recibido y le sobrecargó de tensión una nalga enderezándole el cuerpo de un jalón.

Mia respondió su propio mensaje:

Tampoco es una de las mías.

¿Por qué me estás escribiendo?

Aún espero tu respuesta.

Si no la tengo, no la puedo dar.

Nada más honesto que eso.
Otra excelente cualidad.
Puedo ayudarte a dar con ella, si deseas.
Soy aguerrida encontrando pistas.

Bastante...

Suficiente como para saber que
ocupo una buena parte de tu carrete de fotos.
¿Será «vengativo» otra cualidad en la lista?

Bastante...
Y codicioso. En extremo.
¿Quieres tus fotos? Ahora soy yo quien quiere hablar.
Sin vigilancia, sin artimañas.
DE NINGUNA DE LAS PARTES.

Sus bulbosos labios melocotón intentaban atenuar su expresión de agrado ante la manera ingeniosa en que usó sus mismas palabras para comprometerla. Que las recordara con exactitud, le sorprendió.

Lo sigo encontrando justo. Trato hecho.
¿Te parece mañana?
Misma hora, mismo lugar.

Como sea.

***

Sábado. Ocho y cincuenta de la mañana. Frente a frente en aquella despoblada sala de estudio del medievo; escenario del encuentro. Dos semanas habían transcurrido desde que estuvieron así por primera vez. Frente a frente. Ella sostenía su perspicacia, su dulzura maestra y paciencia infatigable. Dispuesta a dar el próximo paso como quien reconoce que sola no podría, pero sabe que no lo está. Con suficientes diplomas y ansias de ser fructífera, aun cuando alberga traumas y quebrantos propios con basto potencial como para pervertirse en el proceso. Lo observaba con detenimiento. Su postura echada hacia atrás sobre la silla proyectaba una actitud flemática, pero los finos pliegues que surcaban sus llamativos labios de capullo le señalaban manía sospechosa. Paranoia... volátil y nociva. Junto a sus ojos, siempre ocultos bajo oscuridad y su cabeza hundida al fondo de la capucha, le daban un halo de villano. Peligroso. Malo.

Pero, ¿acaso no lo somos todos? ¿A quién se le podría llamar *bueno*? ¡A nadie! Tanto ella como su pasado eran prueba contundente de eso. Aun así, allí estaba. Viva, absuelta y dispuesta con todo lo que tenía por conocer y entender mejor el otro lado de la moneda. Enmendar errores y edificar, en vez de destruir.

Él también la escrutaba. Los rasgos verdosos en los dos herméticos portales de su alma habían tomado preeminencia sobre el azul esa mañana, revelando en ellos una mirada maliciosa que no le había notado aún. Le intrigaba de manera atroz, y esa intriga le carcomía cual gusano hambriento, manteniéndole a la defensiva.

Algo desastroso se avecinaba, lo percibía en cada fibra de su alma taciturna y malherida. El deseo descomunal de sumergirse en ella lo presagiaba. Auguraba descontrol y tragedia. Aun así, ella hablaba de cambios, de posibilidades. Lo pintaba alcanzable. Hasta para alguien como él que cargaba con una sentencia de muerte en la espalda. Y la irracional pretensión de intentarlo le llegó al escuchar de nuevo aquella voz que lo transportó a un tiempo en el que aún no estaba roto. ¿Será que ese joven inquilino todavía alberga esperanza? La de él había sido incinerada por su propia voluntad ya hace mucho. ¿Cómo le haría la moza galena para rescatarlo de él mismo? La fuga de pensamientos le tenía la boca sellada. Ella emprendió:

—Entonces… ¿Podemos asumir que esto es un nuevo acercamiento a la historia?

Ryan entreabrió sus labios como vaquero que intenta disparar de la vaqueta, sin embargo, la oferta terminó convenciéndole.

—Parece ser. Eso no implica un mejor desenlace.

—Vamos, ten un poco de fe. ¿A quién no le gustan las segundas oportunidades?

Su boca se apretó en una dócil sonrisa —aquella misma que parecía no tener rival en hermosura— que capturó al copartícipe de aquella historia. Mia llevó su mano hasta mitad de camino y se la extendió:

—Mucho gusto. Me llamo Mia.

Un eco de incredulidad se le escabulló al escucharla.

—Mucho gusto, Mia… Ryan.

Y la encontró a mitad de camino.

¿O lo encontraron a él?

EPÍLOGO

Como insecto en cubo de observación, así se sentía James. No tanto por la forma cuadrada de aquella oficina con aire aristocrático. No solo porque fuera posible capturar cada rostro presente a través de las monumentales ventanas de cristal en aquel piso número setenta y dos, por donde el claror del sol naciente neoyorquino entraba y calentaba una parte de su cuerpo. El litigio en llamas que imperaba en el lugar, unido al puñetero hostigamiento que recibía por parte de Lucky, hacían muy buen trabajo nivelando la calentura, provocándole comezón en el resto del cuerpo. Lo tenía ya al punto de vociferarle qué carajos miraba tanto. Siempre tenía que ser ese maldito vejestorio la nota discordante. Ya habían sido varias las ocasiones en las que, por andar de lengüilargo sin prueba alguna, lo ponía entre la espada y la pared con Conrad.

Estaba sentado, atacándolo casi de frente desde una de las dos butacas con forma de herradura delante del imponente escritorio del *boss*. Con el abrir y cerrar de sus muslos frotaba el gris ceniza del aterciopelado asiento; avizorándole, como diciendo «conozco tu secreto». Buscando crear de nuevo un puto lío innecesario. A su lado, en la otra butaca, con ceño fruncido y un dedo encorvado frente a sus labios, Tío Sam parecía estar descifrando cuáles serían las primeras palabras en salir por la boca de Conrad tan pronto soltara el teléfono. Le daba el aroma de algo, para nada bueno, que se estaba cocinando. Lo mismo debía pasarle por la mente al Loco B, quien se balanceaba en un reposapiés contiguo al escritorio, al lado contrario de donde estaba James. Hablaba solo, reclinado sobre sus rodillas y con los ojos estáticos en la tersa alfombra índigo, lanzándole derechazos esporádicos a su palma izquierda.

—¿Y cuál sería tu proceder si estuvieras en mi situación, Jack? Ya que estás abogando a su favor, contéstame. ¿Tomarías tú la opción que me están queriendo imponer?

La cortesía para con quien le contestaba del otro lado del auricular fue discurriéndose de su habitual entonación a causa de la injuria que rebozaba en su copa.

—Si el exceso de holgura te ha hecho perder tu sentido de hombría, hermano, debo decirte que puedes… ¡Irte! ¡Al puto! ¡Infierno!

Luego que su rostro aflojó sus virulentas facciones y se mitigó el fuego en su tez, regresó a la anterior placidez, casi como escena que fue puesta en pausa.

—Considera con prudencia cuál va a ser tu postura sobre esto. La mía no tiene espacio para negociaciones y, a decir verdad… me decepciona que te hayas prestado como intermediario. —Se levantó de su sillón ejecutivo—. Pero ya que asumiste el cargo, puedes llevar el comunicado de que me importa un divino carajo quién sea el que esté amparándole. Ni él, ni nadie que me traicione vivirá para hacer alarde de ello. ¿Me escuchaste, Jack? ¡Ni él! ¡Ni nadie!

El auricular del teléfono fue a parar iracundo unas cuantas veces sobre la unidad, que luego fue lanzada contra el sofisticado tablillero en cedro oscuro a sus espaldas. Frenético e intransigente, marchó hasta el ventanal que vislumbrara hacia la gran ciudad de Manhattan y su famoso puente atirantado. Allí se mantuvo en siniestro silencio por unos cuántos segundos mientras el resto de los presentes observaban de reojo lo que sin duda alguna era el comienzo de una *vendetta* de proporciones apocalípticas.

—Así será, entonces —sentenció hablando consigo mismo con sus manos en los bolsillos—. Ha llegado donde tenía que llegar. Te voy a encontrar, Dypsyn. Ya lo hice una vez... y sabes que lo haré de nuevo. Seré paciente hasta que cometas el primer desliz, maldito creído de mierda. —Se giró para enfrentar a su directiva—. Caballeros, a partir de este momento, nuestro capítulo entra en autonomía subversiva. La decisión recae exclusivamente sobre mí. Quien carezca de cojones suficientes como para respaldarla... —Desembolsó una mano y la blandió hacia la puerta— ahora es el momento.

Con ojos henchidos de furor lo dijo. Nadie pretendía sucumbir fusilado al suelo en ese instante, y mucho menos por cobarde, así que nadie se levantó.

—Quien no quiera morir, que no nazca. Usted determine y nosotros respondemos, *boss* —remachó Tío Sam, quien bullía por venganza al igual que la mayoría. Lucky volvió a lanzar su vistazo insidioso hacia James, el cual se la devolvió con envite.

—Así será, entonces. Vayamos a por ese hijo de puta y hagámosle lamentar cada segundo de su miserable existencia.

¡Maldición! Ahora sí, se te acabó el paseíto, compadre.